Knaur.

Über die Autorin:
Kathinka Wantula wurde 1967 in Schleswig geboren. Sie studierte in Kiel Germanistik und Anglistik. Schon früh schwirrten Geschichten in ihrem Kopf herum, die den Wunsch zu schreiben in ihr weckten. Kathinka Wantula hat ein historisches Sachbuch veröffentlicht. »Das weiße Amulett« ist ihr erster Roman.

Kathinka Wantula

Das weiße Amulett

Roman

Knaur Taschenbuch Verlag

Nachweise:
Erik Hornung: Das Totenbuch der Ägypter. Goldmann Verlag, genehmigte Taschenbuchausgabe, 1993.
© 1990 by Artemis Verlag, Zürich und München
auf den Seiten 7, 9, 10, 11 und 300

Rainer Maria Rilke: Reise nach Ägypten, herausgegeben von Horst Nalewski. Insel Verlag, Frankfurt am Main und Leipzig, 2000, auf der Seite 237

Besuchen Sie uns im Internet:
www.knaur.de

Originalausgabe Januar 2006

Redaktion: Dr. Gisela Menza
Umschlaggestaltung: ZERO Werbeagentur, München
Umschlagabbildung: FinePic, München
Satz: Ventura Publisher im Verlag
Druck und Bindung: Nørhaven Paperback A/S
Printed in Denmark
ISBN-13: 978-3-426-62911-6
ISBN-10: 3-426-62911-9

2 4 5 3 1

Für Jutta

»Wer dieses Buch kennt auf Erden,
der geht am Tage heraus,
der wandelt auf Erden unter den Lebenden,
sein Name kann nicht vergehen bis in Ewigkeit.«

Ägyptisches Totenbuch

Prolog

Ägypten, 1305 vor Christi

Das Gesetz der Maat war verletzt. Er hatte es nicht verhindern können.

Man hatte den Pharao getötet.

Cha-em-weset warf einen schuldbewussten Blick auf die in edles Leinen gewickelte Mumie, die gegen die Wand der kleinen Säulenhalle im tiefen Inneren des Grabes gelehnt stand. Die goldene Totenmaske schien ihn vorwurfsvoll anzusehen, die Obsidianaugen leuchteten dunkel, während er, der erste Hohepriester des Amuntempels, die Mundöffnungszeremonie durchführte. Von draußen hörte man dumpf das Weinen und Jammern der Klageweiber, die der langen Begräbnisprozession ins Tal gefolgt waren.

»Ich bin der Sem-Priester der Götter«, murmelte Cha-em-weset, »der kennt, was in ihrem Leib ist. Ich bin hierher gekommen, um die Maat zu bezeugen, um die Waage ins Gleichgewicht zu stellen im Totenreich.«

Mit dem rituellen Stab berührte er den Mund und die Nase der Totenmaske, während seine Gedanken woanders weilten. Es war für dich noch nicht an der Zeit, den Weg der Pforten zu gehen, trauerte der Hohepriester um den verstorbenen Pharao, der sein Freund gewesen war. Aber sei unbesorgt. In deinen Leinen liegen alle wichtigen Amulette und Papyri mit Zaubersprüchen, die dich auf dem Weg durch die Unterwelt schützen. Dein Herz wird nicht vom Untier gefressen werden, wenn es vor Osiris auf der Waage gegen die Feder der Maat gewogen wird. Dein Herz ist rein und wird die Prüfung bestehen. Du wirst leben bis in alle Ewigkeit.

Mit Wehmut dachte Cha-em-weset an die Inthronisierung seines Freundes im Tempel von Weset, wo der Pharao sich zu Osiris' Stellvertreter auf Erden erklärt hatte. Zahlreiche überlebensgroße Statuen vor dem Tempel zeugten von seinem starken Ka.

Und doch hatte er, Cha-em-weset, ihn nicht schützen können. Er hatte versagt.

Neben ihm stand Ramses, der heilige Sprüche murmelte.

»Ich bin THOT, der Wissende,
der das Morgen verkündet und die
Zukunft ausspäht,
ohne sich irren zu können;
der Himmel, Erde und Unterwelt leitet
und die Himmelsbewohner leben lässt.
Ich gebe Atem dem, der im Geheimen ist,
durch die Zaubersprüche, die in meinem
Mund sind,
damit OSIRIS über seine Feinde
triumphiert.«

Cha-em-weset warf Ramses einen Seitenblick zu und dachte: Der neue Pharao ist ein guter Regent. Er führt deinen Weg fort und belebt das Ansehen der alten Götter, so wie du es getan hast. Er ist der richtige Mann, der Kemet wieder zu einem blühenden, mächtigen Land machen wird. So wie es zu unserer Kinderzeit einst war.

Damals, vor so unendlicher Zeit, als wir im großen Palast deines Vaters Thutmosis, ewig möge er leben, spielten.

»Alle Götter sind in Jubel,
wenn sie dich als König des Himmels erblicken:
die Uräus-Schlange an deinem Haupt befestigt,
die ober- und unterägyptische Krone
an deinem Scheitel,
sie hat an deiner Stirne Platz genommen.
THOT steht fest am Bug deiner Barke
und bestraft alle deine Feinde.«

Cha-em-weset blickte grimmig auf die mit Lapislazuli und Fayencen ausgelegte Totenmaske, die trotz des alten überlieferten Stils die jungenhaften Gesichtszüge seines Freundes trug.

Möge Thot mich zu seinem Werkzeug machen, auf dass ich deinen Mörder finde und ihn töte – bis in alle Ewigkeit!

1

Hamburg

Ihre Seele suchte eine neue Herausforderung, das wusste er. Deswegen hatte er Karen angerufen, und deswegen war sie jetzt hier.

Julius Reinhold stand an einem der großen Fenster seines Büros mit wunderschönem Blick auf die Außenalster und überlegte, wie er es ihr am besten sagen sollte.

Er stand dort schon seit mehreren Minuten, so wie er es immer machte, um sich zu entspannen und seinen Gedanken einen Moment Ruhe zu gönnen.

Das Wetter war durchweg sonnig an diesem Spätsommertag im August, und nur selten flogen weiße Wolken am klaren blauen Nordhimmel vorüber. Draußen war es heiß, aber das alte Backsteinhaus ließ die Hitze nicht durch.

Hinter Julius öffnete sich die alte Eichentür, und er drehte sich um. Ein Lächeln flog über sein Gesicht, als er sein Patenkind sah.

»Karen, meine Liebe. Komm herein.«

Eine junge Frau Anfang dreißig mit schulterlangen kastanienbraunen Locken trat in das holzvertäfelte Büro und umarmte ihren Patenonkel zur Begrüßung. Er deutete auf den mit schwarzem Leder bezogenen Sessel vor seinem Schreibtisch und nahm ihr gegenüber in einem großen Lehndrehstuhl Platz.

»Wie geht es dir?«

Sie strich sich die Haare aus der Stirn und setzte sich in den altgedienten Sessel.

»Gut, Julius, vielen Dank. Wenn draußen die Sonne scheint, geht es mir immer gut.« Sie sah ihren Patenonkel erwartungsvoll an. »Du hast einen neuen Auftrag für mich?«

Julius griff bedächtig nach einem alten Alabaster-Skarabäus, der schon seit Ewigkeiten seinen angestammten Platz auf dem Schreibtisch hatte, und streichelte ihn.

»Ja, so ist es. Ich möchte, dass du wieder eine Monographie für mich schreibst.«

Sie nickte, da sie das erwartet hatte. Ihr Patenonkel war der Besitzer eines kleinen renommierten Verlagshauses in Hamburg, das sich durch seine hervorragenden Sachbücher einen guten Namen gemacht hatte. »Um wen oder was handelt es sich diesmal?«

Julius betrachtete den Skarabäus in seiner Hand.

»Um einen Professor der Sorbonne.«

»Sorbonne? Du schickst mich nach Paris?«

»Ja. Hast du etwas dagegen einzuwenden?«

Ihr Sessel war auf einmal sehr unbequem. »Nein, eigentlich nicht, aber …«

Er sah sie durchdringend an. »Du hast Bedenken?«

Karen wand sich innerlich. »Ich weiß nicht, warum«, sagte sie hilflos und zuckte leicht mit den Schultern, »aber ich fühle mich unbehaglich, wenn ich an Paris denke.«

»Dann gehörst du aber zu der kleinsten Minderheit, die ich kenne. Es würde wohl jeder gern mit dir tauschen wollen.«

Karen hielt seinem Blick problemlos stand. »Dann gib den Auftrag doch jemand anderem.«

Sie will nicht, dachte er, lächelte und betrachtete mit

Genugtuung den goldenen Maat-Anhänger an ihrem Hals.

»Das geht nicht. Du bist genau die Richtige dafür. Niemand sonst könnte diese Monographie so schreiben wie du. Außerdem bist du diejenige, die in unserem Verlag am besten Französisch spricht.«

Mit einem Stirnrunzeln dachte Karen an den Tag, an dem sie in der Schule freiwillig Französisch gewählt hatte. Sie liebte diese melodiöse Sprache und hatte es damals kaum erwarten können, sie zu erlernen. Jetzt schien sich diese Entscheidung bezahlt zu machen, aber Karen wusste nicht recht, ob sie sich darüber freuen sollte.

»Also gut«, erklärte sie widerwillig, »ich nehme den Auftrag an. Um wen handelt es sich?«

In den Augen ihres Patenonkels glomm ein leiser Triumph. »Sein Name ist Gerald Bernhardt, Professor der Chemie.«

Karen verzog das Gesicht. »Ein Naturwissenschaftler? Julius, ich bitte dich! Du weißt, dass Naturwissenschaften ein rotes Tuch für mich sind. Mein Spezialgebiet ist Literatur. Warum lässt du mich nicht über einen Literaten schreiben?«

Julius hob entschuldigend die Arme. »Tut mir Leid, aber damit kann ich dieses Mal nicht dienen. Du wirst sehen, es wird dir einfacher von der Hand gehen, als du glaubst.«

Ihr Blick war äußerst skeptisch. »Ein Chemiker?« Sie stöhnte. »Okay, ich mache es, aber ich warne dich. Es wird nur um seine Lebensdaten gehen, nicht um sein Werk. Erwarte keine großartigen naturwissenschaftlichen Abhandlungen von mir.«

»Das tue ich nicht.« Julius öffnete eine Schublade seines Tisches, um eine dünne Aktenmappe herauszunehmen. »Hier. Ich habe schon einige Unterlagen über ihn zusammengestellt, damit du einen Anhaltspunkt hast.«

Sie nahm die Mappe und blätterte neugierig in den Unterlagen. »Geboren am 18.04.1855 in Frankfurt, gestorben …« Ihr Blick flog über die Papiere. »Ist hier auch irgendwo ein Todesdatum?«

»Nein«, antwortete Julius sanft und betrachtete seinen alten Skarabäus. »Das Todesdatum ist nicht bekannt.«

Karen sah ihn fragend an.

Julius räusperte sich. »Leider ist Prof. Bernhardt von heute auf morgen in Paris verschwunden und wurde nirgendwo mehr gesehen.«

»Verschwunden?«

Julius nickte und setzte sich wieder aufrecht hin.

»Finde einfach alles über ihn heraus – seine Familienverhältnisse, wo er zur Schule ging, wo er studiert hat, wie er nach Paris kam und dort seine Professur erhielt, wo er gelebt hat und vielleicht auch noch ein wenig über seine Forschungen – natürlich nicht zu viel. Und wenn du alles herausgefunden hast, wirst du ein exzellentes Buch über ihn schreiben können.«

»Ich verstehe es immer noch nicht. Warum gerade dieser Professor? Ich habe noch nie etwas von ihm gehört. Warum ist er so wichtig?«

Behutsam legte Julius den Skarabäus auf den Schreibtisch zurück. »Sagen wir mal, sein Wirken stand lange im Schatten anderer Forscher, und ich denke, dass es endlich an der Zeit ist, dies zu korrigieren.« Er faltete die Hände. »Er war ein Freund von Sir Frederick Gowland Hopkins, falls dir der Name etwas sagt.«

Sie schüttelte den Kopf.

»Sir Hopkins war ein Professor in Cambridge und hat

viele Jahre nach der Zusammenarbeit mit Bernhardt den Nobelpreis in Physiologie und Medizin erhalten. Weißt du, Bernhardt ist es einfach wert, dass man sich seiner erinnert, und deswegen will ich, dass du die Monographie über ihn schreibst.«

Karen nickte bedächtig. »Also gut. Ich werde nach Paris reisen und sehen, was ich über ihn herausfinden kann. Vielleicht reicht es ja für ein Buch.« Sie erhob sich aus dem Sessel. »Wann geht's los?«

»Übermorgen, wenn du willst.«

»Gut. Das wird gehen. So wie immer?«

»So wie immer.« Er würde den Flug und das Hotel buchen.

»Na, dann man los«, murmelte sie und verabschiedete sich von ihm.

Julius sah ihr mit einem langen, nachdenklichen Blick nach und ergriff mechanisch eine Zeitung, die scheinbar zufällig vor ihm auf dem Schreibtisch lag. Mit einer Handbewegung hatte er die Seite wieder aufgeschlagen, auf der er gestern den Artikel über den Diebstahl im Louvre gefunden hatte. Die kleinen Fotos zeigten ein Djed-Amulett und einen goldenen Dolch, die aus der ägyptischen Abteilung gestohlen worden waren, wobei der Einbruch so hervorragend organisiert und ausgeführt war, dass die Diebe trotz aller Sicherheitsmaßnahmen unerkannt entkommen konnten. Die Polizei tappte mit ihren bisherigen Ermittlungen im Dunkeln und vermutete einen privaten Interessenten als Auftraggeber.

Julius lachte bitter. Einen privaten Interessenten! Sie haben keine Ahnung. Er nickte gedankenverloren und warf die Zeitung in den Papierkorb.

Es hat wieder angefangen.

2

Paris

Ich werde wohl die meiste Zeit in den Archiven der Sorbonne und der Nationalbibliothek verbringen, dachte Karen, während sie im Flugzeug einen Pariser Stadtplan betrachtete und nach den Gebäuden suchte.

Sie hatte nur einen schmalen Hartschalenkoffer mitgenommen, der eine Stunde später in den Hallen des Charles-de-Gaulle-Flughafens mit quietschenden Rollen auf dem Boden herumschlingerte, während Karen sich mit einem Lederrucksack auf dem Rücken und einer Laptoptasche durch die Menschenmassen des Abfertigungsschalters zwängte.

Die Gänge im Flughafen waren überfüllt mit Menschen, die nach Paris zurückströmten. In einigen Tagen würden die Sommerferien vorbei sein und die aufs Land geflüchteten Pariser drängten in die Stadt zurück. Karen wurde von diesen Menschenmassen mitgerissen und ließ sich im Schritttempo zu den Passkontrollen führen. Ab und zu bekam sie einen Stoß in die Seite. Einmal hatte sie das Gefühl, jemand lehne sich schwer auf ihren Rucksack, aber als sie sich umdrehte, stand nur ein junges Pärchen hinter ihr. Trotzdem griff sie instinktiv nach der ledernen Brusttasche, die sie unter ihrer weißen Bluse trug, und war froh, alle wichtigen Papiere und das Geld dort versteckt zu haben. Im Rucksack wären sie bei diesem Gedränge nicht sicher gewesen.

Ein Taxi brachte sie durch den berüchtigten Stadtverkehr zu ihrem Hotel im Quartier Latin, wo Karen nach einem kurzen Gespräch mit der Dame des Hauses und der Aushändigung des Schlüssels ein gemütliches Mansardenzimmer betrat. Die blau geblümte Tapete traf zwar nicht ganz ihren Geschmack, aber dafür war das Zimmer sauber und ordentlich. Ein einfacher Komfort, den Karen nicht immer während Julius' Aufträgen bekommen hatte. In so manchem Land waren Kakerlaken und Spinnen ihre Bettgenossen gewesen, aber in diesem Hotel hatte Ungeziefer keine Chance. Auch das kleine weiß gekachelte Badezimmer mit Dusche und Badewanne machte einen sauberen Eindruck.

Mit einem leisen Seufzer legte Karen ihr Gepäck ab und ging zum Mansardenfenster, auf dessen schmaler Fensterbank ein kleiner Apollon aus Porzellan stand und sie freundlich anlächelte. Vorsichtig stellte sie ihn auf einen dunklen Nebentisch, öffnete das Fenster und blickte auf einen mit Steinen gepflasterten Innenhof, wo einige amerikanische und niederländische Gäste plaudernd an Bistrotischen saßen.

Julius hatte Recht gehabt, es war ein ruhiges, gemütliches Hotel mitten im alten Universitätsviertel von Paris.

Über den gegenüberliegenden Dächern hing ein gelblicher Dunst, der einen langen Sommernachmittag versprach. Tief atmete sie die warme Luft ein und entschloss sich, heute noch nicht mit den Recherchen zu beginnen. Sie würde das schöne Wetter nutzen und Sacré-Cœur besuchen.

Karen schloss das Fenster, nahm ihren Rucksack und wollte gerade den Paris-Baedeker herausholen, als sie einen kleinen Riss in dem dünnen Leder bemerkte. Sie öffnete den Rucksack und musste feststellen, dass irgendein spitzer Gegenstand ihre Ägypten-Zeitschrift mit dem Ramses-Bericht durchbohrt hatte, während ihr abgenutztes Traumtagebuch glücklicherweise unversehrt geblieben war. Erst der dicke Paris-Baedeker hatte den Gegenstand aufhalten können. Leicht verärgert betrachtete Karen die zerrissenen Seiten des Reiseführers. Immerhin war er noch zu gebrauchen. Also steckte sie den Baedeker, ihr Portemonnaie und Julius' Arbeitsmappe in die Handtasche und verließ das Zimmer.

Der Stadtplan im Baedeker zeigte, dass das Panthéon mit den Grabstätten von Voltaire und Victor Hugo nicht weit von ihrem Hotel lag, aber bei dem schönen Wetter wollte sie sich nicht mit alten Grüften beschäftigen. Also marschierte sie zur nächsten Metrostation, kaufte sich eine Wochenkarte und fuhr auf direktem Weg zum Butte Montmartre.

Eine Viertelstunde später stieg sie die berühmte Treppe von Sacré-Cœur hinauf und setzte sich oben auf die letzte Stufe. Trotz der Touristengruppen und Souvenirverkäufer um sie herum genoss sie den weiten Blick auf die Stadt, die am Horizont in einem leichten sandfarbenen Dunst versank. Rechts von ihr versteckte sich der Eiffelturm hinter einigen Bäumen, während der blaue Turm des Montparnasse vor ihr in der Sonne glänzte; in weiter Ferne war die Kuppel des Panthéon zu erkennen, und die Türme der Notre-Dame verschwanden sanft im Meer der Sandsteinhäuser.

Karen blickte auf die vielen Dächer und Häuser der Stadt, als plötzlich eine tiefe Melancholie sie erfasste.

Obwohl sie von vielen Menschen umgeben war, fühlte sie sich allein und verlassen. Ihr Herz krallte sich zusammen.

Von einer inneren Unruhe getrieben, stand sie auf und ging ziellos durch die Straßen am Montmartre, ehe sie sich wieder beruhigte und sich in eine Brasserie setzte. Sie bestellte einen Kaffee und starrte mit leerem Blick auf das bunte Schauspiel der Porträtmaler, die den Touristen ihr Talent anboten. Warum hatte sie der Anblick von Paris so durcheinander gebracht? Warum diese plötzliche Melancholie? Mit einer matten Handbewegung schob sie die Tasse beiseite und griff nach ihrer Arbeitsmappe. Es war nicht viel, was Julius ihr mitgegeben hatte, nur einige kurze Notizen über Bernhardts Jugendzeit und sein Studium in Marburg. Karen las gerade einen Zeitungsartikel, als ihr Handy klingelte. Das Display zeigte den Namen ihres Bruders.

»Hallo, Kay. Na, was gibt's?«

Karens Bruder war einige Jahre älter als sie und rief nur selten an. Er lebte mit seiner Frau und der kleinen Johanna in Berlin, während Karen in Hamburg wohnte.

»Hallo, Schwesterchen, na, wie geht's? Sonnst du dich gerade am Strand, oder arbeitest du ausnahmsweise mal?«

Er hörte sich fröhlich an, was selten war. Beruflich war er mit seinen Forschungen an der Humboldt-Universität immer im Stress. Zum Nachteil seiner Familie.

»Du solltest dich besser kurz fassen, Kay. Ich bin in Paris, und das Gespräch könnte ziemlich teuer werden.«

»Paris?« In seiner Stimme schwang leichte Verwunderung mit. »Vive la France! Was machst du in Paris?«

»Arbeiten. Julius hat mir einen neuen Auftrag gegeben.«

»Soso, der gute Julius. Und diesmal hat er dich nach Paris geschickt? Na, das nenn ich einen traumhaften Arbeitsplatz. Wo stör ich denn gerade? Im Louvre oder im staubigen Kirchenarchiv?«

Es tat gut, seine spöttischen Bemerkungen zu hören.

»Du störst mich in einer Brasserie in der Nähe von Sacré-Cœur, wenn du es genau wissen willst.« Ihr Blick blieb für eine Sekunde an einem von Julius' Zeitungsartikeln hängen, in dem über Bernhardts englischen Kollegen berichtet wurde, als sie auf einmal eine Idee hatte. Ihr Bruder kam aus demselben Fachgebiet wie der Professor. Vielleicht wusste er etwas über ihr neues Studienobjekt? »Kennst du zufällig einen Prof. Gerald Bernhardt?«

Kay schien einen Augenblick zu überlegen. »Müsste ich den kennen?«

»Ich weiß nicht. Er lebte vor hundert Jahren in Paris und hat irgendetwas mit Chemie zu tun. Er war mit einem gewissen Sir Frederick Gowland Hopkins aus Cambridge befreundet.«

»Frederick Hopkins kommt mir vom Namen her bekannt vor, aber ich kann dir im Augenblick nicht sagen, woher.«

»Soll ein Nobelpreisträger gewesen sein.«

»Hopkins, Hopkins, Hopkins«, überlegte Kay laut. Allmählich dämmerte es ihm. »Ja, das stimmt. Jetzt erinnere ich mich an den Namen. Sollst du über ihn schreiben?«

»Nein, nicht über Hopkins, sondern über Prof. Bernhardt.«

»Den kenn ich nicht.«

»Bist du sicher?«

»Nein, bin ich nicht. Aber wenn du willst, schau ich gern mal in meinen Büchern nach. Vielleicht steht etwas über dein Opfer drin.«

»Das wäre nett von dir. Warum hast du mich eigentlich angerufen?«

Kay zögerte einen Moment, ehe er antwortete. »Marion

hat morgen Geburtstag, und ich weiß nicht, was ich ihr schenken soll.«

Karen stöhnte innerlich auf. Bei seinen letzten Telefonaten war es immer nur um seine aktuelle Forschungsreihe gegangen und dass er und sein Team sich nach drei Jahren endlich einem akzeptablen Ergebnis näherten. Sie hatte nach dieser Erfolgsstory immer dezent nach seiner Frau und dem Kind gefragt, worauf Kay meistens einsilbig geantwortet hatte. Jetzt waren sie wieder bei diesem Thema angelangt, und Karen wusste nicht, was sie sagen sollte. Sie hasste diese Gespräche.

»Schenk ihr mehr Zeit«, schlug sie vor, wohlwissend, dass ihm das keine Hilfe sein würde.

Kay atmete einmal tief durch. »Genau der Ratschlag, den ich brauche. Vielen Dank!«

»Tut mir Leid, aber das ist das Einzige, was mir im Augenblick einfällt. Geh mit ihr essen, und versuch öfter mal früher nach Hause zu kommen.«

Kay seufzte. »Diesen Ratschlag kann mir nur eine Frau geben.«

»Du hast eine Frau gefragt, also was erwartest du?«

»Dass wenigstens *du* mich verstehst.«

»Ich verstehe dich schon. Deine Forschungen und das Leben an der Uni sind genau das, was du immer wolltest. Du hast große Ziele, deine Studenten sehen zu dir auf. Alles sehr schön, aber deine Familie muss darunter leiden.«

»Ich habe dich eigentlich nicht angerufen, um mir eine Moralpredigt anzuhören«, kam es ziemlich laut aus dem Handy. »Mein Leben geht dich nichts an. Kümmer dich lieber um dein eigenes.« Er beendete das Gespräch.

Mit einem Stirnrunzeln sah Karen auf das Handy,

drückte die Aus-Taste und legte es in ihre Handtasche zurück.

Zwei Stunden später verließ sie die Brasserie und schlenderte durch das alte Stadtviertel, während die Sonne allmählich hinter den Häusern verschwand. Paris tauchte langsam in ein sanftes Violettblau, das immer mehr vom Dunkel der Nacht verschluckt wurde. Es war spät geworden, sodass sie sich auf den Heimweg ins alte Quartier Latin machte. Erfreulicherweise fand sie schnell eine Metrostation und nahm den nächsten Zug in ihre Richtung.

Eine Viertelstunde später stieg sie aus der Metro aus und ging langsam die steile Treppe des Ausgangs hinauf, als plötzlich jemand hinter ihr einen erstickten Schrei ausstieß. Sie drehte sich um und zuckte zusammen. Direkt neben ihr stand ein Mann mit einem Dolch in der Hand. Ein anderer Mann in brauner Lederjacke packte ihn am Arm und riss ihn herum.

»Verschwinden Sie, schnell!«, rief der Mann mit der Lederjacke, doch trotz der Warnung konnte Karen sich nicht von der Stelle rühren. Gebannt starrte sie auf die kämpfenden Männer. Der Angreifer war ein großer, hagerer Typ mit langer Nase, kurzen grauen Haaren und Stoppelbart. Er trug einen schwarzen Mantel und fixierte seinen Gegner mit hypnotisierendem Blick, aber der Mann mit der Lederjacke ließ sich davon nicht beeindrucken.

Beide Männer umtanzten sich, abwartend, lauernd, jeder die Bewegungen des anderen beobachtend, während der Hagere den Dolch langsam in seiner Hand hin und her drehte. Die Klinge glänzte golden im fahlen Licht des Metroausgangs. Plötzlich machte er einen Ausfall, doch der Mann mit der Lederjacke tauchte geschickt weg und schlug dem Angreifer auf den Arm. Der Hagere fluchte, vollführte aber gleichzeitig eine halbe Körperdrehung und grub den Dolch in das Fleisch des anderen. Der Mann mit der Lederjacke stöhnte auf, stieß den Angreifer mit einem Fußtritt von sich und fiel rückwärts die Treppe hinunter, während der Angreifer sich umdrehte und nach Karen Ausschau hielt.

Er sah sie unter einer Straßenlampe stehen und ging mit langen Schritten auf sie zu, in der rechten Hand die blutige Klinge. Karen war wie erstarrt. Sie hätte fliehen sollen, aber ihre Beine gehorchten ihr nicht. Taumelnd wich sie zurück und sah den Mann unaufhaltsam auf sich zukommen. In seinem fahlen Gesicht schienen die Augen zu glühen. Langsam hob er seine Arme wie die Flügel eines schwarzen Adlers, der sich auf sein Opfer stürzen will. Keine zwei Meter war er mehr von ihr entfernt. Gleich würde er zustoßen. Doch im letzten Moment riss Karen ein Reizspray aus der Jackentasche und sprühte es dem Fremden ins Gesicht.

Mit lautem Jaulen wandte er sich ab und rannte in die Dunkelheit, während Karen ihm mit weichen Knien nachschaute. Dann hörte sie ein leises Geräusch auf der Treppe und ging zu dem Mann mit der braunen Lederjacke. Kurz bevor sie ihn erreichte, sah sie einen kleinen weißen Gegenstand herumrollen, der dort eben noch nicht gelegen hatte. Es schien ein steinernes Röhrchen zu sein, doch hatte Karen keine Zeit, um es näher zu untersuchen. Sie bückte sich danach und steckte es schnell ein. Dann ging sie zu dem Mann mit der braunen Lederjacke und half ihm auf.

»Damned«, fluchte dieser und betrachtete den roten Fleck auf seinem blauen T-Shirt und der Jacke. Dann warf er Karen schnell einen einschätzenden Blick zu.

»Sind Sie verletzt?«, fragte er auf Französisch.

»Nein, ich bin okay«, antwortete sie auf Englisch und wollte seine Jacke hochheben, um sich seine Wunde genauer anzusehen, doch er riss sie ihr unwirsch aus der Hand.

»Ist die Wunde tief?«, fragte sie besorgt.

»Nein, es geht schon«, sagte er kurzatmig. Der Schnitt brannte in seiner Seite.

Sie runzelte die Stirn. »Das sollte sich besser ein Arzt anschauen.«

»Danke, es geht schon«, wiederholte er etwas lauter.

»Heben Sie mal die Arme.«

Er stand leicht vornübergebeugt, an die weiße Kachelwand der Metro gelehnt, und starrte sie fassungslos an. »Sie machen Witze!«

»Nein. Na los, machen Sie schon. Heben Sie die Arme.«

»Das kann ich nicht, verdammt.«

»Na also, Sie brauchen doch einen Arzt!«

Der Mann biss sich auf die Lippe. »Sind Sie Krankenschwester?«

»Nein. Dann hätte ich das vielleicht selber machen können, aber so, wie es aussieht, werden Sie zu einem Arzt gehen.«

Im Halbdunkel der Metrolampen blickte er in ihr entschlossenes Gesicht. »Haben Sie einen Wagen?«

»Nein, habe ich nicht.«

Er lächelte überlegen.

»Hören Sie, ich werde nicht von Ihrer Seite weichen, ehe Sie die Verletzung nicht einem Arzt gezeigt haben.«

»Sie meinen das wirklich ernst?«

»Aber sicher.«

Ihre Hartnäckigkeit amüsierte ihn. »Also gut«, gab er

mit einem leichten Grinsen nach. Er wollte sich nicht mit ihr streiten. »Mein Wagen steht dort drüben.« Er deutete auf einen BMW am Straßenrand, der im matten Lampenlicht silbern schimmerte. Mit einem kurzen Ruck stieß der Mann sich von der Kachelwand ab

»Soll ich nicht lieber fahren?«, fragte Karen, als der Mann sich kurze Zeit später mit einem leisen Stöhnen hinters Lenkrad setzte. Er wollte gerade antworten, aber sie kam ihm zuvor. »Nein danke, es geht schon«, sagte sie in tiefem Ton und versuchte seine ernste Mimik nachzuahmen.

Der Mann nickte und legte den Rückwärtsgang ein. »Sie lernen sehr schnell. Wie heißen Sie eigentlich?«

»Karen. Karen Alexander. Und Sie?«

»Michael Mansfield. Nett, Sie kennen zu lernen, Karen.« Er verzog das Gesicht, als er eine falsche Bewegung machte. »Kennen Sie zufällig den Weg zum nächsten Krankenhaus?«

Sie sah aus dem Auto und versuchte eines der beleuchteten Straßenschilder zu lesen. »Nein, leider nicht.«

Mansfield bog auf eine doppelspurige Straße ein.

»Na großartig.«

3

Im Hospital Saint-Raphael stellte man fest, dass die Schnittwunde nicht tief, aber lang war. Der Dienst habende Arzt besah sich die Verletzung und entschied sich gegen das Nähen der Wunde.

»Ein Pflaster und ein Verband werden genügen«, meinte er und desinfizierte den Schnitt, ehe er geschickt ein längliches Pflaster auf die Wunde gab und einen strammen Verband um den breiten Oberkörper seines Patienten legte.

Karen beobachtete die Prozedur vom Flur aus durch ein großes Sichtfenster und sah einen schönen Oberkörper mit breiten Schultern und starken Armen. Plötzlich räusperte sich jemand neben ihr und riss sie aus ihren Gedanken.

»Pardon. Sind Sie Madame Alexandre?«

Karen wandte den Kopf und sah einen älteren dicklichen Mann mit listigen Knopfaugen neben sich, der sie mit einem leichten Grinsen musterte. Von der Statur her war er ein wenig größer als Karen, und mit seinem Alter hätte er ihr Vater sein können. Anscheinend hatte er bereits längere Zeit hinter ihr gestanden und gesehen, was sie im Behandlungszimmer so sehr interessierte.

»Ich bin Kommissar Laurent vom Raub- und Morddezernat, fünftes Arrondissement. Das Krankenhaus hat uns informiert, dass es eine Messerattacke auf Ihren Mann gegeben hat. Ich würde Ihnen deswegen gern einige Fragen stellen.«

Sie blinzelte ihn müde an und wandte sich vom Fenster ab.

»Aber es ist doch gar nichts passiert.«

Laurent warf einen Blick durchs Fenster auf den breiten Verband um Mansfields Oberkörper.

»Es war ein versuchter Raubüberfall. Immerhin hat man Ihren Mann mit einem Messer verletzt.«

»Er ist nicht mein Mann.«

»Ist er nicht? Dann ist er Ihr Freund?«

»Nein, auch nicht. Ehrlich gesagt kenne ich ihn erst seit einer halben Stunde.«

Laurent stutzte und beobachtete, wie sich der Mann im Behandlungszimmer ein blaues T-Shirt überzog. »Sie haben ihn noch nie vorher gesehen?«

»Nein.«

Er runzelte die Stirn und blickte sie aus seinen kleinen strengen Augen an, als ihm ein neuer Gedanke kam. »Was machen Sie eigentlich nachts allein in der Metro? Wissen Sie denn nicht, dass man als Frau zu so einer Uhrzeit besser ein Taxi nimmt?«

Sie griff sich an den Kopf und massierte ihre pochenden Schläfen.

»Natürlich weiß ich das. Aber es war kein Taxi in der Nähe, und Sie wissen ganz genau, dass es in Paris manchmal verdammt schwer ist, eins zu bekommen.«

Er nickte, doch auch wenn sie ihm mit dem blassen Gesicht Leid tat, musste er sie schelten. Die Touristen machten immer dieselben Fehler. »Das nächste Mal nehmen Sie ein Taxi, n'est-ce pas? Oder Sie gehen früher nach Hause.«

»Versprochen«, sagte sie und lächelte matt.

»Gut. Dann kommen Sie bitte mit.« Er brachte sie in einen kleinen Nebenraum, in den wenige Minuten später auch Mansfield eintrat. Er trug wieder seine braune Lederjacke, die vom Blut gesäubert war. Laurent nahm die Personalien auf und bemerkte erstaunt, dass es sich um einen sechsunddreißigjährigen New Yorker Polizisten handelte, der in Paris Urlaub machte, während die Frau irgendeine Schriftstellerin aus Hamburg war. Er notierte ihre Hoteladressen und hob während des Schreibens eine seiner dunklen Augenbrauen. Wieso konnte sich dieser amerikanische Polizist das Hotel Vernet leisten, das zu den teureren Adressen in Paris gehörte? Er warf Mansfield einen prüfenden Blick zu. Außerdem störte ihn noch etwas anderes.

»Monsieur Mansfield, Ihr Hotel liegt in der Rue Vernet in der Nähe der Champs-Élysées. Warum waren Sie zu dieser Uhrzeit in der Metro? Die Linie 10 fährt doch gar nicht in Ihre Richtung?«

»Das muss sie auch nicht. Ich hatte mir heute Nachmittag das Panthéon angeguckt und wollte dann nach La Défense. Da der Pariser Verkehr berüchtigt ist, habe ich meinen Wagen im Quartier Latin stehen lassen und nahm die schnellere Metro.«

»Sie wollten also zu Ihrem Wagen zurück?«

»Stimmt.«

»Welches Kennzeichen haben Sie?«

Mansfield runzelte die Stirn. »Weiß ich nicht. Es ist ein Mietwagen.« Er griff in seine Jackentasche und reichte Laurent seine Papiere, der sie mit flinkem Blick überflog und dabei feststellte, dass der Amerikaner einen 7er BMW fuhr, dessen täglicher Mietpreis wahrscheinlich doppelt so hoch wie der Verdienst eines französischen Kommissars war. Er selbst fuhr einen zehn Jahre alten verrosteten Peugeot. »Ihren Antworten nach zu urteilen reisen Sie allein, Monsieur?«

»Ist das wichtig?«, fragte Mansfield leicht verärgert.

»Vielleicht«, antwortete Laurent und blickte von seinem Notizbuch auf.

»Ja, ich reise allein«, erwiderte Mansfield mürrisch.

Der Kommissar wandte sich an Karen. »Und Sie, Madame Alexandre?«

»Ich auch.«

Er machte sich eine kurze Notiz, bevor er wieder aufschaute. »Ist das nicht ein wenig gefährlich, Madame?«

Sie griff sich an die Stirn und versuchte ein Gähnen zu unterdrücken. Es war inzwischen nach zwei Uhr morgens.

»Monsieur Laurent, was schätzen Sie, wie viele ausländische Studentinnen in Paris leben?«

»Mehrere tausend möchte ich meinen.«

»Sehen Sie? Außerdem hatte ich keine Wahl. Mein Studienobjekt betrifft die Sorbonne, und da ich immer alleine arbeite, war das überhaupt keine Frage.«

Laurent nickte langsam, während er schrieb. »Wie Sie meinen.« Er setzte mit seinem Kugelschreiber einen demonstrativen Punkt. »Wollen Sie Anzeige erstatten?«

Mansfield warf Karen einen schnellen Blick zu.

»Nein«, antworteten beide gleichzeitig.

»Wie bitte?«

»Nein«, wiederholte Mansfield seelenruhig.

Der Kommissar holte tief Luft. »Nun noch mal ganz langsam zum Mitschreiben. Man hat Sie mit einem Messer angegriffen und vielleicht sogar versucht Sie umzubringen …«

»Nicht mich«, widersprach Mansfield. »Sie.« Er nickte in Karens Richtung.

Laurent sah ihn verwirrt an. »Aber es waren doch Sie, der verletzt wurde.«

»Na ja, aber es ist ja nichts Ernstes.«

Laurent wandte sich an Karen. »Madame Alexandre, haben Sie vielleicht Feinde in Paris, oder wollte der Mann nur Ihre Handtasche?«

Sie sah ihn ratlos an und zuckte leicht mit den Schultern. »Ich weiß nicht. Ich kenne hier niemanden.«

Mansfield machte eine ungeduldige Handbewegung. »Sie ist wahrscheinlich jemandem in der Metro aufgefallen, der sie für eine leichte Beute hielt. Wie auch immer, es war bestimmt eine einmalige Sache und wird sich nicht wiederholen. Können wir jetzt gehen?«

Laurent zögerte. Die beiden gefielen ihm nicht. Es roch förmlich nach Ärger. Vor allem der Amerikaner machte keinen Vertrauen erweckenden Eindruck auf ihn. Er grummelte leise, als er sein Notizbuch wegsteckte, dann wedelte er leicht mit der Hand in Mansfields Richtung. »Also gut. Aber halten Sie sich zur Verfügung, falls wir noch Fragen haben.«

»Selbstverständlich.«

Wenige Minuten später saßen sie in Mansfields BMW. Der Amerikaner warf Karen heimlich einen Blick zu. Sie hatte ein schönes Profil mit weichen Lippen, und ihre schulterlangen Locken streichelten ihre Wangen, aber ihre graugrünen Augen schienen leblos. Karen war im Moment völlig abwesend.

Er räusperte sich. »Sie sind so still geworden, Karen. Worüber denken Sie gerade nach?«

Sie starrte benommen in die Dunkelheit vor sich. »Haben Sie das ernst gemeint, was Sie dem Kommissar erzählt haben?«

Mansfield versuchte sich zu erinnern. »Wieso? Was habe ich denn gesagt?«

»Dass der fremde Mann mich vielleicht umbringen wollte.«

Mansfield bemerkte ihre Totenblässe. Offenbar wurde ihr auf einmal bewusst, was in den letzten Stunden alles passiert war.

»Eigentlich wollte ich dem Kommissar damit nur klar machen, dass es nicht um mich, sondern um Sie ging. Ich glaube nicht, dass der Mann Sie töten wollte. Wahrscheinlich wollte er nur Ihre Handtasche.«

Karens Hände verkrampften sich. »Sie sagten, dass es wohl eine einmalige Sache gewesen sei und nicht noch mal vorkommen würde.«

»Na, das denke ich doch.« Er sah forschend in ihr Gesicht. »Oder?«

Sie konnte nicht sofort antworten. Ihre Atmung wurde immer schneller.

»Jemand hat schon mal versucht mich umzubringen. Mein Gott, es ergibt erst jetzt einen Sinn. Im Flughafen war ein dichtes Gedränge. Ich wurde viel geschubst und geschoben. Aber jetzt erinnere ich mich, dass ich einen kurzen, schnellen Druck in die Nierengegend bekam.« Sie kaute nervös auf ihrem rechten Zeigefinger herum. »Erst in meinem Hotel bemerkte ich den kleinen Riss in meinem Rucksack.«

Mansfield starrte auf die Straße vor sich. »War es ein Loch oder ein Riss?«

»Ein Riss. Meine Zeitschriften waren zerschnitten, und mein Paris-Baedeker war halb durchbohrt.«

»Dann hat der Stadtführer Ihnen wohl einen ungewöhnlichen Dienst erwiesen«, stellte Mansfield nüchtern fest, bereute seine Worte aber sofort, als er sah, wie Karen ungläubig den Kopf schüttelte. »Vielleicht war es ja nur ein Reisender, der Ihnen seinen Regenschirm in den Rücken gerammt hat«, schlug er vor.

»Nein. Es war ein glatter Schnitt, wie mit einem Messer. Außerdem habe ich den Kerl von der Metrostation auf dem Flughafen gesehen.«

Mansfield startete den Wagen, fuhr aber noch nicht los. »Glauben Sie nicht, dass Sie sich täuschen?«

Karen schüttelte den Kopf.

»Wenn wirklich jemand hinter Ihnen her ist, Karen, sollten Sie besser nicht in Ihr Hotel zurückkehren. Er könnte dort auf Sie warten.«

»Ich glaube nicht, dass er es zweimal in einer Nacht versuchen wird, oder?«

»Dafür gibt es keine Garantie. Immerhin hat er es bereits zweimal am selben Tag probiert, wenn Sie mit Ihrer Vermutung richtig liegen. Wollen Sie trotzdem in Ihr Hotel zurück?«

»Ja, bitte«, sagte sie ohne Überzeugung und versuchte einige Alternativen zu durchdenken. Aber welche sollten das sein? Welches Hotel würde sie nachts um drei Uhr aufnehmen? Nein, es gab keine andere Möglichkeit als in ihr kleines Mansardenzimmer zurückzukehren.

Oder doch?

Mansfield fuhr los. Eine Viertelstunde später stellte er den Wagen auf dem privaten Parkplatz des Hotels ab.

»Ich begleite Sie bis zu Ihrem Zimmer.« Das war keine Frage, sondern eine Feststellung. Normalerweise hätte Karen dagegen protestiert, aber in dieser Nacht war es ihr nur recht.

Es gab keinen Nachtportier, wie Mansfield feststellte, sodass sie unbeobachtet bis zu ihrer Zimmertür kamen. Karen schloss sie auf und machte das Licht an, während

Mansfield sich sofort an ihr vorbeidrängte. Er warf einen schnellen Blick in jede Ecke des Zimmers, aber es war niemand da. Langsam ging er zu Karen zurück, die abwartend an der Tür stand.

»Sie kommen jetzt alleine klar?«, fragte er mit ernster Miene.

Karen zwang sich zu einem matten Lächeln.

»Ich hoffe es«, sagte sie. »Gute Nacht, Michael. Und Danke für alles.«

Er zögerte kurz, dann nickte er und wandte sich dem Lift zu, während Karen hinter ihm die Tür verriegelte, sich gegen die Wand lehnte und ihr kleines Zimmer betrachtete.

Was für eine Nacht.

Sie stellte die Handtasche ab und ging ins Badezimmer, um sich das Gesicht zu kühlen. In dem kleinen Raum war es feucht und stickig, weil die Belüftungsanlage nicht richtig arbeitete und nur ab und zu mit lauten Knackgeräuschen ansprang.

Karen ließ das kalte Wasser über ihre Hände laufen und bemerkte mit leisem Grauen, dass ihre Finger zitterten. Der Schreck des Überfalls saß ihr doch noch in den Knochen.

Die Augen des Fremden. Wie glühende Kohlen hatten sie in der Dunkelheit geleuchtet, und pure Mordlust hatte aus ihnen gesprochen. Aber warum? Was hatte sie ihm getan? Oder ging es vielleicht doch nur um ihre Handtasche? Noch während sie sich dies fragte, kam aus dem Zimmer ein lautes Krachen, als ob jemand das Fenster aufgestoßen hätte und hereingesprungen wäre.

War der fremde Mann ihr gefolgt?

Hastig verriegelte sie die Badezimmertür und griff in

die Jackentasche. Erleichtert fühlte sie das kalte Blech der Reizgasdose in ihrer Hand, holte sie heraus und zielte auf die Badezimmertür. Der Fremde würde es ein zweites Mal zu spüren kriegen, wenn er hereinkäme.

Karen verschanzte sich in die hinterste Ecke, stieg in die leere Badewanne und wartete. Mit zitternder rechter Hand hielt sie die Dose in Richtung Tür, während die andere Hand an den glatten Wandfliesen vergebens nach Halt suchte. Karens Augen fixierten ängstlich den Türgriff. Der Unbekannte würde sicher gleich daran rütteln und die Tür aufbrechen.

Sekunden vergingen wie eine Ewigkeit. Nur mit Mühe konnte sie sich aufrecht halten. Es war nichts zu hören, kein Trampeln, kein Rufen, kein Rütteln an der Tür.

Plötzlich zuckte Karen zusammen, aber es war nur die kaputte Lüftung, die mit lautem Knacken ansprang. Draußen blieb es ruhig. Hatte sie sich getäuscht? Waren ihr die Nerven durchgegangen?

Langsam kroch sie aus der Ecke hervor, schlich zur Badezimmertür und horchte an ihr. Nein, im Zimmer war alles ruhig.

Karen sah sich in dem kleinen Raum um. So hatte sie sich die erste Nacht in Paris nicht vorgestellt – in einem stickigen Badezimmer mit einer kaputten Lüftung und einem Reizspray in der Hand. Sollte sie hier drinnen die nächsten Stunden abwarten? Oder hätte der fremde Mann nicht inzwischen die Badezimmertür aufgebrochen, wenn er sie dort vermutete?

Sie haderte mit sich selbst. Einerseits wollte sie hier nicht stundenlang eingeschlossen sein, andererseits hatte sie Angst, diesen sicheren Ort zu verlassen. Schließlich nahm sie allen Mut zusammen und entriegelte leise das

Schloss. Dann riss sie die Tür auf, wirbelte herum und starrte atemlos, aber kampfbereit mit dem Reizspray in der Hand zum Fenster.

Es war niemand zu sehen.

Ein kalter nächtlicher Regenschauer hatte das Fenster aufgestoßen und dicke Regentropfen ins Zimmer hereingetrieben, während Apollon, den sie wieder aufs Fensterbrett gestellt hatte, zerschmettert auf dem Boden lag und sie aus traurigen Augen ansah.

Nur langsam beruhigte sich Karens Herzschlag. »Du warst es«, sagte sie zu der Porzellanfigur, während sie schnell die beiden Flügelfenster schloss und die Gardinen zuzog. »Armer Kerl.« Sie hob den Gott des Lichts auf und legte ihn vorsichtig auf das schmale Fensterbrett zurück. »Du hast mich ganz schön erschreckt.«

Ihr Blick streifte die Gardinen über der Figur, und Karen ging durch den Kopf, dass das Fenster sehr einfach von außen zu öffnen war. Was ist, wenn der Fremde es versucht und du hier ganz allein im Zimmer bist?

Dann wanderte ihr Blick vom Fenster zum Bett, von dort zur Zimmertür, die jeder Mann mit einem gezielten Fußtritt aufbrechen könnte, und blieb schließlich am Telefon hangen. Es schien sie magisch anzulächeln. Sollte sie Laurent anrufen? Der Kommissar hatte ihr seine Visitenkarte gegeben. Karen zog sie aus der Jackentasche. Aber was sollte sie ihm sagen? Dass sie Angst bekommen hatte? Und was konnte er für sie tun? Er würde ihr niemals Personenschutz zur Verfügung stellen. Und eine Polizeistreife, die ab und zu am Hotel vorbeifuhr, würde ihren Angreifer wohl kaum abschrecken. Lange sah Karen auf das Telefon und wedelte sich geistesabwesend mit der kleinen Visitenkarte Luft zu. Ihr fiel nur eine Person ein, bei der sie sich im Augenblick sicher fühlen würde. Und diese Person wohnte im Hotel Vernet.

Langsam griff sie zum Telefon und ließ sich von der Auskunft mit dem Vernet verbinden. Ein äußerst höflicher Portier erklärte, dass Monsieur Mansfield sich zurzeit nicht in seinem Zimmer befinde und sie deswegen auch nicht mit ihm reden könne. Zunächst hielt Karen das für eine Floskel, um die nächtliche Ruhe der Gäste vor Anrufen zu schützen, aber da Mansfield ein Amerikaner war, musste der Portier mit zeitversetzten Telefonaten rechnen. Also schien er wirklich noch nicht in seinem Zimmer zu sein. Doch das machte nichts. Selbst das Foyer des Vernet schien Karen im Augenblick sicherer als ihr kleines Zimmer im Quartier Latin. Sie beendete das Gespräch und ließ sich von der Auskunft mit einer Taxi-Zentrale verbinden.

4

Die Fahrt zurück in sein Hotel führte Mansfield durch halb Paris, aber das war im Moment auch gut so. Er war leicht verwirrt. Seit er am Montag hier angekommen war, hatte sich sein Aufenthalt nicht ganz nach seinen Wünschen entwickelt. Er hatte Laurent angelogen. Natürlich war er heute Nachmittag nicht in La Défense gewesen, sondern hatte sich in der Banlieu illegal eine Pistole gekauft. Nur gut, dass Karen nicht in das Handschuhfach des BMW geschaut hatte, wo er die chromfarbene Smith & Wesson versteckte.

Es schien, als würde es für ihn in Paris nicht einfach werden.

Der verdammte Kerl hat tatsächlich zugestochen.

Mansfield strich sich über den dünnen Verband, der unter dem T-Shirt zu spüren war. Wieder eine Narbe mehr.

Er bog von der Champs-Élysées in die Rue Vernet und fuhr in das Parkdeck seines Hotels. Der Lift brachte ihn in den fünften Stock, wo er sich in seinem Zimmer der Lederjacke und des T-Shirts entledigte. Er zog ein weißes Hemd an und setzte sich auf die Couch, wo er geistesabwesend die *Le Monde* in die Hand nahm und sie durchblätterte. Trotz der vorgerückten Stunde war er noch nicht müde. Er ließ sich einen Whiskey kommen und las im sanften Licht einer Stehlampe, als das Telefon plötzlich klingelte. Er nahm den Hörer ab.

»Oui?«

»Pardon, Mr Mansfield, dass ich Sie so spät störe, aber

da ich Sie vor einer halben Stunde gesehen habe und ein Page mir sagte, dass bei Ihnen noch Licht brennt … Bei mir steht eine gewisse Madame Alexandre, die Sie unbedingt sprechen möchte. Sie lässt sich nicht auf den Vormittag verweisen.«

Mansfield musste grinsen. »Das ist in Ordnung, Monsieur Leroux. Bitte schicken Sie sie nach oben.«

Der Portier war viel zu höflich, um irgendein Anzeichen von Überraschung zu zeigen. »Sehr wohl, Mr Mansfield.« Er legte auf und deutete zum Lift. »Mr Mansfield erwartet Sie, Madame Alexandre. Zimmernummer 505.«

Karen nickte. »Merci beaucoup.«

Mit einem Seufzer stellte sie fest, dass ein Aufenthalt in diesem Hotel mit den weißen Marmorwänden und der edlen Strukturtapete ihr Reisebudget sicherlich sprengen würde. Aber das stand im Augenblick sowieso nicht zur Debatte. Sie zählte die Türnummern durch und klopfte ganz leise an die 505, wo Mansfield ihr sofort öffnete.

Sie sah ihn mit einem schlechten Gewissen an. »Es tut mir Leid, dass ich Sie nochmals störe, aber …«

»Sie stören nicht«, sagte er und hielt die Tür weit geöffnet. »Kommen Sie herein.«

Während sie ins Wohnzimmer trat, warf Mansfield schnell einen Blick in den Hotelflur, aber es war niemand zu sehen. Er schloss die Tür.

»Ist Ihnen jemand gefolgt?«

Sie schüttelte den Kopf. »Nein, ich glaube nicht. Ich habe niemanden bemerkt.«

»Gut.« Er bot ihr einen Sessel an, in den sie sich mit einem dankbaren Seufzer fallen ließ.

»Sie haben eine Suite«, stellte sie fest und betrachtete das in Cremefarben gehaltene Zimmer mit den Art-nouveau-Möbeln. So viel Platz war sie nicht gewöhnt.

»Das haben Sie nicht erwartet, wie?«

»Nein, ich ...« Sie biss sich auf die Zunge.

»Ich sehe nicht danach aus, wollten Sie sagen.«

»Na ja, irgendwie nicht.«

Er lehnte sich mit einem Lächeln in seinem Sessel zurück und hatte ein Funkeln in den Augen. »Das nehme ich als Kompliment.«

Sie gähnte unter vorgehaltener Hand. »Kann sich so etwas ein New Yorker Polizist leisten?«

»Nur, wenn er Mafia-Gelder annimmt.« Mansfields Mundwinkel zuckten verräterisch, während er Karen genauer betrachtete. In ihrem müden Gesicht kündigten sich dunkle Augenringe an. »Darf ich Ihnen vielleicht etwas anbieten? Cognac, Kaffee oder ein Aspirin?«

Sie runzelte die Stirn. »Sehe ich so schlimm aus?«

»Ziemlich.«

Sie seufzte. »Gut, dann einen Cognac, bitte. Einen doppelten.«

Mansfield griff zum Telefon und bestellte zwei Drinks, die ihnen innerhalb kürzester Zeit gebracht wurden. Er reichte ihr den Cognac und prostete ihr mit seinem Whiskey zu. Dann nahm er einen kleinen Schluck.

»Wie haben Sie mich eigentlich gefunden? Haben Sie alle Hotels und Pensionen nach mir abgesucht?«

»Natürlich nicht. Sie haben dieses Hotel dem Kommissar genannt.«

Mansfield betrachtete die goldene Flüssigkeit in seinem Glas und nickte. »Stimmt.«

Karen nippte an ihrem Cognac, als sie Mansfields weißes Hemd bemerkte.

»Sie haben noch nicht geschlafen. Haben Sie Schmerzen?« Sie warf einen Blick auf die Stelle unterhalb seines rechten Rippenbogens.

Er schüttelte leicht den Kopf. »Das ist nur ein Kratzer. Nein, eigentlich habe ich auf einen Telefonanruf gewartet«, sagte er und nahm noch einen Schluck aus seinem Glas.

»Ein Telefonanruf um vier Uhr morgens?« Sie sah ihn verwundert an. »Wer könnte denn so unhöflich sein?«

Mansfield versuchte ein Lächeln zu unterdrücken. »Ich weiß nicht«, erwiderte er schmunzelnd und stellte das Glas auf den Couchtisch zurück. »Außerdem leide ich auch unter Jetlag.« Er zögerte kurz, bevor er die Frage stellte, deren Antwort er schon kannte, aber er wollte die Worte aus ihrem Mund hören. »Karen, warum sind Sie eigentlich hier?«

Sie knetete verlegen ihre Finger. Die Frage war ihr unangenehm, aber sie hatte natürlich gewusst, dass sie kommen würde. Sie warf ihm einen bittenden Blick zu. »Ich … ich wollte Sie fragen, ob ich diese Nacht vielleicht bei Ihnen bleiben kann. In meinem Hotel fühle ich mich nicht mehr sicher. Ich kenne in Paris niemand andern … und die Polizei …« Ein kurzer Schauer durchlief sie. Ihr Kreislauf machte sich bemerkbar.

Mansfield nickte nachsichtig und stand auf. »Kommen Sie.« Er öffnete die Schiebetür zum Schlafzimmer. »Sie sind hundemüde. Nehmen Sie mein zweites Bett und schlafen Sie ein paar Stunden.«

Karen hatte ein schlechtes Gewissen. »Und Sie?«

»Ich werde hier auf der Couch schlafen.«

Sie betrachtete die teure, aber äußerst unbequem aussehende Couch. »Nein«, sagte sie müde, aber bestimmt, »ich werde Ihnen auf keinen Fall Ihr Bett wegnehmen.«

Er sah sie ruhig und sehr ernst an.

»Ich nehme nicht die Couch?«, fragte sie zaghaft.

»Nein.«

Sie stand auf und ging zu ihm an die Tür, wo sie einen letzten Einwand machen wollte, aber er kam ihr zuvor. »Ich weiß, dass Sie sich jetzt nur zu gern mit mir streiten würden und nur deswegen nachgeben, weil Sie zum Streiten viel zu müde sind.«

Karen musste lächeln. »Stimmt genau«, sagte sie und trottete langsam in Richtung Bett. Schwerfällig zog sie sich Jacke und Schuhe aus und legte sich dann mit allerletzter Kraft auf das wundervoll weiche Bett.

»Glauben Sie, dass der Fremde es noch mal versuchen wird?«, murmelte sie ins Federkissen hinein, während Mansfield eine leichte Tagesdecke über sie legte.

»Heute Nacht sicherlich nicht mehr. Schlafen Sie jetzt.« Er ging zur weißen Schiebetür zurück und zog sie leise hinter sich zu.

Unschlüssig warf er einen Blick durchs Zimmer, schlenderte zu einem der bodenlangen Fenster und öffnete es. Er genoss die frische Luft und sog sie tief in seine Lungen ein, als sich seine Wunde bemerkbar machte. Mansfield fluchte leise.

Dass die Frau bei ihm war, konnte Komplikationen geben, aber er mochte Karen. Das konnte zwar noch mehr Komplikationen geben, doch daran wollte er im Augenblick nicht denken. Stattdessen drehte er sich langsam um und warf einen prüfenden Blick auf die schmale Couch, die ihm ihre Dienste anbot, aber verflixt ungemütlich aussah. Mit einem tiefen Seufzer legte er sich auf das edle Polster und drückte ein Kissen zurecht. Er lag noch keine fünf Minuten, als von seinem Handy eine Melodie ertönte. Mit einer schnellen Handbewegung nahm er den Anruf entgegen.

»Ja?«

»Monsieur Mansfield? Wir treffen uns morgen Abend um dreiundzwanzig Uhr dreißig im Capet.

»Ich habe verstanden«, sagte Mansfield mit einem grimmigen Lächeln und beendete das Gespräch.

Es hatte also tatsächlich funktioniert.

5

Karen sah einen braun gebrannten Rücken vor sich. Um die Hüften des Mannes schlang sich ein weißer Lendenschurz, und sein Kopf trug stolz das Königskopftuch mit der heiligen Uräus-Schlange. Der Pharao ging der Dunkelheit entgegen, begleitet von den Horussöhnen, die beschwörend murmelten:

»Schwalben wecken dich auf, der du schläfst,
sie heben dein Haupt empor zum Horizont.
Richte dich auf, damit du über das triumphierst,
was dir angetan wurde.
PTAH hat deine Feinde zu Fall gebracht,
und es soll gegen den vorgegangen werden,
der gegen dich vorging.«

Karen hob die Hand und wollte nach dem Pharao greifen, ihn an der Schulter berühren, ihn umdrehen und ihm ins Gesicht sehen, aber plötzlich waren die Figuren verschwunden, und die Dunkelheit verwandelte sich in Licht, das immer heller und greller wurde. Sie öffnete die Augen und schreckte hoch. Was war das für ein Schlafzimmer? Wo war der Pharao? Nein, sie musste geträumt haben. Sie sah an sich hinunter. Warum lag sie angezogen in diesem Bett? Doch dann erinnerte sie sich an die merkwürdigen Geschehnisse der vergangenen Nacht, an den Unbekannten an der Metrostation und an den Amerikaner, dem diese Suite gehörte.

Müde fuhr sie sich über die Augen, als die hellen Sonnenstrahlen, die sich fröhlich durch die dünnen Gardinen schlichen, sie plötzlich in Bewegung brachten. Mit einem Satz sprang sie aus dem Bett und eilte zur Schiebetür.

Mansfield rieb sich gerade schlaftrunken die Augen, als Karen die Schlafzimmertür aufriss.

»Haben Sie gut geschlafen?«, fragte er mit einem Gähnen und streckte sich.

»Wie spät ist es?«

»Danke, ich habe auch sehr gut geschlafen.«

»Um Himmels willen, wie spät ist es?«

»Tragen Sie keine Uhr?«

»Nein.«

Er schob den Ärmel zurück und sah auf seine Rolex.

»Es ist vierzehn Uhr.«

Sie erstarrte zur Salzsäule. Dann rannte sie umso schneller zu ihren Schuhen zurück und zog sich den ersten auf einem Bein hüpfend an. »O mein Gott, ich komme bestimmt zu spät.«

»Zu spät? Wohin?«

»Zum Rektor der Sorbonne. Ich habe in einer halben Stunde einen Termin bei ihm.«

»Sie haben einen Termin bei dem Rektor der Sorbonne? *Sie* kennen den Rektor der Sorbonne?«

Karen schlüpfte in den zweiten Schuh.

»Nein, nicht ich. Jedenfalls noch nicht. Er ist ein alter Freund meines Patenonkels. Sie haben zusammen studiert.« Karen sah auf und überlegte. »Oder sie waren zur selben Zeit auf derselben Universität, das weiß ich nicht mehr genau. Auf jeden Fall sind sie alte Jugendfreunde.« Sie schnürte die Schuhe zu.

Mansfield massierte sich seinen verspannten Nacken. Er

hatte verdammt schlecht geschlafen und Albträume gehabt, in denen ein Unbekannter auf ihn schoss. Er schüttelte den Kopf, um die Erinnerung zu verjagen. »Darf ich Sie vielleicht begleiten?«

Sie hob den Kopf. »Ist das Ihr Ernst?«

Er zuckte mit den Schultern. »Warum nicht? Ich wollte mir sowieso die Sorbonne angucken. Sie würden mir also einen großen Gefallen tun.«

»Na dann kommen Sie.«

Die Nachmittagssonne blendete Mansfield, als sie die Rue de Rivoli entlangfuhren. Er klappte die Sonnenblende runter und setzte eine Sonnenbrille auf, während er sicher durch die Pariser Straßen preschte.

»Was wollen Sie eigentlich in der Sorbonne?«, fragte er, als ein Rotlicht ihn wieder zum Halten zwang.

»Ich recherchiere.«

»Aha. Und wofür?«

»Für eine Monographie.«

»Ach ja, Sie sind Schriftstellerin, nicht wahr?«

»Sachbuchautorin würde ich eher sagen. Ich bin freie Mitarbeiterin in einem kleinen Verlag in Hamburg. Ab und zu erscheinen auch Artikel in Zeitungen, aber diesmal bin ich im Auftrag meines Verlags hier. Es geht um einen Professor der Sorbonne, der vor hundert Jahren spurlos verschwand.«

Mansfield pfiff anerkennend durch die Zähne. »Vor hundert Jahren? Das könnte kompliziert werden, oder?«

»Schon möglich. Und es wird bestimmt noch komplizierter, wenn ich den Termin mit dem Rektor verpasse.«

»Keine Angst, das schaffen wir schon. Die Sache mit dem verschwundenen Professor hört sich irgendwie nach einem Kriminalfall an.« Mansfield bog rechts in die Rue de la Cité Notre-Dame ein.

Karen nickte. »Stimmt, aber ich will den Fall nicht aufklären, sondern einfach nur sein Leben rekonstruieren und darüber ein Buch schreiben.«

»Kann man davon leben?«

»Nein. Ich übersetze manchmal auch noch Fachbücher.« Sie sah die Häuserfassaden vorbeigleiten. »Man wird nicht reich damit, aber es genügt zum Überleben. Außerdem ist der Chef des Verlags mein Patenonkel.«

»Wie praktisch.«

»Ja, das hält die Einkünfte gleichmäßig. Und der Job macht mir Spaß. Wissen Sie, ich habe Literatur studiert und darin auch meinen Magister gemacht, aber zu einer Dozentenstelle an der Universität hätte ich niemals Lust gehabt.«

Er warf ihr einen kurzen Seitenblick zu. »Zum Nachteil der Studenten.«

»Vielen Dank.« Sie sah auf ihre Finger. »Waren Sie schon mal in Paris, Michael?«

»Nein. Sie?«

Karen schüttelte den Kopf. »Nein, es ist das erste Mal.«

»Dann können wir uns doch die Stadt zusammen anschauen«, schlug er vor.

»Das geht leider nicht. Ich muss mich um meine Arbeit kümmern und die vorhandenen Archivmaterialien durchsehen.«

»Ach kommen Sie. Es kann doch nicht Ihr Ernst sein, dass Sie nach Paris fahren und ohne die Mona Lisa oder den Eiffelturm gesehen zu haben wieder verschwinden.«

Karen musste ihm zustimmen. »Einige Dinge wollte

ich mir schon anschauen, den Louvre und das Musée d' Orsay.«

Mansfield wandte den Kopf. »Sie interessieren sich für die Impressionisten?«

»Monet und Cézanne sind meine Lieblingsmaler. Ich muss sie unbedingt im Original sehen.«

Er blickte auf die Straße vor sich. »Sie scheinen keine Angst mehr vor dem Mann von heute Nacht zu haben«, sagte er.

Karen knetete ihre Finger. »Ich bin nach Paris gekommen, um hier eine Aufgabe zu erfüllen, Michael. Ich kann mich nicht die ganze Zeit verstecken und Angst haben. So komme ich nie ans Ziel.«

»Eine vernünftige Einstellung.« Er bemerkte, dass sie etwas aus ihrer Hosentasche hervorholte. »Was haben Sie da in der Hand?«

Karen hielt einen fingerlangen weißen Gegenstand in Mansfields Augenhöhe und drehte ihn im hellen Sonnenlicht hin und her.

»Ein Amulett. Es fiel mir vor die Füße, als der Fremde flüchtete. Es scheint aus Alabaster zu sein, meinen Sie nicht? Es ist innen hohl und hat auf der einen Seite eine Gravur.« Sie drehte das Amulett zwischen den Fingern, sodass Mansfield eine stilisierte Feder erkennen konnte.

»Ich glaube, ich habe so etwas Ähnliches schon mal gesehen«, meinte er. »Es schaut ägyptisch aus, wie Ihre Kette.«

Unbewusst griff Karen nach ihrer Maat-Kette. »Ja, es könnte ein Djed-Pfeiler sein, obwohl der obere Teil fehlt.«

Mansfield musste auf den Verkehr achten und sah in den Seitenspiegel. »Sie hätten es dem Kommissar geben müssen.«

Schnell schloss sich ihre Hand um das Amulett. »Nein! Ich möchte es behalten. Bitte erzählen Sie ihm nichts davon.«

Er nickte. »Von mir aus. Aber es könnte gefährlich werden, das Amulett zu behalten. Der Fremde wird es zurückhaben wollen.«

Karen blickte betrübt auf den weißen Alabaster, der sich in ihrer Hand so wunderbar anfühlte. »Wahrscheinlich haben Sie Recht. Aber er hat mich auf dem Flughafen auch schon angegriffen, und da besaß ich dieses Amulett noch nicht. Es kann also nicht nur daran liegen.« Liebevoll strich sie über den alten Alabaster und ließ ihn in die Hosentasche gleiten.

Der Anfang ihres Parisaufenthalts nahm nicht den geplanten Lauf, und nach einem schnellen Blick auf den Mann neben sich konnte sie nicht sagen, ob sie das gut oder schlecht finden sollte.

6

Als sie durch das steinerne Eingangstor der Sorbonne an der Rue de la Sorbonne gingen, streckte Karen den Arm aus und strich mit der rechten Hand über den alten Sandstein.

Mansfield betrachtete sie mit einem Stirnrunzeln. »Was tun Sie da?«

Karen spürte den von der Sonne erwärmten Stein und fühlte sich auf eine merkwürdige Art innerlich berührt.

Angekommen.

»Ich liebe es, Steine zu berühren. Es ist wie ein Erkennungsgruß. Kennen Sie das nicht auch?«

Mansfield überlegte. »Doch, ich mache das zu Hause auch immer mit meinem Kühlschrank.«

»Sie Ignorant.« Lächelnd ging sie an ihm vorbei zum Pförtnerplatz.

»Ob Monsieur le Recteur mich so empfangen wird?« Mansfield strich sich unbehaglich über die stachlige Wange. »Verflixt, ich trete der wissenschaftlichen Elite Frankreichs entgegen und bin nicht rasiert.« Es war ihm äußerst unangenehm, aber Karen warf ihm nur einen verschmitzten Blick zu.

»Keine Angst, Michael, Sie sehen gut aus.«

»Ich weiß. Aber ich bin unrasiert. Ob das akzeptabel ist?«

»Monsieur Artois ist der Freund meines Patenonkels und wird jeden akzeptieren, den ich mitbringe, selbst wenn es Quasimodo wäre.«

»Vielen Dank. Jetzt fühle ich mich schon erheblich besser.« Langsam folgte er ihr zum Pförtner. Der Name Alexander war diesem vorab angekündigt worden, aber Mansfield warf er einen prüfenden Blick zu, ehe er zum Telefonhörer griff und ihre Ankunft im Sekretariat meldete.

»Es wird gleich jemand kommen, der Sie zum Rektor führt«, sagte er und deutete mit einem Kopfnicken an, dass sie in den Hof gehen konnten.

Karen sog den Anblick der alten Sandsteinfassaden in sich auf. Sie befanden sich im Innenhof der Sorbonne, einer der ältesten Universitäten Europas, dem Traum eines jeden Studenten. Sie atmete Geschichte und sah nach rechts, wo die weiße Kuppel der Chapelle de la Sorbonne, dem Grabmal Richelieus, sich stolz in den Himmel erhob. Davor standen zwei Statuen von Louis Pasteur und Victor Hugo, die Karen nachdenklich anblickten. Der Kapelle gegenüber erstreckte sich ein großartiger Arkadengang über die ganze Front des Gebäudes, doch Karen blieb kaum Zeit für diese Eindrücke, denn nach wenigen Minuten kam schon ein Student und brachte sie in die heiligen Büros des Rektors. Vorher wurden sie jedoch von einem anderen Mann abgefangen, der ihnen auf halbem Weg entgegenkam.

»Ah, Madame Alexandre. Bonjour. Ich bin Olivier Escard, Monsieur Artois' Privatsekretär.« Er reichte beiden die Hand, wobei er Mansfield irritiert anblickte.

Monsieur Escard war etwa zehn Jahre älter als Mansfield und trug einen perfekt sitzenden graublauen Anzug, der ihn von anderen Menschen der Sorbonne abhob. Seine grauen Augen waren wachsam und erwartungsvoll auf die beiden Besucher gerichtet.

»Ich hatte nur mit Ihnen gerechnet, Madame. Wollen Sie mir nicht Ihren Begleiter vorstellen?«

»Aber sicher. Monsieur Escard – Michael Mansfield. Ein … ein Freund aus New York. Ich hoffe, Sie haben nichts dagegen, dass er mitgekommen ist.«

Der Sekretär hatte das leichte Zögern in Karens Stimme durchaus bemerkt, als sie ihn als einen Freund bezeichnete. Er musterte Mansfield.

»Wie gefällt es Ihnen in Paris, Monsieur?«

Mansfield war der strenge Blick des Sekretärs nicht entgangen. Er hatte das Gefühl, als ob jedes seiner Worte auf die Goldwaage gelegt werden würde.

»Großartig. Ich bin zwar erst seit Montag hier und habe noch nicht viel gesehen, aber zu dieser Jahreszeit ist die Stadt einfach bezaubernd. Wir Amerikaner träumen von Paris.«

Escard nickte zufrieden. »Richtig, doch Sie sollten lieber im Frühling kommen, dann ist unsere Stadt noch viel schöner.« Er führte sie beide durch einen kleinen Flur und klopfte kurz gegen eine reich verzierte Ebenholztür, die im oberen Bereich stolz das »S« trug.

Durch das dicke Holz drang ein gedämpftes »Oui«. Escard öffnete die schwere Tür und überließ Karen und Mansfield den Vortritt. In dem großen holzvertäfelten Büro saß ein Mann Anfang sechzig mit dünnem weißem Haar hinter einem mächtigen mit Pflanzenornamenten versehenen Mahagonischreibtisch. Der Rektor erhob sich, als seine Gäste eintraten.

»Madame Alexandre.« Auch Mansfield warf er einen freundlichen Blick zu. »Monsieur. Ich bin zutiefst erfreut, Sie endlich kennen zu lernen.«

Beiden fiel auf, dass der Rektor mit der Herzlichkeit

seiner Begrüßung keinen Unterschied zwischen ihnen machte. Er schien sie beide erwartet zu haben. Er reichte ihnen die Hand und zeigte auf zwei Holzstühle, die für so manchen Besucher der vergangenen hundert Jahre ihren Dienst getan hatten. Monsieur Artois setzte sich hinter den Schreibtisch in einen Lehnstuhl und betrachtete Karen mit familiärem Blick. Seine Hände lagen gefaltet auf seinen schlanken Beinen.

»Sie sind also das Patenkind meines alten Freundes Julius«, sagte er und lächelte geheimnisvoll, als wüsste er mehr über sie, als ihr recht war. Dann wandte er sich direkt an Mansfield.

»Und Sie, Monsieur? Sie sind ihr Begleiter?«

Mansfield schluckte, als er sich eines prüfenden, aber auch gutmütigen Blickes des Rektors erwehren musste. In den Augen des Mannes lag eine Tiefe, die etwas Unheimliches hatte.

»Ich bin Michael Mansfield, Monsieur le Recteur. Ich bin ... ein Freund von Madame Alexandre«, erwiderte auch er leicht zögernd.

Der Rektor nickte wohlwollend. »Formidable. Und Sie sind beide hierher gekommen, um sich um den alten Fall von Prof. Bernardt zu kümmern?«

Karen räusperte sich. »Deswegen bin ich hier, Monsieur Artois. Es wäre nett, wenn Sie mir Einsicht in die vorhandenen Unterlagen und Bücher des Professors gewähren würden, die sich in der Bibliothek der Sorbonne befinden.«

»Bien sûr, Madame. Das wird geschehen. Und was kann ich für Sie tun, Monsieur Mansfield?«

»Ich würde mir gern Ihre berühmte Universität anschauen, Monsieur le Recteur.«

Étienne Artois sah ihn lauernd an. »Das ist alles?«

»Ja, das ist alles«, erwiderte Mansfield. Er fühlte sich unbehaglich unter dem Blick dieses Mannes.

»Bien, das wird sich beides einrichten lassen.«

Seine Finger fanden einen versteckten Messingknopf an seinem Schreibtisch. Sofort erschien der Sekretär in der Tür.

»Bitte seien Sie so gut, Escard, und führen Sie unsere Gäste durch unsere Salons und zeigen Sie ihnen das große Amphitheater. Danach bringen Sie sie in die Bibliothek, damit Madame Alexandre ihren Wissensdurst stillen kann.«

»Sehr wohl, Monsieur le Recteur«, erwiderte Escard und hielt die Tür für Karen und Mansfield auf, während sie sich von Artois verabschiedeten.

»Wenn Sie noch Hilfe brauchen, wenden Sie sich bitte an Monsieur Escard. Er wird Ihnen jederzeit helfen, nicht wahr, Escard?«

»Selbstverständlich«, sagte dieser auf die offene Tür deutend. »Bitte hier entlang.« Er überholte sie und führte sie durch die weißen Flurgalerien zu den Präsentationsräumen der alten Universität.

»Sie müssen wissen, dass die heutigen Räumlichkeiten erst durch den großen Umbau zwischen 1881 und 1901 entstanden sind«, erklärte er, während sie die escalier d'honneur hinaufgingen, die mit ihren geschwungenen Eisenbalustraden und den golden eingearbeiteten Medaillons mit den Wappen aller französischen Universitätsstädte einen wunderbaren Kontrast zum weißen Sandstein der Halle darstellte.

Ob Prof. Bernhardt damals auch diese Treppe hinaufgegangen ist?, überlegte Karen, während sie auf das Glasdachfenster mit dem Wappen von Paris blickte, durch das ein sanftes Licht auf sie niederschien.

Doch der Sekretär führte sie schnell weiter, vorbei an großen Wandgemälden, bis sie wenige Minuten später vor einer breiten Flügeltür standen. Wie ein Zeremonienmeister öffnete er sie und ließ seine beiden Gäste in den *grand salon* eintreten. Es war ein großer mit Ebenholz vertäfelter Raum, dessen goldfarbene Holzverzierungen das Ebenholz noch stärker zur Geltung brachten, aber Karens Blick blieb auf dem Bild Kardinal Richelieus haften, das sie aus vielen Geschichtsbüchern kannte.

»Gemalt 1640«, erklärte Escard knapp und freute sich, als er Karens ehrfürchtiges Interesse für den Kardinal bemerkte.

Sie hob die rechte Hand und hätte das Gemälde am liebsten berührt, aber ihre Finger blieben respektvoll wenige Zentimeter über der alten Leinwand stehen, und dann zog sie sie wieder zurück.

»Richelieu war ein großer Förderer unserer Universität, Madame Alexandre. Er war es, der zum ersten Mal einen großen Gebäudekomplex bauen ließ, von dem allerdings nur noch die Chapelle vorhanden ist.«

»Ja, ich weiß«, sagte Karen, und auch Mansfield war von diesem Bild fasziniert, das in seiner Ausstrahlung alle Macht, aber auch Verantwortung des Mannes widerspiegelte, der zu jener Zeit die Geschicke Frankreichs lenkte.

Doch Escard drängte sie weiter zum Salle Gréard, wo Karen für einen kurzen Moment sprachlos auf der Türschwelle stehen blieb. Mansfield befand sich genau hinter ihr und sah in einen kleinen Saal mit einigen Tischen und roten Polsterstühlen, hinter denen ein riesiges Gemälde mit reich verziertem Goldrahmen hing.

Olivier Escard folgte ihren Blicken und erklärte mit einem Lächeln: »Ein schönes Bild, nicht wahr, Madame? Es zeigt die Feier von 1892 zu Ehren des siebzigsten Geburtstags Louis Pasteurs, die damals in unserem großen Amphitheater abgehalten wurde.«

Karen nickte nur und betrachtete verzaubert die vielen Menschen auf dem Bild, die in ihren roten Doktormänteln dem großen Entdecker stehende Ovationen darbrachten. Sie erinnerte sich an eine Notiz in Julius' Mappe, dass Prof. Bernhardt an dieser Veranstaltung auch teilgenommen hatte. Sie versuchte sich vorzustellen, welches dieser real wirkenden Porträts auf dem Bild er sein könnte, aber es waren zu viele Gesichter. Und leider hatte Julius ihr kein Foto von Bernhardt mitgeben können.

»Übrigens befinden Sie sich hier in dem Raum, in dem Pierre de Coubertin 1894 das Nationale Olympische Komitee gründete«, sagte Escard nicht ohne Stolz auf die jahrhundertealte ehrenvolle Geschichte der Sorbonne und ihrer Mitglieder, zu denen er sich selbstverständlich auch zählte.

Tatsachlich hinterließen diese Raume einen tiefen Eindruck auf Karen.

»Es ist geradezu überwältigend, Monsieur Escard«, sagte sie ehrlich. »Ich bin Ihnen und dem Rektor wirklich dankbar, dass wir das alles sehen durften.«

Mansfield nickte nur höflich zustimmend. Im Gegensatz zu Karen fühlte er sich in diesen alten Räumen äußerst unwohl.

»Dabei haben Sie das Schönste noch gar nicht gesehen«, erwiderte der Sekretär und schloss die Türen hinter sich. »Bitte folgen Sie mir.« Wenige Minuten später standen sie vor einer mit Gold verzierten gusseisernen

Tür, über der in goldenen Lettern Grand Amphithéâtre stand.

Diesmal stockte auch Mansfield der Atem, als sie in den großen Hörsaal traten. Vor ihnen öffnete sich ein weißes Halbrund mit hellgrünen Sitzbänken, und an der Stirnseite des Podiums erstreckte sich ein zwanzig Meter langes Wandbild mit klassischen Allegorien. An den steinernen Eckpfeilern standen die Worte Liberté, Egalité, Fraternité.

»Sie haben Recht, Monsieur Escard, den schönsten Raum hatten wir bisher noch nicht gesehen«, sagte Karen, während eine Gänsehaut über ihre Arme lief. Staunend schaute sie auf die Bühne, wo Louis Pasteur gestanden hatte. Dort hinten links. Sie konnte das Klatschen der applaudierenden Menschen hören und sah die vielen roten Doktormäntel vor sich. Doch allmählich verebbte das Geräusch, und Karen bemerkte, dass sie die leeren Reihen unter sich anstarrte, was Escard mit einem wohlwollenden Lächeln registrierte. Er liebte es, wenn andere Menschen die Schönheit und Geschichte seiner Universität zu würdigen wussten.

»Möchten Sie vielleicht auch noch das Labor sehen, in dem Prof. Bernhardt seine Forschungen durchführte? Seitdem hat sich natürlich einiges verändert, aber vielleicht hilft Ihnen der Raum, sich eine ungefähre Vorstellung seiner Arbeit zu machen?«

»Ja, gern. Das wäre fantastisch.«

Monsieur Escard führte sie eine schmale Flurgalerie entlang und öffnete die zweitletzte Tür auf der linken Seite.

»Sie müssen sich den Raum mit zwei großen Kachelholztischen vorstellen, auf denen hunderte Glasflaschen, Bunsenbrenner, Holzregale mit Phiolen und Porzellandosen standen.«

Stattdessen blickte Karen auf die moderne Laborausstattung mit den automatischen Maschinen, die kleine Ampullen stundenlang gleichmäßig durchschüttelten. Daneben standen drei Geräte, die sie als überdimensionale Mikroskope erkannte, mit denen man computergesteuerte Forschungsergebnisse erzielen konnte.

Sie fühlte sich hier nicht wohl und drehte sich nach Mansfield um, aber der war nicht mehr hinter ihr, sondern stand an einem der Laborfenster und starrte auf den sonnenbeschienenen Innenhof. Karen stellte sich neben ihn und betrachtete sein hartes Profil. Sein Mund war ein dünner Strich, und seine Nasenflügel bebten, wenn er die Luft einsog. Das Gesicht war leichenblass, aber das konnte auch an dem hellen Kunstlicht des Labors liegen.

Was war mit ihm los?

Karen hatte das Bedürfnis, ihre Hand auf seine zu legen, die auf der Fensterbank ruhte, aber er zog sie unwirsch weg. Sie schaute ihn irritiert an. »Was ist mit Ihnen?«

Mansfield legte den Kopf in den Nacken. Sein Gesicht war angespannt, und sein Blick traf Karen tief in ihrer Seele.

Er machte ihr Angst.

»Nichts«, brummte er, drehte sich zu Escard um, der auf sie wartete, und schlenderte missmutig über das schwarz-weiße Karree-Parkett. Er und Escard gingen zur Tür, doch Karen brauchte noch einige Sekunden für die Eindrücke dieses Raums. Sie warf dem Labor mit seinen neuen Tischen und Gerätschaften einen letzten Blick zu und folgte dann den beiden Männern in den Flur.

In den nächsten Minuten verschwand Mansfields düstere Stimmung wieder, und als sie die Treppe zur Bibliothek erreichten, lächelte er Karen entschuldigend zu. Sie lächelte dankbar zurück, während Escard sie in eine Welt entführte, die sie wie eine Droge neu belebte.

Während sie die sechsundzwanzig Stufen zur Bibliothek hinaufgingen, versuchte Karen sich vorzustellen, wie viele Menschen diese weißen Stufen zum französischen Elysium bereits vor ihr erklommen hatten. Es war wirklich ein Ort der Seligen, wie Escard zu erzählen wusste, denn es befanden sich über drei Millionen Volumina in den Magazinen der Bibliothek. Eine Zahl, die Karens Herz höher schlagen ließ.

»Darunter wird sicherlich auch etwas für Sie sein, Madame Alexandre«, zeigte er sich zuversichtlich und stellte ihnen Monsieur Tillier, den Bibliothekar, vor.

»Bei ihm sind Sie in guten Händen, Madame, sodass ich Sie nun verlassen kann. Wenn Sie sonst noch einen Wunsch oder eine Frage haben, rufen Sie mich einfach an.« Er gab ihr seine Visitenkarte. »Dann helfe ich Ihnen gern weiter.« Escard nickte seinem Gegenüber zu, dass dieser die Gäste übernehmen könne, und verließ das Büro. Der Bibliothekar sah sie mit einem sehr geschäftigen Blick an. »Monsieur Escard deutete an, dass Sie sich für die Arbeit eines unserer ehemaligen Professoren interessieren?«

»Das ist richtig. Sein Name ist Gerald Bernhardt.«

Monsieur Tillier gab den Namen in den Computer ein und startete die Suche per Tastendruck. Seine Augen wanderten von einer Ecke des Bildschirms zur anderen.

»Nun, wir haben vier Bücher von ihm, aber wenn ich das richtig sehe, könnte es da ein Problem geben. Einen Moment bitte.«

Er drängte sich an seinem Schreibtisch vorbei.

»Madame Leclerc, würden Sie bitte so freundlich sein und mir sagen, ob diese Bücher im Augenblick zur Verfügung stehen? Sie sind im Computer mit drei Sternchen versehen.«

Eine Frau mit dünnen braunen Haaren und leichtem Grauansatz warf ihm einen skeptischen Blick zu.

»Drei Sternchen? Tut mir Leid, aber wenn sie mit Sternchen gekennzeichnet sind, wurden sie gerade verliehen. Darf ich mal sehen?«

Sie stellte sich hinter den Computer und prüfte die Angaben. Dann nickte sie und gab noch weitere Datenabfragen ein, deren Ergebnisse nicht lange auf sich warten ließen.

»Nein, die Bücher sind zurzeit nicht verfügbar. Sie wurden alle gestern Nachmittag ausgeliehen.«

»Für wie lange?«

»Für drei Wochen.«

Karen stöhnte. Sie war extra nach Paris gekommen, um diese Berichte zu lesen, und nun hatte sie die Bücher um einen einzigen Tag verpasst? »Kann man vielleicht herausfinden, wer die Bücher ausgeliehen hat, damit ich mich eventuell mit demjenigen in Verbindung setzen kann?«

Madame Leclerc warf dem Bibliothekar einen fragenden Blick zu, der einmal kurz nickte. Die Daten der Ausleihe standen schon die ganze Zeit auf dem Bildschirm, aber da sie keine Kundendaten weitergeben durfte, hatte sie sie bisher nicht erwähnt und wunderte sich nun über die Ausnahme. Sie fragte sich, was an dieser Person so Besonderes war, dass das strikte Datengeheimnis für sie nicht galt.

»Sie sind von jemandem aus dem Arabischen Institut angefordert und gestern von einem Mitarbeiter abgeholt worden«, sagte sie kurz angebunden, griff nach einem Zettel, notierte den Namen und reichte ihn Karen. »Benötigen Sie vielleicht noch die Adresse des Arabischen Instituts?«

»Nein danke, ich bin schon daran vorbeigefahren. Ich weiß, wo es liegt. Merci.«

Monsieur Tillier machte einen Schritt auf Karen zu.

»Haben Sie vielleicht noch weitere Fragen?«

Zwischen Karens Augenbrauen entstand eine schmale Falte, als sie nachdachte. »Bitte entschuldigen Sie, aber sind diese vier Bücher wirklich die einzigen Unterlagen, die Sie über Prof. Bernhardt besitzen? Ich meine, das sind doch nur die gedruckten Erzeugnisse des Professors, aber was ist mit seinen privaten Aufzeichnungen? Seine handschriftlichen Notizen? Oder ist sein gesamter Nachlass damals an seine Familie geschickt worden?«

»Eine sehr gute Frage«, sagte Tillier und blickte auf den Computer vor sich. Dann schüttelte er den Kopf. »Nein, das finden wir hier nicht.« Er lief in einen größeren Nebenraum, in dem sich mehrere Leseplätze und ein Holzschrank mit altmodischem Schlagwortregister befanden. Dort durchsuchte er die Karteikarten und nickte schließlich. »Sie haben Recht, wir haben in unserem Magazin noch einige Unterlagen vom Professor, die Ihnen vielleicht weiterhelfen könnten. Wenn Sie bitte mitkommen wollen ...«

Er führte sie durch einige Flure und mehrere kleine Büros, bis ihnen eine schmale Theke im letzten Raum den Weg versperrte. Es beeindruckte Karen, wie Monsieur Tillier mit einem leichten Nicken Eintritt erhielt, ohne dass die resolut wirkende ältere Dame auch nur die geringste Frage stellte. Einmal drehte sich Karen zu Mansfield um, der die ganze Zeit hinter ihr ging und alles stoisch und wortlos über sich ergehen ließ, doch ihr blieb keine Zeit, sich über ihn den Kopf zu zerbrechen. Stattdessen eilte sie Tillier hinterher, der sie zielsicher an den meterlangen Regalen mit ledergebundenen Büchern und Atlanten vergangener Jahrhunderte durch die wirren Gänge des Magazins führte.

Sie merkte, wie ihr Herz schneller schlug, je näher sie dem Ziel kam. Gleich würde sie etwas Persönliches vom Professor in der Hand halten. Es würde nicht mehr lange dauern.

Plötzlich zuckten Mansfields Nasenflügel, als ein chemischer Geruch eine unangenehme Erinnerung in ihm wachrief und sofort alle Sinne schärfte. Er griff nach Karens Schulter, verfehlte sie jedoch. Im selben Augenblick blieb Monsieur Tillier stehen und zeigte auf eines der vielen Fächer eines alten Holzschranks. »Voilà!«

Er wollte eine bestimmte Schublade aus der Mitte herausziehen, als Mansfield Karen beiseite stieß und den Bibliothekar aufhielt.

»Warten Sie«, sagte er scharf und sah sich um. »Riechen Sie es nicht?«

Monsieur Tillier hielt demonstrativ die Nase in die Luft. »Nein, ich weiß nicht, was Sie meinen.« Bevor es jemand verhindern konnte, öffnete er die gesuchte Schub lade und zuckte im selben Moment zusammen. Er riss die Arme hoch und torkelte nach hinten.

Mansfield hielt die Luft an. Reflexartig stieß er Karen und den Bibliothekar in den Gang.

»Weg hier, weg hier!«, rief er und schob die beiden bis zum Eingang zurück. Hinten im Magazin fielen mehrere Bücher auf den Boden. Mansfield drehte sich um. »Ist da jemand? Kommen Sie sofort raus! In der Luft ist Säure!« Doch anstatt zu ihnen in die frische Luft zu flüchten, hörte er sich entfernende Schritte. Weiter hinten fielen in einer dunklen Ecke zusammengerollte Landkarten um. Mansfield starrte auf den um Luft ringenden Bibliothekar am Boden und wandte sich schroff an die erschrockene Angestellte hinter der Theke. »Gibt es hinten im Magazin noch einen Ausgang?«

Die Frau sah ihn aus großen Augen an. »Ja, aber der ist immer verschlossen. Da kommt niemand raus.«

Mansfield war anderer Ansicht und stürmte ins Lager zurück. Er rannte den Hauptgang entlang und sah in jede Regalreihe, aber es war niemand mehr da. Plötzlich fiel rechts von ihm eine Tür ins Schloss, und man hörte, wie schnelle Schritte im Flur verhallten. Mansfield wollte demjenigen folgen, aber die Tür war verschlossen. Er rüttelte an der Klinke und stemmte sich gegen das harte Holz, doch es gab keinen Millimeter nach. Er war zu spät gekommen. Wie betäubt ging er zum Haupteingang zurück und ließ sich von Karen an ein offenes Fenster führen. Sie sah ihn prüfend an, aber er schien in Ordnung zu sein.

»Was sollte das? Warum sind Sie noch mal ins Magazin gerannt?«, fragte sie besorgt.

Doch er sah nur aus dem Fenster hinaus und ließ sich den frischen Wind ins Gesicht wehen.

»Nichts«, murmelte er ausweichend. »Es war nichts.«

7

Kommissar Jean-Philippe Laurent warf seinem jungen Kollegen einen missmutigen Blick zu.

»Es hat in der Sorbonne einen Unfall gegeben? Was soll das heißen, einen Unfall! Gab es Tote und Verletzte oder nicht?«

René Durel kaute auf einem Kugelschreiber und ließ die schlechte Laune seines Vorgesetzten über sich ergehen. Meistens ging es schnell vorbei. »Keine Toten, aber mindestens einen Verletzten. Es sieht nach einem Säureanschlag aus. Es sind auch zwei Touristen darin verwickelt, ein Amerikaner und eine Deutsche. Monsieur Escard hat sie durch die Sorbonne geführt, als das Unglück geschah.«

Laurent schwante Übles. »Hast du Namen?«

»Karen Alexander und Michael Mansfield«, antwortete Durel knapp, während er ein leichtes Aufflackern in den Augen von Laurent wahrnahm. »Du kennst die beiden?«

»Die Messerattacke von gestern Abend an der Metro. Sind sie verletzt?«

Durel zuckte mit den Schultern. »Nein, aber einer der Bibliotheksangestellten ist ins Krankenhaus eingeliefert worden.«

»Nicht Monsieur Escard, oder?«

»Ihm ist nichts passiert. Er hat die Bibliothek kurz vorher verlassen.«

Laurent atmete tief durch. Der Sekretär des Rektors stand unter höchstem politischem Schutz und war ein bekannter und beliebter Mann in den gehobenen Kreisen der

Pariser Wissenschaftler. Laurents Vorgesetzter hätte ihm die Hölle heiß gemacht, wenn ihm etwas zugestoßen wäre.

»Worauf warten wir noch?«, fragte Laurent und machte einen Schritt zur Tür.

»Auf eine gute Fee, die mich von meinen Kopfschmerzen befreit«, murmelte Durel, während er aufstand und Laurent folgte.

Der Kommissar warf ihm einen wissenden Blick zu. Seit zwei Jahren arbeiteten sie zusammen, und auch wenn Durel ab und zu mal über die Stränge schlug, war er durchaus zuverlässig in seiner Arbeit. Aus diesem Grund ließ Laurent vieles durchgehen. »Ist wohl wieder ein bisschen spät geworden gestern Abend, wie?«

Durel knetete seine eiskalte Stirn. »Meine Freundin hatte Geburtstag«, erklärte er entschuldigend, bemerkte aber an Laurents Miene sofort, welch alte Wunde seine Worte aufgerissen hatten. Schnell versuchte er seinen Kollegen mit einer Frage abzulenken. »Darf ich fahren?«

Laurent öffnete eine der Glasflurtüren des alten Polizeigebäudes und ging als Erster hindurch.

»Nein«, antwortete er schroff.

Durel lächelte verschmitzt, während er zu ihm aufschloss.

»Hätte ja sein können«, murmelte er, während sie das Treppenhaus hinuntergingen.

»Das wäre dann wohl der zweite Wunsch an die Fee gewesen.«

Laurent hatte geahnt, dass es mit den beiden Touristen noch mehr Ärger geben würde. Allerdings hatte er nicht damit gerechnet, sie ausgerechnet in der Sorbonne wieder zu treffen. Seit den letzten Bizutage-Unfällen, den bizarren Aufnahmeriten der neuen Studenten, hatte es dort seit Jahren keine Todesfälle mehr gegeben. Und nun auf einmal ein Säureanschlag? Genau in dem Augenblick, als diese beiden Ausländer in der Universität herumliefen? Was hatten sie im Magazin zu suchen, zu dem eigentlich nur Angestellte Zutritt hatten? Die Sache gefiel ihm nicht.

Er wollte sich zunächst in dem Magazin ein Bild von dem Tathergang machen, aber seine Kollegen von der Spurensicherung hatten den Raum noch nicht freigegeben. Also ging er hinaus auf den großen Innenhof, wo Karen und Mansfield in dem offenen Arkadengang auf Holzbänken saßen und sich erholten.

»Sie schon wieder, Monsieur le Commissaire?« In Mansfields Stimme klang leichter Spott, während er sich mit einem Taschentuch übers Gesicht fuhr.

»Ja, ich bin auch begeistert, Sie wieder zu sehen, Monsieur Mansfield. Madame«, er nickte Karen leicht zu. »Geht es Ihnen gut, oder brauchen Sie noch etwas von den Sanitätern?«

»Nein.« Karen lächelte matt. »Uns ist nichts geschehen. Wissen Sie vielleicht, was mit dem Bibliothekar ist?«

»Nein, leider nicht, aber mein Kollege Durel spricht gerade mit dem Arzt. Vielleicht kann er gleich mehr dazu sagen.« Er sah von einem zum anderen und versuchte in ihren Gesichtern zu lesen. »Wie konnte es zu diesem Anschlag kommen?«

Karens Kopf fuhr hoch. »Anschlag?«

»Madame, diese Menge Salzsäure wird sich wohl kaum von selbst in der Schublade gebildet haben.«

Mansfield legte das Taschentuch über die Augen. »Es

war also doch Salzsäure«, murmelte er, aber Laurent hatte gute Ohren.

»Sie wussten es?«

»Ich ahnte es. Der Geruch kam mir bekannt vor.«

»Soso, dann ahnten Sie vielleicht auch, dass sich die Salzsäure genau in der Schublade befand, die Sie sich ansehen wollten?«

Karen bekam ein mulmiges Gefühl in der Magengegend. »Und was ist mit den Unterlagen passiert?«

Es irritierte Laurent, dass sie sich anscheinend mehr Gedanken über die Unterlagen als über ihre Gesundheit machte.

»Soweit ich weiß, wurden drei Schubladen in Mitleidenschaft gezogen, darunter auch diejenige, die Sie sich ansehen wollten. Sie müssen damit rechnen, dass alle darin vorhandenen Unterlagen zerstört wurden oder unbrauchbar geworden sind.«

Karen wurde schwindlig. Die Kapelle der Sorbonne verschwamm vor ihren Augen.

»Karen?«

Sie blinzelte und versuchte dem leichten Schwindel zu widerstehen. »Ich … es geht mir gut … es geht mir gut«, flüsterte sie. »Es … es geht schon wieder.« Sie lächelte entschuldigend. »Können wir vielleicht ins Hotel zurückfahren, Michael?«

Er nickte. »Selbstverständlich. Oder haben Sie noch Fragen an uns, Kommissar?«

Laurent wären ohne Probleme tausend Fragen eingefallen, aber er brachte es nicht übers Herz, die beiden aufzuhalten. Er wusste selbst nicht, warum. Vielleicht wurde er langsam alt.

»Nein. Im Augenblick können Sie mir auch nicht weiterhelfen. Wenn mir noch Fragen einfallen, weiß ich, wo ich Sie finde. Oder haben Sie inzwischen das Hotel gewechselt?«

Mansfield, Karen und der Kommissar gingen über den Hof. »Jetzt, da Sie danach fragen – Madame Alexandre wohnt im Augenblick auch im Vernet.«

»Ach ja?«

»Ja. Wenn Sie uns jetzt bitte entschuldigen wollen …«

Über ihnen sah der Rektor aus seinem Bürofenster auf die drei Menschen im Hof hinunter. Eine tiefe Sorgenfalte bildete sich zwischen seinen Augenbrauen.

»Ist Monsieur Tillier ernsthaft verletzt?«

Escard stand in respektvoller Entfernung hinter ihm und zuckte mit den Schultern.

»Wir wissen es nicht genau. Der Arzt meinte, es könne sich um leichte Verätzungen der Atemwege handeln.«

»Die Schublade des Professors wurde vollständig zerstört, sagen Sie?«

»Und die beiden umliegenden Fächer auch.«

Artois knirschte mit den Zähnen. »Was ist mit den Unterlagen seiner damaligen Studenten und Assistenten? Sind die wenigstens erhalten geblieben?« Als er keine Antwort bekam, wandte er sich um und sah seinen Sekretär an. »Nun?«

»Sie wurden bisher einzeln aufbewahrt, aber vor einem Monat hat man sie aus Platzgründen in das Fach des Professors gelegt.«

Der Rektor ballte die Fäuste. Escard glaubte einen leisen Fluch zu hören.

»Also gut«, sagte Artois. »Nehmen Sie die blaue Akte dort vom Tisch und sorgen Sie dafür, dass sie Madame Alexandre sicher erreicht. Das ist für den Augenblick alles.« Er drehte sich wieder zum Fenster um, während Escard nickte, die Akte an sich nahm und den Raum verließ. Draußen im Flur überflog er mit schnellem Blick die Überschrift der Akte. Es waren nur zwei Zeilen – der Name Prof. Dr. Gerald Bernhardt und das Jahr 1907.

Laurent war zum Magazin der Bibliothek zurückgegangen, wo ihm Durel entgegenkam.

»Was sagen die Kollegen?«

Durel kratzte sich am Hinterkopf. »So wie es aussieht, kann man einen direkten Anschlag auf Madame Alexandre ausschließen. Die Säure war nur für die Schriftstücke im Schrank bestimmt.«

»Ist das sicher?«

»Ziemlich sicher. Monsieur Tripet meinte, er habe keinen Zeitzünder und auch keinen mechanischen Auslöser gefunden. Die Säure sei systematisch und sehr präzise über die Unterlagen verteilt worden.«

Durel sah, wie sich Laurents Gesicht verfinsterte. Anscheinend passte das alles nicht in sein Konzept.

»Dann ist es überhaupt kein Fall für uns«, brummelte der Kommissar.

»Wahrscheinlich nicht.«

»Egal. Was sagt der Arzt zu den Verletzungen des Bibliothekars?«

»Er hat zwar einige Verätzungen, aber sie sind nicht lebensgefährlich. Die Sanitäter haben ihn ins Krankenhaus mitgenommen.«

»Gut. Wenn es ihm besser geht, fährst du zu ihm und nimmst seine Aussage auf.«

Durel nickte. »Und was haben unsere beiden Freunde dir erzählt?«

Laurent wandte sich ab. »Nicht viel. Als Madame Alexandre vom Verlust der Unterlagen hörte, klappte sie für einen Moment zusammen.«

»Vielleicht waren sie sehr wichtig für sie?«

Laurent nickte. »Es scheint so.«

Mansfield setzte sich neben Karen in den BMW. »Die Unterlagen waren wohl sehr wichtig für Sie, wie?«

Karen sah ihn benommen an. »Wichtig? Sie machen wohl Scherze. Die Unterlagen waren einmalig. Wie soll ich eine Monographie schreiben, wenn mir die persönlichen Aufzeichnungen fehlen? Das Material, das gerade in der Luft verpuffte, war wahrscheinlich achtzig Prozent meines Buchs. Ich kann wieder nach Hause fahren.«

»Nun mal ganz ruhig. Geben Sie immer so schnell auf?«

»Aufgeben? Ich rede nur von Tatsachen. Ohne das Material wird es keine Monographie geben.«

»Nun warten Sie doch erst mal ab. Wir finden denjenigen, der die Bücher ausgeliehen hat, und können sie von ihm bekommen. Oder Kopien davon. Wenn Sie wollen, können wir sofort zum Arabischen Institut fahren und den Mitarbeiter aufsuchen. Na, was halten Sie davon? Oder sollen wir doch lieber ins Hotel zurückfahren, und Sie ruhen sich ein wenig aus?«

Karen sah mit unbewegter Miene auf die Straße vor sich.

»Nein, lassen Sie uns zum Arabischen Institut fahren«, sagte sie mit leichtem Hoffnungsschimmer. Doch auch dieser Versuch war vergebens. Die Anfrage im Institut brachte keine positiven Ergebnisse. Am Mittwoch hatte niemand Bücher in der Sorbonne ausgeliehen, und unter dem von Madame Leclercs notierten Namen war auch kein Mitarbeiter des Instituts registriert. Man konnte Karen nicht weiterhelfen.

Mansfield zögerte, als sie wieder im Auto saßen. Karen war am Boden zerstört, das spürte er. Aber dagegen gab es gute Heilmittel.

»Was halten Sie davon, Karen, wenn Sie sich den Nachmittag freinehmen und wir bei Fauchon und der Madeleine vorbeischauen?«

»Das alte Opernviertel?« Karen war nicht davon begeistert, merkte aber, dass Mansfield versuchte, sie von ihren Misserfolgen abzulenken. Sie brachte ein höfliches Lächeln zustande und gab sich einen Ruck. »Okay, vielleicht komme ich dann wieder auf andere Gedanken.«

»Das werden Sie bestimmt.«

Tatsächlich tat ihr die Ruhe in der Eglise de Madeleine nach all der Aufregung und den Enttäuschungen gut und gab ihr neue Kraft. Doch als sie am Ausgang unter der Säulenkolonnade stehen blieb und den Obelisken am Place de la Concorde sah, durchbrach wieder ein trauriger Gedanke ihre Stimmung. Sie senkte den Kopf und eilte die flachen Treppenstufen zur Straße hinunter. Mansfield lief hinter ihr her und holte sie unten am alten gusseisernen Zaun ein.

Karens Augen schimmerten grau und hatten wieder diesen verhangenen Ausdruck. Sie blickte zu Michael auf, sah Beunruhigung in seinem Gesicht und lächelte reumütig. »Bitte entschuldigen Sie, aber ich war mit meinen Gedanken woanders. Wohin müssen wir jetzt, um zu Fauchon zu kommen?«

Er warf einen schnellen Blick auf den Stadtplan. »Wir müssen links um die Madeleine herum.«

Tatsächlich waren schon von weitem die rosafarbenen Markisen des berühmten Delikatessenhändlers zu erkennen. Nachdem sie alle Abteilungen mit erlesenen Tees, Gebäck, Schokolade, Konfitüre, Honig und Gewürzen besucht hatten, wählte Mansfield zwei Flaschen eines hervorragenden Burgunders aus.

Draußen vor der Tür blickte er auf die Madeleine und überlegte, wo er Karen als Nächstes hinführen konnte. Sie sah immer noch bedrückt aus und hatte bei Fauchon nichts kaufen wollen. An den Preisen konnte es nicht gelegen haben. Sie schien einfach keine Freude an den exquisiten Köstlichkeiten zu haben, was Mansfield leicht irritierte. Man konnte sie offenbar eher mit einem antiken Buch erobern als mit Leckereien. Er musste lächeln. Er hatte ihr trotzdem eine kleine Pralinenschachtel gekauft, was sie nicht ablehnen konnte.

Sie befanden sich in unmittelbarer Nähe der großen Pariser Kaufhäuser, aber würde Karen in ihrer Niedergeschlagenheit Lust zum Shoppen haben? Mansfield bezweifelte es und wandte deswegen einen alten Trick an.

»Der Blick von der Dachterrasse des Printemps soll besser sein als der von Sacré-Cœur. Was meinen Sie, sollen wir das mal überprüfen?«

Mansfield hatte sie zu einem strategischen Zeitpunkt gefragt, an dem sie eine Praline im Mund hatte und ihm nicht widersprechen konnte. Wie erwartet nickte sie höflich und folgte ihm in die Rue Tronchet.

Von der Dachterrasse des Printemps war der Ausblick wirklich atemberaubend. Während man von Sacré-Cœur auf die Stadt blickte, tauchte man von hier direkt in das Dächermeer ein. Aus der Ferne winkten der Eiffelturm und der Tour Montparnasse, während die weiße Kuppel von Sacré-Cœur ihnen über die Schulter schaute. Der hellblaue Himmel war mit vielen Schäfchenwolken gespickt, und nur am Horizont zeigte sich ein leichter dunstiger Schimmer. Karen und Mansfield saßen in Liegestühlen und genossen die Sonne und die Aussicht, während seine Gedanken abzuschweifen begannen.

»Sie ist bezaubernd, nicht wahr?«, durchbrach Karens Stimme seine Gedanken.

Mansfield zuckte zusammen. »Wie bitte?«

»Paris.«

Er hob die Arme hinter den Kopf und blickte in die Ferne. »Ja, sie ist faszinierend – und schön.« Dann griff er nach seiner Tasse auf dem kleinen Tisch neben sich und warf Karen einen undefinierbaren Blick zu. Sie war irritiert, sagte aber nichts, und beide tranken wortlos ihren Kaffee. Anschließend lehnte Mansfield sich in seine Liege zurück und sah auf das nahe Palais Garnier mit seinen reich verzierten Giebelornamenten. Seine Augen verengten sich, als er versuchte, die Figuren auf dem Dach der alten Oper zu erkennen. Plötzlich kam ihm eine Idee.

»Würden Sie mit mir ins Ballett gehen, Karen?«

Sie runzelte die Stirn, als sie über diese Frage nachsann. Wann war sie das letzte Mal im Ballett gewesen? Vor fünf Jahren oder vor zehn?

»Tut mir Leid, aber ich bin kein großer Freund des Balletts«, sagte sie ehrlich. »Ich würde viel lieber einen Flohmarkt besuchen.«

Er lachte und schüttelte den Kopf. »Sie sind unglaublich. Soll ich Sie begleiten, oder wollen Sie lieber allein auf den Flohmarkt gehen?«

Karen stellte die Tasse auf den Unterteller zurück. »Es wäre mir lieber, wenn Sie mitkämen.«

»Kein Problem, aber nur unter einer Bedingung.«

»Keine Bedingungen bitte. Entweder man tut etwas, weil man es will, oder man lässt es sein.«

»Okay, dann keine Bedingung, sondern eine Frage.« Er blickte in ihre graugrünen Augen. »Eine Bitte.«

Karen sah ihn abwartend an.

»Sie würden mir einen großen Gefallen tun, wenn Sie mich zu einem Ballettabend in die Opéra Garnier begleiten würden.«

Sie zögerte, dann lächelte sie wie eine Sphinx. »Aber ich habe überhaupt nichts Festliches anzuziehen«, gab sie zu bedenken. »Ich habe nur einfache Kleidung nach Paris mitgenommen, weil ich dachte, in staubigen Archiven herumsitzen zu müssen.«

»Dann geht es Ihnen wie mir. Ich habe auch nichts Festliches eingepackt. Aber im La Fayette dürften wir beide etwas finden, meinen Sie nicht?«

Karen senkte den Blick und nippte an ihrem Kaffee. »Dafür reicht mein Budget wahrscheinlich nicht aus.«

Er lächelte. »Aber meins.« Dann bemerkte er ihren skeptischen Blick und hob eine Augenbraue. »Sie haben Bedenken, sich von mir etwas schenken zu lassen?«

»Allerdings. Außerdem habe ich jetzt schon das Gefühl, in Ihrer Schuld zu stehen, und das würde durch ein teures Kleid nicht gerade weniger.«

»Sie denken zu viel, Karen. Sie sollten lieber das Leben mit all seinen Glücksfällen genießen.«

Karen seufzte. »Da haben Sie Recht, aber das ist nun mal meine Art.« Sie blickte zur alten Oper hinüber und gab sich einen Ruck.

»Also gut, ich werde Sie begleiten.«

»Auch ins La Fayette?«

Sie nickte schicksalsergeben. »Auch ins La Fayette.«

Er warf ihr einen belustigten Blick zu. »Ich verlange viel von Ihnen, nicht wahr?«

»Sie wissen gar nicht, was Sie mir antun«, antwortete sie schmunzelnd und betrachtete Apollon mit der Lyra auf dem Dach der alten Oper.

»Was wird denn gegeben?«

»Der Nussknacker.«

Ihr Kopf schnellte hoch. »Tschaikowsky?«

Mansfield sah sie mit nicht geringem Erstaunen an. »Wie«, sagte er und betrachtete ihre leuchtenden Augen. »War das jetzt das Zauberwort? Einfach nur Tschaikowsky, und Sie wären ohne meine Bettelei sofort mitgekommen?«

Sie lehnte sich wieder in ihre Liege zurück.

»Aber ja. Ich liebe Tschaikowsky.«

Er lachte. »Sie sind unglaublich.«

Obwohl sich die Galerien La Fayette über drei Häuser erstreckten, bevölkerten viele Menschen die Gänge, die die große Auswahl der nationalen und internationalen Modemarken bewunderten. Doch Karen benötigte nur eine Abteilung, wo Mansfield ihr ein schulterfreies saphirblaues Dior-Kleid entgegenhielt, bei dessen Preis ihr die Augen übergingen. Sie lehnte dankend ab und hatte wenig später ein klassisch geschnittenes weißes Kleid desselben Modemachers in der Hand, das für ihre Verhältnisse auch noch zu teuer war, aber immerhin um die Hälfte weniger kosten sollte.

Mansfield bewunderte die Treffsicherheit, mit der sie

das Kleid ausgesucht hatte, das ihr wirklich perfekt stand und ihre Figur hervorragend betonte.

»Warum ausgerechnet in Weiß?«, fragte er im Garderobenraum, als Karen vor einem Spiegel stand und den Sitz des Kleides überprüfte.

»Ich trage gern Weiß. Ich fühle mich darin wohler als in bunten Kleidern. Stört Sie das?«

Mansfield hob abwehrend die Hände. »Nein, gar nicht. Es steht Ihnen ganz ausgezeichnet.«

Dem Kleid folgten eine silberne Handtasche mit hauchdünnem Schulterband und weiße Sandalen, während Mansfield sich für einen silbergrauen Smoking aus leichter Wolle und ein weißes Hemd mit edler Seidenkrawatte entschied.

Sie waren schon auf dem Weg zum Ausgang, als Mansfield sie mit einigem Geschick in die Halle unterhalb der großen Glaskuppel führte.

»Das ist ja großartig«, flüsterte Karen und griff nach seinem Arm.

»Nicht wahr?« Mansfield warf einen weiten Blick auf die Parfümstände von Chanel, Dior, Estée Lauder, Yves Saint-Laurent und den vielen anderen, die die Halle mit ihren dezent noblen Verkaufsständen bevölkerten. Doch dann riss ihn ein weiterer Ausruf des Entzückens aus seinen Gedanken.

»Sehen Sie sich doch nur diese Galerien an, Michael!« Mit schwärmerischem Blick betrachtete sie die umlaufenden mehrstöckigen Arkadenbögen, die bis an das farbenfrohe Mosaik der Glaskuppel reichten. »Einfach herrlich!«

»Wie bitte?« Erst jetzt bemerkte er, dass sie die ganze Zeit die Glaskuppel aus der Belle Époque betrachtet hatte. »Ja, fantastisch. Aber was halten Sie hiervon?« Er führte sie in die Mitte der Halle, wo aus allen Richtungen wunderbare Düfte auf sie einströmten und die Nase betörten. »Möchten Sie ein Parfum?«

»Nein. Aber vielleicht sollten Sie eins für Ihre Frau mitnehmen.«

Mansfield zeigte seine kantigen Hände. »Falls es Ihnen noch nicht aufgefallen ist, ich trage keinen Ring.«

»Dann nehmen Sie ein Parfüm für Ihre Freundin mit.«

Mansfield legte den Kopf schief. »Das könnte ich natürlich tun, wenn sie mich nicht vor sechs Monaten verlassen hätte.«

Seine Gesichtsmuskeln verhärteten sich. Karen merkte, dass sie zu weit gegangen war. »Entschuldigen Sie, ich wollte nicht …«

»Schon gut«, sagte er schnell und deutete auf ihre Finger. »Sie tragen auch keinen Ring.«

Instinktiv griff sie nach dem Ringfinger. »Nein, so weit ist es glücklicherweise nicht gekommen.«

Er hob fragend eine Augenbraue. »Glücklicherweise?«

»Eifersucht«, antwortete sie knapp und deutete damit an, nicht mehr über das Thema reden zu wollen. Mansfield akzeptierte es mit einem kurzen Nicken und zeigte auf einen dunkelbraunen Parfümstand mit weißem Namenszug, der nur wenige Meter von ihnen entfernt war. »Dior?«

Karen folgte seinem Blick und gab mit einem leisen Lächeln nach.

»Dior«, sagte sie schicksalsergeben und ließ sich in der nächsten halben Stunde von verschiedenen Jasmin- und Ylang-Ylang-Variationen verwöhnen.

Nach dem Shopping fuhren sie bei Karens Hotel im Quartier Latin vorbei und holten ihr Gepäck ab. Mansfield hatte in ihren Gesprächen herausgehört, dass sie immer noch Angst vor dem Fremden hatte. Zu Recht, wie sich herausstellte, denn in der Nacht war jemand in ihr Zimmer eingedrungen und hatte ihre Sachen durchwühlt. Aber es war merkwürdigerweise nichts gestohlen worden, wie Karen schnell feststellte. Der Hotelier entschuldigte sich tausendmal für die Unannehmlichkeiten und war froh, dass Karen auf die Einschaltung der Polizei verzichten wollte.

Ihr war klar, dass sie keine einzige Nacht mehr in diesem Hotel verbringen würde.

»Gut, dann kommen Sie zu mir«, hatte Mansfield mit einem aufmunternden Lächeln gesagt, und Karen hatte nur gedankenverloren genickt. Sie war hin und her gerissen zwischen dem Gefühl, sich diesem charmanten Amerikaner nicht zu sehr zu verpflichten, und der Alternative, nämlich allein in einem unsicheren Hotel wohnen zu müssen. Ihr Parisaufenthalt entwickelte sich immer komplizierter.

8

Eigentlich hatte Karen sich nach diesem erfolglosen Tag abends ins Bett zurückziehen und ihre Wunden lecken wollen, aber Mansfield ließ das nicht zu. Stattdessen entführte er sie ins Taunay, eines der besten Lokale in Paris, wo er dem Empfangschef seinen Namen nannte und dieser sofort einen jungen Mann für die Mäntel heranwinkte.

»Wie kommt es, dass wir in diesem wunderbaren Restaurant sofort einen Tisch bekommen, während andere mehrere Tage darauf warten müssen?«, flüsterte Karen Mansfield ins Ohr, als er ihr aus dem Mantel half.

»Bestechung«, antwortete er knapp und übergab die Mäntel dem jungen Mann, der sie entgegennahm und in der Garderobe verschwand.

»Blödsinn«, sagte Karen. »Sie haben nie und nimmer den Restaurantbesitzer bestochen.«

»Nein, natürlich nicht, aber den Concierge meines Hotels. Er hat uns diesen Tisch verschafft, und ich vermute, nicht zum ersten Mal für einen seiner Gäste.« Mansfield bemerkte ein dunkles Glühen in Karens Augen. »Was ist? Irritiert Sie das?«

»Ehrlich gesagt, bin ich es nicht gewohnt, so bevorzugt zu werden.«

»Aber nicht doch, wir werden nicht bevorzugt. Schließlich ist der Tisch bezahlt. Oder wollen Sie doch lieber in ein anderes Lokal?«

»Natürlich nicht. Ich wollte sehr gern in dieses Restaurant, aber ich habe nicht die Hoffnung gehabt, hier jemals einen Tisch zu bekommen.« Sie fuhr mit den Fingern die geschwungenen Linien eines alten Mahagonischrankes von Hector Guimard entlang. »Woher wussten Sie, dass dies ein Wunsch von mir war?«

»Ich wusste es nicht, der Concierge hat es ausgesucht. Ich sagte ihm, dass ich mit einer bezaubernden Dame zum Abendessen ausgehen wolle, und fragte ihn, ob er nicht ein Lokal vorschlagen könne. Er meinte, dass er das Taunay empfehlen könne, und ob er sich um einen Tisch bemühen solle. Und nun sind wir hier.«

»Also gut, ich werde versuchen die Glücksfälle meines Lebens anzunehmen«, sagte sie und schenkte Mansfield ein bezauberndes Lächeln.

»Das hört sich gut an.« Er machte eine ausholende Bewegung. »Wollen wir?«

Einer der Ober führte sie zu einem angenehm ruhigen Platz am Fenster mit Blick auf die Straße

»Wünschen Madame et Monsieur einen Apéritif?«

Mansfield sah Karen fragend an, die einen Martini wählte.

»Wir nehmen zwei Martini Bianco.«

»Sehr wohl«, sagte der Ober mit leicht beleidigter Miene, da die Gäste keinen französischen Apéritif wählten. Er entschwand hoch erhobenen Hauptes aus dem kleinen Saal.

»Worauf haben Sie Hunger?« Mansfield blätterte in der Menükarte, die der Ober ihnen vorher gereicht hatte.

»Wollen Sie darauf eine ehrliche Antwort?«

»Unbedingt.«

»Ich habe Appetit auf ein Schnitzel mit Rotkohl und Kartoffeln.«

Mansfield brach in Gelächter aus. »Ist das Ihr Ernst? Ich meine, wir sind hier in Frankreich, vielmehr in Paris. Sie sitzen im Taunay, vor sich eine der exquisitesten Karten, und haben Appetit auf ein normales Schnitzel?«

»Ich weiß, das ist unverzeihlich. Aber Sie haben mich gefragt, und ich habe Ihnen nur ehrlich geantwortet. Natürlich werde ich etwas von der Karte nehmen.«

Sie betrachtete die wenigen Zeilen auf den Seiten und entschied sich schließlich für bœuf à la beaucairoise, während Mansfield côte de porc à l'ardennaise wählte.

»Und welchen Wein wünschen Madame et Monsieur?« Der Ober hatte mit hohler Hand die Martinis serviert und war den Gästen nach der Wahl des Menüs wieder etwas wohlgesonnener.

Karen schloss die Karte. »Einen roten Bordeaux, s'il vous plaît.«

»Geronde, Medoc oder Saint-Emilion?«

»Sie nimmt einen 83er Saint-Emilion. Und für mich bitte einen 82er Burgunder.«

»Sehr wohl.« Der Ober nahm die Karten und ging aus dem Raum.

Karen griff nach ihrem Martini und schwenkte das Eis im Glas. »Sie kennen sich mit französischen Weinen aus?«

»Ehrlich gesagt nicht so sehr, wie es vielleicht den Anschein hat. Ich kenne einige gute Jahrgänge, aber das ist auch schon alles. Überrascht Sie das?«

Sie sah ihn lächelnd an. »Ich dachte, Amerikaner würden nur Whiskey und Bier trinken.«

Mansfield beugte sich vor. »Und ich dachte, deutsche Frauen trügen alle so ein merkwürdiges Trachtenkleidchen und würden nur Sauerkraut essen. Dabei tragen sie in Wirklichkeit amerikanische Jeans und essen lieber Schnitzel.«

Der Ober brachte den Wein. Sie erhoben beide die Gläser und ließen ein sanftes Klirren erklingen.

»Auf dass alle Vorurteile dieser Welt verschwinden mögen«, sagte sie lächelnd, und ein Kobold tanzte in ihren Augen.

»So sei es. Cheers.«

»Cheers.« Sie setzte das Glas ab und genoss den sanften Geschmack des Rotweins. »Wie mild er ist. Ein wunderbarer Wein.«

Mansfield nickte. »Dieser Burgunder ist auch vorzüglich. Möchten Sie ihn vielleicht probieren?«

Sie schüttelte den Kopf. »Nein, lieber nicht. Von Burgunder bekomme ich immer so schnell Kopfschmerzen.«

Sie legte die extravagant gefaltete Stoffserviette auf ihren Schoß, als das Essen serviert wurde, und genoss das Rindfleischragout mit Speck und Kapern.

»Schmeckt es Ihnen, oder soll ich noch Rotkohl bestellen?«, fragte Mansfield sardonisch und musste lachen, als er ein halblautes »Wehe Ihnen!« von der anderen Tischseite zurückbekam.

Während des Essens sprachen Sie über New York und Hamburg, und Mansfield wollte mehr über Deutschland erfahren.

»Ich bin leider noch nie da gewesen«, gestand er, »aber Hamburg soll sehr interessant sein.«

Karen nickte. »Absolut! Mitten in der Stadt ist ein kleiner See, die Alster, auf der man segeln oder stundenlange Kanuausflüge machen kann. In der Innenstadt kann man hervorragend shoppen und bei einer Hafenrundfahrt die alte Speicherstadt bewundern. Und auch die Landungsbrücken sind legendär. Von Hamburg sind übrigens viele Menschen nach Amerika ausgewandert. Vielleicht auch Ihre Vorfahren?«

Mansfield schüttelte den Kopf. »Nein, sicher nicht.

Soweit ich weiß, stammt meine Familie mütterlicherseits aus Südfrankreich, wo mein Ururgroßvater mit seinem Uhrhandwerk pleite ging und nach Kanada auswanderte.«

»Kanada, wie schön.«

»Ja, die Landschaft bei Quebec ist wirklich großartig. Ich habe dort fast jedes Jahr meine Sommerferien bei meiner Tante Amelie und meinen Cousins verbracht.«

»Sprechen Sie deswegen so gut Französisch?«

»Es genügt, um sich verständlich zu machen«, wiegelte er ab. »Und wo haben Sie Französisch gelernt, Karen?«

»In der Schule.«

»Sie machen Scherze.«

»Nein, es ist wahr. Ich liebe diese Sprache und wollte sie unbedingt lernen. Also wählte ich sie in der Schule als zweite Fremdsprache.«

»Aber Sie haben mal eine Zeit lang in Frankreich gelebt.«

»Nein, habe ich nicht.«

»Dann kann man Ihrem Lehrer nur gratulieren.« Er nahm einen Schluck von seinem Burgunder. »Haben Sie in Hamburg studiert?«

»Nein, in Heidelberg und Kiel.«

»Literatur?«

»Ja, und Anglistik, Germanistik und ein bisschen Geschichte und Ägyptologie.«

Mansfield nickte anerkennend. »Und jetzt schreiben Sie Monographien über tote Menschen.«

»Meistens sind sie tot, aber manchmal leben sie auch noch. Mein letztes Buch war über einen achtzigjährigen Geigenvirtuosen, der mir mit seinen arthritischen Händen immer noch den *Hummelflug* vorspielen konnte.«

»Starke Leistung. Ich wäre froh, wenn ich überhaupt so alt werden würde.«

Sie sah ihn mit einem Stirnrunzeln an. »Warum sollten Sie das nicht werden?«

Er deutete mit der Messerspitze auf seine linke Schulter. »Habe hier zwei kleine Narben. Nette Andenken aus New York. Ein halbwüchsiger Crack-Dealer hat sich bei einer Razzia den Weg freigeschossen, und da ich gerne im Weg stehe, habe ich ein bisschen was abbekommen. Ist aber schon drei Jahre her und gut verheilt«, fügte er hinzu, als er ihr ernstes Gesicht sah, und lenkte das Gespräch wieder auf unverfänglichere Themen. Seine Mutter war gestorben, als er zehn Jahre alt war, doch sein Vater lebte noch und besaß einen TV-Nachrichtensender in New York, dessen Namen Karen noch nie gehört hatte und den sie sich wohl auch nicht merken würde.

»Und warum sind Sie dann Polizist, wenn Ihr Vater so reich ist? Entschuldigung, wenn ich Sie das frage, aber wäre es nicht einfacher, wenn Sie in seinem Sender arbeiten würden?«

Mansfield stützte sich mit den Ellbogen auf den Tisch und bildete mit seinen Fingerspitzen einen kleinen Schutzwall.

»Eine Gegenfrage: Warum sind Sie keine feste Mitarbeiterin im Verlag Ihres Patenonkels?«

Karen setzte sich ein wenig gerader hin. »Weil ich gern unabhängig bin.«

»Ganz genau.«

Beide tranken einen Schluck von ihrem Cappuccino, den sie sich nach dem Essen bestellt hatten, und sahen eine Weile schweigend auf die Straße, wo es inzwischen dunkel geworden war. Karen betrachtete versonnen eine alte gusseiserne Straßenlampe, die ihr sanftes Licht durch das vergilbte Milchglas schickte, als sie sich traute, die Frage zu stellen, die schon lange in ihrem Kopf herumschwirrte.

»Wie haben Sie es erlebt, Michael? Ich meine, den 11. September?«

Mansfields Gesicht wurde schlagartig ernst. »Einer meiner Freunde war im Südturm, als das zweite Flugzeug hineinflog.« Es entstand eine Pause, in der man nur die leise Geräuschkulisse der anderen Gäste hörte. Die kleine gelbliche Flamme der Kerze auf dem Tisch begann zu flackern. »Sein Büro war im 103. Stock.«

Mansfield sah ebenfalls auf die alte Straßenlaterne, als sich Karens und sein Blick im Spiegelbild des Fensters trafen. Sie hatte das Gefühl, ihn anschauen zu müssen, und wandte den Kopf.

»Wissen Sie, Karen, wir werden diesen Tag niemals vergessen. Aber wir New Yorker sind nicht unterzukriegen. Wir stehen immer wieder auf.«

Sie nickte. »Und wenn Sie nicht in New York sind, machen Sie einen Abstecher nach Europa und verbringen Ihren Urlaub mit Frauen, denen Sie teure Geschenke machen?«

Mansfield bemerkte, wie Karen die trübe Stimmung verjagen wollte, aber er hörte auch einen spöttischen Unterton heraus und musste grinsen.

»Tja, das verlangt das Jetset-Leben von mir«, stöhnte er.

Karen musste lachen. »Entschuldigung. Ich hoffe, ich habe Sie nicht beleidigt. Darf ich Sie wenigstens zu diesem Abendessen einladen?« Er hob eine Augenbraue, aber Karen sprach schnell weiter. »Keine Widerrede. Sie haben sich auch nicht von mir beirren lassen, als Sie heute all das

Zeug für mich gekauft haben. Bitte lassen Sie mir wenigstens diese kleine Revanche.«

Mansfield musste über das Wort Zeug für ein Tausend-Euro-Kleid von Dior schmunzeln. Außerdem waren die Einkäufe im La Fayette nicht nur reiner Altruismus, wie er sich insgeheim eingestehen musste.

»Wie Sie wünschen, Madame.« Er machte eine angedeutete Verbeugung, und seine Augen funkelten belustigt. »Dann werde ich mein Glück völlig ungeniert ausnutzen und noch einen Drink bestellen, falls es Ihnen nichts ausmacht.«

»Natürlich nicht«, erwiderte Karen mit gespielter Leichtigkeit, während sie in Gedanken nachrechnete, dass dieser Abend so viel kostete wie fünf Übernachtungen in ihrem kleinen Hotel. Aber es war ihr egal. Julius würde das verstehen.

9

Am nächsten Morgen fragte Mansfield Karen, wo sie nach weiteren Unterlagen des Professors suchen wolle.

»Ich muss zur Nationalbibliothek. Dort wird jedes Buch aufbewahrt, das in Frankreich veröffentlicht wurde. Also werden sie auch die von Prof. Bernhardt haben.«

Mansfield stimmte ihr zu. »Gute Idee. Das Gebäude soll ja eine außergewöhnliche Architektur haben.«

Plötzlich zögerte Karen. Mansfield bemerkte es und drehte sich zu ihr um. »Was ist?«

Sie sah ihn mit einem Stirnrunzeln an. »Ich überlege gerade, ob sich die Bücher in der alten Nationalbibliothek nördlich des Palais Royal befinden oder ob sie schon in der neuen Bibliothek sind. Was glauben Sie?«

Mansfield zuckte mit den Schultern. »Keine Ahnung. Wir können es erst mal bei der alten probieren, und wenn sie dort nicht sind, gehen wir zur neuen. Aber diesmal fahren wir mit der Metro, okay? Das geht schneller.« Er warf ihr einen fragenden Blick zu. »Oder haben Sie Angst?«

Karen hatte zwar ein ungutes Gefühl, sagte aber trotzdem: »Nein, die Metro ist in Ordnung.«

Sie nahmen die Linie 4 Richtung Porte de Clignancourt und stiegen dann in die Linie 3 um. Der Metroausgang lag unmittelbar neben der alten Börse von Paris. Einen Moment lang hielten sie inne und betrachteten den von der Sonne beschienenen weißen Bau mit den korinthischen Säulen und der großen Freitreppe.

»Hier soll früher ein Kloster der Dominikanerinnen gestanden haben«, sagte Karen. »Später haben die Royalisten es zu ihrem Tagungsort gemacht, und erst zu Napoleons Zeiten wurde dieser römische Tempel gebaut.«

Mansfield betrachtete Karen, wie sie dort stand. Wie konnte man, wenn man dieses römische Gebäude sah, an ein Kloster und die Französische Revolution denken?

Karen bemerkte seinen Blick und wurde sich erst jetzt bewusst, dass er auf sie wartete.

»Entschuldigen Sie, ich war mit meinen Gedanken mal wieder ganz woanders. Aber es ist für mich immer wieder ein merkwürdiges Gefühl, vor alten Gebäuden zu stehen, die so viel Macht hatten und das Leben und das Schicksal vieler Menschen beeinflusst haben. Und dann, irgendwann, kommt die Veränderung. Sie verlieren ihre Macht, werden unbedeutend und sind schließlich nur noch ein Teil der Geschichte«, sagte sie, den Blick immer noch auf die Börse gerichtet. Dann plötzlich legte sie den Kopf in den Nacken und drehte sich zu Mansfield um.

»Wie kommen wir jetzt auf dem kürzesten Weg zur Nationalbibliothek?«

Er sah auf den Stadtplan. »Rue Vivienne würde ich sagen. Es ist nicht mehr weit.«

Die Straße war schmal und zeugte von ihrer alten Geschichte. Die Häuser stammten aus der Zeit Kardinal Richelieus und Mazarins, und allein der Gedanke, dass diese großen Männer der französischen Geschichte die Häuser bauen ließen, faszinierte Karen.

Schon bald konnte man erkennen, dass die rechte Häuserfassade von einem Hof, dem Jardin Vivienne, unterbrochen wurde, wo Bäume sich über den Gehweg beugten.

»Sind Sie sicher, dass man hier in das Gebäude hineinkommt?« Karen sah zweifelnd auf den kleinen Hinterhof mit den verblassten goldenen Zacken des gusseisernen Zauns und der verblichenen Fassade der alten Bibliothek.

»Auf jeden Fall ist dort gerade jemand aus der Tür herausgekommen, also muss es einen Durchgang geben. Wir probieren es einfach mal.«

Die Tür des kleinen Nebeneingangs an der rechten Ecke des Gartens ließ sich tatsächlich von außen öffnen. Sie gelangten in ein prächtiges weißes Treppenhaus, an dessen Eingang sich eine Dame in einem kleinen Holzverschlag um die Belange der Besucher kümmerte.

Karen ging sofort auf sie zu. »Pardon, Madame. Wir hätten gern eine Auskunft, ob sich diese Bücher noch in Ihrem Bestand befinden oder ob sie bereits in die Bibliotheque Nationale Mitterrand überführt worden sind.« Sie schob einen Zettel durch die kleine Glasöffnung und warf Mansfield einen leicht nervösen Blick zu.

»Nein, Madame, tut mir Leid, diese Art von Büchern haben wir nicht mehr hier. In unseren Magazinen sind hauptsächlich alte Manuskripte, vornehmlich aus dem Mittelalter, und die Münzsammlung antiker Stücke. Außerdem noch Kupferstiche, Karten und Pläne, falls Sie dazu eine Frage haben. Aber das gesamte Repertoire der wissenschaftlichen Bücher ist in die BNM am Tolbiac überführt worden. Wissen Sie, wie man dorthin kommt?«

Karens Schultern sackten leicht zusammen. »Ja, wir wissen, wo das ist. Vielen Dank. Au revoir.«

»Au revoir.«

»Und nun?«, fragte Mansfield.

»Wollen wir uns nicht ein wenig umschauen, wenn wir schon mal hier sind? Immerhin war dies bis 1998 die Nationalbibliothek Frankreichs.«

Mansfield nickte widerwillig und ließ Karen vorangehen. Sie gelangten in einen schmalen Korridor, der das eigentliche Vestibül zum Haupteingang der Nationalbibliothek war. Durch eine der Türen kamen sie zum alten Lesesaal, dem Salle de Travail, den man aber nicht betreten konnte, da er verschlossen und nur durch einen Holzverschlag mit großen Sichtfenstern zu betrachten war. Trotzdem begannen Karens Augen zu leuchten, als sie diesen prächtigen Lesesaal mit seinen schwebenden Kuppeln und der eisernen Deckenkonstruktion sah. An den Wandbögen waren herrliche Wandbilder zu sehen, die mit ihren sanften Grüntönen eine Ruhe verströmten, als läge man im Wald auf einer friedlichen Graslichtung.

Karen lehnte sich vorsichtig gegen den Holzrahmen und blickte verträumt um sich. »Ist es hier nicht wunderschön?«

Mansfield verzog unschlüssig das Gesicht. »Ein nettes Ambiente für den, der diesen alten Stil mag, aber die Holzbänke sehen verflixt unbequem aus. Kein Wunder, dass François Mitterrand eine neue Bibliothek bauen ließ. Für das 21. Jahrhundert ist das hier wirklich nicht mehr geeignet.«

Karen betrachtete den Arbeitssaal mit den vielen Bänken und musste ihm innerlich Recht geben. »Schade, dass man nicht hineindarf. Die alten Regale und Wandgemälde hätte ich mir gern aus der Nähe angesehen.«

»Warum fragen Sie nicht Ihren Freund, den Rektor der Sorbonne? Der könnte Ihnen sicher Einlass verschaffen.«

Sie sah ihn warnend an.

»War nur ein Scherz«, sagte er entschuldigend und belustigt zugleich. »Wollen Sie noch mehr sehen?«

»Ja, den Eingang dort drüben zum Hof.«

Sie gingen durch die Tür des Eingangs und befanden sich im Cour d'Honneur, einem großen Innenhof, der Karen sehr stark an die Sorbonne erinnerte. Rechts neben sich entdeckte Mansfield ein weißes Kunststoffschild an der Wand mit dem Grundriss der Bibliothek. Man konnte sehr gut erkennen, dass sie tatsächlich durch einen kleinen Nebeneingang in das Gebäude gekommen waren, während sich der Haupteingang vor ihnen an der westlichen Hofseite zur Rue de Richelieu befand. Karen wollte noch gern die oberen Stockwerke des Gebäudes besichtigen, und so gingen sie die Haupttreppe hinauf. Sie war unermüdlich. In jeden Raum, der sich ihr bot, musste sie hineinschauen, aber viele der alten Zimmer waren nicht für den Publikumsverkehr zugelassen. Schließlich gelangten sie wieder zur Haupttreppe, wo Karen einen kurzen Augenblick zögerte.

Mansfield warf ihr einen belustigten Blick zu. »Haben Sie nun genug gesehen, oder soll ich die verschlossenen Türen aufbrechen?«

Sie musste lachen. »Bin ich so schlimm?«

»Schlimmer. Es muss doch sehr hart für Sie sein, nicht überall hineinschauen zu können, oder?«

»Eigentlich bin ich sonst gar nicht so neugierig. Ich weiß selbst nicht, was mit mir los ist, doch diese alten Räume faszinieren mich irgendwie. Ich fühle mich hier wohl.«

»Man sieht's. Aber ich glaube wirklich, dass es hier keine weiteren Entdeckungen für Sie gibt und dass wir zur neuen Nationalbibliothek fahren sollten. Immerhin können wir jetzt sicher sein, dass die gesuchten Bücher dort sind und auf Sie warten.«

Sie verließen die Bibliothek wieder durch den Nebeneingang und gingen langsam zur Börse zurück, als Karen plötzlich etwas auffiel.

»Warum sind wir eigentlich nicht durch den Haupteingang in der Rue de Richelieu gegangen?«

»Weil dies der kürzere Weg ist«, antwortete Mansfield lakonisch.

»Und woher wussten Sie, dass dies der kürzere Weg ist?«

»Ich kann Karten lesen.«

»Natürlich. Aber woher wussten Sie überhaupt, dass es hier einen Eingang gibt?«

Mansfield sah sie verwirrt an. »Das habe ich nicht gewusst. Sonst wären wir eben um das Gebäude herumgegangen und über die Rue de Richelieu gekommen. Wäre doch auch nicht schlimm gewesen, oder?«

Sie sah ihn mit einem seltsamen Blick an. »Nein, natürlich nicht«, sagte sie und beließ es dabei.

Sie fuhren nicht sofort zum Tolbiac, sondern erst zum Hotel, wo Mansfield etwas vergessen hatte. Dann nahmen sie den BMW und standen eine Stunde später vor dem monumentalen Kunstbau der BNM. Karen betrachtete widerwillig den bläulich schimmernden Glaspalast, der zwar ein Architektenherz höher schlagen ließ, aber ihre Literatenseele deprimierte.

Mansfield wunderte sich. Sie befand sich kurz vor dem Ziel, gleich würde sie die Bücher des Professors in Händen halten und trotzdem schien sie nicht glücklich zu sein.

»Gibt's irgendein Problem?«

Karen antwortete nicht sofort, sondern starrte nur gedankenverloren auf die Glasfront, auf deren Oberfläche sich der Himmel hart widerspiegelte.

»Ich fand die alte Nationalbibliothek schöner«, sagte sie. »Sie hatte mehr Stil, mehr Atmosphäre.«

Mansfield widersprach ihr. »Sie war zu klein und zu alt. Irgendwann muss man das Alte abhaken und sich dem Neuen zuwenden. Das ist nun mal so.«

Karen seufzte. »Ich weiß. Aber das ist nicht immer einfach. Das Alte lässt einen manchmal nicht los.«

Sie gingen in das Gebäude, wo Karen sich zielstrebig zu einem jungen Mann an die Informationstheke stellte und ihn nach Büchern des Professors fragte. Er tippte eine Suchabfrage in den Computer ein, doch schien ihn die Antwort nicht zu befriedigen. Er stutzte kurz und gab eine weitere Anfrage ein.

»Sind Sie sicher, dass dieser Bernhardt jemals Bücher in Frankreich veröffentlicht hat, Madame?«

Karens Blick verfinsterte sich. Der zweifelnde Ton des jungen Mannes gefiel ihr nicht. »Das hat er. Sie wurden zwischen 1880 und 1907 gedruckt. Hier in Paris!«

Der Bibliotheksangestellte tippte eine Abfrage in den Computer ein, in der er sich auf den Zeitraum zwischen 1850 und 1920 beschränkte, doch auch dies führte zu keinem Ergebnis.

»Es tut mir Leid, Madame, aber in unserem Magazin haben wir keinen Eintrag zu einem gewissen Gerald Bernhardt, weder zu den genannten Jahrgängen noch früher oder später. Kann ich Ihnen vielleicht mit einer anderen Auskunft weiterhelfen?«

Karen verneinte mit einem Kopfschütteln und trottete an Mansfields Seite zur Tür hinaus. Sie konnte es nicht glauben.

»Das ist völlig unmöglich«, sagte sie und setzte sich vor der Bibliothek auf eine niedrige Steinmauer. Mansfield ließ sich wortlos neben sie nieder. »Hier werden alle Bücher aufbewahrt, die in Frankreich jemals veröffentlicht wurden. Es ist … es ist die Nationalbibliothek! Sie müssen seine Bücher einfach im Bestand und in den Listen haben. Es geht gar nicht anders.« Karen war völlig konsterniert. Mansfield merkte, wie sie innerlich zusammensackte. Es war für sie bereits der vierte Fehlschlag innerhalb von zwei Tagen. Es schien, als hätte sich alles gegen sie verschworen.

»Vielleicht hat der Bibliotheksangestellte sich bei der Computereingabe vertippt?«, schlug er vor, doch er glaubte es selbst nicht. Ganz im Gegenteil, der junge Mann hatte einen kompetenten Eindruck gemacht.

»Blödsinn«, erwiderte Karen. »Er hat es doch mehrmals versucht.«

Mansfield nickte. »Aber … vielleicht hat er nichts gefunden, weil es keine Einträge gibt?«

»Muss es aber!«, sagte Karen energisch. »Es muss Einträge im Register geben.«

»Ja«, stimmte ihr Mansfield zu, »aber vielleicht hat sie jemand gelöscht?«

Karen starrte ihn an, als käme er aus der Irrenanstalt. »Wie bitte? Warum sollte das jemand tun?«

»Kurze Gegenfrage: Warum sollte jemand in der Sorbonne die Unterlagen des Professors mit Salzsäure zerstören?«

»Sie meinen …« Karen konnte es nicht aussprechen. Es schien unfassbar. »Aber ich verstehe es nicht. Warum sollte jemand verhindern, dass ich etwas über den Professor herausfinde?«

»Sie sollten sich das nicht so sehr zu Herzen nehmen, Karen. Sie werden bestimmt noch genug Material für Ihre Monographie finden, da bin ich mir sicher.«

Sie warf ihm einen zweifelnden Blick zu. »Genauso sicher wie ich es war, bevor ich nach Paris kam?«

Mansfield stöhnte. »Wie kann ich Sie nur wieder aufheitern?«

Karen machte eine hilflose Geste. »Zaubern Sie mir eins dieser vier Bücher her.«

»Okay, später. Aber zuerst fahren wir zum Eiffelturm und kaufen uns dort ein Eis. In Ordnung?«

Sie schien kurz zu überlegen, dann entspannte sich ihr verärgertes Gesicht. »Einverstanden«, sagte sie mit einem resignierenden Lächeln. »Das Eis bezahle aber ich.«

Er grinste. »Wie Sie wünschen.«

Sie fanden keinen Parkplatz in unmittelbarer Nähe des Eiffelturms und ließen den Wagen deswegen bei der École Militaire, die das Marsfeld am südöstlichen Ende abschloss, stehen. Ein warmer Windhauch umwehte Karen, als sie aus dem Wagen stieg und die Sonnenbrille aufsetzte, während Mansfield sein Jackett in den Kofferraum legte und sie mit wenigen Schritten einholte.

Trotz seiner dreihundert Meter Höhe war der Eiffelturm nicht sofort zu entdecken, aber nach der nächsten Häuserecke ragte der imposante Stahlturm plötzlich vor ihnen auf und streckte sein stolzes Haupt dem blauen wolkenlosen Himmel entgegen. Karen deutete mit dem Kopf auf das Wahrzeichen von Paris.

»Das ist für Sie wohl nichts Besonderes, da Sie jeden Tag Wolkenkratzer und hohe Stahlgerüste sehen, oder?«

Auch Mansfield setzte seine Sonnenbrille auf und betrachtete das Prunkstück der Weltausstellung von 1889. »Das ist wohl kaum miteinander zu vergleichen.« Er musste an die Brooklyn Bridge und die Freiheitsstatue in New

York denken, die sich alle von diesem Bauwerk deutlich abgrenzten. »Schließlich ist der Eiffelturm ein Mythos.«

Gemütlich schlenderten sie die Allee des Marsfelds entlang, als Mansfield bemerkte, wie Karens Blick immer wieder über die große Grasfläche hinwegglitt. Er sah sich um, konnte aber außer einigen Touristen nichts Ungewöhnliches erkennen. »Haben Sie Angst, dass der Kerl hier irgendwo rumläuft, oder warum beobachten Sie jeden Baum und Grashalm?«

Karen zuckte leicht zusammen, als Mansfields Stimme in ihre Gedanken drang. »Es ist nicht wegen dieses Kerls.«

»Warum dann?«

Sie blickte versonnen zu der parallel verlaufenden Allee auf der anderen Seite des Felds und schaute dann zurück zur hohen Kuppel der Militärakademie. »Dies ist das Marsfeld«, antwortete sie, als ob diese einfache Aussage alles erklären würde.

Mansfield hob eine Augenbraue, was sie wegen seiner Sonnenbrille nicht sehen konnte. »Ja und?«

Sie schleuderte mit ihren Sandalen ein wenig von dem feinkörnigen Sand hoch.

»Ich musste gerade daran denken, was dieser Ort für Kardinal Richelieu und später für die Französische Revolution bedeutet hat. Auf diesem Feld sind Feste gefeiert worden, aber hier wurde auch Blut vergossen. Es ist ein Ort der Freude und des Leidens.«

Mansfield sah in ihr Gesicht, das widerspiegelte, wie sehr dieses innere Bild sie bedrückte. Er warf einen weiten Blick über das Marsfeld und den Eiffelturm, als auch bei ihm unerwartet ein Bild auftauchte.

»Wissen Sie, woran ich gerade denken muss? Ich sehe

viele Pavillons und Menschen auf diesem Platz, die sich alle auf der Weltausstellung von 1900 amüsieren wollen.«

Karens Fuß katapultierte einen kleinen Stein in ein nahes Blumenbeet, als sie über Mansfields Bild lächeln musste.

»Sie haben Recht, Michael, es ist idiotisch, an diese alten Dinge zu denken. Vergessen Sie's.« Sie blickte unter den braunen Eisenträgern des Eiffelturms hindurch zum Palais de Chaillot. Zwischen ihren Augen bildete sich eine kleine Falte.

»Da fehlt etwas«, sagte sie mehr zu sich, aber Mansfield hatte es gehört und schaute zu dem weißen Gebäude mit seiner berühmten Terrasse und den Wasserfontänen.

»Sie meinen das Chaillot? Früher stand dort der Trocadéro, falls Ihnen das etwas sagt, aber man hat ihn abgerissen und dann dieses Palais gebaut. Gefällt es Ihnen nicht?«

Karen suchte in ihrem Kopf nach einer Erinnerung und sah auf einmal ein altes Bild, das ein Gebäude mit maurischen Türmen zeigte. Es war nicht besonders hübsch, aber ungewöhnlich auffallend für das Pariser Stadtbild, während das jetzige Chaillot mit seinen schmucklosen blockartigen Flügeln nüchtern wirkte.

»Nicht ganz mein Geschmack«, gab sie zu und drehte sich um. Sie waren inzwischen unter dem Eiffelturm angekommen, und Mansfield wollte auf den Südpfeiler zugehen, als er bemerkte, dass Karen sich auf ein halbhohes Absperrgitter setzte. Er sah sie verwundert an. »Wollen Sie noch einen Augenblick warten oder ...«

»Nein, ich komme nicht mit hoch. Tut mir Leid, dass ich Ihnen das nicht schon früher gesagt habe, aber ich bin nicht schwindelfrei.«

»Sie wollen Paris verlassen, ohne auf dem Eiffelturm gewesen zu sein?«

»Stimmt genau.«

»Das glaube ich nicht.«

»Ist aber so.«

»Und was werden Sie Ihren Freunden zu Hause erzählen? Ja, ich war in Paris, und ja, ich war auch beim Eiffelturm, aber nein, hinaufgetraut habe ich mich nicht?«

»Meine Freunde würden das verstehen.«

Mansfield atmete tief durch. »Entschuldigung«, sagte er reumütig. »Ich wollte Sie nicht verletzen, aber die Aussicht soll wirklich fantastisch sein. Sogar noch besser als die von Sacré-Cœur oder vom Printemps.«

»Das mag sein, aber ich werde es nicht darauf ankommen lassen.«

»Ich bin doch bei Ihnen.«

»Ist das eine Hilfe, wenn mir übel wird?«

»Ich könnte Sie festhalten, wenn Sie sich über das Geländer beugen.«

»Sie verstehen es wirklich, einen aufzubauen, Michael.«

Er machte noch einen letzten Versuch. »Glauben Sie wirklich nicht, dass Sie es schaffen könnten? Sehen Sie, ich denke, man sollte seine Phobien bekämpfen, ehe sie einen beherrschen. Meinen Sie nicht auch?«

»Sicher, aber ich muss nicht unbedingt heute damit anfangen.« Sie lächelte entschuldigend. »Hören Sie, Michael, Sie können noch stundenlang mit mir weiterdiskutieren oder jetzt den Eiffelturm hochgehen und die Stadt genießen. Wofür auch immer Sie sich entscheiden werden, ich für meinen Teil werde jedenfalls hier unten gemütlich sitzen bleiben und eventuell ein Eis essen und auf Sie warten.«

Er zögerte, auf die vielen Touristen blickend, die an die Pfeiler drängten und von den Bussen andauernd neue Nahrung bekamen. Dann sah er wieder auf Karen.

»Ehrlich gesagt, ist mir nicht wohl bei dem Gedanken, Sie hier alleine zu lassen.«

Karen breitete die Arme aus. »Alleine? Sehen Sie sich doch mal um. Ich bin hier so allein wie zu Ostern auf dem Petersplatz in Rom. Also gehen Sie schon, oder Sie werden es bereuen.«

Mansfield zögerte noch einen Moment, aber Karen war offenbar wirklich nicht dazu zu bewegen, mit ihm auf den Turm zu steigen. Also drehte er sich um und ging zum Eingang des Südpfeilers. Er hätte zwar auf einen der kleinen Kabinenaufzüge warten können, aber er wollte diesen Turm zu Fuß erobern. Auf der Treppe konnte man viel intensiver die verschiedenen Nuancen der Stadt in sich aufnehmen. Es war wirklich ein Erlebnis. Die Geräusche der Straße verstummten allmählich und machten dem Säuseln des Winds Platz, der sich in den alten Stahlträgern verfing.

Mansfield war bereits mehrere Minuten unterwegs. Manchmal musste er einigen Besuchern ausweichen, die wieder auf dem Weg nach unten waren. Ganze Familien mit Kleinkindern auf dem Arm krochen über die Treppenstufen, während er eine niederländische Familie und mehrere japanische Touristen überholte. Bei jedem Treppenabsatz versuchte er Karen im Blick zu behalten, doch als er drei viertel der Treppe hinter sich gelassen hatte, stockte ihm der Atem – unter dem Eiffelturm bahnte sich eine dunkle Gestalt mit langem schwarzem Mantel einen Weg durch die Menschenmasse.

»Karen! Karen!« Mit beiden Armen gab er ein Warnzeichen, aber sie reagierte nicht auf ihn. »Verdammt!«, schrie er und rannte im nächsten Augenblick die Stufen hinunter. Er stolperte, riss sich die rechte Hand am Gitter auf und stürmte sofort weiter. Auf einem Zwischenabsatz hielt er an und winkte nach unten, um Karen zu warnen, aber sie war nicht mehr an ihrem Platz. In Panik suchte er die Menschenmenge unter dem Eiffelturm nach ihr ab, und tatsächlich sah er sie dort.

Sie kam gerade von einem kleinen Verkaufsstand und aß ein Eis, als sie zu Mansfield aufsah und irritiert bemerkte, dass er ihr aus einer unmöglichen Höhe etwas zuzurufen versuchte. Außerdem wedelte er wild mit den Armen. Sie winkte ihm locker mit einer Hand zurück, doch plötzlich fiel ihr eine schlanke Gestalt in dunklem Mantel auf, und im selben Moment erkannte sie in ihr den Mann von der Metrostation. Und auch er hatte sie erblickt und lächelte ihr grimmig zu. Er war sich seiner Beute sicher.

Wie in Trance taumelte Karen rückwärts. Mit einem kurzen Blick auf den Eiffelturm sah sie Mansfield die Stufen hinunterstürmen, aber er war immer noch auf halber Höhe des Pfeilers.

Er würde zu spät kommen.

Karen warf das Eis weg und rannte ohne viel nachzudenken übers Marsfeld zur École Militaire.

10

Laurent trat gerade in sein Büro, als das Telefon klingelte. Er nahm den Hörer ab und erkannte Mansfields atemlose Stimme.

»Monsieur Laurent! Sie müssen mir helfen!«

Der Kommissar holte tief Luft. »Sagen Sie es nicht, Monsieur Mansfield. Sagen Sie nicht, dass Madame Alexandre etwas zugestoßen ist.«

»Das weiß ich nicht. Sie ist verschwunden. Ich war oben auf dem Eiffelturm, sie wollte unten auf mich warten. Dann tauchte dieser verdammte Kerl von der Metrostation auf, und sie lief davon.«

Am anderen Ende der Leitung folgte ein Schwall französischer Schimpfwörter. »Monsieur Mansfield, wann werden Sie endlich verstehen, dass ich mich nicht den ganzen Tag nur um Sie und Ihre kleine Freundin kümmern kann. Ich bin nicht die Touristeninformation und auch nicht das Fundbüro. Nein, in Wirklichkeit habe ich hier drei Mordfälle auf dem Tisch liegen, die neben Ihrer persönlichen Betreuung auch noch geklärt werden wollen.«

»Und wenn Sie nichts unternehmen, werden Sie bald den vierten Fall auf den Tisch bekommen«, gab Mansfield bissig zurück.

Ein dreifaches »merde« vibrierte durch die Leitung.

»Wo sind Sie jetzt?«, bellte Laurent in den Hörer.

»An der École Militaire am Marsfeld.«

»Das ist nicht mein Zuständigkeitsbereich, aber ich will sehen, was ich tun kann.« Er knallte den Hörer auf und verfluchte den Tag, an dem er Mansfield und Alexandre begegnet war.

Durel kam durch die offene Tür hereingeschlendert und überreichte Laurent eine dicke Akte, die er ihn zu besorgen gebeten hatte.

»Schon wieder die beiden Touristen?«, erkundigte er sich beiläufig und setzte sich auf eine freie Ecke des Schreibtisches. Er bekam keine Antwort, sah aber, wie Laurent seinen Kugelschreiber malträtierte. Da er den Schluss des Telefongesprächs mitgehört hatte, fragte er ruhig: »Soll ich eine Fahndung nach der Frau rausgeben?«

Laurent schleuderte seinen Kugelschreiber so heftig auf den Schreibtisch, dass er in hohem Bogen auf den Fußboden fiel.

»Ja, und zwar sofort!«

Mansfield lief die Allee entlang. Wohin konnte Karen sich nur gewandt haben? Der BMW war eine Möglichkeit, aber keine gute, denn dort erwartete sie kein Schutz. Den Autoschlüssel hatte er. Und auf Dauer konnte sie zu Fuß nicht entkommen. Also gab es nur die Möglichkeit, sich in die École Militaire zu retten und sich dort vor dem Fremden zu verstecken. Oder sie war zu einer der Metrostationen geflüchtet. Aber welche? Plötzlich hatte er einen neuen Gedanken und griff nach seinem Handy. Er tippte ihre Nummer ein, doch als sein Finger über der letzten Taste war, hielt er inne. Was war, wenn sie sich gerade vor dem Fremden versteckte und das Läuten des Handys sie verraten würde? Verdammt! Er steckte das Handy in die Jackentasche zurück und sah sich um.

Karen, verflixt, wo bist du?

11

Ohne sich umzudrehen war Karen unter den Bäumen verschwunden und die Allee hinaufgerannt. Sie lief zur École Militaire und überlegte für einen kurzen Moment, ob sie in das Gebäude hineingehen und sich einem Sicherheitsbeamten anvertrauen sollte, aber würde der sie schützen können? Womöglich würde sie schon am Pförtner scheitern und wieder nach draußen komplimentiert werden. Eine andere Möglichkeit war Michaels BMW. Sie wäre mit brennenden Reifen durch die Stadt gefahren – aber sie hatte keinen Schlüssel. Sie drehte sich um und sah, dass der Fremde keine fünfzig Meter hinter ihr durch die Allee lief. In wilder Verzweiflung blickte sie sich um. Wo war die nächste Metrostation? Sie hatte nicht die geringste Ahnung. Also rannte sie in Richtung Stadtzentrum. Sie kannte sich in diesem Teil der Stadt überhaupt nicht aus und konnte nur durch den Sonnenstand ermitteln, dass sie in die richtige Richtung lief. Aber sie hatte Glück, denn nicht weit entfernt stand ein Metro-Schild. Sie eilte die Treppe hinunter und kramte währenddessen in ihrer Handtasche nach dem Portemonnaie mit dem Wochenticket darin. Der elektronische Durchgang schluckte das kleine Ticket, spuckte es ein Stück weiter wieder aus, und Karen sprintete durch die sich öffnenden Metallwände.

Den Fremden interessierte die Metallbarriere nicht. Mit einem schnellen Schwung folgte er einer anderen Metronutzerin und war im nächsten Moment in den Katakomben der Metro verschwunden. Unten fuhr gerade mit lautem Zischen ein Zug ein. Ohne zu überlegen rannte Karen das Gleis entlang und stieg in das zweitletzte Abteil. Völlig atemlos wartete sie auf den dumpfen Signalton, der vor dem Schließen der Türen warnte. Da sah sie auf halber Höhe des Gleises den Unbekannten und duckte sich schnell hinter den breiten Rücken eines bulligen Franzosen, der vor ihr stand. Der Warnton erklang, und die Türen schlossen sich. War der Verfolger in ihr Abteil eingestiegen? Hatte er sie entdeckt? Sie wagte nicht, hinter dem breiten Rücken hervorzugucken, und kramte blind in ihrer Handtasche. Sie suchte die Dose mit dem Reizspray, aber sie fand sie nicht. Mit aufkommender Panik griff sie in jede Ecke der kleinen Handtasche, doch sie war nicht da. Mit zitternden Fingern griff sie nach ihrem Handy und tippte Mansfields Nummer ein.

»Wo sind Sie?«, rief er.

»In der Metro. Michael, er ist auch im Zug. Was soll ich nur tun?«

»Welche Linie haben Sie genommen?«

Karen sah auf das Hinweisschild über der Tür.

»Ich bin in der 8. Um Himmels willen, ich fahre auf eine Endstation zu!«

Mansfield knirschte mit den Zähnen und überflog rasch den kleinen Metroplan in seiner Hand.

»Haben Sie die Grenelle-Station noch vor sich?«

»Ich glaube ja«, antwortete sie, sah erneut auf den Plan über der Tür und beachtete die bösen Blicke der anderen Leute nicht, die sich über ihr lautes Telefonat ärgerten. »Das müsste die nächste Station sein.«

»Steigen Sie dort aus und nehmen Sie die 6 Richtung Charles de Gaulle Étoile. Verstanden? Dort laufen immer einige Sicherheitsbeamte rum. Karen?«

Doch die Verbindung war abgebrochen. Mansfield fluchte und rannte zu seinem Wagen.

Nur wenige Meter unter ihm hatte Karen das Telefonat unterbrechen müssen, weil der Zug in die Station La Motte Picquet Grenelle einfuhr und sie unbedingt eine der Ersten an der Tür sein musste. Der Zug bremste mit quietschenden Rädern. Mit einer schnellen Handbewegung öffnete Karen den Metallhaken der Tür und stürmte an den Menschen vorbei zum Durchgang der Linie 6. Mit Schrecken stellte sie fest, dass noch kein Zug am Gleis stand, und überlegte, wie lange es wohl dauern würde, bis der nächste kam. Eine Minute? Drei Minuten? Wann würde der fremde Mann merken, dass sie sich nicht mehr in dem anderen Zug befand und in diese Richtung gelaufen war?

Da sah sie ihn auf der gegenüberliegenden Seite der Gleise. Ihre Blicke trafen sich, und der Mann verschwand mit einem Lächeln um die Ecke des Metrodurchgangs. Karen schlug das Herz bis zum Hals. In weniger als einer Minute würde der Kerl sie erreicht haben. Wann, verdammt noch mal kam endlich der nächste Zug?

Mansfield hatte das Handy neben sich auf dem Beifahrersitz liegen. Er hoffte jede Sekunde auf einen neuen Anruf, aber es blieb still. Totenstill. Fluchend überfuhr er die zweite rote Ampel und war nicht mehr weit vom Arc de Triomphe entfernt. Würde Karen es schaffen?

Mit einem lauten Zischen fuhr der Zug in die Station La Motte ein. Karen hastete in das letzte Abteil, drückte sich in die Ecke und betete, dass ihr Verfolger sie nicht bemerken würde. Tatsächlich schlossen sich die Türen, ohne dass sie ihn gesehen hatte. Entweder hatte er den Zug verpasst, oder er war in ein anderes Abteil eingestiegen. Sie blickte auf den Linienplan über der Tür und zählte die Stationen bis zur Étoile. Es waren sieben. Das bedeutete zehn bis fünfzehn Minuten. Eine halbe Ewigkeit.

Einige Meter über ihr hupte Mansfield einen kleinen Renault von der Straße und raste auf der Avenue Marceau dem Arc de Triomphe entgegen. Er durfte nicht zu spät kommen.

Karen zuckte jedes Mal zusammen, wenn die Türen sich öffneten und die Menschenmassen sich hindurchzwängten. Immer wieder warf sie einen ängstlichen Blick auf die Neuankömmlinge, aber ein Mann mit kurzen grauen Haaren und Stoppelbart war nie dabei. Endlich schlossen sich die Türen in der vorletzten Station. Sie wollte schon aufatmen, als sie ihren Verfolger im Nachbarabteil entdeckte. Er stand dort in unmittelbarer Nähe der Tür und hielt sich an einer Metallstange fest. Der Zug fuhr durch eine leichte Kurve, und der Fremde stieß gegen einen stämmigen jungen Franzosen, der ihn in ein kleines Streitgespräch verwickelte. Karen betete, dass der junge Mann ihn noch länger aufhalten würde. Sie öffnete als Erste die Tür, nachdem der Zug in die Metrostation eingefahren war. Wie von Sinnen schlängelte sie sich durch das Menschengewirr die Treppe hinauf, vorbei an den bunten reißerischen Kinoplakaten der neuesten Horrorfilme. Oben angekommen, bemerkte sie vor einem der Eingänge drei Männer in schwarzer Uniform und schwarzem Barett. Mit letzter Kraft rannte sie auf sie zu und bat atemlos um Hilfe, weil ein Mann in einem schwarzen Mantel sie verfolge. Die drei hielten sie für hysterisch, hatten aber im Augenblick nichts Besseres zu tun, sodass einer der Sicherheitsleute zur Treppe ging und sich nach einem verdächtigen Mann umblickte. Er sah auf die Menschenmenge – Touristen, Studenten und Afro-Franzosen, die ihm entgegenströmten, aber ein Mann in einem schwarzen Mantel war nirgends zu entdecken. Wieso sollte jemand auch im Sommer einen Mantel tragen? Die Frau musste sich irren. Er drehte sich langsam um und stapfte zum Eingang zurück. Mit einem leichten Kopfschütteln gab er zu verstehen, dass niemand hinter der Frau her war.

»Sie müssen sich getäuscht haben, Madame«, sagte er und stellte sich wieder breitbeinig neben seine Kollegen.

»Ich habe mich nicht getäuscht. Der Mann war im selben Zug.«

»Karen!«

Schwer atmend stand Mansfield an der Ecke des Metroeingangs und lächelte ihr erleichtert zu, während die Sicherheitsbeamten ihn misstrauisch beäugten, aber es schien keine Gefahr von ihm auszugehen. Die Frau reagierte auch nicht ängstlich auf ihn. Also wandten sie sich von den beiden ab und beobachteten weiter den Menschenstrom aus der Pariser Unterwelt.

Wie in Trance ging Karen auf Mansfield zu und ließ sich von ihm ans Tageslicht und zu seinem BMW bringen. Ihre Knie zitterten, aber sie schaffte es bis zum Wagen und war froh, sich endlich setzen zu können.

Als Mansfield losfuhr, warf er ihr einen schnellen Blick zu. Ihr Gesicht war angespannt, und er wäre fast froh gewesen, wenn sie geweint hätte, denn dieser starre Ausdruck deutete auf einen Schock hin. Er überlegte, ob er sie zu einem Arzt fahren sollte.

»Ist alles in Ordnung mit Ihnen?«

Sie antwortete nicht sofort und sah mit leerem Blick auf die Straße. Erst jetzt bemerkte sie, dass ihre Lippen ganz trocken waren und zusammenklebten.

»Nichts ist in Ordnung«, flüsterte sie schließlich.

»Soll ich Sie zu einem Arzt fahren? Vielleicht würde Ihnen eine Beruhigungsspritze gut tun.«

»Nein, bitte nicht. Es wird auch ohne gehen.«

»Sind Sie sicher?«

»Bitte keinen Arzt und keine Spritze«, wiederholte sie, und ihre Augen verengten sich, als sie ein rotes Rinnsal an Mansfields rechter Hand bemerkte. »Sie bluten.«

»Ist nicht so schlimm.« Er bewegte die Finger, damit sie sah, dass es nur eine oberflächliche Wunde war. »Hab mich am Eiffelturm verletzt.« Er bog in die Straße zum Hotel ein, und kurze Zeit später öffnete er die Tür von 505.

Karen ließ die Tasche zu Boden sinken und lehnte sich gegen die Wand zum Badezimmer.

»Ich möchte gern ein Bad nehmen, wenn es Ihnen nichts ausmacht, und dann ins Bett gehen. Oder ich nehme die Couch.«

»Über die Couch diskutiere ich nicht mit Ihnen«, entgegnete er und ging ins Badezimmer, um zu überprüfen, ob das Hotelpersonal frische Handtücher und Bademäntel gebracht hatte. Es lag alles an seinem Platz.

Karen schloss die Tür hinter sich und verriegelte sie. Etwa eine Stunde später trat sie im Bademantel und mit einem zum Turban gebundenen Handtuch auf dem Kopf ins Zimmer. Mansfield saß in einem Sessel und blätterte in einer französischen Zeitung, die er schnell zur Seite legte, als er sie sah. Er stand auf und machte einige Schritte auf sie zu, aber sie wich zurück.

»Fühlen Sie sich besser?«, fragte er und musterte sie, doch sie entzog sich seinem Blick. Obwohl es ungerecht war, konnte sie seine Nähe im Moment nicht ertragen. Es ist nicht seine Schuld, sagte eine innere Stimme. Er wollte dich nicht allein lassen, aber du hast ihn auf den Eiffelturm geschickt. Es war deine eigene Entscheidung.

»Ja, es geht mir besser, aber ich werde jetzt gleich ins Bett gehen«, sagte sie und steuerte unsicher auf die weiße Schiebetür zu.

»Sie haben noch nichts gegessen«, gab er zu bedenken, doch sie schüttelte nur leicht den Kopf.

»Ich kriege im Augenblick keinen Bissen runter. Ich werde lieber eine Schlaftablette nehmen und mich hinlegen.« Ohne sich noch mal umzudrehen, ging sie ins Schlafzimmer und schob die Türen hinter sich zu.

Auch gut, dachte Mansfield und warf einen Blick auf seine Uhr.

Noch vier Stunden bis zum Treffen im Capet.

Einige Kilometer entfernt öffnete Durel die Tür zu Laurents Büro und sah seinen Kollegen vor einem offenen Fenster stehen.

»Du bist noch hier, Jean-Philippe?«, fragte er erstaunt und warf einige Papiere auf den Schreibtisch, die die glatte Lederunterlage entlangrutschten und auf dem Boden landeten. Laurent reagierte nicht. Er blieb wie eine Statue regungslos vor dem Fenster stehen. Rasch bückte Durel sich, hob die Papiere auf und legte sie vorsichtig, aber unsortiert auf die Lederunterlage.

»Der Amerikaner hat die Frau übrigens wiedergefunden«, sagte er beiläufig auf dem Weg zur Tür, und nur ein leises Murren zeigte ihm, dass Laurent ihn gehört hatte. Er war schon fast draußen, als der Kommissar sich zu ihm umdrehte.

»Woher weißt du das?«

»Er hat es mir selbst gesagt.«

»Wann?«

»Gerade eben. Am Telefon.«

»Und warum hat er nicht mich angerufen?«

Durel zuckte mit den Schultern. »Vielleicht warst du nicht im Büro?« Doch Laurent erinnerte sich, wie das Telefon vor einigen Minuten geklingelt hatte. Er war nicht rangegangen.

»Gut«, sagte er nur und drehte sich wieder zum Fenster um.

»Du magst den Amerikaner nicht, n'est-ce pas?«

»Nein. Hoffentlich seh ich ihn nie wieder«, brummte Laurent nur, was bedeutete, dass er das Thema nicht vertiefen wollte. Durel tat ihm den Gefallen, wünschte ihm noch ein schönes Wochenende und schloss die Tür hinter sich.

Er wusste, dass Laurent noch lange am Fenster stehen würde, so wie er es immer tat, wenn er an Marie, seine Frau, dachte. Marie hatte ihn vor zehn Jahren verlassen, und er war nie darüber hinweggekommen.

Er liebt sie noch immer, obwohl sie ihm das angetan hat, dachte Durel, während er das Gebäude verließ und draußen unwillkürlich zu Laurents Fenster hinaufsah. Komm schon, alter Junge, versuch sie zu vergessen. Das wäre besser für dich, für sie und für uns alle. Das Rad der Zeit kann man nicht zurückdrehen, so sehr du es dir auch wünschst.

Während er seinen weißen Citroën aufschloss, überlegte er, wie er reagieren würde, wenn seine Freundin ihn wegen eines anderen verlassen würde.

Ich würde durchdrehen, dachte er. Armer Jean-Philippe …

12

Mansfield saß schon seit einer halben Stunde in einer spärlich beleuchteten Ecke des Capet und beobachtete die Eingangstür, als ihm plötzlich jemand hart auf die Schulter schlug. Er wollte blitzschnell nach seiner Pistole im Hosenbund greifen, konnte den Reflex aber gerade noch unterdrücken.

»Sie sind spät.« In Mansfields Stimme war Unmut zu hören, doch das schien den untersetzten Mann mit den schmierigen schwarzen Haaren und der altmodischen Brille auf der gebrochenen Nase nicht zu stören.

»Nein, ich war pünktlich. Ich wollte nur sichergehen, dass Sie alleine gekommen sind«, erwiderte er grinsend, und sah Mansfield herausfordernd an, doch der ließ sich nicht darauf ein.

»Es freut mich, dass Sie mir so sehr vertrauen, aber ehrlich gesagt habe ich keine Lust, meine Zeit mit Ihnen zu vergeuden. Wo ist Lucass?«

Der Mann verschränkte seine kurzen, kräftigen Arme vor der Brust.

»Sie haben doch nicht wirklich geglaubt, dass er sich mit Ihnen hier treffen würde? Lucass macht keine Hausbesuche. Aber ich kann Sie zu ihm bringen.«

»Das war nicht vereinbart«, knurrte Mansfield. Sein Blick bohrte sich in die Augen des Mannes.

»Es geschieht so, wie Lucass es will, oder gar nicht, Monsieur. Ganz Ihre Entscheidung.«

Mansfield sah sich um, aber in diesem dunklen Loch

schien ihn niemand zu bemerken oder bemerken zu wollen. Dann wanderten seine Augen wieder zu dem Franzosen, und er versuchte das Risiko einzuschätzen. Es konnte ihm das Leben kosten, aber er musste es wagen.

»Also gut. Gehen wir.« Mansfield stand auf.

»Bon«, erwiderte der Mann und deutete auf den schwarzen Vorhang, hinter dem er gerade hervorgekommen war.

»Nein, Sie gehen vor«, forderte Mansfield.

Der glaubt doch tatsächlich, dass er eine Chance gegen uns hat. Was für ein Idiot! Er kann froh sein, dass Lucass sich für ihn interessiert, sonst wäre er schon längst tot, dachte der Mann grinsend. Er blieb einige Meter weiter mitten im dunklen Flur stehen.

»Was ist los?« Mansfield hatte seine Hand dicht neben der Pistole. »Gehen Sie weiter.«

Doch der kleine Franzose drehte sich langsam um und verstellte ihm den Weg. Im selben Moment schlang sich ein kräftiger Arm um Mansfields Hals, und sein rechter Arm wurde brutal auf den Rücken gedreht. Er krümmte sich, schlug reflexartig mit dem linken Arm um sich und traf den Angreifer mit dem Ellbogen im Gesicht. Der Mann jaulte auf und wandte sich fluchend ab. Atemlos griff Mansfield nach seiner Pistole, aber aus dem Augenwinkel sah er eine andere Waffe im Halbdunkel glitzern.

»Keine falsche Bewegung«, warnte der kleine Franzose und richtete seine Pistole auf Mansfield, dessen Hand nur noch wenige Zentimeter von der Smith & Wesson entfernt war. Sollte er sie ziehen? Mit einer geschickten Seitenbewegung könnte es ihm gelingen, dem Mann kein festes Ziel zu geben. Doch bevor er sich entscheiden konnte, wurde er von hinten niedergeschlagen und taumelte gegen aufgestapelte Kisten, die krachend zu Boden fielen.

»Dieser verdammte Hund«, lispelte der dicke Franzose und wischte sich über den blutenden Mund. »Er hat mir einen Zahn ausgeschlagen!« Er zog dem bewusstlosen Mansfield noch mal mit seinem Gummiknüppel eins über den Kopf, was seinen Kumpel in Rage brachte.

»Hör auf damit, Pierre, verdammt! Du bringst ihn noch um!«

»Aber er hat mir …«

»Egal! Sei das nächste Mal gefälligst vorsichtiger, dann passiert dir auch nichts.«

Das splitternde Holz der Kisten lockte den dicken Wirt des Capet zum Hinterausgang. Er fasste sich bestürzt an den Kopf, als er Mansfield leblos in den Armen des bulligen Mannes sah.

»Keine Toten! Keine Toten! Das habt ihr mir versprochen. Die Flics haben mich sowieso schon im Auge!«

»Halt den Mund, Mann, und jammer nicht so rum. Wir werden ihn nicht umbringen!«, entgegnete der kleine Franzose.

»Gut. Und jetzt verschwindet. Ich will mit Lucass nichts zu tun haben. Verschwindet!«

»Jaja«, murrten die Männer und schleppten Mansfield in einen kleinen Lieferwagen, der hinten auf dem Hof parkte.

»Hier, sieh mal, Vincent. Nette kleine Waffe, die dein Freund mit sich herumträgt.« Pierre hielt mit einem Taschentuch eine S&W, Modell 4006, in die Luft, während Vincent mit dem alten Lieferwagen durch die nördlichen Pariser Vororte preschte.

»Du hast doch nicht zu fest zugeschlagen, Pierre, oder? Das würde keinen guten Eindruck machen.«

»Nein, ich hab ihn nur gekitzelt. Würde mich nicht

wundern, wenn er schon bald wieder aufwacht. Was Lucass wohl von ihm will?«

»Keine Ahnung.« Vincent zuckte mit den Schultern. »Der Kerl ist hinter ihm her. Vielleicht will Lucass ihm deswegen einige Fragen stellen.«

»Er könnte ihn doch auch gleich umlegen.«

»Ja, schon«, stimmte ihm Vincent zu, der seinen Chef auch nicht immer verstand. »Aber Lucass ist nun mal anders.«

In einem Außenbezirk fuhr er in eine alte Lagerhalle, und kurze Zeit später befand sich Mansfield gefesselt auf einem Stuhl. Über ihm brannte eine Schirmlampe, die nur schwaches Licht lieferte. Sein Kopf hing bewusstlos herunter, was Vincent gar nicht gefiel.

»Der Kerl ist immer noch nicht wach, Pierre. Musstest du unbedingt so zuschlagen, Mann? Nun dauert das wieder eine Ewigkeit.« Er schlug Mansfield einige Male mit der flachen Hand ins Gesicht.

»He, hallo! Aufwachen! Aufwachen, Monsieur Mansfield! Lucass ist hier!« Doch auch auf diesen Bluff reagierte er nicht.

»Wir haben noch eine Flasche Mineralwasser im Wagen«, schlug Pierre vor.

Vincent nickte.

»Ja, bring sie her.« Während sein Kumpel das Wasser holte, hob er Mansfields Kopf und sah in dessen entspanntes Gesicht. »Das wäre doch gelacht, wenn wir dich nicht wieder wach kriegen, Bruder«, murmelte er mit einem fiesen Grinsen.

Pierre kam mit der Wasserflasche zurück, und Vincent kippte sie Mansfield über den Kopf. Prustend und schnaubend kam er wieder zur Besinnung. Sein Schädel dröhnte, aber allmählich drangen immer mehr Details in seinen Verstand. Man hatte ihn nicht getötet. Sie wollten etwas von ihm. Sehr gut. Das hatte er sich erhofft. Er blickte sich in der Halle um, in der einige alte Industriemaschinen herumstanden. Man hatte ihn also nicht aufs Land hinausgebracht.

»Wo ist Lucass?«, fragte er und erntete dafür sofort einen Schlag mit der flachen Hand auf die rechte Wange.

»Nicht dass du mir hier auf falsche Gedanken kommst, Monsieur. Wir stellen hier die Fragen, und du antwortest. Was willst du von Lucass?«

»Ich will ihn sprechen.«

Mansfield traf die flache Hand auf die linke Wange, und er spürte Blut in seinem Mund, aber er biss die Zähne zusammen.

»Noch mal – was willst du von ihm?«

»Das, was ich von ihm wissen will, kann nur er mir beantworten«, beharrte Mansfield und bekam dafür Vincents Faust am Kinn zu spüren. Der Schlag ließ seinen Kopf nach hinten schleudern.

»Weißt du, mein Freund, ich bin eigentlich noch ganz harmlos im Vergleich zu Pierre. Du hast ihm nämlich einen Zahn ausgeschlagen, was er dir ziemlich übel nimmt.« Er warf seinem Kumpel einen vielsagenden Blick zu. »Also wenn du willst, kann er für mich weitermachen, und ich ruh mich ein wenig aus.«

Pierre stellte sich breitbeinig neben Vincent und zog andeutungsweise die Ärmel hoch. Aber davon ließ sich Mansfield nicht einschüchtern und sah Vincent in die Augen.

»Wenn ihr mich umbringt, kriegt ihr die Polizei auf den Hals. Außerdem weiß man, wo ich heute Abend hingegangen bin.«

»Soso«, sagte Vincent gefährlich ruhig, »deine kleine Freundin weiß also, wo du bist?«

»Nein, sie weiß nichts. Aber Kommissar Laurent vom fünften Arrondissement kennt mich und wird unangenehme Fragen stellen, falls ich verschwinde.«

Vincent lachte ihm ins Gesicht und schlug sich auf die Schenkel. »Kommissar Laurent? Hast du das gehört, Pierre? Na, da hast du dir aber den Falschen ausgesucht, mein Freund. Laurent hasst alle Amerikaner. Er würde dir niemals helfen.«

Mansfield knirschte mit den Zähnen und wand sich in seinen Fesseln. »Ihr könnt mich totschlagen, aber ich werde euch nichts sagen. Entweder bringt ihr mich zu Lucass, oder er kommt hierher.«

Vincent riss an Mansfields Haaren und hielt ihm einen Revolver an die Schläfe.

»Oder die dritte Möglichkeit: Wir legen dich um.« Er hatte ein gefährliches Glitzern in den Augen, das Mansfield beunruhigte. Genau in dem Moment trat ein schlanker Mann aus dem Halbschatten des Halleneingangs und kam langsam auf sie zu.

»Lass ihn los«, befahl er und machte eine herrische Bewegung in Vincents Richtung. Der ließ von Mansfield ab und ging zu einem kleinen Holztisch, auf dem dessen Brieftasche und seine in ein Taschentuch gewickelte Pistole lag. Er reichte die Utensilien dem Mann. Dieser blieb im Halbschatten, sodass Mansfield sein Gesicht nicht sehen konnte, aber es gab wohl nur eine Person, die solch eine Macht über Vincent hatte.

»Lucass, ich muss Sie sprechen«, sagte Mansfield und spuckte Blut aus, das sich in seinem Mund gesammelt hatte. Sofort bekam er einen Schlag von Pierre, der genau hinter ihm stand und dem es nicht gefiel, dass er unaufgefordert redete. Mansfield stöhnte leise auf.

»Lass ihn in Ruhe, Pierre«, befahl Lucass, der Mansfields Papiere durchsah. »Hat jemand von euch die Waffe angefasst?«

»Ja, ich«, antwortete Pierre. »Aber ich hab das Taschentuch benutzt. So wie Sie es gesagt haben.«

»Bon.« Lucass warf einen kurzen Blick auf die chromfarbene Smith & Wesson und gab sie eingehüllt Vincent zurück. Dann wandte er sich Mansfield zu.

»Ich hätte nicht gedacht, dass Sie nach unserem letzten Treffen in New York die Nerven haben, hier aufzutauchen, Mr Mansfield.« Sein Englisch hatte einen interessanten französischen Akzent, und es klang fast, als würde er den Amerikaner bewundern. Oder war es Mitleid? »Was wollen Sie von mir?«

»Ich will meine Million Dollar zurück«, knurrte Mansfield und zerrte an seinen Handfesseln, die sich tief in sein Fleisch gruben.

»Ach, das war Ihre Million? Wie interessant. Und deswegen sind Sie nach Paris gekommen? Glauben Sie wirklich, dass ich Ihnen das Geld einfach so zurückgeben werde? Sie haben unseren Deal in New York vermasselt, Mansfield, und zwar ordentlich. Ein Wunder, dass ich da noch heil rausgekommen bin, und Sie ja offenbar auch. Jedenfalls sollten Sie sich vor Robert Brennar und seinen Leuten in Acht nehmen. Er dürfte ziemlich sauer auf Sie sein.«

»Auf Sie auch. Ich warne Sie, Lucass. Wenn Sie mir das Geld nicht geben, werden Sie es bereuen.« In seinen Augen funkelte Mordlust, was Lucass nicht im Geringsten beeindruckte. Er schlug leicht mit Mansfields Brieftasche in die linke Hand.

»Ich glaube nicht, dass Sie im Augenblick in der Verfassung sind, mir drohen zu können, Mr Mansfield.«

Vincent und Pierre hatten kein Wort verstanden, aber Vincent kannte seinen Chef und spürte die Spannung zwischen den beiden Männern. Lucass schien kurz vor einer wichtigen Entscheidung zu stehen.

»Sollen wir ihn umlegen, Chef?«, fragte er.

»Nein.« Er hielt die Brieftasche in Vincents Richtung. »Gib ihm seinen Ausweis und die Kreditkarten zurück. Er wird sie noch brauchen, wenn er nach Hause fliegt. Sein Geld könnt ihr behalten. Und Sie, Mr Mansfield, sollten so schnell wie möglich Frankreich verlassen. Falls ich feststellen muss, dass Sie in der nächsten Woche noch in Paris sind, könnte es passieren, dass man Ihre Waffe mit Ihren Fingerabdrücken neben einer Leiche wiederfindet. Das wäre Ihnen doch sicherlich unangenehm, oder?«

Vincent grinste breit bei diesem Gedanken, während Lucass sich nur umdrehte und zur großen Eingangstür zurückging.

Mansfield rief ihm hinterher. »Sie glauben doch nicht wirklich, dass Sie mich so loswerden können!« Doch Lucass reagierte nicht darauf. Verdammt, der Kerl darf nicht einfach verschwinden. »Lucass, kennen Sie zufällig einen Mann, der einen schwarzen Mantel trägt und mit einem goldenen Dolch durch Paris läuft?«

Lucass durchfuhr ein kurzes Zucken. Dann drehte er sich um und kam langsam einige Schritte zurück.

»Sie meinen den Kerl, der hinter Ihrer Kleinen her ist?« Ein maliziöses Lächeln huschte über sein Gesicht, was aber wegen der Dunkelheit niemand sehen konnte. »Ich weiß nicht viel über ihn. Keiner kennt ihn. Keiner weiß, woher er kommt. Er war auf einmal da. Wie ein Phantom. Aber er scheint etwas mit dem Einbruch im Louvre zu tun zu haben, was ihm in der Pariser Unterwelt viel Respekt eingebracht hat. Außerdem scheint er sehr gefährlich zu sein. Alle halten sich von ihm fern, als hätte er die Pest.«

»Hat er Hintermänner?«

Lucass war ein wenig amüsiert, dass dieser gefesselte Amerikaner die Nerven hatte, ihn in dieser Situation aushorchen zu wollen.

»Das weiß niemand. Er scheint ein Einzelkämpfer zu sein. Ich an Ihrer Stelle würde jedenfalls ihm und mir in nächster Zeit aus dem Weg gehen.« Er gab seinen Leuten ein Zeichen und verschwand in der Dunkelheit.

»Aber gern doch, Chef.« Pierre hob seinen Gummiknüppel und ließ ihn auf Mansfield niedersausen.

Vincent beugte sich besorgt über den bewusstlosen Amerikaner.

»Pierre, denk an den Bastard von vergangener Woche, den du mit so einem Schlag umgebracht hast!«

»Mann, das war ein Versehen«, verteidigte er sich. »Außerdem hat dieser Kerl das verdient, verdammt. Das nächste Mal kannst du es selber machen, wenn es dir nicht passt.«

»Nun sei doch nicht gleich eingeschnappt, Großer. Ich gönn es dem Amerikaner ja, aber ich will keinen Ärger mit Lucass haben. Los, trag ihn in den Wagen, damit wir ihn wieder abliefern können.«

»Wo bringen wir ihn hin?«

Vincent zuckte mit den Schultern. »Völlig egal. Vielleicht in die Nähe der Peripherie. Auf jeden Fall schön weit weg von seinem eleganten Hotel.«

Zwei Stunden später schloss Mansfield mühsam die Tür seines Zimmers im Vernet auf und lehnte sich mit schwerem Schädel gegen das Edelholz. Verdammt, das Treffen mit Lucass war nicht so verlaufen, wie er es sich vorgestellt hatte. Immerhin war er noch am Leben. Lucass wusste jetzt, dass er in der Stadt war und ihm auf den Fersen bleiben würde. Sehr gut. Er griff sich an den Hinterkopf und strich über zwei Beulen. Diese beiden Idioten hätten ihn am liebsten umgelegt. Merkwürdig, dass Lucass das nicht gewollt hatte. Oder auch klug von ihm, je nachdem.

Dass er seine Waffe eingebüßt hatte, war allerdings ärgerlich. Er würde sich so schnell wie möglich eine neue besorgen müssen.

Mansfield stieß sich von der Tür ab und ging ins Badezimmer. Er wollte duschen und sich den Staub aus der Lagerhalle abwaschen. Dabei sah er missmutig auf die roten Striemen an seinen Handgelenken. Er würde in den nächsten Tagen nur langärmlige Shirts und Hemden tragen können, oder Laurent und Karen würden ihm unangenehme Fragen stellen.

Er runzelte die Stirn, als er daran dachte, was der schmierige Vincent über Laurent gesagt hatte. Offenbar wurde der französische Kommissar ihm keine Hilfe sein, aber das hatte er sowieso schon vermutet. Er nahm eine Hand voll kaltes Wasser und rieb sich damit den schmerzenden Nacken ein.

Es lag etwas in der Luft, und er hatte das Gefühl, als ob eine mächtige Gewitterfront auf ihn zukommen würde.

»Unsinn«, murmelte er, legte sich auf die unbequeme Couch und fiel sofort in einen tiefen Schlaf.

13

Ein sanfter Kaffeeduft schwebte durchs Zimmer, als Mansfield einige Stunden später die Augen öffnete. Karen saß ihm gegenüber und biss gerade in ein Croissant, während sie nach einer Kaffeetasse griff und in Mansfields zerknittertes Gesicht schaute.

»Sie sehen aber schrecklich aus. Haben Sie nicht gut geschlafen?«

Er fuhr sich mit dem Handrücken über die müden Augen. Die Erlebnisse der vergangenen Nacht schienen ihm ins Gesicht geschrieben zu sein, und in einem Albtraum hatte wieder jemand auf ihn geschossen. Er fühlte sich völlig gerädert.

»Sie machen Scherze. Ich bin wie neugeboren«, log er und massierte seinen schmerzenden Nacken. Karen sah ihn prüfend an, als er seine steifen Arme reckte und die Schultern lockerte.

»Kaffee, Whiskey oder lieber ein Aspirin?«, gab sie liebenswürdig zurück, aber Mansfield musste über diese Retourkutsche nur grinsen.

»Erst mal einen Kaffee.« Er griff nach der Tasse, in die Karen die aromatische Flüssigkeit einschenkte. »Danke«, sagte er und bemerkte mit leichtem Erstaunen, dass Karen sich ein Croissant mit Schinken belegte und auf das andere Marmelade strich. »Sie haben wieder Appetit?«

Sie biss herzhaft in das Schinken-Croissant. »Ich habe gestern Abend nichts gegessen«, erinnerte sie ihn.

»Ich weiß.«

»Und außerdem werde ich kein Mittagessen bekommen, weil ich nachher abreise.«

»Ist das Ihr Ernst?«

»Mein vollkommener Ernst.«

»Und was wird aus Ihrem Buch?«

Sie zuckte mit den Schultern. »Ich habe hier nichts finden können, also wovon soll ich ein Buch schreiben?«

Mansfield musterte sie. Die letzten Tage hatten Spuren hinterlassen, was nach der Messerattacke und der Flucht in der Metro verständlich war.

»Das ist nicht der wahre Grund, oder? Sie haben Angst«, sagte er.

Karen knallte die Tasse auf den Unterteller.

»Ja, ich habe Angst! Ist das ein Wunder? In den letzten Tagen hat man dreimal versucht mich umzubringen. Das finde ich nicht besonders witzig. Ich werde nach Deutschland zurückkehren.«

»Sie geben auf?« Mansfield wunderte sich nicht über ihren plötzlichen Wutausbruch. Er hatte sich schon gefragt, wann der Frust aus ihr herausbrechen würde.

»Ich gebe nicht auf!« Karen wehrte sich gegen diesen unangenehmen Gedanken. War sie wirklich besiegt? Hatte der Fremde es geschafft, sie einzuschüchtern und aus der Stadt zu vertreiben? Sie konnte es selbst nicht glauben und starrte Mansfield finster an, der selbstsicher auf der Couch lag.

»Sie haben versprochen, heute Abend mit mir in die Opéra Garnier zu gehen«, erinnerte er sie.

»Die Oper? Michael, bitte, ich kann nicht!«

»Bleiben Sie«, sagte er. »Wenigstens bis Montag. Geben Sie Paris eine Chance, sich von der besten Seite zu zeigen. Vielleicht gibt es bis dahin doch noch eine Möglichkeit, etwas über den Professor herauszufinden.«

Karen war hin und her gerissen zwischen dem Wunsch, diese Stadt so schnell wie möglich zu verlassen, und dem Fremden die Stirn zu bieten. Sie sah Mansfield mit einem schlechten Gewissen an. Niemand konnte ihr garantieren, dass die Anschläge aufhören würden. Aber wer garantierte ihr, dass sie in Hamburg sicherer war? Würde der Unbekannte ihr vielleicht dorthin folgen? Karen hatte auf einmal das schreckliche Gefühl, dass sie ihn nie mehr loswerden würde.

Mansfield konnte offenbar ihre Gedanken lesen. »Haben Sie mal überlegt, warum der Mann hinter Ihnen her ist?«

Karen zuckte mit den Schultern. »An dem Djed-Pfeiler kann es nicht liegen, denn den hatte ich am Flughafen noch nicht.«

»Vielleicht geht es um Ihre goldene Kette. Ist sie echt?«

Karen griff unwillkürlich nach dem Anhänger. »Sie ist aus echtem Gold, aber nur eine Replik. Glauben Sie wirklich, dass der Mann es darauf abgesehen haben könnte?«

Mansfield wiegte den Kopf hin und her. »Möglich. Allerdings passt der Säureanschlag in der Sorbonne dann nicht ins Schema.« Seine Augen blieben auf Karens Laptop haften, der neben einer Messinglampe auf dem Sideboard lag. »Vielleicht versucht der Mann aber auch Ihre Recherchen zu verhindern. Ist nur so eine Idee. Der Säureanschlag kann auch von jemand anderem sein. Allerdings finde ich es auffällig, dass die Bücher des Professors und seine Unterlagen fast zur gleichen Zeit verschwanden.«

Karen wandte den Kopf und starrte auf den Laptop. Ihr Kampfgeist war neu erwacht, als sie sich an das Gespräch mit Julius in Hamburg erinnerte. Sie hatte einen Auftrag zu erledigen. »Also gut, ich bleibe. Werden Sie mir helfen?«

Auf Mansfields Gesicht zeigte sich ein amüsiertes Lächeln. »Nur, wenn Sie mit mir in die Oper gehen.«

Karen seufzte geschlagen. »Das hatte ich Ihnen ja versprochen.«

»Und wie war das mit dem Louvre und dem Musée d'Orsay? Haben Sie nicht gesagt, dass Sie sich die Bilder der Impressionisten unbedingt im Original anschauen wollen?«

»Sie sind ein unverschämter Erpresser, Mr Mansfield.«

»Aber ja«, murmelte er, und seine Augen leuchteten.

14

Im Louvre gingen sie zuerst zur *Mona Lisa* und der *Venus von Milo*, die allerdings durch den Besucherandrang kaum zu sehen waren. Immer wieder strömten ganze Touristenheerscharen herbei und drängten sich zu den berühmten Meisterwerken. Bei der *Nike von Samothrake*, die stolz in einem Treppenaufgang stand, hatte Karen das Gefühl, als ob sie gleich ihre Schwingen erheben und über die Besucherköpfe hinweg in die Freiheit entfliehen würde. Zurück in die Heimat. Zurück nach Griechenland. Zurück in die alte Zeit. In ihre Zeit.

Mansfield merkte, dass Karen sich zwischen all den Menschen unwohl fühlte, und lotste sie schnell in die Ägyptische Abteilung, wo sie auf eine Sphinx aus rosafarbenem Granit stießen, die ihr den Atem raubte. Aber gleichzeitig stieg auch eine Traurigkeit in ihr auf, während sie die Artefakte dieser alten Zivilisation in den meterhohen Glaskästen zur Schau gestellt sah. Diese Gegenstände hatten Menschen gehört, waren Bestandteil ihres Lebens gewesen, Bestandteil ihres Grabes. Karen hätte sie gern berührt, aber sie waren so nah und doch so fern. Das Plexiglas schützte sie vor der zerstörerischen Gegenwart.

Mansfield stand hinter ihr und blätterte im Museumsprospekt, als er ihren Stimmungsumschwung merkte.

»Was ist mit Ihnen? Geht es Ihnen nicht gut?«

Karen starrte gedankenverloren auf die edlen Schmuckstücke aus Gold- und Fayencearbeiten, Amulette, Möbel,

Schreibwerkzeuge mit noch vorhandener schwarzer und roter Farbe, Papyri, Statuen und Uschebtis.

»Sie gehören nicht hierher«, flüsterte sie nur und ging mit wehmütigem Blick von einem Schaukasten zum nächsten.

»Sollen wir lieber wieder gehen?«

Karen wirkte abwesend, nickte aber zustimmend. Kurze Zeit später traten sie aus der Glaspyramide im großen Innenhof des Louvre heraus und schlenderten über die Sandwege der Tuilerien. Am Wasserbecken mit der Fontäne blieb Karen stehen und schaute zum Obelisken auf der Place de la Concorde. Sie seufzte und setzte sich auf einen der freien Stühle am Bassin. Mansfield setzte sich neben sie und sah sie über den Rand seiner Sonnenbrille an. »Was ist mit Ihnen?«

»Ich weiß nicht. Die ägyptischen Artefakte ... es zieht mich zu ihnen hin, aber gleichzeitig stößt es mich ab, sie in den Schaukästen zu sehen. Und dann der Obelisk dort hinten ...« Sie schüttelte den Kopf, während auch Mansfield jetzt zu dem Obelisken schaute. Er glaubte zu wissen, was sie an dem Anblick storte.

»Er gehört nicht hierher, nicht wahr?«

»Nein. Ramses II. hat ihn sicherlich nicht fertigen lassen, damit er in einem fremden Land von lauten Maschinen umfahren wird, deren Abgase ihn zerstören.«

Mansfield musste ihr innerlich Recht geben. Trotzdem fiel ihm auch ein Gegenargument ein.

»Aber der Obelisk erzählt den heutigen Menschen immerhin von dem Ruhm des großen Ramses. Die Pharaonen haben gern an den Grenzen ihres Reichs Stelen mit ihren Siegen aufgestellt. Ich finde, der Obelisk erfüllt hier eine gute Aufgabe.«

Karen sah ihn mit einem Gesichtsausdruck an, den er nicht deuten konnte.

»Dafür wurde er aber nicht gebaut. Er war eine Einheit mit einem zweiten Obelisken und dem Tempel in Luxor. Jetzt ist diese Einheit zerstört, und der Obelisk steht allein in einer Welt, die nicht die seine ist.« Sie wandte den Kopf ab und starrte auf das hellblaue Wasser des Fontänebeckens. »Die Ägypter bauten nicht um der Kunst oder der Schönheit willen, sondern zum Eigenzweck des Gegenstands«, fuhr sie voller Überzeugung fort. »Jede Statue, jeder Obelisk und jeder Tempel hatte eine Aufgabe zu erfüllen, war mit Leben beseelt.« Sie sah erneut zu dem Obelisken. »Die Werke verlieren in der Fremde ihre Kraft.«

Mansfield verstand sie sehr gut. Es ging ihr nicht um das Kulturgut, sondern um die Werte der alten Welt, und den Respekt, den man ihnen schuldete.

Er blickte in ihr angespanntes Gesicht und wunderte sich über ihr detailliertes Wissen und die überraschende Intensität, mit der sie die alte Kultur verteidigte. Noch nie war er jemandem begegnet, der so sehr mit der Geschichte verbunden war. Als ob sie ein Teil ihrer selbst wäre und die Gegenwart sie nur schmerzen würde.

»Ich glaube, wir sollten von diesem Ort verschwinden«, sagte er, und sie gingen zum Wagen zurück.

»Wo fahren wir hin?«, fragte Karen neugierig, als sie merkte, dass es Richtung Süden ging und sie das Stadtviertel Montparnasse beinahe durchquert hatten.

»Das wird eine Überraschung«, orakelte Mansfield. Eine Viertelstunde später parkte er den Wagen unter alten Platanen im vierzehnten Arrondissement und führte Karen auf den Flohmarkt neben dem Parc Georges Brassens. Er hatte ihren empfindlichen Glücksnerv genau getroffen und schaffte es, den grünlichen Schimmer in ihre traurigen Augen zurückzuzaubern.

»Ein Flohmarkt? Michael, Sie sind ein Engel!«

»Das wohl nicht. Aber ich dachte mir, dass Ihnen dieser alte Trödel eher gefallen würde als die Haute Couture des La Fayette.«

Was Karen nur mit einem energischen Nicken bestätigen konnte, ehe sie sich den ersten Bücherstand vornahm. Nach einer halben Stunde hatte sie bereits drei Bücher gekauft und war Mansfield einige Meter voraus, als dieser leicht gelangweilt nach einem gut erhaltenen Bildband über Vincent van Gogh griff. Plötzlich legte sich eine Hand auf die seine und hielt sie fest. Erstaunt schaute er auf und blickte in das fahle Gesicht einer dicklichen Frau mittleren Alters mit rabenschwarzen langen Haaren. Sie sahen sich direkt in die Augen.

»Sie ist in Gefahr«, sagte die Frau ruhig, aber bestimmt und deutete mit dem Kopf in Karens Richtung.

»Ich weiß«, erwiderte Mansfield und wollte seine Hand zurückziehen, aber die Frau hielt sie fest.

»Sie müssen bei ihr bleiben«, forderte sie mit eindringlicher Stimme.

»Ich weiß«, hörte Mansfield sich nochmals sagen und fühlte sich wie hypnotisiert. Es dauerte einige Sekunden, ehe er wieder zu sich kam und sich umschaute, aber die Alte war verschwunden. Benommen strich er sich über die rechte Hand und spürte immer noch den Druck der Frau. Ein Kribbeln schlich seinen Arm hinauf in den Nacken und bohrte sich in sein Hirn.

Wo war Karen?

Er wirbelte herum und suchte nach dem weißen T-Shirt,

das sie heute Morgen angezogen hatte. Schließlich sah er sie wenige Meter entfernt vor einem Holzregal eines Bouquinisten stehen. Im selben Augenblick schaute sie auf und hielt Michael lächelnd einen großen Bildband über Paris entgegen.

Mansfield versuchte seine Verwirrung nicht zu zeigen und lächelte gezwungen zurück. Wie glücklich sie in diesem Augenblick aussah. Er ging zu ihr und bestaunte höflich die anderen Bücher, die sie ihm zeigte. Karen war vollkommen in ihrem Element.

Wenige Schritte hinter ihnen beobachtete die Frau mit den schwarzen Haaren das Paar und beugte sich zu ihrer kleinen Tochter hinunter.

»Siehst du den Mann und die Frau dort drüben?«

Ihre Tochter nickte beflissen.

Die Frau sah ihnen bekümmert nach. »Neben ihnen geht der Tod.«

15

Karen sah Mansfield mit leuchtenden Augen an. »Das ist ein Paradies, Michael. Wirklich!«

Ihr Blick wanderte über die Buchtitel, und Mansfield war sicher, dass ihr kein einziges Wort entging. Ab und zu nahm sie ein Buch in die Hand, um es sich genauer anzuschauen.

»Sehen Sie hier?« Sie zeigte ihm ein kleines rotes Buch. »Ein Baedeker über Paris von 1907 … und hier ein Buch über die Weltausstellung von 1900. Auch im Original.« Sie blätterte darin. »Über vierhundert Seiten. Einfach wunderbar!« Da sie ahnte, wie teuer es war, stellte sie es wieder zurück und ging weiter. Mansfield aber griff nach den beiden Büchern und hielt sie abwägend in den Händen.

»Wollen Sie sie haben?«

Karens sehnsüchtiger Blick streifte die alten Bücher.

»Nein«, murmelte sie und blätterte in einem Kochbuch, das zufällig in ihrer Reichweite lag, auch wenn die Bilder und Rezepte sie nicht im Geringsten interessierten. Der Baedeker und das Buch über die Weltausstellung hätten ein kleines Vermögen gekostet, und sie wollte nicht, dass Mansfield noch mehr Geld für sie ausgab. Nach einer Weile legte sie das Kochbuch beiseite und suchte gezielt die vielen vergilbten Leinenbände des Bouquinisten nach interessanten Titeln durch. Sie fand ein Rainer Maria Rilkes *Reise nach Ägypten*, das sie ohne lange zu überlegen kaufen wollte, als ihre Hand plötzlich auf halbem Weg in der

Luft erstarrte. Wie in Zeitlupe legte sie ihre Finger auf ein Buch, das neben Rilkes lag. Sie zog es aus der Reihe heraus und las ungläubig die verwischten dunkelbraunen Lettern des Einbands: Gerald Bernhardt, Auswirkungen von Stoffwechselkrankheiten auf den Menschen.

»Michael!«, rief sie.

Er fuhr herum. »Was ist?«

Sie hielt ihm das Buch entgegen. Er kam zu ihr und versuchte die französischen Wörter zu entziffern, aber Karen hatte es schon wieder in beiden Händen und blätterte ungläubig darin.

Mansfield bemerkte einen Triumph in ihren Augen und konnte kaum glauben, was ihm durch den Kopf schoss.

»Ist es von ihm?«

Karen nickte. »Ja, von ihm«, sagte sie und fragte den alten Mann hinter den Regalen nach dem Preis. Mit einem Stirnrunzeln versuchte der sie einzuschätzen und überlegte, dass sich noch nie jemand für dieses Buch interessiert hatte. Schließlich stieß er ein brummiges »Siebzig Euro« hervor. Karen tat empört, nahm das Rilke-Buch in die Hand und handelte den Preis für beide Bände auf sechzig Euro runter. Der Bouquinist war einverstanden und nahm das Geld schnell entgegen, ehe die Frau es sich womöglich anders überlegte. Er ahnte nicht, was für einen Schatz er ihr verkauft hatte.

Mit zittrigen Knien stand Karen neben Mansfield und drückte die Bücher fest an ihre Brust, was dieser mit einem leichten Lächeln kommentierte. Noch nie hatte er eine Frau kennen gelernt, die man mit einem alten Buch glücklich machen konnte, es sei denn mit einer fünfhundert Jahre alten Gutenberg-Bibel, die einen Wert von drei Millionen Dollar hatte. Aber er verstand Karens Glückseligkeit, hatte sie doch eine Enttäuschung nach der anderen erlebt. Alle Niedergeschlagenheit der letzten Tage war auf einmal verschwunden.

»Mir scheint, wir sollten schnell ins Hotel zurückfahren, damit Sie in aller Ruhe das Buch lesen können. Oder was meinen Sie?«

»Ehrlich gesagt kann ich es kaum erwarten. Aber es wäre schrecklich unhöflich.«

Er lachte. »Machen Sie sich darüber keine Gedanken. Mein Aufenthalt in Paris ist schon interessant genug.«

Sie fuhren ins Hotel zurück, aber Karen konnte nur eine Stunde in dem Buch lesen, denn dann musste sie sich für den Ballett-Besuch zurechtmachen. Die ersten Seiten hatten ihr nicht weitergeholfen. Es ging um chemische Vorgänge, auf die sie sich keinen Reim machen konnte.

Doch da war noch etwas anderes, weshalb sie sich nicht auf das Buch konzentrieren konnte.

Als Mansfield im Badezimmer verschwunden war, hatte sie ihr Traumtagebuch aus dem Rucksack genommen. Sie musste was überprüfen. Hatte sie sich getäuscht?

Nein, da war es. Mit angehaltenem Atem las sie die knappen Sätze ihrer Traumnotiz:

»Ich sehe viele bunte Verkaufsstände wie auf einem Flohmarkt. Es ist sonnig, kein Regen, kein Schnee. Die Bäume haben grüne Blätter. Es ist also kein Herbst oder Winter. Ich habe das Gefühl, in Frankreich zu sein. Jemand steht neben mir, aber ich weiß nicht, wer. In der nächsten Traumszene stehe ich vor einem Buchhändler. Er hat viele alte Bände. Ich nehme ein kleines rotes und ein größeres braunes Buch in die Hand, stelle sie aber wieder zurück. Dann sehe ich einen Band von Rilke. Ich bin überrascht und will ihn genauer anschauen, doch gleich daneben entdecke ich ein Buch, das mich mehr interessiert. Ich kann mich an den Titel nicht mehr erinnern, aber es hat irgendetwas mit einem Bernd oder Bernhard zu tun.«

Karen schüttelte ungläubig den Kopf. Sie hatte die Szene vom Flohmarkt schon mal erlebt. In einem Traum. Ihr Blick wanderte zum Datum der Seite.

Der Eintrag war vor zwei Jahren!

16

Es war noch hell, als sie die Avenue d'Opéra hinauffuhren, von wo man die breite Fassade der Opéra Garnier mit ihren Doppelsäulen und den Statuen erkennen konnte. Von der Kuppel des Daches aus wachte Apollon mit der Lyra in der Hand, rechts und links von Pegasus flankiert, über das Wohl des Musentempels und seiner Besucher.

Mansfield und Karen gingen ins Vestibül, vorbei an Lully, Rameau, Gluck und Händel, die in ihrer nachdenklich steinernen Pose schon lange auf sie warteten. Nachdem sie ihre Mäntel an der Garderobe abgegeben hatten, erreichten sie wenige Augenblicke später das Treppenhaus der Oper, deren Anblick Karen den Atem verschlug. Die T-förmig geschwungene Treppe war mit ihren sanft ansteigenden weißen Marmorstufen und den hellen fein geäderten Onyxhandläufen ein einmaliges Erlebnis. Wie in Trance ging sie an den herrlichen Galvanolüstern vorbei und strich ehrfürchtig über den weißen Onyx des Treppengeländers. Mansfield bemerkte einen schimmernden Glanz in ihren Augen und musste unwillkürlich an dieselbe Handbewegung am Eingang der Sorbonne denken. Umgeben von Jaspissäulen, Marmor und Onyx, schien Karen beinahe innerlich zu leuchten.

»Das ist fantastisch«, hauchte sie und schaute sich um. Das Treppenhaus war nach drei Seiten hin mit Arkadenbögen geöffnet, und von den vielen Ovalbalkonen blieb kein Eintretender unentdeckt, was genau der Zweck des Gebäudes aus dem Second Empire war. Garnier hatte nicht nur einfach einen Musentempel erschaffen, sondern gleichzeitig dem Pariser Gesellschaftsleben ein neues Zentrum gegeben. Es war ein Tempel des Apollon, des Gottes des Lichts und der Musen, und sollte möglichst alle Sinne befriedigen. Dies war Garnier auf eine außerordentliche Weise gelungen. Die vielen Ornamente überfluteten Karen. Überall waren Masken, Lyren und Blumenornamente, die fließend ineinander übergingen und geschwungene Wandbögen verzierten. Nur die Säulen waren schlicht und sprachen allein durch ihr wertvolles Material. Farblich war alles harmonisch in hellen Braun- und leichten Rottönen gehalten, die durch das weiße Onyx der Treppe zum Leuchten gebracht wurden. Und hoch über ihnen lenkte Apollon in der hohen Kuppel sein Sonnengespann schwungvoll durch die Wolken. Orpheus bezauberte mit seiner Musik wilde Tiere, während die siegreiche Minerva mit einem Ölzweig und Schild Poseidon abwehrte. Sie alle schienen ihre schützende Hand über die Menschen dieses Hauses zu legen.

Karen sah Mansfield an, der ihren Blick mit einem leichten Lächeln erwiderte.

»Mit Ihrer Vorliebe zu Steinen hätten Sie vielleicht besser Bildhauerin werden sollen, Karen. Sie scheinen ja fast eine Verbindung mit ihnen einzugehen.«

»Genauso empfinde ich es auch. Es ist ein sehr angenehmes Gefühl.« Jetzt bemerkte sie ein schalkhaftes Lächeln in seinen Augen. »Sie machen sich über mich lustig.«

»Nein, keinesfalls. Im Gegenteil, ich finde es äußerst faszinierend, einer Frau begegnet zu sein, die sich mehr für Marmor und Onyx interessiert als für Rubine und Diamanten.«

»Oh, Rubine und Diamanten sind auch sehr schön.«

»Es beruhigt mich, dass Sie das sagen«, entgegnete er leicht spöttisch und führte sie in eine Loge der ersten Etage.

Der Zuschauerraum erstreckte sich über mehrere Logenränge und dem Parkett und war genauso verschwenderisch mit Verzierungen und Ornamenten ausgestattet wie das Treppenhaus. Überall waren Büsten, Masken, Lyren und Medaillons zu erkennen. Doch während im Treppenhaus die Farben dezent und harmonisch aufeinander abgestimmt waren, herrschte hier ein aufregender Kontrast zwischen goldfarbenen Balkonen und dem feurigen Rot der Logen.

Karen blickte in den Zuschauerraum und musterte den großen tonnenschweren Kristalllüster, der von der Decke herabhing. Sie runzelte die Stirn.

»Da stimmt etwas nicht«, sagte sie irritiert.

Mansfield folgte ihrem Blick und betrachtete die moderne Deckenmalerei an der Kuppel. »Was meinen Sie?«

»Die Deckenmalerei ist nicht ursprünglich.«

»Wohl kaum. Sie ist von Marc Chagall. Aber warum stört Sie das?« Mansfield sah ihren wehmütigen Blick, den sie im Louvre schon hatte, und es schien, als ob ein tiefer innerer Schmerz sie durchströmte.

»Sie haben gewagt, Garniers Werk zu verändern?«

»Na ja, sie haben versucht ein wenig Zeitgeist in dieses alte Gebäude zu bringen. Was ist daran so schlimm? Schließlich hat nicht jeder einen Chagall an der Decke.«

Karen setzte sich. »Es ist nicht ursprünglich«, wiederholte sie leise, während sie ihr Kleid zurechtzupfte und ein walnussgroßes Loch bemerkte. Es war noch nicht da, als sie die Treppe hochgegangen waren. Also hatte sie sich das Kleid wohl beim Hinsetzen zerrissen. Sie wandte den Kopf und wurde ein wenig rot, als sie Mansfields fragenden Blick sah. Sie dankte Gott für das gedämpfte Licht in der Loge.

Sich zu ihm beugend, flüsterte sie: »Tut mir Leid, aber mir ist mit dem Kleid gerade ein kleines Missgeschick passiert. Es dauert nur einen Augenblick.« Sie wollte schon an ihm vorbeigehen, als er sie am Ellbogen festhielt.

»Wo wollen Sie hin?«

»Nur kurz auf die Toilette und dieses kleine Loch zusammennähen. Bis das Stück beginnt, bin ich wieder zurück.«

Mansfield sah rasch auf das Loch, das einen nicht unangenehmen Blick auf Karens Oberschenkel freigab. Er versuchte sein aufkommendes Grinsen zu beherrschen.

»Sie haben Nadel und Faden in Ihrer Handtasche?«, fragte er ein wenig überrascht.

»Natürlich. Was glauben Sie, weshalb meine Tasche immer so schwer ist? Ich bin für jeden Fall gewappnet.«

Für jeden Fall?, dachte Mansfield und sah ihr mit einem anzüglichen Grinsen nach, als sie die Loge verließ.

Die Toiletten lagen eine Etage tiefer, aber leider musste Karen feststellen, dass sie äußerst spärlich beleuchtet waren und sie die feine Stoffnaht nur notdürftig zusammenheften konnte. Sie beeilte sich und trat schon wenige Minuten später wieder in das hell erleuchtete Treppenhaus hinaus. Eilig stieg sie die flachen Stufen des rechten Treppenbogens hinauf. Kurz bevor sie den mächtigen Eckpfeiler erreichte, trat plötzlich ein schwarzer Schatten hervor, und eine goldene Klinge schwang durch die Luft. Karen zuckte zusammen, torkelte zurück und stürzte mit den Armen hilflos nach Halt suchend die Treppe hinunter.

Sie spürte Schmerzen, immer und immer wieder Schmerzen. Dann spürte sie nichts mehr.

17

Mansfield öffnete die Logentür und trat auf den Mosaikfußboden der ersten Etage, als er gedämpfte Stimmen aus dem Treppenhaus vernahm, die sich aufgeregt anhörten. Mit wenigen Schritten stand er an der Balustrade und sah auf die große Treppe hinunter, in deren Mitte sich eine kleine Menschentraube um eine Person gebildet hatte, die er nicht erkennen konnte. Er sah nur Füße, die in weißen Sandalen steckten.

Sandalen, die er gestern im La Fayette in Händen gehalten hatte.

Mansfield rannte die Treppe hinunter. »Excusez-moi, Mesdames et Messieurs. Bitte lassen Sie mich durch.«

Er schob die Menschenmenge beiseite und stand im nächsten Augenblick neben Kommissar Laurent, der in feiner Abendgarderobe neben Karen kniete und ihm einen skeptischen Blick zuwarf.

»Ah, Monsieur Mansfield. Schön, dass Sie auch schon da sind.«

Mansfield ließ sich neben Karen auf ein Knie sinken und hielt ihren Kopf, der erschreckend leblos in seiner Hand lag. Mit einem schnellen Blick sah er an ihr hinunter und starrte für einen kurzen Moment auf den langen Schnitt, der das Kleid beinahe halbierte.

»Was ist geschehen! Ist sie verletzt?«

»Das können wir noch nicht sagen«, antwortete Laurent. »Wir wissen nicht, was passiert ist. Es hat keiner etwas gesehen. Ich stand mit meinen Freunden unten an der

Kasse, als wir einen Schrei hörten und hierher eilten. Aber da lag sie auch schon dort, wo sie jetzt liegt.«

»War sie noch bei Bewusstsein? Hat sie irgendetwas gesagt?«

Laurent schüttelte den Kopf und betrachtete Mansfield argwöhnisch. Warum stellte er diese Fragen? Konnte sie vielleicht verraten, dass er sie angegriffen hatte? »Nein«, sagte er. »Sie war sofort bewusstlos. Ist wohl ein paarmal mit dem Kopf hart aufgeschlagen.« Er glaubte einen kurzen Augenblick Erleichterung in Mansfields Gesicht lesen zu können.

»Hat schon jemand einen Arzt gerufen?«

»Natürlich. Er müsste jeden Moment … ah, da ist er ja schon. Bitte, Mesdames et Messieurs, lassen Sie bitte den Doktor durch.«

Ein großer, schlanker Mann bahnte sich seinen Weg durch die Menge und untersuchte Karen mit erfahrener Schnelligkeit, während alle ein wenig zurückwichen und ihm Platz machten. Jeder versuchte in seinem Gesicht zu lesen, aber es zeigte nur professionelle Gelassenheit, was die Gemüter wieder ein wenig beruhigte. Dann ließ er die Sanitäter kommen, und Karen wurde zum wartenden Rettungswagen getragen.

Mansfield wollte dem Arzt und den Sanitätern folgen, aber Laurent stellte sich ihm in den Weg.

»Einen Augenblick, Monsieur. Bitte kommen Sie erst noch mal mit.«

»Wohin?«, fragte Mansfield.

»Nur die Treppe hinunter.« Er deutete auf die kleine Nebentreppe, die in die so genannte Grotte unterhalb des Mittellaufs führte. »Ich muss noch etwas mit Ihnen besprechen.«

»Kann das nicht warten? Ich muss jetzt ins Krankenhaus. Ich will sehen, was sie mit Madame Alexandre machen.«

»Was werden sie schon machen? Sie werden sie natürlich untersuchen. Also kommen Sie! Sie ist im Krankenhaus offensichtlich besser aufgehoben als bei Ihnen.«

Mansfield biss die Zähne zusammen und sah den Kommissar wütend an, folgte ihm aber eine halbe Etage tiefer in die Unterwelt.

Laurent drängte ihn mit leichter Gewalt gegen eine der verzierten Säulen.

»Heben Sie die Arme, und machen Sie die Beine breit«, sagte er mit rauer Stimme.

»Sie machen Scherze!«

»Nein, Monsieur, es ist mir verdammt noch mal ernst damit. Also machen Sie schon!«

Mansfield tat widerwillig wie befohlen, und Laurent tastete ihn ab, konnte aber nichts finden.

»Also gut, Sie haben keine Waffe bei sich.«

Mansfield platzte der Kragen. Er packte den Kommissar am Hals und drückte ihn gegen die Wand.

»Sie verdächtigen mich? Sind Sie völlig verrückt geworden? Und außerdem, glauben Sie etwa, dass ich das Messer noch bei mir hätte, wenn ich der Täter wäre? Für wie dumm halten Sie mich eigentlich?«

Laurent versuchte Contenance zu bewahren. »Natürlich habe ich nicht damit gerechnet, etwas bei Ihnen zu finden. Aber es war nun mal meine Pflicht, Sie zu durchsuchen!«

Manfields eisige Stimme zerschnitt die Luft.

»Und was ist mit den anderen Besuchern heute Abend? Werden Sie die auch alle durchsuchen?«

»Monsieur Mansfield, es sind heute über zweitausend Menschen in der Oper.«

»Sehr richtig! Und von diesen zweitausend Menschen wird Ihnen wohl irgendjemand bestätigen können, dass ich erst gerade eben die Loge verlassen habe.« Er ließ Laurent los und ging in Richtung Treppe.

»Monsieur Mansfield?«

Mansfield hielt inne und drehte sich halb zu ihm um.

»Warum haben Sie eigentlich gerade versucht mir ein Alibi zu geben?«

Mansfield schüttelte nur den Kopf und verließ die Grotte, während Laurent sich einer marmornen Statue auf einem Dreifuß zuwandte.

»Was sagst du dazu, Pythia?«

Doch das Orakel schwieg.

Laurent hatte sich schnell zu Haus umgezogen und erreichte das Krankenhaus eine halbe Stunde später als Mansfield.

»Sie schon wieder«, empfing ihn dieser, stellte sich an ein Fenster und massierte seine Stirn. »Können Sie uns nicht einfach in Ruhe lassen?«

»Das Gleiche könnte ich zu Ihnen sagen, Monsieur. Bis vor einigen Tagen war mein Job erheblich ruhiger, das dürfen Sie mir glauben. Kaum tauchen Sie in der Stadt auf, muss ich Überstunden machen und kann nicht einmal mehr einen gemütlichen Abend in der Oper verbringen. Weswegen sind Sie eigentlich in Paris?«

»Das habe ich Ihnen doch schon gesagt. Ich mache hier Urlaub.«

»Ja, ich weiß. Aber weshalb sind Sie wirklich hier?«

»Verdammt noch mal, ich mache Urlaub! Ist es denn

so ungewöhnlich, dass ein Amerikaner in Paris Urlaub macht?«

»Nein, natürlich nicht. Sie haben sich also mit Madame Alexandre in Paris getroffen ...«

»Habe ich nicht. Ich habe sie am Mittwoch Abend zum ersten Mal gesehen.«

»Und das soll ich Ihnen glauben?«

»Glauben Sie doch, was Sie wollen!«, fauchte Mansfield, aber Laurent blieb hartnäckig.

»Und Madame Alexandre? Wonach recherchiert sie eigentlich in der Sorbonne?«

Mansfield fuhr sich müde über das Gesicht. »Es geht um einen deutschen Professor, der an der Sorbonne forschte und kurz nach der Jahrhundertwende spurlos verschwand.«

Bei Laurent bildete sich eine Falte zwischen den Augenbrauen. »Ein Professor an der Sorbonne? Kurz nach der Jahrhundertwende, sagen Sie? Das ist komisch. Wenn ich mich recht entsinne, hatten wir in einem Seminar über ungeklärte Mordfälle mal eine kurze Nebendiskussion über das Verschwinden eines deutschen Professors zu der Zeit. Ich weiß nicht mehr, wie er hieß, aber man konnte sich sein Verschwinden nicht erklären, da er allgemein als sehr zuverlässig galt und seine Forschungsreihen noch nicht abgeschlossen waren. Auch bei seiner Familie in Deutschland war er nicht aufgetaucht. Soviel ich weiß, war er einfach von heute auf morgen wie vom Erdboden verschwunden.«

»Vielleicht ist er in die Seine gesprungen?«, schlug Mansfield vor, doch Laurent schüttelte den Kopf.

»Das hatte man damals auch zunächst vermutet, aber all seine Studenten und Kollegen verwahrten sich dagegen. Er sei nicht selbstmordgefährdet gewesen und habe noch Pläne und weitere laufende Forschungen gehabt. Außerdem hätte der Fluss seine Leiche früher oder später freigeben müssen. Aber er ist nie wieder aufgetaucht.«

»Ein hundert Jahre alter unerledigter Mordfall?«

»Eventuell, ja. Aber die Engländer suchen ja auch immer noch nach Jack the Ripper, oder?«

Ein Arzt kam auf sie zu. »Sind Sie die Angehörigen von Madame Alexandre?«

»Nein«, antwortete Laurent und zeigte seinen Dienstausweis.

Dr. Viret sah leicht irritiert von einem zum anderen. »Wird gegen die Dame ermittelt?«

»Nein, wir ermitteln gegen unbekannt«, erklärte Laurent, warf Mansfield einen provozierenden Seitenblick zu und fuhr fort: »Madame Alexandre ist die große Treppe in der Opéra Garnier hinuntergestürzt und wir vermuten, dass dies kein Zufall war. Wie geht es ihr?«

»Gut so weit. Wir konnten eine leichte Gehirnerschütterung feststellen, eine starke Bänderdehnung am rechten Knöchel und einige unbedenkliche Hämatome am gesamten Körper, die aber zweifelsfrei von dem Sturz herrühren.«

»Zweifelsfrei?«, fragte Laurent noch mal nach.

»Absolut zweifelsfrei. Wir werden sie heute Nacht zur Beobachtung hier behalten. Aber morgen können Sie sie wieder mitnehmen«, sagte er an Mansfield gewandt, nickte Laurent kurz zu und ging.

»Ihre Andeutungen und lächerlichen Vermutungen gehen mir langsam auf die Nerven, Laurent. Wenn Sie einen Beweis gegen mich haben, verhaften Sie mich, und wenn nicht, lassen Sie mich in Ruhe.«

»Mache ich Sie nervös, Monsieur Mansfield?«

»Nein, aber Ihre Unterstellungen sind unerträglich.

Wundern Sie sich nicht, wenn ich Ihnen tatsächlich eines Tages einen Grund gebe, mich ins Gefängnis zu stecken. Sie werden dann nämlich mit einer gebrochenen Nase im Krankenhaus liegen.«

»Aber Monsieur, Sie drohen mir ja.«

»Blödsinn. Ich rede nur von Dingen, die in naher Zukunft auf Sie zukommen werden, wenn Sie mich noch länger provozieren.«

Laurent fand die Vorstellung des besorgt auftretenden Mannes fast perfekt. Aber nur fast. »Kommen Sie, ich fahre Sie in Ihr Hotel zurück.«

»Nein«, entgegnete Mansfield. »Es ist möglich, dass der Kerl es noch mal probiert.«

»Sie wollen hier bleiben?«

»Das macht Sie nervös, nicht wahr? Tja, und wenn ich Madame Alexandre nun tatsächlich umbringen will?«

»Oh. Sie wären nicht so dumm, es hier zu tun.«

»Stimmt, dann hätte ich es in der Opéra Garnier mit zweitausend Menschen um mich herum probiert.«

»Monsieur Mansfield, ich werde Sie jetzt verlassen, aber Gnade Ihnen Gott, wenn Madame Alexandre bis morgen früh etwas zustößt«, fragte Laurent, doch Mansfield hatte sich schon umgedreht und hörte ihm gar nicht mehr zu.

Am nächsten Morgen fuhr Laurent nach einem kurzen Abstecher in sein Büro zum Hospital Saint-Raphael und fand eine putzmuntere Karen Alexander vor, die Mansfield gerade ein Handtuch zurückreichte, als er ins Zimmer trat.

»Bonjour, Madame Alexandre. Na, Sie können einem aber einen gehörigen Schrecken einjagen.«

»Monsieur Laurent, bonjour«, sagte sie mit einem freundlichen Lächeln und gab ihm die Hand. Sie war bereits vollständig angezogen und saß ein wenig unschlüssig auf der Bettkante.

Laurent schüttelte die schmale Hand und betrachtete Karen von oben bis unten.

»Sie sehen wieder besser aus, Madame. Wie fühlen Sie sich?«

»Comme ci, comme ça. Mein Kopf tut mir noch weh, und mein Fuß macht mir zu schaffen. Monsieur Mansfield sagte mir, dass Sie der Erste gewesen seien, der sich um mich gekümmert habe?«

»Oui, Madame. Ich sah Sie sogar herunterfallen, war aber leider zu weit entfernt, um Sie aufzufangen.«

»Und warum haben Sie dann den Angreifer nicht gesehen?«, fragte Mansfield aufgebracht.

»Ich stand leider mit dem Rücken zur Treppe und drehte mich erst um, als Madame Alexandre schrie. Haben Sie den Angreifer erkennen können, Madame?«

Karen wollte den Kopf schütteln, aber schon die kleinste Bewegung verursachte ihr Schmerzen. Sie fasste sich an die Stirn, als sie versuchte sich an den Angriff zu erinnern.

»Es ging alles so schnell. Ich weiß nicht ... Alles ist so verschwommen ... Ich erinnere mich nicht mehr, tut mir Leid.«

Laurent nickte verständnisvoll, aber auch leicht verärgert, als Mansfield ihn aus den Gedanken riss.

»Es wird wohl derselbe Kerl gewesen sein wie an der Metrostation und am Eiffelturm. Haben Sie den Schnitt in Madame Alexanders Kleid in Brusthöhe nicht gesehen?«

»Natürlich habe ich den gesehen!«

Karens Rücken wurde auf einmal stocksteif. »In Brusthöhe?«

»Keine Angst, Madame«, versuchte Laurent sie zu beruhigen. »Der Schnitt ging nur durch den Oberstoff des Kleides.«

Sie blickte Mansfield mit aufkommender Panik an. »Sagen Sie mir die Wahrheit, Michael, ist das Kleid ruiniert?«

Laurent sah sie fassungslos an. »Aber Madame, wie können Sie jetzt an das Kleid denken!«

»Es geht ihr nicht um das Kleid, sondern um mein Geld«, erklärte Mansfield.

»Um Ihr Geld?«, fragte Laurent.

Karen fasste Mansfield am Arm. »Ist es ruiniert?«

Er blinzelte ihr aufmunternd zu. »Machen Sie sich darüber keine Gedanken, Karen. Eine gute Schneiderin wird es mit einigen Ideen wieder hinkriegen«, log er geschickt.

Doch Karen ließ sich mit einem tiefen Seufzer auf das Bett zurückfallen. »Eintausend Euro«, stöhnte sie.

»Wie bitte?« Laurent war immer noch irritiert, aber Mansfield winkte ab.

»Sie braucht ein Glas Wasser. Also, wären Sie so nett?« Er deutete auf ein nahes Waschbecken, und tatsächlich machte Laurent sich auf den Weg. »Sie sollten sich nicht so aufregen«, sagte Mansfield, und ein spitzbübisches Lächeln zeigte sich auf seinem Gesicht. Karen genoss die Worte und das Lächeln.

»Ich rege mich nicht auf«, entgegnete sie. »Ich kann's ja doch nicht mehr ändern.«

»Kluges Mädchen, und jetzt trinken Sie einen Schluck Wasser.«

Laurent reichte ihr das Glas und griff gleichzeitig in seine Manteltasche.

»Ich habe hier noch etwas für Sie.« Er gab Karen ein altes zusammengefaltetes Blatt Papier. Sie stellte das Glas Wasser ab.

»Was ist das?«, fragte sie und öffnete es. Mansfield stellte sich neugierig direkt neben sie.

Laurent hob ein wenig die Schultern.

»Ein Notizblatt aus einem meiner Seminarkurse. Es ist über dreißig Jahre alt.«

Karen sah verblüfft auf die Namen, die auf dem vergilbten Papier standen. »Es geht um das Verschwinden von Prof. Bernhardt«, flüsterte sie fast lautlos und erschauerte. »Woher …« Sie blickte fragend zum Kommissar, aber der deutete auf Mansfield.

»Er hat mir von Ihrer Arbeit erzählt, und ich dachte, dass Sie es vielleicht gebrauchen können.«

Karen ließ auf einmal das Papier fallen und fasste sich an die Stirn. Das Zimmer begann sich zu drehen, und sie krallte ihre Finger in das Kopfkissen.

»Karen, was ist los?« Mansfield griff nach ihrer Schulter.

»Es ist nichts«, sagte sie schwach. »Mir ist nur ein bisschen schwindlig.«

»Wollen Sie sich lieber kurz hinlegen, bevor wir gehen?«, fragte Mansfield, aber Karen schüttelte den Kopf.

»Nein. Es ist schon vorbei. Würden Sie mir bitte noch mal das Papier geben, Monsieur Laurent?«

Er hob es auf und reichte es ihr.

Karen versuchte sich wieder auf die schwer lesbare Handschrift des Kommissars zu konzentrieren. »Der Letzte, der den Professor lebend gesehen hat, war demnach sein Assistent?«

»Das weiß man nicht genau. Der Assistent behauptete das Gegenteil. Er gab zu Protokoll, dass er eines Abends einen Notizzettel an seiner Haustür fand, auf dem stand, dass der Professor ihn am nächsten Morgen sehen wollte.

Er war wohl extra zur Wohnung des Assistenten gefahren, hatte ihn aber nicht angetroffen und den Zettel hinterlassen. Auf jeden Fall war der Assistent verdächtig, da er als Einziger ein Motiv für einen Mord hatte.«

»Wie kann man von einem Mord reden, wenn man keine Leiche hat?«, fragte Mansfield. »Und welches Motiv soll er gehabt haben?«

»Lescot soll einen Tag vorher einen entscheidenden Fehler in einem wichtigen Experiment begangen haben, der die gesamte Versuchsreihe zunichte machte.«

»Ja und?«

»Prof. Bernardt soll ihm daraufhin vor versammelter Mannschaft die Leviten gelesen und die ganze Schuld gegeben haben, sodass Lescot wie ein begossener Pudel das Labor verließ.«

Mansfield sah Karen an. »Und über so einen Kerl schreiben Sie eine Monographie?«

»Wieso nicht?«, fragte Karen mit einem aggressiven Unterton zurück. »Immerhin hat der Assistent das Experiment verpfuscht.«

»Dann finden Sie es also vollkommen in Ordnung, dass er den armen Jungen vor allen Leuten zum Idioten gemacht hat?«

Karen hatte das Bedürfnis, den Professor vor Manfields Angriffen zu verteidigen. »Der Assistent hat sich mit seiner Unvorsichtigkeit selbst zum Idioten gemacht. Hätte er gewissenhaft gearbeitet, wäre er auch nicht so vorgeführt worden.«

»So, Sie finden das also gerecht?«

Karen sah in Mansfields wütendes Gesicht, und plötzlich überkam sie Reue.

»Nein, es war wohl zu hart«, gab sie zu. »Er hätte es mit

ihm allein in einem Nebenraum besprechen müssen. Aber er war in dem Augenblick wohl sehr wütend, dass er sich zu diesem Schritt hinreißen ließ.«

Mansfields Gesichtszüge entspannten sich wieder. »Er hat es sicherlich später bereut«, meinte er versöhnlich.

»Ja, das glaube ich auch. Der Assistent war bestimmt ein zuverlässiger und fähiger Mensch, sonst hätte der Professor ihm diese verantwortungsvolle Aufgabe nicht gegeben.«

Laurent hatte diese Szene mit aufkommendem Unverständnis verfolgt und fragte sich insgeheim, wie man sich dermaßen über ein solches Thema streiten konnte. Was ging es Mansfield an, wie der Professor damals mit seinen Leuten umgegangen war? Und warum verteidigte sie diesen Professor?

»Glauben Sie, dass Ihnen meine Notizen weiterhelfen werden?«, fragte er Karen.

Sie überflog noch mal das Papier. »Es sind zumindest einige interessante polizeiliche Hinweise, die das Verschwinden des Professors betreffen.« Ihre Augen blieben auf einer Adresse rechts oben in der Ecke haften. »Was ist das für eine Adresse?«, fragte sie und tippte mit dem Zeigefinger auf die Stelle.

Laurent beugte sich vor, um besser sehen zu können. »Ach, die ist von meinem alten Seminarleiter Monsieur Tanvier.«

»Könnte der vielleicht noch etwas über den Fall wissen?«, fragte Mansfield.

Laurent zog die Augenbrauen hoch. »Lassen Sie den alten Mann in Ruhe, Monsieur. Er ist schon über achtzig und wird sich bestimmt nicht mehr erinnern.«

»Darf ich das Blatt behalten, oder soll ich mir eine Kopie davon machen?«

»Sie können es behalten, wenn Sie möchten. Ich brauche es nicht mehr.« Laurent sah zu, wie Karen es zusammenfaltete und in ihre Handtasche steckte. »Wie lange werden Sie sich noch in Paris aufhalten, Madame?«

Karen glaubte eine leise Hoffnung herauszuhören, und ein kleines Lächeln zeigte sich wieder auf ihrem Gesicht.

»Sie wollen mich so schnell wie möglich loswerden, nicht wahr, Monsieur Laurent?«

»Das würde ich niemals zugeben, Madame«, antwortete er.

»Ich kann es Ihnen nicht sagen. Im Hotel warten noch einige Schriftstücke und ein Buch auf mich. Vielleicht haben Sie Glück, und es steht alles drin, was ich brauche. Dann könnte es sein, dass ich in dieser Woche noch aus Paris verschwinde.«

»Wie der Professor?«, meinte Mansfield grinsend, aber er erntete nur verständnislose Blicke für diese Bemerkung. Mit einem Stirnrunzeln sah er von einem zum anderen. »Meine Güte, das sollte nur ein Scherz sein.«

»Sie haben eine merkwürdige Art von Humor, Monsieur Mansfield«, bemerkte Laurent und mit einem zu Karen geflüsterten »Passen Sie gut auf sich auf, Madame« verabschiedete er sich von ihnen und ging.

»Ich fand es auch nicht sehr witzig«, sagte Karen, als sie vom Bett aufstand und zu Mansfield humpelte, der ihre Abendgarderobe in einer Tasche verstaute.

»Es war nicht so gemeint«, erklärte er entschuldigend. »Wenn ich Laurent vor mir habe, vergesse ich mich manchmal.«

Karen sah zu, wie er ihre weißen Sandalen in die Tasche quetschte.

»Sie mögen ihn nicht«, sagte sie mit einem mitleidigen

Blick auf die misshandelten Sandalen, denen die kleine Abendhandtasche folgte.

»Nicht mögen«, knurrte Mansfield. »Er provoziert mich andauernd.«

»Ja, ich weiß. Können Sie dem nicht widerstehen?«

»Nur schwer. Übrigens meint er, dass ich mit dem Überfall in der Oper etwas zu tun haben könnte.«

»Was?«, rief Karen verblüfft. »Was für ein Blödsinn. Warum glaubt er das?«

»Ich habe nicht die geringste Ahnung. Vielleicht denkt er, dass Sie der Schlüssel zu einem großen Geheimnis und irgendwie wertvoll für mich sind.«

Er reichte ihr ein dünnes hellblaues Sweatshirt, das sie sich über das T-Shirt ziehen sollte, denn es war an diesem Tag nicht mehr so warm wie in den Tagen zuvor.

»Bin ich denn wertvoll für Sie?«, fragte Karen, während ihr Kopf unter dem Shirt verschwand und einige Sekunden später mit zerzausten Haaren wieder aus dem Hellblau auftauchte.

Er musste grinsen, als er ihre zerzausten Haare sah.

»Sagen wir mal, wenn das an der Metrostation nicht passiert wäre, hätte ich Sie unbedingt bei anderer Gelegenheit kennen lernen sollen.« Er warf Karen einen undefinierbaren Blick zu. »Warum vertrauen Sie mir, Karen?«

Sie schüttelte ihre kastanienbraunen Haare und versuchte sie einigermaßen wieder in Form zu bringen.

»Ich weiß nicht. Warum sollte ich nicht?«

»Zum Beispiel, weil Sie mich gar nicht kennen.«

»Sie kennen mich doch auch nicht und haben mir trotzdem ein Kleid geschenkt. Sehen Sie sich vor, Michael. Vielleicht bin ich nur jemand, der Sie ausnutzen will?«

Mansfield musste lachen. »Daran habe ich noch gar

nicht gedacht. Gut, dass Sie mich auf diese Möglichkeit aufmerksam machen. Apropos ausnutzen. Gehen Sie heute Abend wieder mit mir Essen?«

Sie legte ihre hübsche Stirn in Falten. »Nein, bitte nicht. Ich fühle mich nicht so gut, und außerdem möchte ich das Buch zu Ende lesen.«

»Und das, was in der Mappe ist, ja, ich weiß. Dafür gehen Sie aber morgen mit mir ins Musée d'Orsay, versprochen?«

Seine Hartnäckigkeit war beinahe so groß wie ihre eigene.

»Also gut, wenn ich das Buch heute schaffe und mich fit genug fühle, werde ich morgen mit Ihnen zu den Impressionisten gehen. Versprochen.«

»Sehr schön. Dafür werde ich Sie heute in Ruhe lassen«, sagte er, nahm die Tasche und öffnete die Tür.

Karen humpelte zu ihm hin. »Es ist mir völlig egal, was Laurent denkt«, sagte sie in ihrer ruhigen, bestimmten Art, reckte den Kopf ein wenig hoch und gab ihm einen Kuss auf die Wange. Um nicht das Gleichgewicht zu verlieren, musste sie sich leicht an ihm festhalten. Es war ein sehr angenehmes Gefühl, ihm so nah zu sein. Doch der Zauber zerbrach in der nächsten Sekunde, und so stieß sie sich von ihm ab und ging langsam humpelnd durch den kühlen Flur.

Mansfield zögerte einen Augenblick, dann schüttelte er den Kopf und folgte ihr.

18

Mansfield brachte sie ins Hotel zurück, wo Karen sich umzog und es sich in Shorts und T-Shirt auf dem Sofa bequem machte. Neben ihr lag auf dem niedrigen Couchtisch ein College-Block und ein Kugelschreiber. Auch der Laptop und ihr Handy lagen griffbereit in der Nähe.

Mansfield schaute auf seine Uhr. Er hatte noch etwas zu erledigen.

»Kann ich Sie für einige Stunden allein lassen, oder soll ich lieber hier bleiben?«

Sie sah ihn leicht irritiert an. »Ich glaube, in diesem Zimmer bin ich ziemlich sicher, oder?«

»Das denke ich auch. Aber lassen Sie niemanden rein. Auch nicht Laurent. Und bleiben Sie von den Fenstern weg.«

»Schon gut, schon gut. Ich werde die nächsten Stunden sowieso nicht aufstehen. Und wenn ich Durst habe, werde ich mir etwas aus der Minibar nehmen, damit der Mörder mich nicht in Zimmerservice-Verkleidung erschießen kann, okay?«

»Ganz genau.«

»Da fällt mir ein, sollen wir nicht noch ein geheimes Klopfzeichen vereinbaren, damit ich Sie erkennen kann?«

Mansfield hörte einen leicht ironischen Unterton in ihrer Stimme. »Es scheint Ihnen schon wieder ziemlich gut zu gehen. Soll ich Ihnen irgendetwas mitbringen? Ein Eis, eine Zeitung, die Mona Lisa?«

Ihre Mundwinkel zuckten verdächtig. »Nein danke,

ich brauche nichts. Wann werden Sie ungefähr wieder da sein?«

»Es könnte ziemlich lange dauern«, antwortete er ausweichend.

Eigentlich hätte sie gern gewusst, wo er hingehen wollte, aber hatte sie das Recht zu so einer neugierigen Frage? Schließlich war sie nur sein Gast. Sie entschied sich für die höfliche Variante und hielt ihre Neugierde zurück.

»Das macht nichts. Mir wird bestimmt nicht langweilig werden.« Sie warf einen Blick auf das Buch in ihrer Hand und runzelte dann die Stirn. »Na ja, vom Thema her wird mir wahrscheinlich schon langweilig werden, aber das lässt sich wohl kaum vermeiden.«

»Sie sollten froh sein, das Buch überhaupt bekommen zu haben.« Mansfield musste an das große Durcheinander der bunten Flohmarktstände denken. In dem Moment zuckte seine Hand, als ein unheimliches Kribbeln durch sie hindurchging und das Bild der schwarzhaarigen Frau vor seinem inneren Auge auftauchte. Er versuchte das Kribbeln zu unterdrücken, aber es gelang ihm nicht. Doch es dauerte nur Sekunden, dann war es vorbei.

Karen hatte nichts bemerkt und redete einfach weiter. »Ich finde öfter Bücher auf dem Flohmarkt, die ich gerade brauche. Das ist mir schon ein paarmal passiert.« Sie betrachtete das hundert Jahre alte Buch und musste daran denken, wie es völlig unscheinbar neben dem Rilke-Band gelegen hatte. »Schade, dass die anderen drei Bände nicht auch dabei waren.«

»Na, nun seien Sie mal zufrieden.«

»Bin ich ja, keine Angst. Vielleicht bekomme ich die anderen Bücher ja auch noch. Und mit dieser Mappe hier«, sie zeigte auf die blaue Mappe, die ein Bote ihr vor kurzem mit den besten Grüßen von Monsieur Artois gebracht hatte, »kann ich die Monographie vielleicht beginnen.«

Mansfield nickte nur und ließ sie mit ihrem Arbeitsmaterial allein.

Karen hatte neugierig die Papiere der blauen Mappe durchgeblättert und las jetzt seit einer halben Stunde in Bernhardts Buch, als ihr Handy klingelte. Es war Kay.

»Ich habe deine Professoren wiedergefunden, Karen. Allerdings verstehe ich nicht, warum du über Bernhardt ein Buch schreiben sollst. In einem alten Zeitungsartikel steht, dass der Mann nur vier kleine Bände veröffentlicht hat. Nach 1907 ist nichts Neues mehr von ihm erschienen. Viel interessanter scheint Prof. Frederick Gowland Hopkins zu sein. Der war damals ein bekannter Physiologe und hat sehr viel später in den zwanziger Jahren den Nobelpreis bekommen. Warum schreibst du kein Buch über ihn? Da würde sich bestimmt mehr Material finden als bei Prof. Bernhardt.«

»Ich weiß es nicht, Kay. Julius will es so.«

»Na dann viel Spaß. Der Mann gibt jedenfalls nicht viel her. Seine Hypothesen beziehen sich auf die Anfänge der Erforschung des Stoffwechsels und geben keinerlei Auskunft über irgendwelche herausragenden Erfolge. Es geht dort nur um reine Forschungen mit pflanzlichen und tierischen Probanden. Nichts, was dich interessieren könnte, Schwesterherz.«

Das entsprach genau dem, was sie bisher aus Bernhardts Buch herausgelesen hatte.

»Damals steckte dieses Forschungsgebiet noch in den Kinderschuhen, und konkrete Erfolge gab es erst nach deinem Professor«, fuhr ihr Bruder fort. »Tut mir Leid.«

»Vielen Dank, Kay. Damit hast du mir schon weitergeholfen.«

»Gern geschehen, Schwesterchen. Und wie läuft es sonst so in Paris?«

Für einen kurzen Augenblick überlegte Karen, ob sie ihm von den Anschlägen erzählen sollte, aber das hätte ihn nur unnötig beunruhigt.

»Oh, es läuft hier so là là. Drei von Bernhardts Büchern habe ich leider nicht in die Hände bekommen. Nur ein einziges konnte ich finden, aber es ist so, wie du sagst, es hilft mir nicht besonders weiter. Die Sorbonne hatte auch keine Unterlagen.« Das ist nicht einmal gelogen, dachte Karen. »Aber der Rektor hat mir zum Glück einige persönliche Aufzeichnungen des Professors geschickt. Ob etwas Brauchbares dabei ist, weiß ich noch nicht. Mal sehen.«

»Na, du scheinst ja voll in der Arbeit zu stecken. Hast du denn noch gar nichts von Paris gesehen?«

»Doch, na klar. Sacré-Cœur, den Louvre, den Eiffelturm …«

»Du warst auf dem Eiffelturm?«

»Nein, war ich natürlich nicht. Aber immerhin habe ich ihn gesehen.«

»Also gegen deine Höhenangst solltest du wirklich mal etwas unternehmen.«

»Du willst mir doch jetzt keine klugen Ratschläge geben, oder?«, fragte Karen etwas gereizt. Was ihre Schwächen betraf, war sie sehr empfindlich.

»Gerade der Eiffelturm wäre sehr geeignet, um mit der Bekämpfung deiner Höhenphobie anzufangen, Schwesterherz, weil du über die Treppe schön langsam höher steigen kannst. Und wenn du es nicht mehr erträgst, gehst du einfach wieder runter. Ist überhaupt kein Problem. Wenn du es bis zur ersten Plattform schaffen würdest, würdest du mit einer sehr schönen Aussicht belohnt werden. Nur so als Tipp.«

Karen seufzte unwillkürlich. »Dasselbe hat mir schon jemand anders gesagt.«

Ihr Bruder wurde hellhörig. »Wer?«

»Ein Amerikaner, den ich hier kennen gelernt habe.«

»Ah, très bien. Du warst mit ihm am Eiffelturm?«

»Ja.«

»Aber nicht auf dem Eiffelturm.«

»Nein.«

»Lass mich raten. Du hast ihn allein auf den Eiffelturm gehen lassen und hast unten auf ihn gewartet.«

»Stimmt genau.«

»O Mann, Schwesterchen! Du wirst dich wohl nie ändern«, sagte Kay lachend. »Ist der arme Kerl noch bei dir?«

»Ja, warum? Willst du ihm dein Beileid aussprechen?«

»Nein, natürlich nicht. Ich gönn ihm jede Minute mit dir.«

»Sei nicht so gemein zu mir.«

»Ich bin nie gemein zu dir«, widersprach ihr Bruder. Karen konnte sein breites Grinsen geradezu hören.

»Na dann amüsier dich schön in Paris«, sagte Kay.

Zwischen Karens Augenbrauen entstand eine kleine Falte. Sie war weit davon entfernt, sich zu amüsieren.

»Ich muss jetzt wieder an die Arbeit. Vielen Dank für deinen Anruf, Kay.«

»Stets zu Diensten, Madame Alexandre. Au revoir.«

»Tschüss und grüß Marion von mir.«

»Werd ich machen.«

Das Handy verstummte. Karen klappte Bernhardts Buch zu und blickte versonnen auf den grünen Einband. Es war ein ernüchterndes Gefühl zu wissen, dass es ihr nicht weiterhelfen würde. Sie griff wieder nach der blauen Mappe. Sollten diese wenigen Seiten wirklich die einzigen greifbaren Daten über den Professor sein? Gab es nicht mehr über ihn? Das konnte und wollte sie nicht glauben. Wie sollte sie mit so wenig Material eine interessante Monographie schreiben? Sie öffnete die Mappe und nahm die Blätter heraus. Darunter waren Briefe von Hopkins, in denen er immer wieder schrieb, dass das Paket nicht angekommen sei und dass sich Bernhardts Berichte sehr vielversprechend anhören würden. Hoffnungsvoll erwarte er den nächsten Brief von ihm. Doch anscheinend hatte er nie wieder etwas von Bernhardt gehört, denn in den letzten Briefen bat er nur um eine Antwort auf seine Anfragen. Schließlich endeten die Briefe aus England.

Karen legte Hopkins Briefe in die Mappe zurück. Allmählich wollte sie wirklich wissen, was mit dem Professor geschehen war. Hatte sie noch vor wenigen Tagen zu Michael gesagt, dass sie den Fall nicht aufklären, sondern nur ein Buch über Bernhardt schreiben wolle, so kam sie jetzt immer mehr zu der Überzeugung, dass es ihre Aufgabe war, das Geheimnis um das Verschwinden des Professors zu lüften.

Mit einem kleinen Notizbuch und einem Kugelschreiber in der Hand fand Mansfield sie abends um halb sieben auf dem Sofa sitzend. Die Minibar war auch noch vollständig, wie er mit einem kurzen Blick bemerkte.

»Sie haben nichts getrunken«, stellte er fest und griff nach zwei kleinen Mineralwasserflaschen. »Geht es Ihnen gut?«

Sie sah ihn leicht abwesend an. »Was haben Sie gesagt?«

Mansfield schloss die Tür zur Minibar, goss ein wenig Wasser in ein Glas und reichte es Karen.

»Sie haben den ganzen Nachmittag nichts getrunken. Das ist nicht gesund. Und schon gar nicht, wenn man eine Treppe hinuntergefallen ist.«

Er hatte sich auch ein Glas mit Wasser eingeschenkt und trank es in einem Zug aus. Dann wanderte sein Blick zu den Unterlagen neben dem Laptop auf dem Sideboard und schließlich zu dem Notizbuch. Er hatte es noch nie bei Karen gesehen. Es war ein kleines schwarzes Buch, mit roten Ecken und rotem Rücken. »Machen Sie sich schon Notizen für Ihr Bernhardt-Buch?«

»Nein, ich schreibe meine Träume auf.«

»Sie tun *was*?«

»Ich schreibe meine Träume auf.«

»Immer?«

»Nein, nicht immer. Nur dann, wenn ich sie für wichtig halte.«

»Wozu?«

Sie lächelte verlegen. »Es ist ein Zwiegespräch mit dem Unterbewusstsein. Manchmal merkt man, dass es im Traum um Verarbeitung geht, andere sind symbolisch, und wieder andere Träume werden wahr.«

Mansfield sah sie ungläubig an. »Wie meinen Sie das?«

»Es ist ein bisschen merkwürdig«, gab sie zu und setzte sich bequemer hin. »Ich erlebe manchmal Szenen und habe dabei das Gefühl, sie bereits zu kennen. Das Wetter, das Licht, der Ort, die Menschen um mich herum … So wie unser Besuch gestern auf dem Flohmarkt.«

»Sie haben den Besuch auf dem Flohmarkt schon mal geträumt?«

Karen nickte und übersetzte ihm die kurze Notiz aus dem Traumtagebuch. »Es war fast genau vor zwei Jahren.«

»Darf ich mal sehen?«, fragte Mansfield.

»Natürlich.« Sie reichte ihm das Buch mit aufgeschlagener Seite. Er nahm es in die Hand und überflog den kurzen Text. Worte wie Flohmarkt, Frankreich, Rilke und Bernhardt konnte er erkennen. Er besah sich das ganze Buch, dessen Notizen vor sechs Jahren begannen und bis zum heutigen Eintrag reichten. Es war zu zwei Drittel voll, jede Seite eng beschrieben und manchmal auch mit Skizzen versehen. Es gab keine leeren Zwischenseiten, auf denen man später nachträglich Einträge machen konnte.

Mansfield hob staunend eine Augenbraue und gab ihr das Buch zurück. »Wie ist das möglich? Ich hatte doch erst gestern die Idee mit dem Flohmarkt.«

Karen lächelte wie eine Sphinx. »Woher kommen Ideen, Michael? Oder Gedanken? Wo ist ihr Ursprung?«

»Keine Ahnung. Hab ich noch nie drüber nachgedacht. Sie sind eben da.«

»Ja, ich weiß. Ich versteh es auch nicht«, seufzte sie. »Aber meine Erfahrungen sagen, dass diese seltsamen Dinge passieren. Ob es uns gefällt oder nicht.«

Mansfield ging zur Minibar und goss sich einen Whiskey ein. Er wusste nicht, ob er an die Sache glauben sollte oder nicht. Er hoffte nur, dass Karen Unrecht hatte, denn in letzter Zeit verfolgte ihn ein dunkler Traum, und er wünschte nicht, dass er wahr werden würde. Er trank den Whiskey in einem Zug.

»Dann war es also Schicksal, dass Sie das Buch fanden?«

Karen nickte. »Ja, das denke ich.«

»Und es war Schicksal, dass Sie nach Paris kamen?«

»So sieht es aus.«

»Wie schön«, sagte er und lächelte spitzbübisch. »Haben Sie heute nur Träume aufgeschrieben oder auch etwas Neues über Bernhardt herausgefunden?« Er deutete auf die Unterlagen neben dem Laptop.

Karen schloss das Traumtagebuch und legte es neben sich auf die Armlehne. »Ehrlich gesagt, gibt es kaum etwas Neues. Mein Bruder rief an und meinte, dass der Mann nicht besonders interessant sei. Und die Notizen in der Mappe sind auch nicht ergiebig. Es scheint fast so, als ob das Leben des Professors durch den Säureanschlag in der Sorbonne endgültig ausgelöscht wurde.«

Mansfield hörte einen resignierenden Unterton in ihrer Stimme und versuchte ihr Mut zu machen.

»Das glauben Sie doch nicht wirklich. Wenn ein Mensch wie der Professor einige Jahre in Paris lebte, wird es noch mehr Unterlagen über ihn geben als nur diese paar Seiten und die vier Bücher. Man muss nur danach suchen.«

Karen lehnte sich auf dem Sofa zurück. »Und wo? Wir waren in der alten und der neuen Nationalbibliothek, und in der Sorbonne. Ich weiß nicht mehr, wo ich noch suchen soll.«

Das wusste Mansfield auch nicht, aber er wollte nicht, dass Karen Paris verließ. Nicht jetzt.

Genau in dem Augenblick klopfte es an der Zimmertür.

Mansfield und Karen warfen sich einen fragenden Blick zu.

»Einen Moment«, sagte Mansfield und ging zur Tür. Er spähte durch den Spion und erkannte Laurent. Das konnte nichts Gutes bedeuten. Hatte er vielleicht inzwischen herausgefunden, weswegen er wirklich in Paris war? Aber Laurent war allein. Wenn er ihn verhaften wollte, hätte er wohl mindestens noch einen Kollegen mitgebracht. Mansfield öffnete die Tür und ließ Laurent herein, der Karen nur kurz zunickte und sich dann ihm zuwandte.

»Wo waren Sie heute Nachmittag zwischen fünfzehn und achtzehn Uhr, Monsieur Mansfield?«

»Wieso?«, fragte er wegen Laurents herrischem Ton leicht gereizt. »Hat es wieder einen Anschlag auf Madame Alexandre gegeben, und ich war nicht dabei?«

»Nein«, antwortete Laurent, griff in seine Manteltasche und zog ein Foto heraus. Er wedelte damit in der Luft herum. »Heute Nachmittag wurde mein alter Seminarleiter ermordet.«

Es herrschte einen Moment Stille.

Karen schluckte. »Sie meinen …«

»Ja, Madame, ich meine Monsieur Tanvier, der Seminarleiter, aus dessen Kurs ich Ihnen heute Morgen die Notiz mitgegeben habe und auf der auch die Adresse von ihm stand.« Er sah Mansfield an. »Glauben Sie an Zufälle, Monsieur Mansfield?«

»Nein.«

»Sehen Sie, ich auch nicht. Deswegen frage ich mich, warum der Mann genau an dem Tag ermordet wurde, an dem ich Ihnen die Notiz mit seiner Adresse gab. Und jetzt frage ich Sie noch mal: Wo waren Sie heute Nachmittag zwischen fünfzehn und achtzehn Uhr?«

»Tja, das wird wohl schwierig für ein gutes Alibi, denn ich bin einfach nur in der Nähe des Louvre herumgelaufen.«

Das war zwar gelogen, aber immer noch besser als die Wahrheit.

»Es wird Sie doch wohl irgendjemand gesehen haben, Monsieur«, bellte Laurent.

»O sicher, dutzende, aber niemand, den ich Ihnen nennen könnte. Tut mir Leid. Wollen Sie mich deswegen verhaften?«

»Machen Sie sich nicht über mich lustig, ich warne Sie. Und Sie, Madame? Wo waren Sie heute Nachmittag?«

Mansfield und Karen sahen ihn ungläubig an.

»Wie bitte?«, fragte Karen, während Mansfield ihr schnell zu Hilfe kam.

»Jetzt hören Sie aber auf, Laurent! Es kann doch nicht Ihr Ernst sein, Madame Alexandre des Mordes zu beschuldigen.«

»Warum nicht? Der Mann hat zweiundachtzig Jahre lang friedlich in Paris gelebt, und genau an dem Tag, an dem ich Ihnen die Notiz mit seiner Adresse gebe, wird ihm in seiner Wohnung die Kehle aufgeschlitzt. Das war wirklich kein schöner Anblick, Monsieur, glauben Sie mir.« Er fuchtelte wieder mit dem Foto herum.

»Warum hätten wir so etwas tun sollen?«, fragte Mansfield, um von Karen abzulenken, die bedenklich blass geworden war. »Der Mann hat uns nichts getan. Im Gegenteil, er hätte Madame Alexandre vielleicht etwas über den Professor erzählen können.«

»Stimmt genau. Und das ist wahrscheinlich auch der springende Punkt, weshalb er sterben musste. Allerdings hat das merkwürdigerweise bis zum heutigen Tag niemanden interessiert. Erst seit Sie beide hier aufgetaucht sind und in diesem uralten Bernhardt-Fall herumgraben, habe ich es mit einem verrückten Messerfetischisten zu tun, der es auf Madame Alexandre und andere Menschen abgesehen hat. Bei Gott, wenn ich den in die Hände kriege, bekommt dieses Schwein eine Kugel von mir verpasst. Das schwöre ich Ihnen.«

Laurent war regelrecht in Rage geraten, und Mansfield erkannte, dass viele Schuldgefühle in seinen Worten mitschwangen.

»Es ist weder Ihre noch unsere Schuld, was Monsieur Tanvier heute geschehen ist«, sagte Mansfield. »Also beruhigen Sie sich. Sie werden den Kerl schon kriegen, falls er sich wieder blicken lässt. Oder vielleicht taucht er auch nicht wieder auf.«

»Von wegen, er taucht nicht wieder auf. Wehe ihm, wenn er einfach so verschwindet! Ich will ihn haben! Um jeden Preis!«

»Beruhigen Sie sich, Monsieur Laurent. Kommen Sie, setzen Sie sich, und trinken Sie einen Whiskey mit mir.«

»Ich will nicht mit Ihnen trinken, und ich will mich auch nicht setzen«, entgegnete er barsch und verabschiedete sich.

Mansfield zog die Tür hinter ihm ins Schloss und eilte zu Karen zurück, die völlig versteinert auf dem Sofa saß.

»Der Mann ist tot«, flüsterte sie. »Er ist tot, weil er etwas über den Professor wusste?«

Mansfield setzte sich neben sie auf die Couch. »Er war schon sehr alt …«

»Aber er ist ermordet worden. Was ist, wenn Laurent Recht hat und der Mann meinetwegen gestorben ist? Weil ich diese Nachforschungen wegen Bernhardt mache?«

»Vielleicht war es ein Raubmord«, versuchte Mansfield sie zu beruhigen. »Vielleicht hat Laurent voreilige Schlüsse gezogen und ist gleich zu uns ins Hotel gerannt. Niemand wird Sie für diesen Mord verantwortlich machen können. Glauben Sie mir, es war nicht Ihre Schuld.«

Sie stand auf und ging zum Fenster. Draußen legte sich allmählich ein dunkler Schleier über die Stadt, und von Westen her näherte sich eine Unwetterfront.

»Bitte entschuldigen Sie mich, ich fühle mich nicht gut und werde ins Bett gehen.« Sie zog die Fenstervorhänge zu, humpelte ins Schlafzimmer und schloss die Türen hinter sich.

Mansfield bestellte sich beim Zimmerservice zwei doppelte Whiskey und kippte sie schnell nacheinander runter.

»Was für ein Tag«, dachte er und legte sich auf die unbequeme Couch. Sein Nacken würde ihm morgen wahrscheinlich wieder zu schaffen machen, aber das war ihm im Moment egal.

Am nächsten Morgen kam Karen immer noch humpelnd ins Zimmer und ließ sich mit einem leisen Stöhnen in den erstbesten Sessel sinken.

Mansfield blickte sie besorgt an. »Können Sie immer noch nicht richtig auftreten?«

Sie legte den Fuß auf den linken Oberschenkel und versuchte den schmerzenden Knöchel ein wenig zu massieren. »Nein, leider nicht.«

»Wann gehen Sie zum Arzt?«

»Gar nicht.«

Sie streckte den Fuß aus und versuchte ihn zu lockern, während Mansfield ihn sich genauer betrachtete. Die Schwellung war deutlich erkennbar.

»Mit dem Fuß wollen Sie die nächsten Tage in Paris herumlaufen? Das kann nur ein schlechter Scherz sein. Also wenn Sie nicht zu einem Arzt gehen wollen, werde ich Ihnen jetzt einen Verband verpassen, der mindestens drei Tage hält.« Er ging Richtung Badezimmer.

»Nein, das will ich nicht. Es geht auch ohne Verband«, protestierte sie.

Er drehte sich um. »Keine Widerrede. Sie haben mich auch gegen meinen Willen zum Arzt verfrachtet, haben Sie das schon vergessen? Na sehen Sie. Jetzt räche ich mich fürchterlich. Sie bleiben hier sitzen, und ich hole das Verbandszeug.«

Mit einem erstaunten Lächeln sah sie ihm nach. Er schien es wirklich ernst zu meinen, und so zog sie die Sandale aus. Als er wiederkam, kniete er sich vor sie hin und legte Schere, Stoffverband und Leukotape auf den Teppich. Dann nahm er ohne viel Worte ihren Fuß in die Hand und begann eine Lage des Stoffverband darum zu wickeln. »Sie haben kalte Füße, Karen.«

Sie werden gerade wärmer, dachte sie, während sie fasziniert beobachtete, wie vorsichtig er mit dem verletzten Fuß umging, ohne ihr Schmerzen zu bereiten. Sie sah, wie er mit genauem Auge die richtige Länge des Tapestreifens abriss und ihn mit seinen geschickten Fingern um ihren Fuß klebte.

»Haben Sie immer noch Probleme mit dem Kreislauf?«

Karen winkte ab. »Ich brauche nur einen Kaffee, das ist alles. Wie kommt es, dass Sie zufällig dieses Verbandszeug mit sich herumschleppen?«

»Das ist nicht zufällig. Ich habe mir auf dem College beim Football die Bänder der Knöchel überdehnt, dass Sie damit Cello spielen könnten. Ich knicke fast jede Woche einmal um. Deswegen habe ich immer das Leukotape dabei.« Der Verband wurde fester und fester. »Ich habe wahrscheinlich schon mehr Verbände angelegt als so manche Krankenschwester. Versuchen Sie jetzt mal aufzustehen.«

Sie machte einige vorsichtige Schritte.

»Und? Ist er zu stramm?«

Karen drehte sich wieder um, setzte den Fuß voll auf und verlagerte das Gewicht darauf. »Nein«, antwortete sie, »der Verband sitzt sehr gut.«

»Sie sehen so überrascht aus. Das haben Sie mir wieder nicht zugetraut, stimmt's?«

»Ich dachte, dass der Verband vielleicht ... aber nein, er sitzt wirklich perfekt.«

Er zog ihr vorsichtig die Sandale an. Sie genoss jede seiner Berührungen und musste lächeln. In dem Moment blickte er hoch.

»Warum lächeln Sie?«

»Seit meiner Kindheit hat mir niemand mehr die Schuhe angezogen.«

»Besser, Sie gewöhnen sich gar nicht erst daran«, erwiderte er, während er das Verbandszeug zusammenpackte und es ins Bad zurückbrachte.

»Wir gehen heute also trotzdem ins Musée d'Orsay?« Er wusch sich die Hände, während Karen immer noch fasziniert auf ihren Knöchel schaute.

»Das hatte ich Ihnen ja versprochen.«

Er kam mit einem Handtuch zur Badezimmertür und trocknete sich die Hände.

»Sie müssen nicht, wenn Sie nicht wollen«, meinte er und warf das Handtuch auf einen Hocker.

»Ich tue es, weil ich es *will*«, sagte sie und musste grinsen, da sie sich an das Gespräch auf der Dachterrasse des Printemps erinnerte.

Mansfield erwiderte das Lächeln und griff zu seinen Autoschlüsseln. »Dann also los.«

Sechstausend Kilometer entfernt legte ein entnervter Captain des New York City Police Department den Telefonhörer auf und ging in das Großraumbüro vor seinem Zimmer. Zielstrebig marschierte er auf Thomas Davidson zu, der an seinem Schreibtisch saß und gerade einen Bericht las. Er schien die Welt um sich herum völlig vergessen zu haben, als sein Vorgesetzter sich plötzlich vor ihm aufbaute. Davidson warf ihm einen erstaunten Blick zu.

Graham Winslows Haare waren in den vergangenen dreißig Berufsjahren in Ehren ergraut, und auch seine Falten entsprachen den Erfahrungen seines Lebens. Trotzdem schienen seine Stirnfalten im Moment um einiges tiefer zu sein als sonst.

»Wo ist Mansfield?«, fragte er mit beherrscht ruhiger Stimme.

Der Detective schluckte kurz und setzte ein unschuldiges Gesicht auf. Natürlich wusste er, wo sein Partner war, aber er hätte es Winslow nur im äußersten Notfall gebeichtet. Also gab er eine ausweichende Antwort. »Er ist zu Hause, oder nicht?«

»Wohl kaum. Ich habe gerade eine Anfrage aus Paris erhalten. Die französischen Kollegen behaupten, dass Mansfield sich in Frankreich aufhält. Sie verlangen seine Dienstakte.« Er sah Davidson mit strengem Blick an. »Gibt es da irgendetwas, das ich wissen sollte?«

Davidson hob nur unschuldig die Arme. Mansfields Tischplatte vibrierte unter Winslows Händen.

»Sie sagen mir Bescheid, wenn es weitere Probleme mit ihm gibt, okay? Ich habe nämlich keine Lust, Mansfield senior wieder in meinem Büro zu sehen. Ist das klar?«

»Sonnenklar, Chief«, antwortete Davidson und versuchte ganz ruhig zu klingen. Es sah nicht gut aus für seinen Freund. Du bekommst immer mehr Probleme, Michael. Sieh zu, dass du die Dinge endlich geregelt kriegst.

19

Karen und Mansfield standen in der großen sonnendurchfluteten Haupthalle des Musée d'Orsay, in der überall Plastiken und Statuen von Künstlern wie Rodin, Mercié und Carpeaux auf den blockähnlichen Ebenen der neuen Innenarchitektur zu sehen waren. Man konnte sich kaum vorstellen, wie hier vor hundert Jahren, als das Museum noch ein Bahnhof war, rollende Züge die Reisenden aus Südfrankreich in die Hauptstadt gebracht und mehrere tausend Menschen hier täglich wie ein Bienenschwarm ihren Weg gesucht hatten. Die Schienen waren abgebaut, die Gleise verschwunden. Heute schien das Sonnenlicht wieder durch die alte Glasdachkonstruktion auf die vielen tausend Besucher des Museums.

Karen schaute nach oben und sah fasziniert auf die große goldfarbene Bahnhofswanduhr, die den Menschen auch heute noch mit ihren schmalen Zeigern die genaue Zeit ankündigte. Wie eine aufgehende Sonne thronte sie über allen Kunstwerken an der Stirnseite der großen Halle.

Mansfields Augenbrauen zogen sich zusammen, als er die große goldene Uhr sah. Er konnte sich ihrer Schönheit nicht erfreuen und neigte leicht den Kopf zu Karen.

»Haben Sie sich schon ein Objekt der Begierde ausgesucht, oder sollen wir gleich zu den Impressionisten gehen?«

Karen wandte den Blick von Merciés dunklem *David* ab und sah Mansfield irritiert an. Sie verstand nicht, warum er jetzt schon drängte, hatte er doch den Besuch des Museums vorgeschlagen.

»Wieso ein Objekt der Begierde? Ich wollte mir eigentlich das ganze Museum angucken. Jeden Raum.«

Mansfield runzelte die Stirn. »Aber dazu braucht man Stunden. Glauben Sie, dass Ihr Knöchel das aushält?«

Mit einem Seufzen musste sie ihm Recht geben, und so entschied sie sich für einen gekürzten Rundgang. Bei Pradiers gedankenverlorener *Sappho* bemerkte Mansfield mit einem Schmunzeln, wie Karens rechte Hand unwillkürlich nach oben zuckte. Zu gerne hätte sie den weißen Marmor berührt, aber sie konnte sich gerade noch beherrschen.

Im Zwischengeschoss schlenderten sie an den extravagant geschwungenen Möbelstücken von Hector Guimard aus der Zeit der Belle Époque vorbei und arbeiteten sich allmählich bis zur höchsten Etage vor. Sie nahmen eine der Seitentreppen, die sie zu einem schmalen Gang entlang der hohen Milchglaswand hinter der großen Wanduhr führte. In der Mitte des Gangs standen zwei Frauen, die leicht gebeugt durch ein kleines Loch schauten. Was hatten sie beobachtet? Karen konnte ihre Neugierde nicht unterdrücken und warf ebenfalls einen Blick durch das freie Karree der Eisenkonstruktion und war erstaunt. Durch das Guckloch hatte man einen einmaligen Blick auf die verschiedenen Ebenen und Plastiken der gesamten Zentralhalle.

»Kommen Sie, Michael, das müssen Sie sich unbedingt anschauen«, sagte sie und machte ihm Platz. »Ist das nicht fantastisch?«

»Ja, fantastisch«, erwiderte er ohne jede Begeisterung.

»Was ist mit Ihnen? Geht es Ihnen nicht gut?« Irgendetwas in seiner Stimme beunruhigte sie. Sie betrachtete sein blasses Gesicht und griff nach seinem Arm, aber er lächelte wieder.

»Mit mir ist alles in Ordnung. Wollen wir weiter?«

Karen zögerte kurz. Sein Gesicht war immer noch unnatürlich blass, aber er schien nicht über den Grund reden zu wollen.

Die Ausstellungsräume der Impressionisten waren nicht nach einzelnen Malern sortiert, und so konnte man die Renoirs und Van Goghs in mehreren der türlosen Räume betrachten, während Touristen aus aller Herren Länder um einen herumschwirrten und ein leises babylonisches Stimmengewirr in der Luft lag. Auf den abgenutzten Stühlen aus Rohrgeflecht sah man den dicklichen älteren Japaner neben der schmalen Argentinierin sitzen, die neben sich eine kleine Familie aus den Niederlanden hatte, und alle redeten fröhlich über ihre Entdeckungen und Gedanken dieses eindrucksvollen Tages, an dem sie so viel Neues gesehen hatten. Es war ein einziges großes Stelldichein aller Kontinente im alten Europa.

Karen zog es natürlich sofort zu ihren Lieblingsmalern Claude Monet und Paul Cézanne, aber ihr Lieblingsbild konnte sie leider nicht entdecken. Das hängt wahrscheinlich im Wohnzimmer eines reichen Sammlers, dachte sie enttäuscht. Aber dann fand sie *Die Brücke von Maincy*, die als Nachdruck bei ihr zu Hause einen Ehrenplatz hatte, und Monets *Die Mohnblumen*, die sie als Postkartenbild schon so oft in der Hand gehalten hatte – und nun stand sie vor den Originalbildern. Es war äußerst faszinierend, die einzelnen Pinselstriche zu betrachten und sich vorzustellen, wie Cézanne mit seinem langen weißen Bart wohl vor diesen Bildern gesessen und ihnen liebevoll Leben eingehaucht hatte.

Gleich daneben hingen Van Goghs berühmte *Sonnenblumen*, und an der gegenüberliegenden Seite des Saals sein Selbstbildnis von 1889 und *Das Zimmer in Arles*. Karen fühlte sich wie in einem Karussell. Ganz gleich, in welche Richtung man sich drehte, überall blickte man auf wunderbare Bilder in fließenden Farben.

Mansfield stand einen halben Schritt hinter ihr und betrachtete und beobachtete abwechselnd die Bilder und die Menschen um sich herum, deren unterschiedliche Begeisterung zwischen ruhiger Verzauberung und plapperndem Wortschwall ihn faszinierte. Auch Karen beobachtete er, wie sie mit leuchtenden Augen das sanfte Grün der Bäume Cézannes in sich aufsog. Auch er liebte die Impressionisten, aber im Gegensatz zu ihr bevorzugte er Van Gogh, dessen Bilder er sich genau anschaute. Doch plötzlich glitt sein Kopf leicht zur Seite, und die Farben verschwammen vor seinen Augen. Er zuckte zusammen und riss den Kopf wieder hoch, aber es wollte nicht aufhören. Mit zusammengekniffenen Augen wandte er sich um und suchte nach Karen, doch sie war nirgends zu sehen. Erst im Nachbarraum entdeckte er sie in einen Gauguin vertieft. Er eilte unbemerkt an ihr vorbei zu den Toiletten. Dort wusch er sich die Hände und schüttete sich immer wieder kaltes Wasser ins Gesicht, bis er sich allmählich besser fühlte. Was war nur mit ihm los? Warum waren seine Knie auf einmal so weich? Er betrachtete sich im Spiegel und versuchte seiner Schwäche Herr zu werden.

Eine Viertelstunde später bemerkte Karen, dass Mansfield nicht mehr in ihrer Nähe war. Auch in den Nachbarräumen war er nicht. Ihr Herz schlug schneller, als sie überlegte, wo er sein könnte, doch dann sah sie ihn mit langen Schritten auf sich zukommen.

Sie runzelte die Stirn und musterte ihn. »Wo sind Sie gewesen? Sie waren auf einmal nicht mehr da.« Ihre Stimme klang ein wenig beunruhigt.

»Entschuldigung, ich hätte vielleicht besser Bescheid sagen sollen, aber Sie waren so sehr in den Gauguin vertieft, dass ich Sie nicht stören wollte. Ich war nur vorn bei der Verkaufstheke und habe mir die Museumsführer angeschaut.«

Sie betrachtete seinen leeren Hände. »Sie haben aber nichts gekauft.«

»Nein, ich wollte noch auf Sie warten«, log er. »Wie weit sind Sie?« Karen hatte offenbar nicht gemerkt, dass er aus der falschen Richtung gekommen war.

»Ich bin noch nicht ganz durch, aber warum fragen Sie? Haben wir keine Zeit mehr?«

»O doch«, sagte er mit fahrigem Blick auf die lange Bilderreihe an der Wand und wischte sich unbewusst die kalten Schweißperlen von der Stirn. »Was macht Ihr Knöchel?«

Sie wechselte für einen Moment von ihrem linken Standbein auf den rechten Fuß und lächelte tapfer. »Er meckert ein wenig, aber da muss er heute durch.«

»In den nächsten Räumen sind keine Ihrer Lieblingsmaler mehr«, meinte er.

»Das macht nichts, die anderen Bilder sind auch sehr schön. Und wer weiß, ob ich sie jemals wiedersehen werde?«

Er hob die Augenbrauen. »Warum nicht?«

Sie zuckte mit den Schultern. »Ich weiß nicht.«

20

Sie blieben noch eine halbe Stunde im Museum, ehe sie sich langsam auf den Heimweg machten und zum Louvre hinübergingen, um in den Tuilerien noch ein Eis zu essen. Sie gingen gerade auf der Pont du Carrousel über die Seine, als Mansfield auf einmal stehen blieb, sich gegen das breite steinerne Geländer der Brücke lehnte und auf das Musée d'Orsay zurückblickte. Es lag so friedlich zwischen einigen Bäumen an der Seine.

Karen stellte sich neben ihn und betrachtete sein abwesendes Gesicht, dann sah auch sie zum Museum hinüber.

»Redet es mit Ihnen?«

Er musste lächeln. »Ich glaube schon.«

»Die alte Nationalbibliothek hat auch mit mir gesprochen, aber ich habe sie nicht verstanden«, sagte sie gedankenvoll. »Es ist ein Gespür, ein Gefühl, das man für das Gebäude entwickelt. Man fühlte sich wohl – oder auch das Gegenteil.«

Er nickte. »Ja, so ist es«, sagte er mehr zu sich selbst. Er sah in Karens von der Sonne beschienenes Gesicht, das ihn anlächelte und ihm seine gute Laune augenblicklich wieder zurückbrachte.

Aber nur für Sekunden.

Plötzlich flog etwas kleines Metallisches durch die Luft und ließ Karens Lächeln zu Eis gefrieren. Ihr stockte für einen Moment der Atem. Mit einer schnellen Bewegung griff sie sich an den Nacken und hielt Mansfield mit einer wortlosen Frage einen silbernen Pfeil hin, ehe sie ohnmächtig zusammensank. Er fing sie auf und bemerkte aus dem Augenwinkel einen Schatten hinter einer der steinernen Figuren am Ende der Brücke verschwinden.

»Halt! Stehen bleiben! Haltet ihn auf!«

Aber es waren kaum Menschen auf der Brücke, und der Unbekannte war blitzschnell verschwunden. Mansfield blickte auf Karen hinunter, griff nach ihrem Kinn und schüttelte es leicht.

»Hören Sie mich? Antworten Sie mir, Karen! Antworten Sie mir!«

Doch sie blieb regungslos.

»Verdammt!«, fluchte Mansfield, griff nach seinem Handy und rief nach einen Notarzt.

21

Im Saint-Raphael schob man Karen auf einer Transportliege durch die Notaufnahme. Ein junger Arzt und Mansfield rannten nebenher.

»Sind Sie mit der Frau zusammen gewesen?«, fragte der Arzt und warf einen schnellen prüfenden Blick auf Karen. »Was ist geschehen?«

Mansfield öffnete wortlos seine Hand und zeigte dem verblüfften Mann den Pfeil.

»Du liebe Güte, was ist denn das?« Er sah Mansfield an. »Haben Sie eine Vermutung, ob es sich um ein Betäubungsmittel oder um Gift handeln könnte?«

Mansfield schüttelte nur den Kopf. Der Arzt griff nach dem Geschoss und reichte es einem Kollegen.

»Lassen Sie es schnell durchchecken, Dennis!«

Sie schoben Karen in einen Raum, in den Mansfield ihnen nicht folgen durfte. Er blieb allein im Flur zurück.

Eine halbe Stunde später kam Laurent und brachte ihm einen Pappbecher mit Kaffee mit. Die Geste irritierte Mansfield nach seinem gestrigen Verhalten, aber offensichtlich hatte sich Laurent wieder beruhigt. Der Kommissar setzte sich neben ihn und wartete einen Augenblick, während er einen Schluck trank. Der heiße Kaffee tat ihm gut.

Laurent fixierte einen Punkt auf dem Milchglasfenster gegenüber und atmete einmal tief durch.

»Wissen Sie, was mich so irritiert, Mansfield?«

Dieser schüttelte den Kopf.

»Dass ich Sie immer wieder in diesem Krankenhaus antreffe anstatt im Louvre oder in Sacré-Cœur. Ich meine, wenn Sie ein normaler Tourist wären, warum machen Sie dann nicht einfach Urlaub wie jeder andere auch und lassen Madame Alexandre ihrer Arbeit nachgehen?«

Der Plastikbecher knackte in Mansfields Hand. »Ich mache meinen Urlaub und sie ihre Arbeit. Es ist alles vollkommen in Ordnung«, knurrte er.

»Finden Sie?« Laurent warf ihm einen schnellen Blick zu. »Wie schön, dass Sie immer so ehrlich zu mir sind, Monsieur Mansfield, wo ich gerade mit Ihrem Vorgesetzten in New York gesprochen habe, der mir etwas anderes erzählt hat.«

Mansfield schien für einen Augenblick außer Fassung zu geraten, hatte sich aber sofort wieder unter Kontrolle.

»Und? Wie ist das Wetter in New York?«

»Heiß, Mansfield, sehr heiß. Winslow schien übrigens ziemlich überrascht zu sein, dass Sie sich in Frankreich aufhalten.«

»Hab wohl vergessen, ihm eine Postkarte zu schicken.«

»Sie haben anscheinend ein bisschen mehr vergessen. Zum Beispiel, dass Sie vorläufig vom Dienst suspendiert sind und ein Dienstverfahren wegen Bestechung und Drogenhandel gegen Sie läuft.«

»Sie können mich mal, Laurent«, sagte Mansfield zähneknirschend und warf den Becher in einen Mülleimer.

In dem Augenblick öffnete sich eine automatische Schwingtür, und Dr. Viret kam auf sie zu.

»Messieurs, ich hoffe, dass dies nicht zu einem Dauerzustand wird«, sagte er mit missbilligendem Blick, während er den Kugelschreiber in eine Mappe zurücklegte und sie zuklappte.

»Das hoffen wir auch, Doktor.« Laurent warf Mansfield einen Blick zu. »Wie geht es ihr diesmal?«

»Sie wird es überstehen, aber wenn Sie sie auch nur eine Stunde später eingeliefert hätten, wäre es kritisch geworden. Der Pfeil hat zum Glück keine Ader getroffen und ist nicht tief in den Nacken eingedrungen, aber da es sich um ein äußerst seltenes Gift handelt, war es nicht ungefährlich.«

Mansfield hatte auf einmal einen ganz trockenen Hals. »Es war also tatsächlich Gift?«

»Ja, so ist es.«

»Welches?«

Der Arzt nahm seine Brille ab. »Schlangengift.« Er sah in den Unterlagen aus der Mappe nach. »Von der Afrikanischen Kobra. Ohne sofortige Gegenmaßnahmen führt es in den meisten Fällen schnell zu Kreislaufzusammenbruch und Herzversagen.«

»Wann ist Madame Alexandre wieder vernehmungsfähig?«

»Morgen Mittag, auf keinen Fall früher. Wenn Sie mich jetzt bitte entschuldigen würden«, sagte Dr. Viret und rief einem Kollegen etwas zu, der gerade in einen Fahrstuhl einsteigen wollte. Er eilte ihm hinterher und redete schon wieder über einen anderen Patienten, während Mansfield den Kommissar wegen seiner Frage unwirsch am Arm packte.

»Sie hat den Mann nicht gesehen, Laurent! Er stand hinter ihr.«

»Sie meinen wieder mal den großen Unbekannten? Dann haben also auch diesmal nur Sie ihn gesehen?«

»Ich habe ihn gesehen, ja. Und die drei, vier anderen Menschen auf der Brücke wohl auch, aber das ist völlig unwichtig, weil es Sie ja doch nicht interessiert.«

Mansfield ging zu einem Fenster, um sich abzulenken. Draußen hatte sich der Himmel bezogen, und es würde wohl bald regnen.

Laurent stellte sich neben ihn und betrachtete ihn von der Seite. Der Amerikaner hatte ihm nicht alles erzählt, so viel stand fest.

»Wenn Madame Alexandre ermordet wird«, begann Laurent, aber Mansfield unterbrach ihn.

»Schon klar, dann verhaften Sie mich.«

»Falsch. Wenn sie ermordet wird und ich herauskriege, dass Sie mit dem Tod von Monsieur Tanvier etwas zu tun haben, mach ich Sie fertig.«

Mansfield lächelte boshaft. »Sie scheinen den Tod Ihres Seminarleiters sehr persönlich zu nehmen, Monsieur le Commissaire.«

»Persönliche Dinge nehme ich immer sehr persönlich, Monsieur Mansfield. Und ich beende sie auch immer sehr persönlich«, entgegnete Laurent und legte dabei eine besondere Betonung auf den letzten Satz.

»Machen Sie Ihre Arbeit, Laurent, und lassen Sie uns in Ruhe«, sagte Mansfield, wandte sich vom Kommissar ab und betrachtete den mittlerweile niederprasselnden Regen.

»Wir sehen uns wieder, Monsieur«, prophezeite Laurent und stapfte an Mansfield vorbei zur Tür.

»Hoffentlich nicht«, murmelte Mansfield und sah auf den Innenhof hinab, wo sich eine leichte Sandschicht in dünnen Schlamm verwandelte. »Hoffentlich nicht.«

22

Laurent fuhr ins Präsidium zurück, wo Durel ihn mit einer überraschenden Mitteilung empfing.

»Man hat Mansfield zusammen mit Vincent Bouvier im Capet gesehen.«

»Wann?«, polterte Laurent.

»Freitagabend. Sie haben kurz miteinander gesprochen und sind dann durch den Hinterausgang verschwunden.«

»Lucass' Wasserträger! Also doch!« Laurent schlug mit der Faust auf den Tisch. »Ich wusste, dass Mansfield Dreck am Stecken hat. Er lügt, wenn er den Mund aufmacht. Lucass, verdammt! Unser kleiner Drogenbaron. Ich wusste gar nicht, dass er wieder in Paris ist. Hat unser Informant beobachtet, dass Mansfield Vincent etwas gegeben hat?«

»Nein. Sie haben nur miteinander geredet.«

»Merde! Das genügt nicht für eine Verhaftung. Gibt es sonst noch etwas Neues?«

»Allerdings.« Durel zeigte auf Laurents Computerbildschirm, der ein Foto von Mansfield und unzählige Einträge wiedergab.

»Seine Personalakte! Perfekt!« Mit einem schnellen Blick überflog er die einzelnen Einträge und lächelte.

»Unser Freund hatte also schon öfter Probleme mit seinen Vorgesetzten. Na, das wundert mich nicht. Und die Drogenfahndung ist tatsächlich hinter ihm her.« Er las einen längeren Bericht, der aus dem letzten Monat stammte. »Man hat bei einer Hausdurchsuchung Unterlagen über ein Schweizer Konto gefunden, auf dem mehrere größere Überweisungen liefen. Warum so heimlich, Monsieur Mansfield?«

Durel schaute ihm über die Schulter. »Versteh ich nicht. Warum sollte er sich mit Drogendeals und Bestechung abgeben? Er hat doch einen reichen Vater, der ihn aushält.«

»Seit einem halben Jahr nicht mehr. Hier steht, dass es zu einer polizeilichen Untersuchung kam, die zu keinem Ergebnis führte. Trotzdem distanzierte sich Mansfield senior öffentlich von seinem einzigen Sohn und verordnete ihm Hausverbot. Auch seine monatlichen Geldzuschüsse wurden von heute auf morgen gestrichen.«

»Dann hält sein eigener Vater die Vorwürfe für gerechtfertigt?«

»Oui.« Laurent las weiter. »Man hat festgestellt, dass Mansfield junior merkwürdigerweise weiterhin auf großem Fuß lebte, und behielt ihn im Auge. Im August sagte plötzlich ein gewisser Marvin Hazlewood nach seiner Festnahme aus, dass er ein Gespräch zwischen Robert Brennar und jemand anderem gehört habe, in dem gesagt wurde, Mansfield sei kein Problem, für Geld mache der alles. Als es dann auch noch zu einigen Unregelmäßigkeiten und mehreren verpatzten Razzien kam, folgte die Hausdurchsuchung. Danach wurde Mansfield vorläufig vom Dienst suspendiert. Na, das hätte man wohl früher tun sollen«, fügte Laurent grollend hinzu und drehte sich zu Durel um. »Jetzt ist der Kerl in Paris und trifft sich mit Vincent Bouvier. Was für eine Unverfrorenheit! Aber mit ein bisschen Glück führt er uns zu Lucass.« Laurents Augen begannen zu leuchten. »Das wäre kein schlechter Fang. Jemand soll sich an Mansfields Fersen hängen. Ich will, dass er observiert wird.«

»Ein Kindermädchen? Aber wir haben kaum Leute«, entgegnete Durel, als er in Gedanken die Kollegen durchging, die eventuell für eine Observierung zur Verfügung standen.

»Keine Widerrede.« Laurent griff nach den Aufnahmen aus der Wohnung des Seminarleiters und vertiefte sich nochmals in die Beweismittel. Vielleicht hatten sie irgendein kleines Detail übersehen? Er blickte auf die Fotos, die ein völlig durchwühltes Wohnzimmer zeigten.

»Irgendetwas hat der Mörder gesucht.«

»Geld?«, schlug Durel vor und sah von einem Foto zum anderen.

Laurent schüttelte den Kopf. »Tanvier war nicht vermögend.«

Durel versuchte in dem Durcheinander, das die Bilder zeigten, eine Spur zu erkennen. »Ob er das, was er suchte wohl gefunden hat?«

»Auf jeden Fall nicht mit Hilfe von Monsieur Tanvier.«

»Nein, der Alte hat anscheinend nichts gesagt. Armer Kerl.«

Laurent nickte. Kurz darauf entdeckte er im Hintergrund eines der Fotos einen jungen Mann in greller Radfahrer-Montur, der neben zwei Ermittlungsbeamten stand. Ein Fahrradkurier, der ein Päckchen bei Monsieur Tanvier abgeben sollte, hatte die Leiche entdeckt und sofort die Polizei gerufen.

»Was ist das für ein Bote, der Tanvier gefunden hat?« Er hielt Durel das Foto hin.

»Ein gewisser Thierry Boccar. Wir haben ihn überprüft, aber es liegt nichts gegen ihn vor.«

Ein braunes Päckchen, das der Bote auf dem Foto in der linken Hand hielt, erregte Laurents Aufmerksamkeit.

»Wo ist das Päckchen, das der Junge Tanvier bringen sollte? Hat sich das schon jemand angeguckt?«

»Ja, sicher. Es liegt dort drüben.« Durel deutete auf ein DIN A4 großes Päckchen, das in einer durchsichtigen Plastiktüte steckte. »Es handelt sich um eine Sendung aus dem Lager des Kriminalmuseums, die Monsieur Tanvier am vergangenen Montag angefordert hatte.

»Wurde es schon untersucht?«

Durel nickte. »Es sind haufenweise Fingerabdrücke von Leuten drauf, die wir nicht kennen.«

»Das war wohl zu erwarten.« Laurent griff nach der Tüte. »Was ist drin?« Er holte das Päckchen aus der Plastikfolie.

»Ein altes Notizbuch«, antwortete Durel, während Laurent das kleine Buch aus der Verpackung nahm und es mit aufkommender Unruhe betrachtete. Verdammt, er hatte dieses Buch schon mal gesehen. Vor über dreißig Jahren.

»Das Tagebuch von Bernardts Assistenten!«, stieß er hervor und erinnerte sich daran, wie es damals auf Tanviers Pult gelegen hatte, als sie kurz den alten Bernhardt-Fall durchgegangen waren. Tanvier hatte auch einige Seiten daraus vorgelesen. Laurent lief es kalt den Rücken hinunter, als er jetzt das Tagebuch in Händen hielt. Ein Buch, das seinem Seminarleiter wahrscheinlich das Leben gekostet hat. Ein gefährliches Buch.

»Welcher Bernhardt?«, unterbrach Durel seine Gedanken.

»Dieses Buch ist hundert Jahre alt, René. Es wurde von einem Menschen geschrieben, der damals beschuldigt wurde, etwas mit dem Verschwinden eines gewissen Prof. Bernhardt zu tun zu haben.«

»Zu Recht?«

»Das weiß keiner. Auf jeden Fall konnte das Verschwinden des Professors nie geklärt werden.« Er sah seinen jungen Kollegen an. »Und jetzt rat doch mal, wer sich für dieses Buch interessieren wird.«

Durel hob eine Augenbraue. »Der Amerikaner?«

»Der vielleicht auch, aber in erster Linie Madame Alexandre.«

»Ist sie deswegen in Paris? Wegen dieses Buches?«

»Sie soll eine Monographie über den verschwundenen Professor schreiben und könnte dieses Buch sicher gut gebrauchen.«

Durel machte ein zweifelndes Gesicht. »So sehr, dass sie dafür morden würde?«

»Ich weiß nicht. Jedenfalls hat irgendjemand gewusst, dass sich das Buch bei Tanvier befinden könnte. Und er hat es dort gesucht.«

»Dann hat er sein Ziel um ungefähr eine Viertelstunde verpasst.«

»Richtig. Das wird ihn sicherlich mächtig ärgern.«

Durel sah ein gefährliches Glitzern in Laurents Augen. »Was hast du vor, Jean-Philippe?«

»Madame Alexandre wäre doch sicherlich sehr an diesem Buch interessiert, eh? Warum geben wir es ihr nicht einfach?«

Durel schluckte. »Wenn du ihr das Buch gibst, wird der Mörder sie wahrscheinlich besuchen. Und wenn es derselbe ist, der in letzter Zeit für ihre *Unfälle* verantwortlich ist, wird er vielleicht das nächste Mal erfolgreicher sein. Willst du sie wirklich als Köder benutzen?«

Laurent lehnte sich auf seinem Stuhl zurück und wich Durels eindringlichem Blick aus. »Ich will das Schwein haben, das meinen Seminarleiter umgebracht hat. Um jeden Preis.«

»Um jeden Preis? Dafür willst du diese Frau in Gefahr bringen? Ist es das wert?«

»Ich will den Mörder, René.«

23

Mansfield hatte Karen am nächsten Tag vom Krankenhaus abgeholt und sie ins Hotel gefahren, wo sie sich weiter ausruhen wollte. Davon konnte jedoch keine Rede sein, denn gegen Mittag klopfte es an der Zimmertür, und Mansfield musste verblüfft feststellen, dass es schon wieder Laurent war. Am liebsten hätte er ihn draußen stehen lassen, aber dann öffnete er doch die Tür.

»Ich warne Sie, Laurent. Wenn Sie wieder irgendwelche wahnwitzigen Verdächtigungen gegen Madame Alexandre und mich äußern wollen, kehren sie am besten gleich um.«

»Nicht doch, Monsieur Mansfield. Ich bin hier, um Madame Alexandre zu helfen.«

»Sie wollen ihr helfen? Das ist ja ganz was Neues«, sagte Mansfield, während sie ins Wohnzimmer gingen, wo Karen mit einem nassen Handtuch auf der Stirn auf dem Sofa lag und gerade in der *Le Monde* las.

»Wie geht es Ihnen, Madame? Haben Sie noch Schmerzen?« Laurent warf ihr einen mitfühlenden Blick zu.

»Tun Sie doch nicht so, Laurent! Vorgestern wollten Sie uns noch beide am liebsten verhaften, und heute interessieren Sie sich für unser Wohlbefinden? Was soll das?«

Laurent fühlte sich ertappt. »Ich will nichts von Ihnen, sondern ich bringe Madame Alexandre etwas, das sie sehr interessieren wird.« Mit den letzten Worten zog er das kleine schwarze Notizbuch aus der Jackentasche und reichte es Karen, die es mit einem fragenden Blick entgegennahm.

»Was ist das?«

Laurent ließ genüsslich einige Sekunden vergehen, ehe er antwortete: »Ein altes Notizbuch.«

»Von Prof. Bernhardt?«, fragte sie hoffnungsvoll, und legte das nasse Tuch neben sich auf den Tisch.

»Nein, es ist von seinem Assistenten Lescot.«

Karens Augen begannen zu leuchten, als sie die vielen Eintragungen sah. »Aber das ist ja fantastisch, Monsieur Laurent! Vielleicht erzählt er auch einiges über den Professor.« Sie hätte Laurent am liebsten umarmt. »Vielen Dank! Sie haben mir gerade eine riesige Freude gemacht.« Sie streckte ihm die Hand entgegen. Er schüttelte sie mit einem Lächeln, das Mansfield überhaupt nicht gefiel, und plötzlich wusste er, warum.

»Haben Sie das Buch etwa bei Monsieur Tanvier in der Wohnung gefunden?«, fragte er, und seine Augen verengten sich zu Schlitzen.

»Nein, das Buch stammt aus dem Kriminalmuseum.«

»Wo Sie es zufällig einen Tag nach der Ermordung des Seminarleiters gefunden haben«, entgegnete Mansfield scharf, während Karen nur verständnislos von einem zum anderen sah.

»Das ist doch egal, Michael! Bitte setzen Sie sich, Monsieur Laurent. Möchten Sie eine Tasse Kaffee?«

Der Kommissar winkte ab. »Nein danke. Sehr freundlich von Ihnen, aber ich muss ins Präsidium zurück.«

Karen blickte auf das Buch in ihrer Hand. »Wie lange darf ich es behalten?«

»So lange Sie es benötigen«, antwortete Laurent freundlich und verabschiedete sich von ihr.

Mansfield ließ es sich nicht nehmen, den Kommissar bis in den Hotelflur zu begleiten, wo er ihn am Kragen packte und gegen eine Marmorsäule drückte.

»Sie sind wahnsinnig, Laurent! Wissen Sie eigentlich, was Sie tun?«

Laurent genoss Mansfields Wutausbruch. Er würde es nicht wagen, einen französischen Beamten zu schlagen. Jedenfalls hoffte er das. »Ich weiß nicht, was Sie meinen, Mansfield.«

Die Hand um seinen Hals drückte fester zu. »Sie wissen ganz genau, wovon ich rede, Laurent. Und ich verspreche Ihnen, so wie Sie es mir versprochen haben, wortwörtlich: Wenn Karen ermordet wird, und Sie dafür verantwortlich sind, mach ich Sie fertig.«

»Eine nette Vorstellung, die Sie hier abgeben, Monsieur«, zischte Laurent.

Mansfield hatte Mühe, sich zu beherrschen. Doch dann riss er Laurent von der Säule weg und stieß ihn in den Flur.

Laurent jedoch reagierte keineswegs empört, denn als er vor dem Lift stand und seinen Kragen zurechtrückte, hatte er das Gefühl, gewonnen zu haben. Mansfield würde früher oder später einen Fehler machen, da war er sich ganz sicher.

24

Karen bemerkte Mansfields Wut nicht, als er ins Zimmer zurückkam, da sie schon in dem Tagebuch las.

Missmutig ging er zur Bar und mixte sich einen Drink, den er in einem Zug hinunterstürzte. Dann machte er sich einen zweiten, ging damit zur Couch, setzte sich und beobachtete Karen beim Lesen. Nach einer Weile wanderte sein Blick zu dem Couchtisch, auf dem sein Buch über Alexander den Großen lag. Er zögerte kurz, dann griff er nach dem Band und versuchte sich mit Lesen abzulenken.

Karen war gerade auf Eintragungen gestoßen, in denen Lescot Probleme mit seiner Vermieterin andeutete. Sie führten dazu, dass er in das Quartier Latin in die 42, Rue de Limoges umzog.

Montag, 2.9.1907

> Ich fühle mich hier recht wohl. Besser als bei Madame Clouet, die mit ihren Vorschriften alle Hausbewohner bis aufs Blut gequält hat. Es wundert mich keinesfalls, dass man ihr vor kurzem ein Fenster zerschmissen hat. In diesem Haus lebt es sich einfacher. Die Nachbarn sind ruhig und freundlich, wie mir scheint, und die Galerie Venise ist mit Roquette, einem guten Herrenschneider, bequem zu Fuß erreichbar. Hier haben viele Häuser kleine Vorgärten mit frisch gestrichenen Eisenzäunen, deren goldene Spitzen hell in der Sonne blitzen. Ja, es gefällt mir hier sehr.

Es folgten einige Bemerkungen über seine studentischen Kollegen an der Sorbonne, die ihn und seine Arbeit immer missgünstig beäugten. Eifersucht und Neid schienen im Spiel zu sein, da der Professor Lescot oft bevorzugte, was Karen allerdings normal erschien. Wenn sie den Notizen glauben schenken konnte, arbeiteten Lescot und der Professor schon seit sieben Jahren eng zusammen. Trotzdem schien das Verhältnis zu Bernhardt Schwankungen zwischen väterlicher Freundschaft und menschlicher Distanz ausgesetzt gewesen zu sein, die Lescot nicht immer nachvollziehen konnte.

Mittwoch, 4.9.1907

Bernhardt hat uns nicht die Wahrheit gesagt. Es war gar kein Gichtanfall, der ihn in den letzten Tagen einen Gehstock nehmen ließ. Vielmehr griff er aus Eitelkeit zu dieser Notlüge. Javillier erzählte mir von dem kleinen Missgeschick des Professors, das ihn am Samstag auf der großen Treppe der Oper ereilte. Obwohl es meines Erachtens nur eine Kleinigkeit war, muss es ihm äußerst peinlich gewesen sein. Er ist auf einer der Marmorstufen der großen Treppe abgerutscht und brachte eine Dame neben sich zu Fall. Die Dame wurde glücklicherweise von jemand anderem aufgefangen, nicht aber unser guter Professor. Javillier berichtete, er habe sich seine Hose ruiniert und soll mit hochrotem Kopf und humpelnd die Oper verlassen haben. Seitdem war der goldverzierte Gehstock sein Begleiter, und Bernhardt erzählte aller Welt von seinem plötzlichen Gichtanfall. Ich fragte Javillier, woher er derart genau Bescheid wisse, und er verriet mir, dass sein Vater nur wenige Meter hinter Bernhardt gegangen sei und der Carambolage nur knapp entgehen konnte. Ich kann verstehen, dass Bernhardt seinen Studenten nichts von diesem Malheur erzählen wollte, aber sie anzulügen war auch nicht sehr klug. Manchmal ist er ein Narr. In Paris sind die Wege kurz und die Augen und Ohren immer offen. Was in der Opéra Garnier geschieht, ist noch am selben Abend in aller Munde. Demnach war es zu erwarten, dass wir früher oder später davon erfahren würden. Es bedrückt mich nur, dass er auch mir nicht die Wahrheit gesagt hat.

Wann wird er endlich lernen, mir zu vertrauen?

Karen runzelte die Stirn. Das Verhältnis zwischen dem Professor und seinem Assistenten kam ihr durchaus bekannt vor. Bernhardt schien ein launischer Mensch gewesen zu sein, der offenbar niemandem vertraute außer sich selbst. Trotzdem hatte er Lescot für kurze Zeit die Aufsicht über ein wichtiges Experiment gegeben. Aber war dies aus Vertrauen oder aus einer Notsituation heraus geschehen? Auf jeden Fall war dieses Tagebuch vor dem Verschwinden des Professors geschrieben worden. Karen hoffte inständig, dass die Eintragungen auch darüber Auskunft geben würden.

Auf den nächsten Seiten fand sie diverse chemische Strukturformeln skizziert und einige Kurzberichte über die Arbeit des Laboranten, von dem sie kein einziges Wort verstand.

Julius, du Schuft!, dachte sie mit leisem Seufzen und stützte den Kopf in die linke Hand. Du wirst mich nie wieder dazu bringen, eine Monographie über einen Chemieprofessor zu schreiben, schwor sie insgeheim und musste an Julius' Worte denken: »Du wirst sehen, es wird dir einfacher von der Hand gehen, als du glaubst.«

Karen atmete tief durch. Sie blätterte weiter und bemerkte zu ihrer Freude zwei voll beschriebene Seiten ohne Formeln. Sie setzte sich bequemer hin und las die privaten Gedanken eines Mannes aus der Zeit der Belle Époque.

Da der Professor nicht verheiratet war und anscheinend nicht viele Freunde in Paris hatte, lud er Lescot manchmal zu Veranstaltungen ein. Tatsächlich schwärmte der Assistent auch noch sieben Jahre später von der großartigen Weltausstellung von 1900, als sie die vielen Pavillons auf dem Marsfeld, das große Riesenrad und den Eiffelturm besucht hatten. Er war seitdem noch öfter auf den Eiffelturm gestiegen, um die wunderbare Aussicht auf die Stadt zu genießen.

Diesmal leistete er Bernhardt jedoch bei einer anderen Gelegenheit Gesellschaft.

Montag, 9.9.1907

Gestern nahm Bernhardt mich zu einer Kunstausstellung im Salon d' Automne mit, deren Cézanne-Bilder zurzeit erhebliche Aufmerksamkeit auf sich ziehen. Die berühmtesten Kunstkenner Europas strömen allein dieser Ausstellung wegen nach Paris, und man hört, dass selbst Meier-Graefe und Graf Harry Kessler seit gestern in der Stadt sein sollen. Doch schienen sie zu dem Zeitpunkt unseres Eintreffens nicht anwesend zu sein, so sehr wir auch nach ihnen Ausschau hielten. Stattdessen trafen wir Prof. Messier, der Bernhardt sofort in Beschlag nahm und mit ihm mehrere Themen zu besprechen begann. Ich zog mich dezent zurück und spazierte durch die Räume, aber es waren weniger die interessanten Bilder des Salons, die mich faszinierten, als vielmehr die Menschen um mich herum. Überall standen kleine Dreier- und Vierergruppen, die über die grandiose Bildaufteilung philosophierten, wobei man nicht erkennen konnte, wer Sachverstand und wer nur eine große Fantasie hatte. Ich bemerkte einen Mann, der ebenfalls mehr der Menschenmenge Beachtung schenkte als den Bildern und ein wenig abseits neben der Eingangstür stand. Im nächsten Moment trafen sich unsere Blicke, und ich ging zu ihm. Er hatte ungefähr meine Größe, war schlank, gut gekleidet, hatte große Augen und sah irgendwie leidend aus. Als wir ins Gespräch kamen, musste ich mit Erstaunen feststellen, dass es sich um Rilke, den ehemaligen Privatsekretär des großen Auguste Rodin, handelte.

Karen zuckte zusammen. »Er hat Rilke getroffen!«, rief sie verblüfft.

Mansfield sah von seinem Buch auf. »Wie bitte?«

»Rainer Maria Rilke!«

Mansfield überlegte kurz. »War das nicht ein deutscher Lyriker?«

Karen nickte. Mit einem Lächeln dachte sie an Rilkes Panther-Gedicht, das sie so sehr liebte und das hier in Paris entstanden war. Jetzt hatte sie das Buch eines Menschen in der Hand, der Rilke persönlich begegnet war. Es war wunderbar.

Mansfield beobachtete, wie Karens Fingerspitzen gedankenvoll über das alte Papier glitten, während sie weiter las und jedes einzelne Wort genoss.

Meine Neugierde war leider zügellos. So wagte ich Fragen über Rodin zu stellen, die er mit gekonnten Worten höflich und konsequent abwies. Die Lehre tat mir wohl gut. Wir plauderten stattdessen zwanglos über die Besucher des Salons und das phänomenale Kunstverständnis einiger. Dann kam Bernhardt auf uns zu, und ich stellte sie einander vor. Bernhardt war sehr erfreut, ein paar Worte deutsch mit ihm reden zu können, aber da sie mir gegenüber nicht unhöflich sein wollten, führten sie das Gespräch bald wieder auf Französisch fort. Rilke verabschiedete sich kurze Zeit später, während wir noch etwa eine Stunde blieben.

Karen blätterte die Seite um und las wieder einige Einträge, in denen er von Problemen mit den Studenten berichtete, aber dann fand sie eine Notiz, die ihre volle Aufmerksamkeit forderte.

Donnerstag, 12.9.1907

Bernhardt kam heute Abend unerwartet bei mir vorbei. Nach meiner ersten Überraschung bot ich ihm meinen besten Sessel und ein Glas Burgunder an, doch er lehnte den Wein dankend ab, da er von Burgunder immer Kopfschmerzen bekomme. Ein Glas Wasser genügte ihm. Er fragte, ob ich bereits die beiden Bücher für ihn besorgt hätte, um die er mich gebeten habe. Ich wunderte mich, dass er deswegen extra zu mir kam, denn ich hätte ihm die Bücher morgen gebracht. Aber er schien es eilig zu haben. Er wollte darin etwas nachprüfen, hatte er gesagt, und mich gestern damit beauftragt, sie aus der Nationalbibliothek zu holen. Da Monsieur Vernault, der Hauptbibliothekar, jedoch selbst nach sieben Jahren immer noch nicht meine studentische Bemerkung über zu harte Sitzbänke verziehen hatte, musste ich über eine halbe Stunde im Vestibül auf die Exemplare warten. Und damit nicht genug. Nein, Monsieur Vernault ließ es sich nicht nehmen, mir die Bücher mit einem höchst arroganten Blick zu überreichen, dass ich mich sehr beherrschen musste, um seinem makellosen Gesicht nicht einige Ecken und Kanten zu verleihen. Allerdings hätte mich das wohl dazu gezwungen, Paris zu verlassen, was meinem Ziel abträglich gewesen wäre. Eine wissenschaftliche Karriere in Paris bedeutet mir viel, und eine Professur an der Sorbonne war der Traum meiner Kindheit. Kein Geld der Welt kann mich davon abbringen, und kein Mensch wird mich daran hindern. Auch kein Monsieur Vernault. Bei den Büchern, die ich für Bernhardt besorgt hatte, ging das eine um die jüngsten Ausgrabungen von Victor Loret in Ägypten, und das andere war ein neuer Band von Hopkins, der in seiner englischen Muttersprache geschrieben war, was für den Professor aber kein Hindernis darstellte. Als ich ihm die Bände gab, sah er sie geistesabwesend an, als hoffte er, sie mögen ihm ein Geheimnis verraten. Ich wagte zu fragen, seit wann er sich für die Ausgrabungen in Ägypten interessiere, und da griff er in seine Hosentasche und zeigte mir ein kleines weißes Amulett. Es war nur etwa sieben Zentimeter lang und sah aus wie ein stilisierter Pfahl mit vier farbigen Querlinien am oberen Ende, aber besonders hübsch und wertvoll fand ich es nicht. Ich fragte Bernhardt, welche Bedeutung das Amulett habe, doch er wusste es nicht. Deswegen habe er nach dem Loret-Buch geschickt. Und plötzlich fragte er mich, ob ich noch wisse, wann ich das Paket an Hopkins abgeschickt hätte. Ich überlegte kurz und sagte, dass es am Donnerstag vor drei Wochen gewesen sein müsse. Sei es etwa entzwei angekommen? Nein, antwortete Bernhardt. Es sei merkwürdig, aber er habe heute Morgen einen Brief von Hopkins erhalten, in dem er ihm mitteile, dass das Päckchen ihn noch nicht erreicht habe. Ich war entsetzt und überlegte, ob ich einen Fehler begangen haben könnte, doch dem war nicht so. Bernhardt bemerkte mein erschrockenes Gesicht und meinte, ich solle mir keine Vorwürfe machen, wahrscheinlich sei es auf dem Postweg verschwunden.

Freitag, 13.9.1907

Bernhardt erzählte mir heute, dass er das Gefühl habe, von jemandem verfolgt zu werden. Ich fragte ihn, ob er wisse, von wem, ob er eine Ahnung habe. Nein sagte er, er habe keine Feinde in Paris. Er konnte es sich nicht erklären.

»Michael!«, rief Karen mit hohler Stimme, als würden ihre Stimmbänder ihr nicht mehr gehorchen.

Mansfield hob den Kopf. »Was gibt's? Hat er zugegeben, den Professor umgebracht zu haben?«

»Nein! Bernhardt hatte auch so ein Djed-Pfeiler-Amulett wie ich«, stieß sie atemlos hervor. »Und jemand hat ihn verfolgt.«

Mansfield setzte sich gerade hin. »Einen weißen Djed-

Pfeiler mit stilisierter Feder? So wie der, den der Fremde an der Metrostation verloren hat? Nun, vielleicht gibt's ja mehr davon. Und der Professor wurde vom Assistenten verfolgt?«

»Nein, von jemand anderem.«

»Behauptet Lescot.«

»Ja. Warum sollte er in seinem eigenen Tagebuch lügen? Damit die Polizei es findet und diese Aussage ihn entlastet?«

»Möglich. Immerhin scheint das Buch ja von der Polizei als Beweismittel benutzt worden zu sein. Oder wie ist es sonst im Kriminalmuseum gelandet?«

»Ich weiß es nicht«, gestand Karen, zog die Beine an und legte das kleine schwarze Buch auf ihre Oberschenkel. Langsam las sie weiter. Ihre Wangen röteten sich vor Aufregung, als sie zu der Stelle kam, wo Lescot einen Streit zwischen dem Professor und ihm beschrieb. Das Unheil hatte im Labor begonnen.

Montag, 16.9.1907

… doch als ich mich mit der Phiole in der Hand mit dem Ellbogen auf den Tisch stützen wollte, um nach einem Bunsenbrenner zu greifen, rutschte ich ab und ließ die Zange mit der Phiole fallen. Das Glas zerbrach in tausend Stücke auf dem schwarz-weißen Karree-Boden und mit ihm meine Zukunft. Sofort stürmte Bernhardt auf mich zu und blieb vor dem kleinen Fleck am Boden stehen. Niemals werde ich seinen Blick vergessen, mit dem er mich ansah. Es war, als wollte er sich gleich auf mich stürzen und mich erwürgen. Ich kniete nieder und versuchte zu retten, was zu retten war, aber die goldene Flüssigkeit verdunstete vor meinen Augen. Ich schaute zu Bernhardt auf und sah reinste Fassungslosigkeit, ja, fast Verzweiflung. »Was haben Sie getan«, wiederholte er nur immer wieder und fasste sich an den Kopf. Er bezeichnete mich als Wahnsinnigen und blickte auf die wenigen verbliebenen Tropfen hinab. Ich sagte, dass es mir Leid tue, aber er ließ mich nicht weiter zu Wort kommen. »Leid?«, schrie er, und seine Worte hallten im Labor wider. »Ich habe Ihnen das wichtigste Forschungsprojekt meines Lebens anvertraut, und Sie sagen, dass es Ihnen Leid tut? Bei Gott, es wird Ihnen noch richtig Leid tun. Gehen Sie. Gehen Sie, und kommen Sie nie wieder! Ich will Sie nicht mehr sehen!«, schrie er und marschierte ohne ein weiteres Wort in sein Privatlabor. Ich schluckte und sah mich um, aber alle Studenten waren auf einmal in Gespräche vertieft. Niemand achtete auf mich. Ich war Luft für sie. Ich blickte auf die zerschmetterte Phiole hinab und sah auf mein zerschmettertes Leben. Sieben Jahre intensive Zusammenarbeit und ein beinah freundschaftliches privates Verhältnis zu Bernhardt lagen vor mir – zerstört. Und niemand, nicht einmal Javillier, kam zu mir, um mir beizustehen. Diese verdammten Hunde! Ich wurde wütend, warf meinen Kittel achtlos auf einen Tisch, wo ein Bunsenbrenner ihn in Feuer setzte, und auf einmal kam doch wieder Leben in die Studenten, als sie versuchten das Feuer zu löschen. Aber das interessierte mich nicht mehr. Meine Wut und Enttäuschung ist grenzenlos.

Karen las noch die letzten Seiten zu Ende, dann klappte sie das Tagebuch zu und hielt es nachdenklich in den Händen.

Mansfield bemerkte es und legte seinen Geschichtsband weg.

»Darf ich es auch lesen?« Er streckte seine Hand danach aus. Karen reichte es ihm. Für wenige Sekunden berührten sich ihre Finger über dem Buch, und beide sahen sich irritiert an, weil ein Vibrieren sie durchdrang. Doch im nächsten Moment ließ Karen das Buch los, und der Zauber zerbrach.

Mansfield versuchte seine Verwirrung zu überspielen, indem er das alte Buch mit dem eingearbeiteten Gummiband und dem Lesefaden betrachtete.

»Ein Moleskin«, sagte er anerkennend und besah sich das Buch von allen Seiten.

Karen strich sich über die Arme, auf denen sich eine Gänsehaut gebildet hatte. »Ein Moleskin? Was ist das? Ist das etwas Besonderes?«

Mansfield fuhr mit dem Finger über den gewachsten Baumwolleinband.

»Van Gogh hat so eins benutzt. Und Hemingway. Die Bücher waren sehr beliebt, weil sie durch das kleine Format und das eingearbeitete Gummiband sehr praktisch waren.«

Er öffnete es und begann die verblichene braune Schrift zu lesen. In der nächsten Stunde wurde sein Gesicht immer ernster, während Karen in den Unterlagen der blauen Mappe weiterlas. Mansfield war inzwischen an dem Tag angelangt, an dem der Professor anscheinend verschwunden war.

Dienstag, 17.9.1907

Gestern fand ich ein kleines Papier an meiner Haustür, auf dem »Morgen früh, 10.00 Uhr, Café Lenoir, B.« notiert war. Anscheinend ist Bernhardt gestern

Abend bei mir gewesen. Was will er noch von mir? Ich habe versucht ihn telefonisch zu erreichen, aber der Concierge der Pension teilte mir mit, dass Bernhardt nicht in seinem Zimmer sei.

Mansfields Gesichtszüge verhärteten sich.

Um 10 Uhr saß ich im Café Lenoir, aber obwohl ich über eine Stunde wartete, ist Bernhardt nicht erschienen. Ich ging zur Sorbonne, doch auch dort war er noch nicht gesehen worden. Javillier trat neben mich und fragte, ob ich wisse, wo er sei, denn er hatte um elf Uhr einen Termin mit Monsieur Messier vereinbart. Ich sah auf die Uhr, die Viertel vor zwölf zeigte. Javillier und ich waren ratlos. Bernhardt war zu dieser Zeit immer in der Universität anzutreffen. Obwohl er mir seit dem gestrigen Vorfall eigentlich einerlei sein sollte, ging ich zu seiner Pension. Aber dort hatte man ihn seit gestern Mittag nicht mehr gesehen. Allmählich wurde mir unbehaglich. Ich kehrte noch mal zur Sorbonne zurück, doch er war dort noch immer nicht erschienen. Ich versuchte mich zu beruhigen und ging wieder nach Hause. Aber die Unruhe schwand nicht, im Gegenteil, sie steigerte sich. Ich wusste, dass es gegen sein Naturell war, ohne Nachricht von der Universität fernzubleiben, und auch dass er unsere Verabredung nicht eingehalten hatte, widersprach seinem üblichen Verhalten. Ich befürchte, dass ihm etwas zugestoßen ist.

Samstag, 21.9.1907

Vor drei Tagen standen unerwartet zwei Polizeibedienstete vor meiner Tür und hielten mir die Überreste von Bernhardts zerbrochenem Gehstock entgegen. Es hatte wohl jemand mit angesehen, wie ich ihn am Tag des Streits in einem Wutanfall gegen die Flurwand geschleudert und dabei irgendwelche wüste Verwünschungen gegen Bernhardt ausgestoßen hatte. Die Polizei vermutet allmählich ein Kapitalverbrechen, weil der Professor nicht bei seiner Schwester in Frankfurt aufgetaucht ist und sich auch nicht bei ihr gemeldet hat. So kam es, dass man mich verhaftete und mich drei Tage und Nächte lang festhielt. Sie verhörten mich mehrmals, aber da ich ihnen immer wieder das Gleiche antwortete und es sich laut Polizeiakte nicht um Mord, sondern nur um einen Vermisstenfall handelte, ließen sie mich heute wieder frei. Vorher kehrten sie in meiner Wohnung alles von zuunterst nach zuoberst. Ich weiß nicht, was sie zu finden hofften – ein blutbeschmiertes Messer, eine Axt, einen Revolver? Ich weiß es nicht. Jedenfalls ließen sie mich wieder frei. Aber was war das für eine Freiheit, in die sie mich entließen?

Die Handschrift wurde immer unleserlicher.

War es bereits ein unaussprechlich schreckliches Gefühl, von der Polizei für einen Mörder gehalten und so behandelt zu werden, so war dies doch noch eher zu ertragen als der Verdacht meiner Kollegen und der Professoren. Sie wenden sich von mir ab. Sie meiden mich, als hätte ich ein großes Brandmal »Mörder« auf der Stirn. Dass die anderen sich so verhalten, war mir schon eine schreckliche Erfahrung genug, dass aber auch Javillier sich von mir abwandte und nicht mehr zu mir hielt, traf mich schwer. Es gibt nicht einen, der zu mir steht. Nicht einer, der auch nur mit mir gesehen werden will. Ich bin aussätzig.

Mansfield schloss das Buch, legte es auf den Tisch, und sah durchs Fenster zum hellblauen Himmel hinaus. Mechanisch griff er nach seinem Drink, aber anstatt ihn zu trinken, schwenkte er das Glas nur hin und her.

»Sie haben sich also im Streit getrennt«, murmelte er.

»Und sich dann nie wieder gesehen«, sagte Karen. »Wie weit sind Sie?«

»An der Stelle, wo sich alle von Lescot abwenden.«

»Dann lesen Sie noch weiter.«

Mansfield nahm das Buch wieder zur Hand.

Montag, 14.10.1907

Bernhardt ist nun schon seit fast einem Monat verschwunden. Auch bei seiner Schwester hat er sich noch nicht gemeldet.

Sonntag, 15.12.1907

Zwei Monate, ohne eine Wort, ohne ein Lebenszeichen. Ich glaube nun wirklich, dass Bernhardt tot ist, sonst hätte er sich bei irgendjemandem gemeldet. Auch eine Entführung scheint nicht logisch. Er ist tot, ich fühle es. Verdammt! Ob es etwas mit dem alten ägyptischen Amulett zu tun hat? Bringt es dem Menschen, der es trägt, Unglück? Oder ist alles meine Schuld, weil ich damals zu spät nach Hause gekommen bin? Vielleicht wäre Bernhardt noch am Leben. Gebe Gott, dass ich nicht schuld bin an seinem Tod!

Mansfield atmete tief durch und las den nächsten Eintrag.

> Freitag, 20.12.1907
>
> Ich erhielt heute einen Brief von der Sorbonne, in dem man mir mitteilte, dass die Forschungsreihe wegen des Verschwindens von Prof. Bernhardt nicht mehr weitergeführt werden kann. Man hat mir nahe gelegt, an die Universität von Aix zu wechseln, da dort ähnliche Forschungen durchgeführt werden. Sie schicken mich fort! Alles, was ich mir in diesem Leben erhofft habe, war eine Laufbahn an der Sorbonne. Es war mein Ein und Alles, und jetzt ist es vorbei. Ich weiß nicht, was ich tun soll. Ich bin am Ende! Bernhardt hat mein Leben zerstört.

Mansfield blätterte die restlichen Seiten um, aber sie waren leer.

»Merkwürdig«, sagte er, »es gibt keine weiteren Einträge. Die Aufzeichnungen enden hier in Paris. Oder gibt es ein zweites Tagebuch?«

Karen schüttelte den Kopf. »Nein, es sind seine letzten Aufzeichnungen. Er starb am nächsten Tag bei einem Eisenbahnunglück im Gare d'Orsay.«

»Woher wissen Sie das?«

»Es steht in Laurents Seminarnotiz.«

»Mein Gott, was für ein schrecklicher Tod.«

»Ja«, stimmte Karen ihm zu und blickte geistesabwesend auf den Band in seiner Hand. »Aber was geschah mit dem Professor?«

Mansfield sah sie an, war jedoch mit seinen Gedanken weder bei ihr noch beim Professor. Nach einer Weile fragte er: »Dieses Amulett, was bedeutet es?«

»Der Djed-Pfeiler ist ein Zeichen der Erneuerung, ein Zeichen für Dauer, Stabilität und Ewigkeit«, antwortete sie und spielte dabei unbewusst mit ihrer Maat-Kette, als das Handy klingelte. Auf dem Display war diesmal nicht zu erkennen, wer sie anrief.

»Ja?«

»Madame Alexandre?« Es war die Stimme von Monsieur Escard, dem Sekretär des Rektors, der ihr in der nächsten Minute etwas erzählte, was Karen nur verständnislos vor sich hinstarren ließ. Wenig später beendete sie das Gespräch, nachdem sie sich bei Escard für den Anruf bedankt hatte. Gedankenverloren legte sie das Handy auf den Tisch zurück.

»Gibt es Probleme?«, fragte Mansfield.

»Nein, keine Probleme, eher Lösungen. Monsieur Escard hat für mich morgen einen Termin beim Kurator der Ägyptischen Abteilung des Louvre vereinbart.« Karen zog die Beine an und schlang die Arme darum. »Er meinte, ich hätte wohl einige Fragen zu einem Djed-Amulett, das auf der Rückseite eine stilisierte Feder habe.«

»Escard weiß von dem Amulett? Haben Sie ihm davon erzählt?«

»Nein, das habe ich nicht. Mir schien eher, als ob Monsieur Artois ihn instruiert hätte, diesen Termin abzumachen.«

»Na, da bin ich aber gespannt«, sagte Mansfield und legte das Tagebuch auf den Couchtisch. »Haben Sie schon bemerkt, dass wir in diesem Jahr wieder einen Freitag, den 13. im September haben? Die Daten von 1907 wiederholen sich in diesem Jahr auf den Tag genau.«

Karen bekam eine Gänsehaut. »Ja, habe ich gesehen. Es ist unheimlich.«

Mansfield warf ihr einen prüfenden Blick zu. Sie wirkte nach dem wiederholten Krankenhausaufenthalt ziemlich mitgenommen. »Vielleicht sollten Sie ins Bett gehen, Karen. Dafür, dass Sie heute erst aus dem Krankenhaus entlassen wurden, haben Sie schon wieder ganz schön viel gearbeitet, finden Sie nicht?«

Sie griff sich an den Nacken und bemerkte erst jetzt, wie verspannt sie die ganze Zeit gesessen hatte.

»Vielleicht haben Sie Recht.«

»Ich habe ganz bestimmt Recht.«

Sie stand auf, und als sie an ihm vorging, bückte sie sich und gab ihm einen schnellen Kuss auf die Wange.

»Ich bin so froh, dass Sie da sind, Michael«, sagte sie und war mit wenigen Schritten im Badezimmer verschwunden, während er sich über die Wange strich.

»Ja, ich freue mich auch, dauernd auf der Couch liegen zu dürfen«, meinte er schicksalsergeben und griff erneut nach dem Tagebuch.

25

Es war nach Mitternacht, als eine ansteigende Melodie von Mansfields Handy einen Anruf signalisierte.

Es war Thomas Davidson aus New York.

»Hallo, Tom. Na, was gibt's Neues?«

»Hi, Mike. Es spitzt sich zu.«

»Warum? Hat Winslow etwas rausgekriegt?«

»Nein. Winslow ist im Augenblick dein geringstes Problem. Ich rede von Robert Brennar.«

Mansfields Kehle wurde auf einmal trocken.

»Brennar? Wieso, was ist mit ihm? Habt ihr ihn endlich geschnappt?«

»Wovon träumst du denn? Nein, er ist gerade auf dem Weg nach Paris. Also sieh zu, dass du so schnell wie möglich da verschwindest, bevor er dich findet.«

»Ich hab mich hier schon mit Lucass angelegt, da werde ich doch nicht vor Brennar kneifen!«

»Brennar kommt aber nicht allein. Er hat drei von seinen Leuten mitgenommen. Das sieht wirklich nicht gut aus, also mach, dass du da wegkommst.«

Mansfield biss sich auf die Lippe.

»Ich werde sehen, was ich tun kann«, meinte er ausweichend, aber Davidson wusste schon jetzt, was das bedeutete.

»Ich warne dich, Mike, ich komme nicht zu deiner Beerdigung, wenn du dich von Brennar erschießen lässt.«

Mansfield musste grinsen. »Ich werde versuchen das zu berücksichtigen, Tom.«

»Ich meine es ernst, Mike. Ich habe keine Lust, wieder den vorwurfsvollen Blick deines Vaters zu sehen.«

Mansfield stellte sich das Gesicht seines Vaters vor. »Das kann er gut, nicht wahr?«

»Perfekt. Aber das ist bei so einem Sohn wohl auch kein Wunder.«

»Verdammt noch mal, Tom, bist du eigentlich mein Freund oder nicht?«

»Natürlich bin ich das, aber nur solange du lebst. Also versuch gefälligst am Leben zu bleiben. Und halte dich von Brennar fern. Verschwinde aus Paris, Mike. Das ist mein letztes Wort.«

»Ich kann hier aber nicht weg.«

»Warum nicht?«

»Weil ich nicht kann.«

»O nein, sag jetzt bitte nicht, dass eine Frau im Spiel ist.«

»Es ist nicht so, wie du denkst«, versuchte Mansfield sich zu verteidigen.

»Jetzt hör mir mal zu. Brennar legt dich um, wenn er dich findet. Und wenn deine Freundin gerade bei dir ist, bringt er sie auch um. Damit hat er noch nie ein Problem gehabt. Also wenn ihr euch etwas Gutes tun wollt, verschwindet aus Paris.«

Mansfield fasste sich an den Kopf. »Da wird Karen niemals mitspielen. Sie soll ein Buch schreiben, und den Stoff dazu findet sie nur hier.«

»Dann soll sie ihr Buch gefälligst später schreiben, verdammt noch mal! Jetzt ist es viel zu gefährlich.«

»Das stimmt. Man hat schon versucht sie umzubringen. Es ist jemand hinter ihr her, aber sie weiß nicht, wer.«

»Bist du hinter ihr her?«

»Sehr witzig, Tom.«

»Ich meine ja nur … Sag mal, was ist da eigentlich bei euch los? Ich dachte immer, Paris sei die Stadt der Liebe. Stattdessen laufen da lauter Attentäter herum.«

»Na ja, wenn du mir auch noch welche auf den Hals hetzt …«

»O nein, mein Freund. Ich wasche meine Hände in Unschuld. Brennar hast du dir selber zuzuschreiben.«

»Musste er denn ausgerechnet nach Paris kommen? Hätten wir das nicht in New York klären können?«

»Vielleicht will er ja nicht, dass du nach New York zurückkehrst?«

»Ich mochte schon immer deine Art, wie du anderen Hoffnung machst, Tom.«

»Deswegen bin ich dein Freund, ich weiß. Und nicht wegen des Thunderbirds, den ich fahre und den du gerne haben würdest.«

»Der Thunderbird ist der einzige Grund unserer Freundschaft«, entgegnete Mansfield und musste lächeln, als er an den blau-weiß gestreiften Oldtimer seines Freundes dachte. »Er ist der einzige Grund, weshalb ich überhaupt mit dir telefoniere.«

»Schon klar. Aber im Augenblick kannst du ihn dir sowieso nicht leisten.«

»Danke, dass du mich daran erinnerst«, knurrte Mansfield.

»Dazu sind Freunde da. Wirst du aus Paris abhauen?«

»Weiß ich noch nicht. Halt mich bitte auf dem Laufenden, okay?«

Davidson merkte, dass Mansfield ihm schon wieder auswich. »Werd ich machen. Sieh zu, dass du heil hier aufkreuzt. Du schuldest mir noch …«

»Ja, ich weiß«, fuhr ihm Mansfield schnell dazwischen. »Das erledigen wir, wenn ich wieder in New York bin. Bis dann.«

Davidson legte den Hörer auf und starrte auf den leeren Schreibtischstuhl seines Partners. Vermassel es nicht wieder, Mike.

Zur gleichen Zeit schaltete Mansfield sein Handy aus, legte es auf den Tisch und starrte auf den ausgeschalteten Fernseher. Aus den Tiefen des dunklen Bildschirms schien ihm ein bekanntes Bild entgegenzuspringen – Robert Brennar. Verdammt, der hatte ihm gerade noch gefehlt.

26

Karen und Mansfield standen vor dem großen Schreibtisch des Sekretärs.

»Bitte nehmen Sie Platz.« Escard deutete auf die beiden Stühle aus hellem Edelholz, während er noch schnell einige Papiere unterschrieb. Dann legte er die Blätter beiseite und war für seine Gäste da.

»Wie ich hörte, interessieren Sie sich für eine bestimmte Art von Amulett, Madame Alexandre. Ich glaube Ihnen da weiterhelfen zu können.«

Escard griff nach einem alten braunen Katalog und schlug ihn bei einem Lesezeichen auf. Wortlos reichte er ihn Karen, die ihn entgegennahm und auf die beiden Schwarzweißfotos sah. Auf dem einen Bild waren verschiedene ägyptische Amulette zu sehen, darunter auch der Djed-Pfeiler. Das andere Foto zeigte einen feingearbeiteten Dolch mit Edelsteinen.

Karen sah Escard fragend an, der ihr mit einem leichten Lächeln antwortete.

»Das sind die einzigen Stücke aus dem Grab eines unbekannten Pharaos, der bisher noch nicht einzuordnen war. Die Kartusche auf dem Dolch war auf keiner der bekannten Königslisten. Die Stücke befanden sich im Louvre, aber dort wurden sie vor kurzem gestohlen. Das heißt, eigentlich wurden nur zwei Gegenstände entwendet, der Dolch und eines der Amulette, ein so genannter Djed-Pfeiler. Kennen Sie die Bedeutung des Djed-Pfeilers, Madame Alexandre?«

Escard neigte dazu, seinen Gästen Prüfungsfragen zu stellen, aber Karen störte es nicht. »Er ist ein Zeichen für Dauer und Ewigkeit.«

»Genau. Ein Zeichen für Ewigkeit. Auf das die Seele des Pharaos ewig lebe und Ägypten auch nach dem Tode vor allem Bösen bewahre.«

Karen lief ein kalter Schauer über den Rücken. »Woher wussten Sie, dass ich mich für diesen speziellen Djed-Pfeiler interessiere?«

»Monsieur Artois hat es mir gesagt. Außerdem gab er mir noch diesen Brief.« Er reichte ihn über den Tisch.

Karens Gesicht wurde zuerst blass, dann hochrot, als sie ihn las. Sie gab das Papier an Mansfield weiter. »Sie haben eine Cachette mit zwölf Königsmumien gefunden?«, flüsterte sie fassungslos.

»Nein, es handelt sich nur um eine einzige Königsmumie, während die anderen zur königlichen Familie gehören – Königliche Gemahlin, Prinzen und Prinzessinnen.«

»Die Familie eines Pharaos?«

»So sieht es aus.«

Mansfield legte den Brief auf den Schreibtisch zurück. »Und was hat dieser Pharao mit Madame Alexandre zu tun?«

»Sehr viel, wie mir scheint.« Er sah Karen an. »Der Djed-Pfeiler und der Dolch aus dem Louvre stammen aus dem Grab dieses Pharaos.«

»Wie ist das möglich?«

Escard lehnte sich in seinem Sessel zurück.

»1798 sind dem Louvre nach Napoleons Feldzug in Ägypten viele antike Stücke zum Kauf angeboten worden, darunter auch diese Artefakte.«

»Und warum sind nicht noch mehr Gegenstände von

diesem Pharao aufgetaucht, wenn das Grab schon 1798 entdeckt wurde?«

»Weil es wieder verloren ging. Es war nicht das Einzige. Durch Wasser- und Geröllstürze kam es immer wieder vor, dass Grabeingänge zugeschüttet wurden und in Vergessenheit gerieten.« Er reichte ihr zwei weitere Briefe. »Ich habe den Termin mit dem Kurator der Ägyptischen Abteilung für vierzehn Uhr vereinbart, wenn es Ihnen recht ist.« Der eine Brief war aus dem Büro des Kurators und der zweite von einem amerikanischen Archäologen, der Karen nach Ägypten einlud.

Sie sah Escard verwirrt an. Seine letzten Worte schwirrten noch in ihrem Kopf herum. »Vierzehn Uhr wird gehen. Selbstverständlich. Aber … Ägypten?«

»Was ist denn mit Ägypten?«, fragte Mansfield, während Karen ihm wortlos die beiden Briefe reichte. Er überflog rasch die wenigen Zeilen und pfiff anerkennend durch die Zähne. »George Kennard – von dem habe ich schon mal gehört. Guter Archäologe.« Er gab Karen die Briefe zurück. »Sie scheinen hervorragende Kontakte zu haben, Monsieur Escard.«

»Ich nicht, Monsieur Mansfield, aber der Rektor der Sorbonne.«

»Selbstverständlich.« Mansfield nickte.

Escard wandte sich wieder Karen zu. »Madame Alexandre, Monsieur Artois bittet Sie, nach Luxor zu reisen, um von dort einige Artefakte nach Paris zu überführen.«

Karen sah ihn erstaunt an. »Haben Sie dafür denn keine Angestellten? Oder Studenten? Ich meine, ich habe so etwas noch nie gemacht.«

»Doch natürlich, aber Monsieur Artois wünscht ausdrücklich, dass Sie es diesmal übernehmen. Es ist überhaupt nicht kompliziert. Sie werden die Kisten einfach nur begleiten. Mehr nicht. Monsieur Artois hat bereits mit Monsieur Reinhold in Hamburg gesprochen, der seinem Anliegen sofort zustimmte.« Escard blickte in Karens überraschtes Gesicht, in das allmählich ein Leuchten trat.

»Ägypten«, murmelte sie und blickte auf eine kleine Isis-Statue, die auf Monsieur Escards Schreibtisch stand. »Ich wollte schon immer mal nach Ägypten. Das ist ein alter Traum von mir. Und Monsieur Reinhold hat dieser Reise bereits zugestimmt?«

Escard nickte. »Sie brauchen sich nicht heute zu entscheiden, Madame. Rufen Sie mich an, Sie haben ja meine Nummer«, sagte er, erhob sich und brachte beide zur Tür.

Draußen im Hof der Sorbonne blickte Karen zu dem strahlend blauen Himmel über Paris und konnte kaum glauben, was geschehen war.

27

Der Kurator der Ägyptischen Abteilung des Louvre fuhr mit seinem schweren Rollendrehstuhl auf dem Linoleum-Fußboden hin und her. Nur selten empfing er Gäste in seinem Büro, weil sie meistens von seinem Sekretär abgefangen wurden. Aber diesmal musste er eine Ausnahme machen, da Monsieur Escard ihn darum gebeten hatte. Und es konnte nur von Vorteil sein, sich dessen Wohlwollen zu sichern.

»Ich habe schon ein wenig in unseren Magazinen nachforschen lassen, Madame Alexandre. Laut unseren Unterlagen waren wir ursprünglich im Besitz von zehn Djed-Pfeiler-Amuletten, die aus dieser Cachette stammten, die 1798 gefunden wurde.« Er sah in seine Mappe mit den Unterlagen. »Zwischen 1900 und 1907 erhielt mein damaliger Kollege bezüglich der Amulette Anfragen von Universitäten aus ganz Europa. Die Artefakte wurden verschickt, aber leider aus den unterschiedlichsten Gründen nicht mehr zurückgegeben. Wie ich den Unterlagen hier entnehme, wurden die Amulette offenbar schon nach kürzester Zeit gestohlen oder verschwanden auf ominöse Weise. Immerhin blieben uns zwei Exemplare aus der Cachette erhalten.«

Er deutete auf einen kleinen schwarzen Karton, der rechts neben ihm stand, entnahm ihm einen in Papier gewickelten Gegenstand und reichte ihn Karen.

»Sie wissen sicherlich, dass es vor kurzem einen Diebstahl in unserer Ägyptischen Abteilung gegeben hat. Es ist mir schleierhaft, weshalb ausgerechnet der Dolch und der Djed-Pfeiler mitgenommen wurden, die in keinerlei Hinsicht die wertvollsten Ausstellungsstücke waren. Jedenfalls ist das Amulett, das Sie hier sehen, das letzte der Exemplare aus der Cachette.«

Während Karen vorsichtig das Papier öffnete, fragte Mansfield den Kurator: »Gibt es schon irgendwelche Hinweise auf den Täter?«

»Unsere Videoaufzeichnungen zeigen für einen kurzen Moment einen großen, hageren Mann, aber die wenigen Bilder genügten nicht für eine Beschreibung, geschweige denn für ein Phantombild. Leider.«

Karen und Mansfield warfen sich einen wissenden Blick zu. Dann begutachtete Karen den kleinen Schatz in ihrer Hand. »Es ist zerbrochen?«

Das Amulett war in fünf größere und mehrere kleinere Stücke zerbrochen, von denen Karen eins nach dem anderen liebevoll in die Hand nahm. Sie sog jede Einzelheit in sich auf, was der Kurator amüsiert beobachtete. Von solcher Schwärmerei war er seit über dreißig Jahren geheilt. Er bewegte sich jeden Tag zwischen den antiken Stücken und spürte ihre Einzigartigkeit nicht mehr. Im Gegenteil, die Verwaltung dieses enormen Schatzes war äußerst anstrengend und verantwortungsvoll.

Karen nahm einen größeren Teil des Amuletts zwischen Daumen und Zeigefinger und drehte ihn hin und her. »Die Djed-Pfeiler waren hohl, nicht wahr?«

»Ja, das stimmt«, erwiderte der Kurator. »Diese zehn Pfeiler waren die einzigen in unserer Sammlung, die innen einen länglichen Hohlraum besaßen. Bei diesem Exemplar wurde es erst festgestellt, als es von einem napoleonischen Soldaten fallen gelassen wurde.«

»Und was ist drin gewesen – ein Papyrus, ein Öl oder eine Salbe?«

»In einem alten Brief, der uns vorliegt, berichtet einer der Soldaten, dass er und seine Kameraden diese Amulette von Einheimischen gekauft haben und sie zunächst nicht bemerkten, dass es sich um Behälter handelte. Erst als dieses Exemplar hinunterfiel und zerbrach, sahen sie, dass das Amulett mit einem Öl gefüllt war. Sie öffneten daraufhin die anderen Amulette, und auch in ihnen befand sich dieses Öl, wenn auch nicht immer in denselben Mengen. Sie dachten, es sei ein Schönheitsöl, und schmierten es sich auf die Haut, wahrscheinlich, weil einige stark unter Sonnenbrand litten und jede Abhilfe gern angenommen wurde. Aber es half ihnen nicht und roch sehr unangenehm, ja, es stank sogar.«

Der Kurator sah, wie sich Karens Gesichtsfarbe allmählich veränderte. »Was haben sie dann damit getan?«

»Sie haben versucht es zu trinken, aber es war ungenießbar.«

»Und dann?«

»Sie haben festgestellt, dass es sehr gut brennt, und haben es für ihre Petroleumlampen benutzt.«

Karen wurde schwindlig. »Sie haben es … verbrannt?«

»Ja, es hatte sonst keinen Wert für sie«, sagte der Kurator, dem diese Worte ebenfalls nur mit Widerwillen über die Lippen kamen.

Auch Mansfield hatte einen trockenen Hals. Der Gedanke, dass das Öl dreitausend Jahre überstanden hatte, um dann in einer simplen Petroleumlampe eines fremdländischen Soldaten zu verglühen, hätte die alten Ägypter sicherlich erzürnt. Mansfield merkte, dass es Karen nicht gut ging, und so drängte er auf ein schnelles Ende des Gesprächs und brachte sie nach draußen an die frische Luft. Dort stützte sie sich auf ein breites Treppengeländer.

»Sie haben es verbrannt, Michael. Sie haben es tatsächlich verbrannt.«

»Sie haben doch gehört, was der Kurator gesagt hat. Es hatte für sie keinen anderen Wert. Ich hätte Sie gern in deren Situation erlebt – als napoleonischer Soldat in einem heißen fremden Land, und Ihre Petroleumlampe hat kein Öl mehr. Und warum haben Sie dem Kurator eigentlich nicht das Amulett zurückgegeben, das Ihnen beim ersten Überfall vor die Füße rollte? Es scheint doch Eigentum des Louvre zu sein.«

»Hören Sie auf!« Karen wandte sich von ihm ab. Seine Worte waren wie Messerstiche.

»Entschuldigen Sie. Ich wollte Ihnen nicht wehtun.« Er hätte ihr am liebsten tröstend über das in der Sonne leicht rötlich leuchtende Haar gestrichen, aber er hielt sich zurück und stellte sich nun sehr nahe neben sie ans Treppengeländer.

Karen starrte vor sich hin. Ihre Gedanken begannen zu schwirren.

»Bernhardt hat einen dieser Djed-Pfeiler mit der eingravierten Maat-Feder besessen. Lescot hat ihn beschrieben und aufgezeichnet. Ein weiteres Exemplar hat er zu Hopkins nach Cambridge geschickt, das dort aber nie ankam.«

Mansfield versuchte sich die damalige Situation vorzustellen und sah das alte Labor vor sich. »Sie meinen also, dass er das Öl erforschen wollte?«

Karen nickte. »Der Assistent hat es in einem kurzen Moment der Unachtsamkeit auf den Fußboden fallen lassen. Es muss dieses ungewöhnliche Öl in der Phiole gewesen sein, sonst hätte Bernhardt nicht so überreagiert. Sie kannten sich schon seit Jahren. Nie war etwas vorgekommen, das den Professor so fassungslos gemacht hatte. Er wusste, dass es die letzten Tropfen gewesen waren und die letzte Chance, über das Öl mehr zu erfahren.«

»Aber Bernhardt hat seinen Assistenten nicht eingeweiht, sonst hätte er es bestimmt in seinem Notizbuch vermerkt.«

Vielleicht hat Lescot etwas notiert, und es ist mir entgangen, überlegte Karen und nahm sich vor, die Eintragungen noch mal sorgfältig zu lesen. Aber als Erstes werde ich Julius anrufen.

Mansfield sah, wie Karen in ihre Jackentasche griff und ihr Handy rausholte. Nur zu leicht konnte er sich vorstellen, wen sie nun sprechen wollte, und auch er war gespannt, was ihr Patenonkel in Hamburg sagen würde. Leider wurde das Gespräch auf Deutsch geführt. Er musste sich also ein wenig gedulden.

»Julius? Hier ist Karen.«

»Hallo, Karen, meine Liebe. Na, wie geht es dir?«

»Gut. Sag mal, hat Monsieur Artois in den vergangenen Tagen bei dir angerufen?«

Julius hörte eine gewisse Anspannung in ihrer Stimme.

»Ja. Gestern Nachmittag, um genau zu sein. Warum fragst du?«

»Weil er will, dass ich nach Ägypten fahre und du das angeblich befürwortest.«

»Natürlich bin ich dafür. Wer hat mir denn immer in den Ohren gelegen und gebettelt, dass er nach Ägypten reisen wolle, um eine Monographie über Ramses II. schreiben zu können? Nicht dass es schon hunderttausend Biografien über diesen Pharao gibt und ich mich einfach weigere, populistische Bücher in mein Verlagsprogramm aufzunehmen ...«

Karen unterbrach ihn ungeduldig. »Vergiss Ramses, Julius. Eine Reise nach Ägypten würde aber meine Arbeit über Bernhardt unterbrechen.«

»Glaubst du? Wie weit bist du denn mit deinen Nachforschungen? Étienne erzählte mir von deinem heutigen Termin beim Kurator der Ägyptischen Abteilung des Louvre. War es hilfreich für das Bernhardt-Buch?«

»Vielleicht schon. Aber was hat das mit der Reise zu tun?«

Julius hielt für einen kurzen Augenblick inne. »Man hat dir doch auch gesagt, dass man das Grab wieder entdeckt hat, aus dem wahrscheinlich das Amulett des Professors stammt?«

Karen war fassungslos. »Woher weißt du von dem Amulett?«

»Étienne hat mir davon erzählt. Interessiert dich dieses neue Grab als Ägypten-Liebhaberin denn überhaupt nicht?«, fuhr Julius unbeirrt fort.

»Natürlich! Es reizt mich ungemein, dieses Grab zu sehen, aber ich hätte wegen deines Bernhardt-Auftrags ein schlechtes Gewissen.«

»Dazu gibt es keinen Grund, glaube mir. Bernhardt kann warten. Fahr ruhig nach Ägypten und erhol dich dort ein bisschen an den Ufern des Nils. Das wird dir gut tun.«

Vor Karens innerem Auge stand plötzlich das Bild eines blauen Flusses mit grünen Ufern und rotfarbenen Felsklippen im Hintergrund – ein Bild, das oft in ihrem Kopf herumspukte.

»Es macht dir also wirklich nichts aus, wenn ich nach Ägypten fahre?«

Julius seufzte. »Nein, Karen. Du wirst ja nur einige Tage oder höchstens eine Woche weg sein. Das wird deiner Monographie nicht schaden.«

Karen war überredet, zumal ihr der Gedanke, nach Ägypten zu reisen, immer mehr Freude bereitete – der Fluss, die Tempel, das Tal der Könige …

»Also gut, ich mach's«, erklärte sie. »Wer trägt die Kosten?«

»Mach dir deswegen keine Gedanken. Darum kümmert sich Étienne.«

»Wann geht's los?«, fragte sie.

»Morgen Nachmittag. Der Flug ist gebucht, und das Ticket müsste bereits im Reisebüro neben dem La Fayette hinterlegt sein.«

Ihr blieb für einen Augenblick die Luft weg. »Ihr habt den Flug schon gebucht? Woher … Julius! Wie konntest du nur so sicher sein?«

»Ich kenne dich seit deiner Geburt, meine Liebe. Ich wusste, dass du dieser Verlockung nicht würdest widerstehen können.«

»Ich kann so mancher Verlockung widerstehen«, gab sie zurück.

»Ja, aber nicht dieser. Falls es Probleme geben sollte, ruf mich an, oder Monsieur Escard. Also, bon voyage, meine Liebe. Grüß den Nil von mir.«

Karen ließ das Handy langsam in ihre Jackentasche gleiten, während Mansfield abwartend neben ihr stand.

»Na, was hat er gesagt?«

»Er will tatsächlich, dass ich nach Ägypten reise.«

»Das war zu erwarten, schließlich ist Monsieur Escard kein Lügner.«

»Nein«, sagte sie nachdenklich. »Sicher nicht.«

»Hat Ihr Patenonkel gesagt, warum Sie dorthin fahren sollen?«

Karen ließ das Gespräch Revue passieren, konnte sich aber an keinen genauen Grund erinnern.

»Nein, hat er nicht. Er meinte nur, dass ich mich dort vielleicht ein wenig erholen könnte. Und dass es eine gute Gelegenheit sei, da ich ja schon immer nach Ägypten wollte.«

Mansfield hob eine Augenbraue. Irgendetwas störte ihn an dieser Freizügigkeit.

»Und Sie werden reisen?«

Karen nickte verhalten. Das war dann also der letzte Tag mit Michael. Ein hässlicher Gedanke, bei dem sich ihr Herz zusammenkrampfte. Ihr wurde auf einmal klar, wie sehr sie sich zu ihm hingezogen fühlte und jeden Augenblick seiner Gegenwart genoss. Und die Blicke, die er ihr manchmal zuwarf, ließen auch erheblich mehr erkennen, als die Aufmerksamkeit, die man einer flüchtigen Urlaubsbekanntschaft schenkte.

Doch Karen war noch nicht bereit für eine neue Beziehung. Die von ihrem früheren Freund geschlagenen Wunden waren zu frisch. Sie hatte sich kopfüber in die Arbeit gestürzt und in kürzester Zeit zehn Artikel und drei Essays über Fontane und Storm geschrieben, die sie an diverse Zeitschriften- und Zeitungsverlage verschickt hatte, ohne eine Antwort zu bekommen. Dann kam Julius' Anruf und sie reiste nach Paris, wo sie Michael Mansfield kennen lernte. So manches Mal hatte er ihr aus der Bredouille geholfen und sich um sie gekümmert. Er hatte ihr mehrfach das Leben gerettet, aber sie hatte es ihm nie richtig gedankt. Immer hatte sie nur an ihren Auftrag gedacht und Michael bewusst auf Distanz gehalten, um ihre Prioritäten nicht zu gefährden. Aber jetzt, da der Tag der Trennung gekommen war, wurde ihr klar, wie dumm sie gewesen war und was sie alles versäumt hatte.

»Wollen Sie wirklich nach Ägypten reisen?«, riss Mansfields Stimme sie aus ihren Gedanken und brachte sie in die Realität zurück.

Karen hatte plötzlich einen Kloß im Hals und räusperte sich. »Ich muss. Vielleicht erfahre ich dort Neues über Bernhardts Amulett.«

Mansfield nickte und hielt sein Gesicht mit geschlossenen Augen in die Sonne. »Soll ich Sie begleiten?«

Sie zuckte zusammen. Ihre Gedanken spielten ihr einen Streich. Wahrscheinlich meinte er es anders.

»Ich würde mich sehr freuen, wenn Sie mich zum Flughafen begleiten würden«, antwortete sie, den Blick auf die vorüberfahrenden Autos der Straße gerichtet.

»Das habe ich nicht gemeint«, erwiderte er ruhig.

»Ich weiß; aber das andere kann ich nicht von Ihnen verlangen.«

»Das war auch nicht meine Frage. Ich frage Sie, ob Sie es *wollen.*«

Sie sah in sein schmales Gesicht, das im Augenblick so jugendlich wirkte, als wäre er zu jeder Schandtat und zu jedem Abenteuer bereit.

»Das kann nicht Ihr Ernst sein«, sagte sie verblüfft, allerdings auch mit aufkommender Hoffnung.

Er seufzte. »Würden Sie mir bitte meine Frage beantworten, Karen?«

Sie versuchte in seinem Gesicht zu lesen. »Sie würden mich wirklich nach Nordafrika begleiten?«

Mansfield zuckte mit den Schultern. »Warum nicht? Ist doch nicht weit von Europa entfernt.«

»Sie sind verrückt.«

»Das bemerken Sie aber ziemlich spät. Also, was ist, bekomme ich heute noch eine vernünftige Antwort von Ihnen?«

Sie schenkte ihm ein glückseliges Lächeln. »Sie würden mir eine sehr große Freude bereiten, Michael.«

»Das deute ich mal als Ja«, erwiderte er vergnügt, während sich das helle Sonnenlicht in ihren Augen brach und sie in ein seltenes Smaragdgrün tauchten, was sie leuchten ließ. »Wann fliegen wir?«

Das Leuchten ihrer Augen wurde eine Nuance dunkler.

»Julius erzählte etwas von morgen Nachmittag. Aber ich glaube nicht, dass er zwei Tickets geordert hat.«

»Mit Sicherheit nicht. Es sei denn, er wäre Hellseher. Aber es wird wohl kaum ein Problem sein, ein zweites zu bekommen. Sonst nehmen wir eben einen anderen Flug«, sagte er kurzerhand, und Karen genoss seine unkomplizierte Art.

»Urlaub in Ägypten?«, fragte sie spitzbübisch, als sie die kurze Treppe hinuntergingen, die zur Straße führte.

»Warum nicht?«, fragte Mansfield zurück, während seine Gedanken zu einem anderen Problem wanderten. Außerdem kann Robert Brennan mich dann in Paris suchen, bis er schwarz wird, dachte er und öffnete die Tür seines BMWs.

28

Im Reisebüro war tatsächlich ein Flugticket nach Kairo hinterlegt, und nach einem kurzen Gespräch bekam Mansfield problemlos eine Reservierung im selben Flugzeug.

Den nächsten Morgen verbrachten Karen und Mansfield mit Einkäufen, bei denen Karen auf ein preiswertes Modegeschäft bestand und mit Julius' Kreditkarte selbst bezahlte. Mansfield akzeptierte es mit einem inneren Lächeln, während er sich zwei leichte Leinenhosen und sandfarbene Baumwollhemden kaufte.

»Was Laurent wohl dazu sagen wird, dass wir nach Ägypten reisen?«, fragte er, als sie wieder zurück im Hotel waren und beide die Koffer packten.

»Es wird ihn wohl ziemlich überraschen, vermute ich«, antwortete Karen.

»Allerdings. Aber ich habe den Verdacht, dass er darüber nicht sehr traurig sein wird«, meinte Mansfield grinsend, während er einen Fussel von seinem hellen Sommersakko entfernte.

Karen sah zu ihm hinüber und seufzte. »Ich habe es ihm in letzter Zeit nicht leicht gemacht, nicht wahr? Und Ihnen auch nicht.«

»Blödsinn. Laurent ist ein alter, unzufriedener Cop. Außerdem hat er es mehr auf mich abgesehen als auf Sie.«

Karen lächelte bei seinen Worten. »Das stimmt. Müssen wir ihm wirklich Bescheid sagen?«

»Keine Angst, er wird uns keine Steine in den Weg legen. Im Gegenteil. Er wird wie gesagt froh sein, dass wir Paris verlassen.«

Karen griff nach ihrem Handy. Sie tippte Laurents Nummer von der Visitenkarte ab, und der Kommissar war auch sofort am Apparat. Er konnte seine Verblüffung nicht verbergen – und auch nicht seine Beunruhigung. »Sie fahren nach Ägypten? Warum?«

Karen wollte ihm den wahren Grund nicht sagen. Es hätte zu lange gedauert und ging ihn auch nichts an.

»Ich möchte mir Kairo und Luxor anschauen«, erwiderte sie einfach.

Am anderen Ende der Leitung wurde es für einen Moment ruhig, dann fragte Laurent: »Und Monsieur Mansfield begleitet Sie?«

»Ja.«

Die Stimme des Kommissars wurde verschwörerisch. »Bitte verstehen Sie mich nicht falsch, Madame, aber haben Sie sich eigentlich noch nie gefragt, warum dieser Amerikaner immer in Ihrer Nähe bleibt? In Paris ist er Ihnen auf Schritt und Tritt gefolgt, und jetzt kommt er sogar mit nach Ägypten. Mir scheint, dass Sie noch nicht alles über Monsieur Mansfield wissen.«

»Monsieur Laurent, bitte!« Karens Finger lag knapp über der Aus-Taste. Wenn er jetzt mit irgendwelchen Anschuldigungen kam, würde sie das Gespräch sofort beenden.

Laurent verstummte für einen kurzen Moment. Anscheinend wollte sie die Wahrheit nicht hören. Sollte er sie in ihr Verderben laufen lassen? Was war mit Lucass? Hatte Mansfield den Kontakt zu ihm abgebrochen? Es passte ihm nicht, dass die beiden zu diesem Zeitpunkt aus Paris verschwanden. »Ich hoffe, Sie wissen, was Sie tun, Madame«, sagte er schließlich und legte ohne ein weiteres Wort auf.

Auch Karen beendete das Gespräch und steckte das Handy in die Handtasche zurück.

Mansfield sah ihr verwirrtes Gesicht und ahnte nichts Gutes. »Na, was hat er gesagt? Bon voyage?«

Karen schüttelte den Kopf. »Es ist alles in Ordnung, Michael. Wann, sagten Sie, müssen wir am Flughafen sein?«

»Merde!«, schrie Laurent und knallte den Telefonhörer auf den Apparat.

Neben ihm stand Durel am Aktenschrank und drehte sich halb zu ihm um. »Gibt's Probleme?«

Laurent stand auf und ging zum Fenster. »Mansfield und Alexandre verlassen Paris.«

»Ich dachte, das wäre das, was du immer wolltest? Die beiden gingen dir die ganze Zeit doch nur auf die Nerven.« Er legte eine Akte zurück und schob die Schublade zu.

»Denk an Lucass«, stieß Laurent wütend aus. »Der Amerikaner sollte uns zu ihm führen. Und wozu habe ich dieser Frau das alte Tagebuch überlassen, wenn sie jetzt aus Paris verschwindet? Ich wollte Tanviers Mörder.«

Erst jetzt verstand Durel die Aufregung seines Vorgesetzten. Laurents Pläne verloren sich gerade im Nichts. Aber das war wahrscheinlich besser so. Bei Lucass' Verhaftung wollte Durel die beiden lieber nicht in der Nähe haben, denn er glaubte nicht an eine schnelle, glatte Festnahme. Lucass und seine Männer waren keine frommen Lämmer, die sich einfach widerstandslos einfangen lassen würden. Eine Schießerei mit Toten war nicht auszuschließen, und wenn die beiden Ausländer dazwischen gewesen wären, hätte es ziemliche außenpolitische Verwicklungen geben können. Es war für alle besser, wenn sie aus der Stadt verschwanden.

»Beruhig dich, Jean-Philippe. Lucass kriegen wir auch ohne den Amerikaner. Ganz sicher.«

»Ich versteh die Frau nicht. Der Kerl scharwenzelt die ganze Zeit um sie herum, aber immer dann, wenn sie in Lebensgefahr ist, kommt er merkwürdigerweise zu spät! So naiv kann man doch gar nicht sein. Und jetzt fliegt sie mit ihm auch noch nach Ägypten. Erklär's mir, René. Du bist jünger als ich.«

Doch Durel zuckte nur mit den Schultern. »Ich habe nicht die geringste Ahnung. Das ist jedenfalls nicht mehr unser Problem. Sie muss selber sehen, wie sie mit Mansfield zurechtkommt, Jean-Philippe. Lass sie.«

29

Kairo

Die Sonne war bereits am Horizont verschwunden, und Dunkelheit senkte sich wie ein schwerer Schleier über die Stadt, als Karen und Mansfield auf dem Flugplatz Kairo-Heliopolis eintrafen. Für Karen war das schwindende Tageslicht eine große Enttäuschung, da der Zauber Ägyptens in einer blauschwarzen Nacht verschwand und Kairo sich vor ihr versteckte.

»Morgen früh werden wir dafür eine großartige Aussicht auf die Kairoer Skyline haben«, versprach Mansfield, als sie ihre Koffer in einer Suite im zwanzigsten Stock des Ramses Hilton auspackten. »Das Restaurant in den oberen Stockwerken ist berühmt dafür.«

»Sicher«, seufzte Karen. Sie schaute auf das künstliche Licht der Straßenlaternen hinunter, das sich silbern im lapislazuliblauen Wasser widerspiegelte. Ein sehnsüchtiger Blick ging nach Süden, wo der Nil tausende Kilometer entfernt seine Quellen, seinen Ursprung, hatte.

Der heilige Nil, dachte Karen und lehnte sich gegen die Mauer am Fenster.

Angekommen.

Am nächsten Morgen stand Karen wieder am Fenster und sah auf den sonnenbeschienenen minarettförmigen Nil-Tower und auf die Hochhäuser der Nilinsel Gezihra. Im Süden konnte man bei gutem Wetter die großen Pyramiden von Gizeh sehen, doch an diesem frühen Septembermorgen lagen die alten Schätze der Pharaonen in einem braunen Dunstschimmer, der sich nur schwerfällig verzog. Neben dem Hotel wälzte sich der Morgenverkehr über die vierspurige Straße einer Brücke. Alte Kleinbusse, Autos und Mopeds, die mehr nach Auge und Gefühl als nach Straßenregeln gefahren wurden, brausten mit orientalischer Hektik über die Brücke.

Kairo – Al Qahira, die Siegreiche – war erwacht.

Falls sie jemals zur Ruhe kommt, dachte Karen und blickte auf den Nil, der im Morgenlicht saphirblau schimmerte. Er schien die Hektik der Stadt mit seinen sanften Fluten beruhigen zu wollen und zauberte ein Lächeln auf Karens Gesicht. Aber nur für Sekunden. Dann erinnerte sie sich an das Telefonat mit einem Angestellten der Ägyptischen Altertümerverwaltung, der eine schlechte Nachricht für sie hatte.

»Fathi Hamza ist nicht in Kairo«, sagte Karen.

Mansfield, der hinter ihr in einem Sessel saß und in der *New York Times* blätterte, fragte: »Wer ist Fathi Hamza?«

»Der Chef der Ägyptischen Altertümerverwaltung, ohne dessen Erlaubnis kein Archäologe auch nur ein Sandkorn umdrehen darf.« Sie sah nach Süden, dorthin, wo die heiligen Stätten der Pharaonen lagen: Abydos, Dendera, Luxor, das alte Theben, Weset …

Mansfield sah ein rundliches, verschwitztes Gesicht vor sich. »Stimmt, ich erinnere mich an ihn. Er ist immer im Fernsehen, wenn es um ägyptische Altertümer geht. Was wollen Sie denn von ihm?«

»Ich brauche seine Unterschrift in meinen Papieren für die Sorbonne. Außerdem habe ich einen Brief von Monsieur Artois, den ich ihm geben soll.«

Mansfield runzelte die Stirn. »Warum geben Sie ihn nicht einfach in seinem Büro ab?«

»Weil Monsieur Artois mich gebeten hat, ihn persönlich zu überbringen.«

»Wo ist Hamza denn hingereist?«

»In die Bahariya-Oase. Sein Mitarbeiter sagte, dass er wahrscheinlich erst in einer Woche wiederkommt.«

»Na, das ist doch eine gute Gelegenheit, um ein bisschen Kairo kennen zu lernen«, meinte Mansfield, doch auf Karens Stirn bildeten sich schmale Sorgenfalten.

»Bitte nehmen Sie es mir nicht übel, Michael, aber Kairo interessiert mich nicht im Geringsten. Ich möchte viel lieber nach Luxor, zum Tal der Könige und zu diesem amerikanischen Archäologen.«

Mansfield sah sie mit einem leisen Lächeln an, dann griff er zum Telefon. »Okay, wir nehmen einen Mietwagen.«

Karens Sorgenfalten verschwanden sofort. »Wir fahren Hamza nach?«

»Oder kann man nach Bahariya fliegen?«

»Ich glaube nicht.«

»Gut, dann fahren wir«, erklärte Mansfield und ließ sich vom Empfangschef einen Mietwagen vermitteln, während er gleichzeitig überlegte, wie weit die Oase Bahariya von Siwa entfernt lag, wo Alexander der Große vor zweitausenddreihundert Jahren das Amun-Orakel befragte. Vielleicht konnte man einen Abstecher dorthin machen?

Der Mietwagen erwies sich als altersschwacher Toyota Pick-up, was die beiden nicht besonders wunderte. Allerdings gaben Mansfield die abgefahrenen Reifen sehr zu denken. Der Empfangschef hatte getan, was er konnte, aber an diesem Tag war kein besserer Geländewagen zu bekommen. Er versicherte Mansfield, dass es sich um eine sehr zuverlässige Autovermietungsfirma handele, die ihre Wagen nie ohne drei Ersatzreifen und zwei Benzin- und Wasserkanister losschicke, was dieser als nicht sehr Vertrauen erweckend empfand. Trotzdem unterschrieb er den Mietvertrag.

»Wann dürfen wir Sie zurückerwarten, Sir?« Der Mann lächelte Mansfield freundlich zu, als er ihm die Schlüssel für den Wagen reichte.

»Voraussichtlich übermorgen.« Er gab dem Empfangschef den Kugelschreiber zurück. »Allerdings könnte es auch länger dauern, wenn wir noch nach Siwa weiterfahren.«

Der Empfangschef nickte beflissen. Es waren immer dieselben Ausflugsziele, die die Touristen hatten. Er selbst würde niemals verstehen, warum man sich zerfallene Lehmhütten anschaute und dafür zweihundert Kilometer durch die Wüste fuhr. Aber es sollte ihm recht sein, denn jeder Tourist bedeutete Devisen fürs Land und für ihn Trinkgelder, die bei einem Landarbeiter ganze Monatsgehälter ausmachten.

»Sollen wir die Suite für Sie reservieren, Mr Mansfield?«

»Nein, das wird nicht nötig sein. Wir nehmen, was frei ist, wenn wir wiederkommen.«

Karen und Mansfield hinterlegten die Koffer, die sie nicht benötigten, im Hotel und stürzten sich gegen Mittag ins Kairoer Verkehrschaos.

Die Sonnenbarke des Re ist genau über uns, dachte Karen, während Darstellungen aus den Gräbern der alten Ägypter in ihrem Kopf herumschwirrten, in denen Re, der

Sonnengott, auf seiner Barke morgens im Osten aufging und auf seinem Weg übers Firmament am Abend im Westen unterging und ihn in der Unterwelt fortsetzte, um jeden Morgen wieder aufzuerstehen.

Die Sonne brannte heiß und trocken auf die Stadt hinunter. Die Hitze näherte sich der Vierzig-Grad-Grenze.

»Keine Aircondition«, stöhnte Mansfield, als er in den alten Wagen stieg und ihm die Schweißtropfen über die Stirn liefen. Karen fächelte sich mit einer Straßenkarte Luft zu. Abkühlung brachte es nicht. »Das hatten Sie nicht wirklich erwartet, oder?«

Er startete den Wagen und versuchte an den alten Autos und Eselpackwagen vorbeizukommen, die die Straße vom 6. Oktober bevölkerten.

»Wie kann man nur in diesem Chaos leben?«, stieß er ungläubig aus, als ein langsamer Minibus vor ihm die Fahrbahn wechselte. Der Blinker war dem Bus wahrscheinlich schon vor zehn Jahren abhanden gekommen, aber immerhin hatte der Fahrer fünfmal gehupt, ehe er den Toyota zur Seite drängte.

Die Hauptstraße führte sie problemlos aus der Stadt hinaus, und auch der Weg nach Bahariya war leicht zu finden: Es war die einzige geteerte Straße zwischen Kairo und der Oase.

Als der Verkehr allmählich ruhiger wurde, entspannte sich Mansfield. Karen reichte ihm ungefragt eine Wasserflasche, die er ohne abzusetzen halb leer trank.

Sie nahm auch einen tiefen Schluck und stellte sie dann hinter ihren Sitz.

Mansfield wischte sich einige Schweißperlen von der Stirn. »Weiß Hamza eigentlich, dass wir ihn treffen wollen?«

»Ich habe uns angekündigt.«

»Na hoffentlich wartet er dann auf uns und düst nicht wieder woandershin. Was macht er eigentlich in der Oase? Hat er in Kairo und Gizeh nicht genug zu tun?«

»Soweit ich weiß, wurde vor einigen Jahren in der Nähe der Oase ein Massengrab mit gut erhaltenen Sarkophagen aus der Spätzeit gefunden. Vielleicht gab es irgendwelche Probleme bei der Ausgrabung.«

Mansfield blickte auf die gelbe Sandwüste neben sich. »Ob wir uns das Grab mal anschauen dürfen?«

Karen zuckte gleichgültig mit den Schultern. Mumien und Sarkophage aus der Spätzeit interessierten sie nicht. Es war eine Zeit, in der das alte Ägypten bereits im Sterben lag und durch die griechischen Invasoren eine Mischkultur entstand, die den ägyptischen Stil allmählich veränderte. Die Blütezeit der alten Hochkultur am Nil war vorbei.

Nach einer halben Stunde wurde der Gegenverkehr immer weniger und hörte nach zwei Stunden ganz auf. Sie waren allein in der Wüste, auf einer Straße, die Hamzas Assistent als Reifen mordend bezeichnet hatte. Er hatte versucht Karen von der Fahrt abzuhalten, aber vergebens. Er konnte ihr nur resignierend die Telefonnummer seines Chefs geben und eine gute Reise wünschen.

Karen sah von der Landkarte auf und blickte in die Ferne, wo die Hitze die Luft schwirren ließ und der Wind sich an den Dünen kräuselte. Immer wieder wirbelte Staub auf und senkte sich einige Meter weiter zu Boden.

Alles verändert sich, alles bleibt erhalten, dachte Karen, und Rilke kam ihr in den Sinn, in dessen Buch sie auf dem Flug nach Ägypten gelesen hatte.

»… die Wüste, ungewiss, ohne Ende und ohne Anfang, wie Ungeschaffenes, Weiten, die manchmal aufstehen und überall sind mit ihrem Nichts die Himmel zerstörend, ein Gewebe irrer Wege, die sich gegenseitig aufheben, ein Meer, dessen Ebbe bis auf den Grund, dessen Flut bis an die Sterne geht und ansteigt wie Jähzorn, unberechenbar, unbegreiflich, unaufhaltsam.«

Rilkes Worte gingen ihr noch durch den Kopf, während sie wie in einem langen Traum die beeindruckenden ockerfarbenen Sanddünen betrachtete, die ständig ihre Form und ihren Weg veränderten.

Die Wüste, wundervoll in ihrer einzigartigen Schönheit – und gefährlich.

Plötzlich ging ein lauter Knall durch den Wagen, und Karens Kopf schleuderte gegen das Seitenfenster. Der Toyota senkte sich nach rechts, scherte aus und blieb dann nach einer Vollbremsung am Straßenrand stehen.

»Sind Sie verletzt?«, fragte Mansfield.

Karen schüttelte den Kopf. »Es geht schon.«

Mansfield biss sich auf die Lippe. Die stundenlange Fahrt in der Wüste war nicht ohne Spuren an ihm vorübergegangen. Vier leere Literflaschen lagen hinter Karens Rücksitz, und es waren erst zwei Drittel des Weges geschafft.

»Okay, es ist nur eine Reifenpanne. Kein Problem. Wir haben genug Ersatzreifen mit.«

Mansfield kämpfte gerade mit einer verrosteten Drehschraube, als Karens Blick über seinen angespannten Körper wanderte. Der leichte Wüstenwind spielte mit seinem geöffneten Hemd, und ihr Blick streifte seine festen Muskeln. Dann wanderte er zu der Narbe an seiner rechten Seite, die rötlich schimmerte und ihre Gedanken wieder in die Realität zurückbrachte. Sie stand neben ihm, und schützte die öligen Schrauben vor dem Wüstensand, während er die Reifen austauschte. Zehn Minuten später konnten sie die Fahrt fortsetzen.

Die Sanddünen verschwanden allmählich, als sie in ein Gebiet kamen, das aus bizarren Kalksandsteinformationen bestand. Sie fuhren seit einer halben Stunde in diesem Felsengebiet, als einige hundert Meter vor ihnen ein weißer Van auftauchte, der schief am Straßenrand stand und von einer kleinen Gruppe Männer umringt wurde.

Mansfield knirschte mit den Zähnen. Er bereute es, sich in Kairo keine Waffe besorgt zu haben. Eigentlich war es Wahnsinn gewesen, allein in die Wüste zu fahren. Aber für Reue war es jetzt zu spät. Vielleicht hatte der fremde Wagen sich festgefahren, oder die Ägypter brauchten ein Werkzeug, das sie nicht mithatten. Doch er glaubte das nicht wirklich. Nicht einmal ein Messer hatte er sich eingesteckt, verdammt.

Wild gestikulierend standen vier Männer in ihren alten braunen Galabiyas vor dem Van, als einer von ihnen die anderen auf den herankommenden Toyota aufmerksam machte und sich alle mit lautem Rufen auf die Straße stellten.

Mansfields Augen suchten die Gegend nach einer Ausweichmöglichkeit ab, aber es gab nur die Straße. Rechts und links von ihnen waren haushohe Felsformationen. Sollte er stoppen und umkehren? Oder Gas geben und die Männer von der Straße jagen? Aber was war, wenn sie wirklich Hilfe brauchten? Wann würde der nächste Wagen auf dieser Wüstenstraße vorbeikommen? Er durfte ihnen die Hilfe nicht verweigern. Doch er hatte ein mulmiges Gefühl in der Magengegend.

»Haben Sie noch das Reizspray in Ihrer Tasche?«, fragte er und bremste den Toyota langsam ab. »Wenn ja, dann holen Sie es jetzt raus und halten es griffbereit, es könnte sein, dass es gleich ein bisschen ungemütlich wird.«

Karens Augen bekamen einen leicht panischen Ausdruck, während sich ihre Finger um die Tasche auf ihrem Schoß krampften. Sie hatte eigentlich gehofft, dass das Überfall- und Entführungsszenario, das gerade in ihrem Kopf ablief, ein reines Fantasie- und Angstprodukt war, aber seine Frage schien ihre schlimmsten Befürchtungen zu bestätigen. Zudem zeigte er eine unheimliche Körpersprache, wie sie es noch nie an ihm beobachtet hatte. Sein Gesicht war ernst, sein Blick hart, der ganze Körper angespannt. Er schien wie verwandelt.

Karen sah auf die Handtasche und schüttelte den Kopf. »Die Dose war leer. Ich habe sie schon in Paris weggeworfen.«

»Shit!« Natürlich wusste Mansfield, dass das Reizspray sie nicht gerettet hätte, aber es hätte wenigstens einen kleinen Überraschungseffekt gegeben. Er stoppte den Toyota.

Sofort wurde der Wagen von den Männern umringt, die mit einem Gemisch aus Arabisch, Englisch und Französisch auf sie einredeten. Mansfield glaubte mehrmals die Worte *Reifen* und *kawitsch* herauszuhören, aber ihm entgingen auch nicht die gierigen Blicke auf seine Rolex. Karen hatte, wie es schien, gut daran getan, vor der Fahrt in die Wüste ihre goldene Halskette abzunehmen.

Plötzlich verschwanden die Männer, und ein leichtes Wippen des Wagens verriet, dass sie auf die Ladefläche geklettert waren. Ein Blick in den Rückspiegel zeigte, wie die Ägypter den Werkzeugkasten untersuchten und sich über den Inhalt lautstark äußerten, während zwei Männer über ihre Schulter zum Führerhaus sahen. Die schienen sich nicht für den Werkzeugkasten zu interessieren, sondern redeten leise miteinander. Ihre verschwörerischen Blicke gefielen Mansfield gar nicht.

Er beugte sich zu Karen hinüber. »Ich werde gleich aussteigen und mit den Kerlen reden. Sie sollten sich lieber hinter das Lenkrad setzen und losfahren, falls …«

»Nein!«, fiel sie ihm ins Wort.

Mansfield packte Karen am Ellbogen. »Sie tun, was ich sage!«

»Nein! Ich lasse Sie hier nicht zurück!«

»Verdammt noch mal, ich weiß nicht, was die vorhaben. Aber es scheint nicht nur um einen simplen Ersatzreifen zu gehen. Also setzen Sie sich gefälligst ans Steuer, wenn ich ausgestiegen bin.«

Karen riss sich von ihm los. »Das werde ich nicht tun. Vielleicht wollen die Männer wirklich nur einen Ersatzreifen. Bitte reden Sie mit ihnen, Michael.« Ihr Blick war gleichzeitig flehend und unnachgiebig.

Mansfield verkniff sich eine scharfe Entgegnung. Sie würde ihm im Augenblick sowieso nicht gehorchen. Mit einem wütenden Ruck öffnete er die Fahrertür und griff mechanisch hinter seinen Rücken, wo sonst immer seine Pistole im Hosenbund steckte.

»So, Jungs, jetzt reicht's!« Mansfield klatschte in die Hände, um die Aufmerksamkeit der Männer auf sich zu lenken. »Geht von dem Wagen runter und sagt mir, was ihr wollt. Wenn es unser Ersatzreifen sein soll, okay, nehmt ihn euch. Aber lasst uns endlich weiterfahren. Wir haben noch einen weiten Weg vor uns.«

Doch die Männer redeten nur Arabisch auf ihn ein,

während sie vom Wagen stiegen und immer wieder auf ihren verunglückten Van deuteten. Aus dem Augenwinkel bemerkte Mansfield, dass einer der Männer neben Karens Tür stehen blieb, während die anderen ihn zu ihrem verbeulten Wagen drängten. Sie zeigten auf den platten Vorderreifen, den er aus nächster Nähe begutachten sollte. Sie wollten, dass Mansfield sich zu dem Reifen hinunterbeugte, um sich das Loch genauer anzusehen. Zur besseren Erklärung deuteten sie immer wieder auf einen kleinen spitzen Stein, den einer der Männer in der Hand hielt und der wohl die Ursache allen Übels war.

Mansfield beugte sich höflich, aber wachsam über den Vorderreifen, als einer der Männer ihm plötzlich die Arme auf den Rücken drehte und ein anderer mit dem Stein auf ihn einschlagen wollte. Reaktionsschnell stemmte Mansfield sich nach hinten, während der Stein nur wenige Millimeter an seinem Kopf vorbeisauste. Er riss einen Arm aus der Umklammerung, und noch ehe einer der Ägypter den Mann warnen konnte, hatte Mansfield dem Angreifer schon einen Ellbogenschlag in die Magengrube verpasst. Gleichzeitig kam ein anderer Angreifer von der Seite und riss Mansfield zu Boden. Sie wälzten sich im Sand.

»Idrábu! Schlag ihn!«, feuerten ihn seine Kumpane an, doch der Ägypter schlang seinen Arm um Mansfields Hals und schnürte ihm die Kehle zu. Mansfield schnappte nach Luft und versuchte den Mann hinter ihm zu erreichen, aber es gelang ihm nicht. Das Blut pochte in seinen Adern. Dann machte der Mann eine überraschende Drehung und stieß Manfields Kopf gegen einen Kalksteinfelsen.

Karen zuckte zusammen, als sie sah, wie Mansfields

Kopf gegen den Felsen geschleudert wurde und sein Körper leblos liegen blieb. Sofort warfen die Männer ihn auf den Rücken, dann zog einer ihm die Schuhe aus, während ein anderer ihm die Uhr abnahm und seine Hosentaschen durchsuchte.

Gleichzeitig riss der Ägypter neben Karen die Autotür auf und zerrte sie heraus.

»*Ta'âli héna! Jálla!*«

Sie wehrte sich, aber es war zwecklos. Er entriss ihr die Handtasche und schob sie zu seinen Kumpanen.

Karen konnte den Blick nicht von Mansfield wenden, der mit blutendem Kopf neben dem Felsen lag. Lebte er noch? Oder hatten sie ihn umgebracht? Der Sand neben seinem Gesicht färbte sich rot.

Was hatten sie mit ihr vor? Würden sie sie aus Habgier töten? Doch zunächst schien es nicht danach auszusehen. Man bog ihr die Arme auf den Rücken und fesselte sie. Dann stieß man sie mit boshaftem Lachen zu Mansfield. Sie strauchelte und fiel neben ihn in den Sand. Während sie in das bleiche Gesicht blickte, hoffte sie, dass er ihr etwas zuflüstern würde. Aber da war nichts. Kein vertrautes Flüstern. Kein Augenzucken. Nichts.

Karen brachte nur ein Krächzen hervor. Ihr Hals war völlig ausgetrocknet. »Michael? Michael! Hörst du mich?«

Doch er reagierte nicht.

Die Ägypter waren für einige Zeit mit dem Reparieren ihres Wagens beschäftigt und kümmerten sich nicht um Karen, die weiter auf Mansfield einredete.

»Michael! Bitte sag etwas!«, flehte sie schluchzend, doch dann kam einer der Männer und riß sie von ihm weg.

»*Jálla!* Los! Vorwärts!«

Verzweifelt musste Karen mit ansehen, wie die Ägypter

Mansfield aufhoben und dreißig Meter neben der Straße in eine Felsspalte warfen.

»Nein!« Sie schrie und kämpfte gegen den Mann an, der sie nicht mehr zu bändigen wusste und schließlich mit einem gezielten Faustschlag ruhigstellte. Lautlos sank Karen auf den Rücksitz.

30

Als sie wieder erwachte, stieß ihr Kopf gegen etwas Hartes. Karen stöhnte leise auf. Sie konnte nichts sehen, da man ihr die Augen verbunden hatte, aber das Röhren eines Motors sagte ihr, dass sie immer noch in einem Wagen saß.

Sie spürte tausend Schmerzen. Ihr Kopf, ihr Rücken, die Arme, der gesamte Körper tat weh, doch all das war nichts gegen den inneren Schmerz, der ihre Seele zerriss. Dieses tiefe dunkle Loch, das sich wie ein Drachenmaul vor ihr öffnete und sie verschlang. Sie war am Ende.

Michael war tot. Ermordet von irgendwelchen Wüstenbewohnern. Umgebracht und weggeworfen wie Müll. Nie wieder würde sie ihn lächeln sehen. Sie begann zu schluchzen, und selbst die wütenden Worte ihrer Entführer konnten sie nicht daran hindern zu trauern. Es war ihr egal, was mit ihr geschah. Jetzt war ihr alles egal.

Sie schienen eine Ewigkeit unterwegs zu sein, ehe der Wagen hielt und man Karen in eine alte Lehmhütte schob. Einer ihrer Entführer nahm ihr die Augenbinde ab und stieß sie neben einem rissigen Stützbalken zu Boden. Ein starkes Seil, an dem man sonst anscheinend Vieh befestigte, wurde um ihr rechtes Bein gebunden, was Karen willenlos geschehen ließ. Sie hatte nicht mehr die Kraft, sich zu wehren.

Nicht weit von Karens Gefängnis entfernt saßen einige Männer in einem Haus und tranken Minztee. Einer der

Männer hatte eingeladen, denn am nächsten Tag sollte er heiraten, und viele seiner Verwandten waren ins Dorf gekommen, die er bewirten musste. Die Männer tranken Tee, rauchten Wasserpfeife, scherzten und erzählten viele Geschichten, als spät am Abend ein neuer Gast erschien. Er war etwa fünfzig Jahre alt, und in seinem Bart zeigte sich das erste Grau, das ihm ein ehrwürdiges Aussehen verlieh. Seine blütenweiße Galabiya war deutlich sichtbar aus feinem Stoff gefertigt, wie man ihn nur in Kairo kaufen konnte, und man merkte an den respektvollen und neidischen Blicken der Dorfbewohner, dass er eine Ausnahmeerscheinung war. Er grüßte alle höflich, aber distanziert, und setzte sich zu ihnen.

Die Gespräche wurden sofort wieder aufgenommen, und der Neue lauschte dem Klatsch der Dorfbewohner. Er rauchte seine *shisha*, als ihm plötzlich ein junger Mann hinter einem Türvorhang ein Handzeichen gab.

Der Ägypter sah sich im Raum um, aber niemand achtete auf den Jungen, dessen Augen ihn flehend anblickten. Mit einem Stirnrunzeln legte er die Pfeife zur Seite und ging zu ihm. Der junge Mann zog ihn zur Seite und flüsterte ihm rasch etwas ins Ohr. Wenn es im Flur nicht so dunkel gewesen wäre, hätte er sehen können, wie sich das Gesicht des Älteren verfinsterte.

»Ist das wirklich wahr, Hassan?«, fragte er streng, und seine Augen funkelten in der Dunkelheit. Doch der junge Mann hielt seinem Blick stand.

»Aiwa, bei Allah, ich schwöre es.«

Er führte den älteren Ägypter in einen kleinen Nebenraum und zeigte ihm eine Rolex, Geld, Kreditkarten, ein Djed-Pfeiler-Amulett und Schmuck, darunter eine goldene Kette mit einem altägyptischen Anhänger, den der

Alte zwischen die Finger nahm und im Licht einer Kerze betrachtete. Ungläubig wanderten seine Augen von der goldenen Maat zu dem Djed-Pfeiler auf dem Tisch.

»Wem von den beiden gehört diese Kette?«, stieß er hervor. »Dem Mann oder der Frau?«

»Der Frau glaube ich, aber ich bin mir nicht sicher.«

Dann griff er nach den Personalausweisen, studierte die Namen und schüttelte ungläubig den Kopf. Er legte die Papiere auf den Tisch zurück, nahm die Rolex in die Hand und betrachtete das wertvolle Schmuckstück.

»Und wo ist der Mann?«

Hassan zuckte mit den Schultern. »Ich weiß es nicht. Sie haben nur die Frau mitgebracht.«

Der Ägypter klopfte Hassan auf die Schulter und meinte in milderem Ton: »Gut, dass du es mir gesagt hast, Hassan. Geh jetzt wieder nach Hause. Wir sehen uns morgen.«

Hassan verschwand in der Dunkelheit, und der Ägypter kehrte mit ernster Miene in den großen Raum zurück, in dem ein schwerer süßer Tabakduft lag. Die Geräuschkulisse war laut, und so beachteten ihn die meisten nicht. Nur vier Männer beobachteten ihn argwöhnisch, darunter auch der Omde des Dorfes, dem der Mann mit der weißen Galabiya mit einem einzigen Blick zu verstehen gab, dass er ihn zu sprechen wünsche. Er teilte den Vorhang und hielt ihn auf, während er den Omde ansah. Dieser rutschte unruhig auf seinem Platz hin und her.

»Was willst du von mir?«

»Mit dir reden«, sagte Ibrahim El Bahay eisig.

»Ich will aber nicht mit dir reden«, entgegnete der Omde und warf El Bahay einen unsicheren Blick zu. Obwohl de[illegible]im[illegible] von seinen Gefolgsleuten war, fühlte er sich d[illegible]ach[illegible] dieses gebildeten Stadtmenschen nicht ebenbürtig und versuchte ihn einfach zu missachten. Aber das ließ dieser nicht zu.

»Komm«, sagte El Bahay. Seine Augen schossen Blitze auf den Omde ab, der sich schließlich widerwillig erhob und zur Tür ging. Seine Männer redeten auf ihn ein, dazubleiben und mit ihnen zu feiern. Und El Bahay forderten sie auf, sie in Ruhe zu lassen. Doch El Bahay hielt unbeirrt den Vorhang auf, und der Omde konnte sich dieser Aufforderung nicht entziehen. Jeder im Dorf hatte das Recht auf ein Gespräch mit ihm, auch wenn es zu einem so unpassenden Augenblick war.

»Ich hoffe, du weißt, wie unhöflich es ist, mich am Abend vor der Hochzeit meines Sohnes aus seinem Haus zu holen«, krächzte er, doch El Bahay interessierte sein Jammern nicht. Kurze Zeit später erreichten sie das Haus des Omde und nahmen drinnen auf zwei Stühlen Platz.

»Wo ist sie?« El Bahays schwarze Augen durchbohrten ihn.

»Ich weiß nicht, wen du meinst. Wovon redest du?«

»Sollte dein Gehirn so löchrig sein, Mahir, dass du nicht weißt, wie viele Menschen in deinem Dorf sind?«

»Die Hochzeit bringt viele Menschen ins Dorf«, verteidigte sich Mahir Wassif und wich El Bahays Blick aus. »Wie soll ich da wissen, wer neu angekommen ist?«

»Ich rede nicht von einem Hochzeitsgast, sondern von der Touristin, die du hier gefangen hältst. Du scheinst dir nicht im Klaren zu sein, was für eine Strafe dich und die anderen erwartet, wenn man in Kairo von dieser Entführung erfährt.«

»Warum sollte man davon erfahren? Wir waren vorsichtig.«

»Vorsichtig! Dass ich nicht lache! In Kairo werden in

irgendeinem Hotel zwei Ausländer vermisst, und die Polizei wird sehr schnell herausfinden, dass sie sich ein Auto gemietet haben und welche Route sie genommen haben.«

»Wir sind weit von der Straße nach Bahariya entfernt. Sie werden keine Spur von uns finden.«

»Und der Amerikaner, der sie begleitet hat? Was habt ihr mit ihm gemacht?«

Der Omde rutschte nervös auf seinem Stuhl hin und her.

»Der Mann hat sich gewehrt, dieser Dummkopf! Er schlug mit dem Schädel gegen einen Felsen und war tot. Sie haben ihn weit von der Straße entfernt in eine Felsspalte geworfen.«

El Bahay schlug mit der Faust auf den Tisch.

»Ihr habt ihn in der Wüste zurückgelassen? Bist du völlig verrückt geworden, Mahir? Du willst der Omde dieses Dorfes sein und gefährdest alle mit deiner Dummheit.«

»Was hätten wir sonst tun sollen? Er war tot!«

Da packte El Bahay das Handgelenk des Omde. »Bring mich zu der Frau!«

31

Es war schon spät in der Nacht, als sich der Vorhang hinter der Holztür zu Karens Gefängnis hob und zwei Männer ins Zimmer traten. Der eine war ein ungefähr siebzigjähriger dunkel gekleideter Araber, von dem Karen vermutete, dass er eine Persönlichkeit des Dorfes war. Der andere trug eine strahlend weiße Galabiya und einen weißen Turban um den Kopf und hatte einen leicht ergrauten Bart. Mit einem schnellen Blick seiner dunklen Augen erfasste er Karens Situation und fragte den anderen Mann etwas in scharfem Ton, der ihm feindselig antwortete. Doch der Mann in der weißen Galabiya brachte den Älteren mit einer harschen Bemerkung zum Schweigen, wandte sich dann um und verließ den Raum. Der Alte warf Karen noch schnell einen bösen Blick zu, ehe er dem anderen Ägypter folgte und Karen in ihrer Verzweiflung zurückließ.

Am nächsten Tag drangen viele Freudenrufe und Musik aus einem anderen Haus zu ihr herüber. Karen wunderte sich, wie man so fröhlich und ausgelassen feiern konnte, wenn man gerade einen Menschen getötet hatte, aber wahrscheinlich wussten nicht alle im Dorf von ihrer Anwesenheit und was mit Michael geschehen war.

Es mochte zur Mittagszeit sein, als zwei Frauen in schwarzen Galabiyas hereinkamen und ihr Bohnen, Fladenbrot und Wasser brachten. Karen fragte sie etwas auf Englisch und Französisch, aber die Frauen antworteten nicht und verschwanden wieder.

Deprimiert griff sie nach dem Becher, goss das kühle Wasser hinein und leerte ihn in einem Zug. Als Nächstes schüttete sie sich ein wenig Wasser in die Hand und fuhr sich damit über das verschwitzte Gesicht. Vielleicht war es ein Fehler, das wertvolle Wasser für diese Erfrischung zu nehmen, aber es war ihr egal.

Die Schüssel mit dem Bohnengemisch schob sie angewidert beiseite. Sie hatte keinen Hunger. Ihr Magen war wie zugeschnürt. Nicht einmal ein Stück Fladenbrot kriegte sie hinunter. Die Erinnerung an Michaels blutüberströmte Leiche und wie man ihn in eine Felsspalte warf verursachte ihr Übelkeit. Ihre Situation war beinahe hoffnungslos. Zwar wusste man im Hotel, dass sie einen Wagen gemietet hatten, um nach Bahariya zu fahren, aber würde man sie hier auch finden? Was wollten diese Menschen von ihr? Wenn es um Geld ging, hatten sie eindeutig die falsche Geisel getötet. Aber woher sollten sie das wissen? Michael hatte sich gewehrt. Vielleicht war ihm das zum Verhängnis geworden.

Karen saß auf einem alten zerrissenen Teppich und krümmte sich schluchzend bei den Gedanken an die letzten Stunden. Es war alles ihre Schuld. Warum hatten sie nicht in Kairo auf Hamza gewartet? Warum waren sie zu dieser verdammten Oase gefahren? Weil sie, Karen, so schnell wie möglich Hamzas Unterschrift wollte, um nach Luxor zu kommen. Es war ihre Ungeduld, die Michael das Leben gekostet hatte. Das würde sie sich niemals verzeihen.

Müde sank sie auf dem Teppich zusammen und fiel in einen schweren Schlaf, während draußen unermüdlich fröhliche Musik und ausgelassene Rufe erschallten.

Die Hochzeit ging ihrem Höhepunkt entgegen.

Es war Nacht, alles dunkel um sie herum, es war unheimlich. Sie schlich um die verlassene Häuserfassade und warf einen besorgten Blick über die Schulter. Irgendetwas stimmte nicht. Jemand verfolgte sie. Karen wollte davonlaufen, aber sie konnte nicht. Ein stechender Schmerz in der Hüfte ließ sie taumelnd auf die Straße fallen. Plötzlich stand Michael mit einem goldenen Dolch über ihr. Sein blutiges Gesicht war hassverzerrt – ein dunkler Dämon, der sie mit seiner Rache verfolgte.

»Du bist schuld! Du bist schuld!«, schrie er und stieß die Klinge erbarmungslos in ihr Herz.

Im selben Moment zuckte Karen zusammen und rettete sich aus dem Albtraum. Immer noch am ganzen Körper zitternd, bemerkte sie, dass sie sich nicht in einer dunklen Gasse, sondern in einem Ziegenstall irgendwo in Ägypten befand. Michael hatte versucht sie zu töten. Vielleicht sogar mit Recht, dachte Karen traurig und fuhr sich über die feuchte Stirn. Wahrscheinlich würde er sie für immer in ihren Träumen verfolgen.

Unglücklich starrte sie auf ihren linken Ellbogen, wo sich ein blauer Fleck ankündigte. Michael hatte sie dort gestern gepackt, um ihr seinen Willen aufzuzwingen, und jetzt wünschte sie sich nichts sehnlicher, als dass sie auf ihn gehört hätte. Tränen schossen ihr in die Augen. Sie spürte immer noch Michaels festen Griff.

Nichts würde mehr so sein, wie es war. Egal, was passierte.

Spät in der Nacht schreckte Karen von dem Geräusch der knarrenden Holztür hoch. Die beiden Männer von gestern Abend traten mit ernsten Mienen ins Zimmer. Unbewusst kroch sie rückwärts, doch das Seil hielt sie auf. Ihr Herz schlug bis zum Hals. Was wollten die Männer mitten in der Nacht von ihr? Würden sie sie an einen anderen Ort verschleppen? Hatte Julius sie bereits als vermisst gemeldet und war die ägyptische Polizei ihren Entführern vielleicht schon auf der Spur? Oder wollten diese Männer sie töten, weil sie ihnen lästig geworden war? Ängstlich hob sie den Kopf.

Doch die beiden Männer blieben regungslos neben der Tür stehen, während der grüne Vorhang beiseite geschoben wurde und drei junge Ägypter Mansfield hereinschleppten, ihn auf eine dünne Strohmatte fallen ließen und sofort wieder verschwanden. Nur der Mann mit der weißen Galabiya blieb bei ihr. Karen zögerte einen Augenblick und beobachtete den Fremden, doch dann kroch sie vorsichtig zu Mansfield hinüber und berührte seinen Arm. Sie erschrak, weil seine Haut glühte, aber gleichzeitig durchströmte sie ein Glücksgefühl.

Er lebte!

Vorsichtig beugte sie sich über sein blutverkrustetes Gesicht, das voller Sand und Dreck war. Sein Kopf war feuerrot, seine Lippen aufgesprungen. Das ehemals weiße Hemd hing in Fetzen an ihm hinunter und hatte seinen Oberkörper nur dürftig vor den erbarmungslosen Sonnenstrahlen schützen können. Seine Arme, seine Brust, seine Schultern – die ganze Haut war krebsrot. Immerhin schien er bis auf die Kopfwunde und einige Kratzer an den Armen und blaue Flecken keine Verletzungen davongetragen zu haben. Karen schickte einen Stoßseufzer zum Himmel.

»Michael!«, flüsterte sie eindringlich, doch er rührte sich nicht. Sie schüttelte ihn leicht am Arm und rief immer wieder seinen Namen, aber sein Kopf hing nur leblos zur Seite. Vorsichtig wollte sie seinen Oberkörper hochheben und ihn auf den Rücken legen, doch seine gefesselten Hände waren im Weg. Sie wandte sich um und sah den Mann mit der weißen Galabiya an.

»Bitte schneiden Sie ihm die Handfesseln durch, Sir. Ich kann ihn sonst nicht umdrehen und hinlegen.«

Der Mann musste über das »Sir« schmunzeln, ging auf sie zu und durchschnitt mit einem schmalen Dolch Mansfields Fesseln. Karen zuckte zurück, als sie den Dolch sah, aber der Mann griff nur nach ihrer Fußfessel und befreite sie von dem Seil. Dann half er Karen, Mansfield auf den Rücken zu legen. Sie strich ihm über die Stirn und schüttelte ihn noch mal leicht am Arm.

»Michael? Kannst du mich hören?«

Der Ägypter betrachtete sie mitfühlend.

»Er ist bewusstlos, Mrs Alexander, er kann Sie nicht hören, aber er wird sicherlich bald aufwachen. Machen Sie sich keine Sorgen. Er hat eine Platzwunde am Kopf und einen schweren Sonnenstich, aber er wird sich bald erholen.«

Karen wunderte sich über das gute Englisch des Ägypters.

»Sie kennen meinen Namen?«

Der Ägypter lächelte. »Nun, man hat mir den Inhalt Ihrer Handtasche gezeigt, Mrs Alexander, darunter auch Ihren Ausweis.«

Karen griff nach einer kleinen Schüssel mit Wasser, schüttete ein wenig der lauwarmen Flüssigkeit in die Hand und goss sie Mansfield übers Gesicht.

»Und was haben Sie nun mit uns vor?«

»Ich nichts, Mrs Alexander. Ich bin nur zufällig hier, da

mein Neffe seine Hochzeit feiert. Was die Leute aus dem Dorf betrifft, so hatten sie sich von Ihnen ein kleines Lösegeld erhofft.«

Karen nickte. Ihre Lebensgeister waren mit Mansfields Auftauchen schlagartig wiedererwacht.

»Ich hätte nicht gedacht, dass man in Ägypten so gefährdet ist«, sagte sie und riss ein kleines Stück von Mansfields Hemd ab, um es in das Wasser zu tauchen und vorsichtig sein Gesicht damit abzuwaschen.

El Bahay saß neben ihr auf dem Boden und schaute ihr bei ihren Bemühungen mit einem leisen Lächeln zu.

»Ägypten ist ein armes Land, Mrs Alexander. Eine Entführung ist jederzeit möglich. Haben Sie nichts von der Verschleppung der deutschen Touristen in Luxor gehört?«

Karen hob eine Augenbraue. »Doch, jetzt, da Sie es sagen, erinnere ich mich wieder daran.«

»Der Tourismus ist einer unserer wichtigsten Wirtschaftsfaktoren. Das Attentat von 1997 im Hatschepsut-Tempel mit über sechzig Toten hat unser Land um Jahre zurückgeworfen. Wissen Sie eigentlich, dass es für die Dorfbewohner ein sehr großes Risiko ist, Sie zu entführen? Kairo geht in den letzten Jahren radikal bei Verbrechen gegen Touristen vor. Eigentlich dürften die Dorfbewohner Sie nicht am Leben lassen.«

Karen riss den Kopf herum.

Er winkte ab. »Keine Angst, Ihnen beiden wird nichts geschehen, dafür verbürge ich mich.«

»Sie?«

»Ja, ich. Mein Name ist Ibrahim El Bahay.«

»Schön, Mr El Bahay. Ich wäre Ihnen sehr dankbar, wenn Sie im Augenblick für mehr Wasser sorgen könnten.«

El Bahay lächelte erneut, da Karen sich nicht einschüchtern ließ, nickte und ging aus dem Raum. Kurze Zeit später kam eine der Frauen, die ihr Essen gebracht hatte, mit frischem Wasser, Salben für Mansfields verbrannte Haut und sauberen Tüchern zurück.

In der Nacht bekam Mansfields hohes Fieber. Er begann zu fantasieren, schrie im Schlaf und schien von dunklen Mächten verfolgt zu werden. Abwehrend hob er die Arme. »Nicht schießen! Nicht schießen!« Er wälzte sich hin und her, während Karen nach seiner Hand griff und ihn zu beruhigen versuchte. Tatsächlich wurde seine Atmung nach kurzer Zeit wieder ruhiger und gleichmäßiger. Seine Worte gingen allmählich in ein leises Wimmern über, als er plötzlich ihren Namen sagte. Karen beugte sich über sein Gesicht und hörte es nochmals: »Lauf, Karen, lauf«, flüsterte er in seinem Fieberwahn und stöhnte dabei leise auf.

Ihr lief ein kalter Schauer über den Rücken, als sie seine Hand losließ. Welche schrecklichen Bilder sah er? In was für einem Albtraum war er gefangen?

Am nächsten Morgen kam Ibrahim El Bahay und setzte sich ihr gegenüber auf den Boden. Er sah sie mit seinen wachen Augen an.

»Wissen Sie eigentlich, weshalb Sie hier sind, Mrs Alexander?«

Karen warf ihm einen leicht verärgerten Blick zu. »Sie meinen meine Aufgabe als lebende Kreditkarte für Ihre Dorfbewohner?«

»Nein. Ich frage Sie, ob Sie wissen, weshalb Sie in Ägypten sind.«

Karen überlegte kurz, ob sie ihm von dem Auftrag erzählen sollte, wollte aber lieber vorsichtig sein. Er schien zwar ihr einziger Verbündeter zu sein, aber sie wusste nicht, wie weit sie ihm vertrauen konnte.

»Ich bin nur als Tourist hier, Mr El Bahay. Und es wird der Deutschen Botschaft in Kairo überhaupt nicht gefallen, wenn mir etwas zustößt.«

El Bahay überging die Bemerkung und holte etwas Goldenes aus seiner weißen Galabiya hervor.

»Diese Kette gehört Ihnen, nicht wahr?« Er hielt die goldene Kette mit der kleinen Maat hoch. Sie glitzerte im Licht der Morgensonne, die durch die Ritzen der mit Holz verbarrikadierten Fenster ihren Weg suchte.

Karen nickte nur.

El Bahay betrachtete die kleine Göttin. »Sie wissen, dass diese Kette dreitausenddreihundert Jahre alt ist?«

»Unmöglich! Das glaube ich nicht!«

»Es ist aber so.«

»Sie ist doch eine Replik.«

El Bahay strich sanft über die Kette. »Nein, sie ist echt antik.«

Karen war bestürzt. »Aber dann gehort sie in ein Museum.«

El Bahay schüttelte nur den Kopf. »Einige dieser Ketten sind in Kairo und Luxor ausgestellt, aber die meisten liegen verschlossen in den Magazinen. Nein, diese Kette gehört Ihnen.« Seine Augen schimmerten hell, als er sich vorbeugte und sie ihr um den Hals legte. »Tragen Sie sie. Sie wird Ihnen helfen.«

Karen sah ihn verwundert an, als sie die Kette zurechtrückte. »Wobei wird sie mir helfen?«

»Ihren Weg zu finden.«

»Habe ich mich denn verlaufen?«

El Bahay lächelte. »Nein, Sie sind auf dem richtigen Weg. Woher haben Sie eigentlich diese Kette?«

»Ich habe sie von meinem Patenonkel. Er hat sie mir zum Geburtstag geschenkt.«

Während sie die Maat betrachtete, fiel ihr der Djed-Pfeiler ein. »Was ist mit meinem Djed-Pfeiler-Amulett? Bekomme ich das auch zurück?«

»Nein. Einer der Dorfbewohner hat es bereits verkauft.« El Bahays Blick wanderte erneut zu der Kette.

»Können Sie Hieroglyphen lesen?«

Karen sah ihn verblüfft an. »Nein.«

»Doch Sie wissen, was die Frau mit der Feder auf dem Kopf bedeutet?«

»Es ist Maat, die Göttin der Weltordnung und der Gerechtigkeit.«

»Richtig. Wenn das Gesetz der Maat verletzt wird, versinkt die Welt im Chaos. Also muss das Gesetz der Maat und damit die Weltordnung wiederhergestellt werden. Kennen Sie den Namen auf der Rückseite des Anhängers?«

»Die Kartusche? Es scheint ein Pharaonenname zu sein, aber ich habe ihn nicht auf den Königslisten finden können. Seltsam, nicht wahr?«

»Nein. Die Königslisten sind unvollständig, aber Sie werden es bald herausfinden. Wie geht es Ihrem Begleiter?«

Beide sahen zu Mansfield hinüber, der unter seiner dünnen Decke lag und unruhig schlief.

»Er ist noch nicht wieder zu sich gekommen. Er hat hohes Fieber und Schüttelfrost. In meiner Handtasche waren einige Medikamente, die ihm helfen würden. Können Sie sie mir bringen?«

El Bahay schüttelte den Kopf. »Ihre Handtasche bekommen Sie nicht zurück, aber ich will sehen, ob ich die Medikamente wiederbeschaffen kann.«

»Es war ein Fläschchen mit einem fiebersenkenden Mittel dabei. Und die Tabletten wären auch sehr nützlich.«

»Ich will es versuchen.« El Bahay erhob sich. Dabei fiel sein Blick auf die Schüssel mit dem Bohnengemisch und das Fladenbrot, das Karen stehen gelassen hatte. »Mögen Sie unser *Fuul* und das *Aisch* nicht?«

»Doch, ich hatte nur keinen Hunger.«

»Sie brauchen sich keine Sorgen zu machen. Essen Sie. Sie müssen bei Kräften bleiben. Sie haben noch viel vor sich«, sagte er geheimnisvoll, dann verschwand er hinter dem Vorhang, und Karen hörte, wie sich die Holztür schloss.

In Paris saß Étienne Artois in seinem Büro in der Sorbonne und brütete gerade über seinen Wochenterminen, als neben ihm ein weißes Telefon seine Aufmerksamkeit forderte. Geistesabwesend griff er nach dem Hörer, war aber sofort voll da, als er merkte, wer am anderen Ende der Leitung war.

»Bonjour, Étienne! Comment ça va?«

»Julius, mon ami.« Er hatte nicht erwartet, seinen alten Freund aus Hamburg zu hören. »Ich hoffe, du hast gute Neuigkeiten für mich«, sagte er erwartungsvoll, aber dessen Stimme klang überraschend pessimistisch.

»Ich weiß nicht«, wich Julius einer genauen Antwort aus. »Weißt du, ob Karen noch in Paris ist?«

Artois runzelte die Stirn. »Soweit mir bekannt ist, flog sie vor einigen Tagen nach Ägypten.«

»Bist du sicher?«

»Ziemlich. Warum fragst du?«

»Weil ich seit drei Tagen versuche sie telefonisch zu erreichen. Sie hat sich noch nicht bei mir gemeldet. Das ist ungewöhnlich. Normalerweise kann man sich auf sie verlassen. Hoffentlich ist ihr nichts zugestoßen.«

Artois' Stimme wurde eine Nuance rauer. »Selbst wenn, könntest du es nicht ändern.«

»Aber wir haben sie nach Ägypten geschickt. Sie ist mein Patenkind.«

»Das ist kein Zufall.«

»Ja, ich weiß«, wehrte er ab. »Aber sie vertraut mir.«

»Zu Recht«, erwiderte Artois, der einen leichten Selbstzweifel in der Stimme seines Freundes erkannte. »Julius«, sagte er eindringlich, »sie musste nach Ägypten. Du weißt es, und ich weiß es. Sie muss sich dem Problem selber stellen. Wir können ihr nicht jedes Mal helfen.«

Für einen Augenblick herrschte Schweigen, dann kam so etwas wie ein lautes Schnarren durch die Leitung, das Artois als ein Räuspern interpretierte.

»Bon«, krächzte Julius. »Es nützt nichts. Entweder schafft sie es, oder sie wird untergehen. Trotzdem werde ich etwas unternehmen, wenn sie sich nicht in den nächsten drei Tagen bei mir meldet.«

»Ganz wie du meinst. Vertraue ihr.«

»Das tue ich.«

»Na also. Es wird schon funktionieren. Sie wird nicht versagen.«

»Das hoffe ich«, murmelte Julius. »Bei Gott, das hoffe ich …«

32

Karen kümmerte sich den ganzen Tag um Mansfield und schmierte seine verbrannte Haut mit der Salbe ein, die hauptsächlich aus Ziegenfett zu bestehen schien. Ihr Gestank war unerträglich.

Nachmittags drang wieder frohe Trommel- und Pfeifenmusik der Hochzeitsgesellschaft zu ihr herüber. Die Frau, die ihr morgens Fuul, Fladenbrot und frisches Wasser gebracht hatte, kam zu ihr herein, trat auf sie zu und hielt ihr eine kleine braune Flasche und zwei Schachteln mit Tabletten hin. Mit einem flüchtigen Satz, aus dem Karen nur den Namen El Bahay heraushörte, verschwand sie wieder. Der Ägypter hatte tatsächlich Wort gehalten und ihr die Medikamente bringen lassen. Erleichtert blickte sie auf Mansfield hinab, der seit einigen Stunden ruhiger schlief. Sie war zuversichtlich, zumindest sein Fieber in den Griff zu bekommen und seine Schmerzen lindern zu können, wenn er wieder aufwachte. Die Platzwunde hatte nur einmal zu bluten angefangen und verheilte seit den letzten beiden Verbandswechseln sehr gut.

Am Abend wachte Mansfield zum ersten Mal auf und hob langsam den Kopf, weil er auf der Seite lag und eine braune Lehmwand anstarrte. Gleichzeitig bemerkte Karen eine Bewegung neben sich und wandte sich um.

»Michael!«

»Karen?«, flüsterte er unsicher. Sein Kopf dröhnte, dass er seinen Ohren nicht traute.

»Ich bin hier«, sagte sie leise und drückte leicht seinen

Arm. Er spürte es und wandte den Kopf nach links, von wo die Stimme kam.

»Kannst du mich sehen?«, fragte Karen besorgt, als sie ihm ein feuchtes Tuch auf die Stirn legte.

Mansfield fühlte die angenehme Kühle und ließ erleichtert den Kopf sinken.

»Unscharf«, antwortete er matt und schloss die Augen. Sein ganzer Körper glühte, und bei jeder Bewegung schien er Schmerzen zu haben. Nur seine Beine waren offenbar in Ordnung.

»Was ist geschehen?« Seine Stimme war ein einziges Krächzen.

»Du hast einen Tag in der Wüste gelegen. Kannst du dich nicht mehr an den Überfall erinnern?«

Eine Erinnerung, wie mehrere Männer auf ihn einschlugen, tauchte dunkel in seinem Kopf auf.

»Ich glaube schon. Wo sind wir?«

»Ich weiß es nicht. Wahrscheinlich sind wir in irgendeinem kleinen Dorf in der Nähe von Bahariya. Hier … trink.« Sie hielt ihm einen Becher mit Wasser an den Mund und er trank, was ihm jedoch wegen der aufgesprungenen Lippen schwer fiel. Es waren einige Tropfen Medizin darin, und nachdem er auch noch etwas Fuul gegessen hatte, lehnte er sich auf die harte Matte zurück und versank in einen ruhigen Schlaf.

Zwei Tage später saß Mansfield aufrecht auf der Matte gegen die Mauer gelehnt und aß Fuul und Aisch. Er war noch schwach, aber seine Gedanken waren schon wieder sehr aktiv.

»Wie kommen wir hier raus?« Lustlos biss er in das Fladenbrot und blickte Karen missmutig an. Seine derzeitige

Lage als hilfsbedürftiger Kranker war ihm mehr als unangenehm. Er würde heute auf jeden Fall aufstehen, selbst wenn ihm dabei die verbrannte Haut reißen würde.

Der Kopfverband und der Dreitagebart gaben Mansfield ein verwegenes Aussehen, das Karen sehr anziehend fand. El Bahay hatte ein altes braunes Hemd für ihn aufgetrieben, das er über der Hose trug.

»Gar nicht«, antwortete sie, griff nach einem Becher und nahm einen Schluck Wasser. »Ich habe schon alles überprüft. Dieses Haus besteht nur aus zwei Räumen, diesem und dem Stall nebenan.« Sie deutete über die Schulter hinweg. »Außerdem gibt es nur zwei Fenster, die beide von außen mit Holzbrettern vernagelt sind.«

»Nur Holz?«

»Mach dir keine Hoffnung. Ich habe schon versucht sie aufzudrücken, aber sie bewegen sich keinen Millimeter. Anscheinend haben sie von außen noch etwas dagegen gelehnt.«

»Und was ist mit der Tür?« Mansfield nickte in Richtung des grünen Vorhangs.

»Geht auch nicht. Ich hab durch einen Schlitz sehen können, dass zu jeder Tages- und Nachtzeit jemand vor unserem Haus Wache steht.«

»Nur einer?«, schnaubte Mansfield. »Damit müsste ich fertig werden.«

Sie warf ihm einen unmissverständlichen Blick zu. »In deiner jetzigen Verfassung? Du würdest es keine hundert Meter schaffen. Und selbst wenn wir aus diesem Gefängnis ausbrechen könnten und zufällig draußen vor der Tür ein Wagen stünde, wohin sollten wir fahren? Wir wissen nicht, wo wir sind. Und wenn der Tank nur halb voll ist, landen wir irgendwo in der Wüste. Diese verdammte Wüste ist unser Gefängnis, nicht dieses Haus. Und das wissen die da draußen ganz genau.« Sie deutete zur Tür.

»Wer ist denn das da draußen? Was sind das für Leute?«

Karen zuckte mit den Schultern. »Keine Ahnung. Ich habe bisher nur vier Männer und zwei Frauen zu Gesicht bekommen. Von denen hat nur einer Englisch gesprochen. Er versuchte mir zu erklären, dass die Dorfbewohner sehr arm seien und …«

»… und es deswegen vollkommen okay sei, zwei Touristen zu entführen«, brachte Mansfield den Satz zu Ende und griff nach einem Becher mit Milch.

»Nein, Mr Mansfield.« Hinter dem grünen Vorhang kam plötzlich El Bahay hervor und trat zu den beiden Gefangenen. »Es ist natürlich nicht okay. Und deswegen wird man sie auch morgen wieder freilassen.«

Michael verschluckte sich an der Milch. »Wirklich?«

»Wenn ich es sage, ist es so«, erwiderte El Bahay hoheitsvoll.

»Ohne Lösegeldzahlung?«, fragte Karen ungläubig und griff unwillkürlich nach ihrer Maat-Kette.

El Bahay sah von einem zum anderen. »Ich konnte die Dorfbewohner überzeugen, dass die Entführung ein Fehler war. Der Überfall war nicht geplant. Die Reifenpanne war echt. Nur als Sie dann vorbeikamen und die Dorfbewohner zwei reiche Touristen sahen, ließen sie sich zu dieser dummen Tat hinreißen.«

Karen konnte es immer noch nicht glauben, als ihr völlig unsinnige Fragen in den Kopf kamen.

»Was ist mit meiner Handtasche und den Sachen darin? Kriege ich die wieder?«

»Ihre Kette dürfen Sie, wie schon gesagt, behalten. Aber

die Handtasche und viele der schönen kleinen Dinge, die Sie darin hatten, haben bereits neue Besitzer gefunden.«

»Genau wie meine Rolex.«

Karen warf den Kopf herum.

»Du hast eine Rolex?«

»Hatte. Doch das ist dir natürlich nicht aufgefallen.«

»Nein, auf so etwas achte ich nicht. Aber wie kann man nur so dumm sein und in Ägypten eine Rolex tragen!«

»Ich werde wohl nicht der Einzige sein, der in Ägypten eine wertvolle Uhr besitzt. Und merkwürdigerweise trägt *er* sie gerade an seinem Handgelenk.«

Mansfield zeigte auf El Bahay. Der grinste und strich über das wertvolle Schmuckstück an seinem linken Arm. »Eine wunderbare Uhr, wirklich. Außerordentlich. Ich habe sie gerade meinen Leuten abgekauft.«

»Ach ja? Und für wie viel? Für zwanzig Ägyptische Pfund?«

El Bahays Augen funkelten Mansfield an. »Ich bin kein Dieb, Mr Mansfield. Sie haben hundert Pfund verlangt und ich habe ihnen hundert gegeben.«

»Pah, sie ist zehntausend Dollar wert! Sie halten uns eine Moralpredigt über die Armut dieser Menschen und erstehen selbst eine Uhr, die dieses Dorf ein ganzes Jahr lang ernähren könnte!«

Da sprang El Bahay auf, riss sich die Uhr vom Arm und warf sie auf den Boden. Nur Karens flinke Hand rettete sie vor einem zerstörenden Fußtritt.

El Bahay kochte vor Wut. »Er kann sie wiederhaben, seine verdammte Uhr! Lieber ein Jahr lang Brot und Bohnen als solche Beleidigung hinnehmen!«

»Beleidigung? Es war nur die Wahrheit!«

Da drehte El Bahay sich um und stapfte aus dem Raum.

Karen wandte ungläubig den Kopf. »Sag mal, bist du völlig verrückt geworden? Er ist unsere einzige Freikarte nach draußen, und du legst dich mit ihm an.«

»Ach, verdammt noch mal! Er ging mir auf die Nerven mit seiner Moralpredigt. Man kann nicht wegen der großen Armut herumjammern und gleichzeitig seine eigenen Leute übers Ohr hauen.«

»Woher weißt du, dass er das vorhatte? Vielleicht wollte er die Uhr in Kairo verkaufen und das Geld dann seinen Leuten geben?«

Mansfield rollte mit den Augen. »Auf welchem Planeten lebst du?«

»Kannst du es ausschließen? Kennst du diesen Mann so gut? Mein Gott, du hast ihn vielleicht mehr beleidigt, als du glaubst.«

In Mansfields dröhnendem Kopf begannen sich viele Rädchen zu drehen. »Das kann nicht sein. Nein, das glaube ich nicht. Der hätte die Uhr auf jeden Fall behalten. Das wäre für ihn doch ein enormes Prestigeobjekt gewesen.«

»Natürlich wäre es das gewesen, aber versetz dich doch mal in seine Lage. Zehntausend Dollar in der Hand wären ihm sicher lieber als am Handgelenk. Er hätte sie verkauft, da bin ich mir hundertprozentig sicher. Ich finde, dass du dich bei ihm entschuldigen solltest.«

Mansfield überlegte. »Vielleicht hast du Recht. Also gut, du kannst ihm die Uhr zurückgeben.«

Karen schüttelte den Kopf. »Das wird nichts nützen. Du musst es selber tun.«

Er stöhnte. »Okay, gib sie her. Er kriegt die Uhr zurück, sobald er wiederkommt.«

»Hoffentlich kommt er wieder.«

»Er wird, glaub mir.«

Sie reichte ihm die Uhr, umarmte ihn und küsste ihn auf den Mund. Eine wohlige Wärme durchflutete Mansfield. So ein Kuss heilte seine Schmerzen besser als jedes Aspirin.

»Ich danke dir«, sagte sie mit leuchtenden Augen.

»Wofür?«

»Für dein Verständnis.« Und mit einem Lächeln fügte sie hinzu: »Und dafür, dass du versuchen willst einige Tage ohne eine Rolex zu überleben.«

»Das wird hart«, gab er ebenfalls lächelnd zu.

»Ich weiß.« Sie wurde wieder ernst. »Übrigens war es El Bahay, der darauf bestanden hat, dass man nach dir sucht.«

Mansfield zuckte zusammen. »Er?«

»Ja«, sagte Karen und strich ihm vorsichtig über das zerzauste, dreckige Haar. »Den anderen warst du egal.«

Sein Blick wanderte zum Vorhang, hinter dem El Bahay vor wenigen Minuten verschwunden war. Ob er wiederkommen würde? Oder hatte er diesen Mann zu sehr beleidigt? Und weswegen? Wegen einer Uhr, von deren Sorte er zu Hause noch zwei hatte.

»Es tut mir Leid«, flüsterte Mansfield zerknirscht und lehnte seinen Kopf gegen die Mauer hinter sich. »Ich dachte, ich locke ihn ein bisschen aus der Reserve, wenn ich ihn reize.«

»Ich weiß. Aber diese Taktik funktioniert nicht immer.«

»In New York funktioniert sie meistens.«

»Natürlich. Besonders bei kleinen Crack-Dealern, die dann auf dich schießen. Da fällt mir ein, du hast im Fieber von einer Schießerei in New York geträumt.«

Mansfield steckte sich ein kleines Stück Fladenbrot in den Mund und kaute verbissen darauf herum. »Es war nicht in New York.«

»Nicht?«

»Nein. Es war irgendwo anders. Aber ich weiß nicht, wo.« Er biss noch ein Stück Brot ab und nahm einen großen Schluck aus dem Wasserkrug.

Karen betrachtete einen kleinen Stein auf dem Fußboden. »Du hast diesen Traum immer wieder gehabt. Ich kam auch darin vor.«

Er warf ihr einen schnellen Blick zu. »Und was habe ich erzählt?«

Sie zuckte mit den Schultern. »Nichts Besonderes. Es ging um irgendeine Schießerei und dass ich weglaufen sollte.«

»Mehr nicht?«

»Nein, mehr nicht. Willst du darüber reden?«, fragte sie zögernd.

Er schien es sich reiflich zu überlegen. Dann begann er zu erzählen: »Ich bin eine schwarze Metalltreppe raufgerannt. Es war dunkel um mich herum, aber auch ein bisschen hell. Da war irgendwie Licht rechts neben mir. Aber nur wenig. So wie von einer Lampe. Vor mir stand jemand. Er hatte eine Waffe in der Hand und wollte schießen. Mehr weiß ich nicht.«

»Und was war mit mir?«

Mansfield wich ihrem Blick aus. »Weiß ich nicht mehr.«

»Und warum glaubst du, dass es nicht in New York war?«

»Es war vom Gefühl her nicht New York. Ich kann das nicht erklären.«

Karen nickte und ging zu einem der Fenster, um durch einen kleinen Schlitz hinauszugucken. Sie wollte ihn nicht zu sehr bedrängen. Vielleicht würde er ihr irgendwann mal mehr von dem Traum erzählen.

Mansfield sah ihr nach und war froh, dass sie mit der

Fragerei endlich aufhörte. Dieser Traum gab ihm sehr zu denken, denn er verfolgte und quälte ihn seit der Nacht, in der er Karen das erste Mal in Paris getroffen hatte. Immer wieder rannte und stolperte er in diesem Traum eine schwarze Treppe hinauf, und immer wieder erlebte er diese ausweglose Situation, von der er Karen nichts erzählen wollte.

»Glaubst du, dass El Bahay sein Wort halten wird und wir hier morgen rauskommen?«

Karen schaute auf die kleine enge Straße neben ihrem Gefängnis und sah, wie einige Kinder Esel vor sich hertrieben. »Nach eurem Streit würde ich darauf keine Wette mehr eingehen. Aber ich hoffe trotzdem, dass er uns nicht den Dorfbewohnern überlässt.«

»Wieso? Ist er keiner von ihnen?«

»Nein. Er war nur zur Hochzeit seines Neffen hier. Wenn er die Oase verlässt, ohne uns mitzunehmen, sieht es schlecht für uns aus.«

»Na großartig«, murmelte Mansfield und sah missmutig auf seine Rolex, die er jetzt liebend gern für einen kurzen Spaziergang durch Manhattan hergegeben hätte.

Doch wie sich zeigte, brauchte sich Mansfield keine Sorgen zu machen, denn am nächsten Morgen kam El Bahay und erklärte, dass er sie am Nachmittag nach Kairo zurückbringen werde. Sie müssten sich allerdings fesseln lassen und mehrere Stunden Augenbinden tragen.

Mansfield stand daraufhin auf, ging auf El Bahay zu, der ihn eisig ansah, und hielt ihm die Uhr entgegen.

»Bitte nehmen Sie sie wieder zurück, Mr El Bahay. Ich wollte Sie nicht beleidigen.«

Der Ägypter reagierte nicht.

»Außerdem wollte ich mich bei Ihnen bedanken, dass Sie mich aus der Wüste holen ließen. Das … das werde ich wohl nie wieder gutmachen können.«

El Bahays Gesicht entspannte sich etwas. Er merkte, dass Mansfield es ehrlich meinte und wahrscheinlich keine neuen Beleidigungen folgen würden.

»Diese Uhr ist Ihnen also Ihr Leben wert?«, fragte er wie ein Lehrer und wartete auf eine gute Antwort. Er war noch nicht bereit, die Uhr zurückzunehmen.

»Nein. Mein Leben ist mir mehr wert als nur diese Uhr. Aber sie ist das Einzige, was ich Ihnen im Augenblick geben kann. Und ich will sie Ihnen geben.«

»Freiwillig?« El Bahay blickte in Karens Richtung. »Soweit ich weiß, hatten Sie die Uhr zuletzt in der Hand.«

»Sie meinen, ich war es, die die Uhr vor zwei Männern retten musste, die beide vor Wut nicht mehr klar denken konnten.«

Ein kurzes Lächeln huschte über El Bahays Gesicht. Langsam griff er nach der Uhr und betrachtete das schöne Gehäuse mit seinen kleinen geometrisch angeordneten Diamanten.

»Sie haben Recht, Mrs Alexander. Es wäre eine Schande gewesen, dieses Schmuckstück zu zerstören. Ich danke Ihnen.« Er nickte in Karens und Manfields Richtung und verschwand aus dem Zimmer.

»Na, das war ja eine diplomatische Antwort von dir«, sagte Mansfield, als er sicher war, dass El Bahay ihn nicht mehr hören konnte. »Ich dachte schon, jetzt ist alles aus. Aber von dir lässt er sich offenbar mehr gefallen als von mir.«

»Das muss an meinen wunderschönen Augen liegen«, sagte Karen und klimperte mit den Augenlidern.

»Das könnte allerdings sein«, stimmte Mansfield ihr zu und fasste sie um die Taille. Für einen kurzen Moment sahen sie sich tief in die Augen, dann küsste er sie auf die Stirn, auf die Nase und auf den Mund. Beide genossen die Berührung. Sie spürten, dass ihre baldige Freilassung die Anspannung der letzten Tage löste. Zu viel hatten sie durchgemacht. Zu viele Schmerzen, zu viele Ängste. Jetzt würden sie beide freikommen. Es war eine Erlösung.

Karen konnte die Tränen nicht zurückhalten, die ihr jetzt über die Wange liefen.

»He, was ist mit dir?«, fragte Mansfield sanft und küsste ihr die Tränen weg.

»Nichts«, flüsterte sie. »Ich bin nur ein wenig … ein wenig erschöpft. Es geht gleich wieder.«

»Ja, es war ein bisschen viel in letzter Zeit, wie?«

Sie blickte in seine schönen dunklen Augen und musste auf einmal vor Erleichterung lachen.

»Na also, das sieht doch gleich viel besser aus. Ich denke, wir sollten noch etwas von diesem Fuul essen, bevor man uns abholt.«

»Oui, mon général«, erwiderte Karen und genoss es, am Leben zu sein.

33

Die Fahrt durch die Wüste schien eine Ewigkeit zu dauern, aber man versorgte sie immer mit Wasser. Auch die Hitze blieb erträglich.

Alles ist erträglich, wenn man seine Freiheit zurückbekommt, dachte Karen und lehnte ihren Kopf an Mansfields Schulter. Alles würde gut werden.

Natürlich fuhr El Bahay sie nicht bis nach Kairo, sondern stoppte den Wagen ungefähr fünfzehn Kilometer außerhalb des Stadtgebiets.

»Dort drüben wird innerhalb der nächsten Stunde ein Linienbus halten, der Sie in die Stadt bringen kann«, erklärte El Bahay und deutete mit dem Arm zu einer Bushaltestelle neben der Straße. Er und ein Helfer lösten Karens und Mansfields Fesseln. Dann stiegen sie aus, wobei El Bahay Mansfield noch etwas zuflüsterte. »Sie glauben, dass Sie es nie wieder gutmachen können?«

Mansfield horchte auf.

El Bahay nickte in Karens Richtung.

»Passen Sie gut auf sie auf, Mr Mansfield. Das ist alles, was ich von Ihnen verlange.« Daraufhin stieg er wieder in den weißen Van ein, und der Fahrer trat aufs Gaspedal. Der Wagen verschwand schnell in einer hellbraunen Staubwolke.

»Hat er noch etwas zu dir gesagt?«, fragte Karen.

Mansfield war in Gedanken versunken. »Nein«, murmelte er geistesabwesend. Dann riss er sich zusammen und legte einen Arm um Karens Schulter. »Komm, lass uns zu der Bushaltestelle gehen. Vielleicht nimmt uns vorher schon ein anderer Wagen mit.«

Der Empfangschef des Ramses Hilton versuchte die Fassung zu bewahren, als er die beiden Touristen in der staubigen und zerrissenen Kleidung wiedererkannte.

»Mrs Alexander? Mr Mansfield? Was ist mit Ihnen geschehen?«, stammelte er und wollte die Antwort eigentlich gar nicht wissen. Hoffentlich würde sein Hotel nicht in irgendeine unangenehme Sache hineingezogen werden.

»Wir können den Toyota leider nicht zurückgeben«, erwiderte Mansfield lakonisch und lehnte sich gegen die Empfangstheke, über die sich eine dünne Staubschicht legte. »Haben Sie noch ein Zimmer für uns frei?«

Der Empfangschef schaute verwirrt in seinem Computer nach. »Wenn Sie wünschen, können Sie dieselbe Suite bekommen, die Sie vor einigen Tagen hatten.«

»Das wäre perfekt.« Mansfield griff nach der Keycard, die ihm hingehalten wurde, als ihm noch etwas einfiel. »Und lassen Sie bitte die Koffer, die wir Ihnen zur Aufbewahrung gegeben haben, in die Suite bringen. Wie Sie sehen, brauchen wir sie dringend.«

Er wollte sich abwenden und zum Lift gehen, als der Empfangschef ihm noch zurief: »Wir werden die Polizei informieren müssen, Mr Mansfield. Wegen des Leihwagens!«

»Tun Sie, was Sie für richtig halten«, sagte Mansfield über die Schulter, während er und Karen zum Lift gingen und sich nicht um die fragenden Blicke der anderen Gäste kümmerten.

Oben in der Suite schleuderte Mansfield zuerst die harten Sandalen, die man ihm in der Oase gegeben hatte, im hohen Bogen durchs Zimmer und verfehlte nur knapp eine kleine Tischlampe auf einem Sideboard. Seine Füße genossen den weichen, flauschigen Fußboden.

»Ah, endlich wieder einen dicken Teppich unter den Füßen, einen gemütlichen Sessel und ein ordentliches Bett. Ich hätte nie gedacht, dass ich mich darüber mal so freuen würde.«

Er streckte seinen verspannten Körper. Von der stundenlangen Fahrt taten ihm alle Knochen weh, und ein Blick zu Karen sagte ihm, dass es ihr nicht anders erging. Sie sah müde aus.

»Willst du zuerst duschen?«, fragte er, aber Karen sah ihn auf einmal mit einem spitzbübischen Lächeln an.

»Geh du zuerst, du hast es nötiger.«

»Findest du? Trotz der Intensivpflege, die ich in den letzten Tagen erhalten habe?«

Sie strich über seinen Bart. »Du siehst scheußlich aus«, sagte sie, aber ihr Kuss strafte sie Lügen. Mansfield erwiderte den Kuss, und in seinen Augen war ein leichtes Flackern zu erkennen.

»Geh duschen«, flüsterte sie. Mansfield hob ihr Kinn und gab ihr noch einen Kuss.

»Wie Sie befehlen, Ma'am.«

Eine halbe Stunde später trat er mit einem Handtuch um die Hüften wieder heraus und machte eine ausholende Armbewegung zur geöffneten Badezimmertür.

»Right for your conquest, Ma'am.«

Sie überging die Anspielung mit einem Lächeln und wollte gerade an ihm vorbei ins Bad, als sie auf seiner rechten Schulter eine schmale feuchte Stelle sah. Die verbrannte Haut war vom Duschen wieder aufgerissen.

»Warte einen Augenblick.« Rasch holte sie ein Paket Brandpflaster aus einem Verbandskasten. »Dreh dich um.«

Mansfield tat wie befohlen und machte ein gerades Kreuz, bei dem Karen erst mal schlucken musste. Zwar hatte sie seinen Körper in den letzten Tagen oft gesehen und berührt, aber da war er immer leblos und fiebrig gewesen. Jetzt dagegen war da eine breite Schulter mit festen Muskeln, die vor Leben pulsierte.

Mansfield fand, dass sie sich sehr viel Zeit mit dem Pflaster ließ, und lächelte verschmitzt.

»Schaffst du's heute noch, oder muss ich bis morgen früh hier stehen?«

Als Antwort erhielt er einen leichten Schlag auf seinen Sonnenbrand, der ihn zusammenzucken ließ.

»Halt gefälligst den Mund, wenn ich dich zusammenflicke«, forderte Karen mit einem spielerischen Unterton. »So!« Sie drückte ihm zwei mit Aluminium beklebte kühlende Streifen auf die Haut. »Zur Strafe wird dich das Jucken der Pflaster wahrscheinlich wahnsinnig machen, aber dafür heilt die Wunde besser.«

Sie wollte die übrigen Pflaster wieder ins Päckchen stecken, als Mansfield sie um die Taille fasste und sie an sich zog.

»Vielen Dank, Schwester Nightingale«, flüsterte er zärtlich und küsste sie. Ihre vollen Lippen erwiderten seinen Kuss, und sie legte ihre Arme um seinen Hals. Das Blut pochte in seinen Adern. Jede Müdigkeit war verschwunden. Seine Hände erforschten ihren Körper, ihren Hals, ihren Rücken, ihre Brust. Er spürte, wie es sie erregte und sie es genoss. Ihre Finger fuhren durch sein Haar und hielten plötzlich inne, als jemand energisch gegen die Tür klopfte. Eine männliche Stimme mit arabischem Akzent war zu hören.

»Mr Mansfield? Wir müssen mit Ihnen reden. Bitte öffnen Sie die Tür!«

Beide sahen sich mit einem gequälten Lächeln an.

»Die Polizei«, murmelte Mansfield. Er erschlich sich noch einen Kuss, bevor er Karen losließ. »Geh lieber duschen. Ich versuch sie schnell loszuwerden.«

Sie nickte nur und ging ins Badezimmer.

»Halt.« Er griff nach einem langen Flanellbademantel neben dem Waschbecken und zog ihn an. Die ägyptischen Beamten sollten seine Verletzungen nicht sehen, sonst würden sie nur unangenehme Fragen stellen. Je weniger sie wussten, umso besser.

In der nächsten halben Stunde erzählte Mansfield den Beamten eine halb wahre Geschichte, die sie ihm zwar nicht glaubten, aber hinnehmen mussten. Außerdem war der Leihwagen versichert gewesen, und offensichtlich war niemand zu Schaden gekommen. Keiner der Männer glaubte, dass man den Toyota wiederfinden würde, aber so hatten sie wenigstens ihre Pflicht getan. Nach einer halben Stunde gingen sie wieder.

Als Karen aus dem Badezimmer kam, sah sie Mansfield mit einem Drink in der Hand mit freiem Oberkörper und Handtuch um die Hüften draußen auf dem Balkon stehen.

Lautlos ging sie zu ihm und umschlang seine Taille. Als er sie bemerkte, hob er seinen linken Arm, unter dem sie hindurchkroch und sich an ihn schmiegte. Er roch so wunderbar nach Parfum aus frischen Gräsern. Warum war ihr das früher nie aufgefallen?

Seine Hand strich sanft über ihren Rücken, und er registrierte, dass sie unter dem seidenen Morgenmantel keinen BH trug. Im selben Moment sah sie zu ihm auf, und er nutzte die Gelegenheit für einen langen Kuss.

»Wo waren wir eben stehen geblieben?«, murmelte er, als ein erregendes Prickeln in ihm aufstieg.

Auch Karen genoss jede seiner Berührungen. Trotzdem zog sie plötzlich den Kopf zurück und lächelte ihn an.

»Michael, wir sind hier in einem moslemischen Land. Da darf man sich nicht in aller Öffentlichkeit küssen oder Alkohol trinken.«

Er lächelte zurück. »Dagegen weiß ich ein Mittel«, sagte er, stellte das Glas auf einen kleinen Tisch und schob Karen ins Zimmer zurück. Dann schloss er die Balkontür hinter sich und wollte gerade die breiten Vorhänge zuziehen, als Karens Worte ihn aufhielten.

»Nein, lass Ägyptens Sonne hereinscheinen«, bat sie flüsternd und strich sanft über seine Schultern, während sie sich immer wieder eine neue Stelle für einen Kuss aussuchte. Als Mansfield sich umdrehte, sah er in ihren graugrünen Augen ein Verlangen, das er selbst schon seit Paris verspürte. Sie legte ihre Arme um seinen Hals und ließ es geschehen, dass er sie langsam zum Bett schob.

»Michael?«

»Scht«, machte er und legte ihr den Zeigefinger auf die Lippen, um sie am Sprechen zu hindern. In den nächsten Minuten hatte Karen nicht die geringste Chance, ein weiteres Wort zu sagen – und sie wollte es auch nicht mehr.

Und draußen schien Re und hielt seine schützenden Sonnenstrahlen über sie.

34

Als Karen am nächsten Morgen erwachte, lag ein leichter Duft nach Gräsern in der Luft. Verschlafen öffnete sie die Augen und blinzelte durch die offen stehende Tür ins Badezimmer, wo Mansfield gerade frisch geduscht vor dem Spiegel stand und sich die Zähne putzte. Er trug wieder nur das Handtuch um die Hüften und wandte den Kopf, als er merkte, dass sie sich im Bett bewegte.

»Hast du gut geschlafen?« Er war kaum zu verstehen, weil er die Zahnbürste im Mund hatte, während er zu Karen schlenderte. Sie stützte sich auf den Ellbogen und hob abwehrend die andere Hand.

»Wehe, du küsst mich mit diesem Zahnpastamund«, drohte sie spielerisch.

Der Gedanke schien ihm für einen Augenblick sehr verlockend, doch nach einem kurzen Zögern ging er mit einem anzüglichen Lächeln wieder ins Badezimmer.

»Was machen wir heute? Gucken wir uns die Pyramiden an, oder gehen wir auf den Basar?« Mansfield spuckte gutgelaunt die Zahnpasta ins Waschbecken und spülte den Mund mit frischem Wasser aus, während Karen überlegte.

Natürlich gab es in Kairo viel zu sehen, viel zu entdecken und zu erleben. Der Khan el Kahlili Basar war einer der größten der arabischen Welt und die Moscheen Kairos berühmt für ihre bunten Stuckornamente und Minarette. Aber das imposanteste Bauwerk des Landes stand in Luxor – der Tempel, an dem so viele Regenten in über siebenhundert Jahren einen einzigartigen Gebäudekomplex errichtet hatten. Dort musste sie hin.

»Willst du unbedingt auf diesen Basar?«, fragte sie zurück.

Mansfield hörte einen zweifelnden Ton in ihrer Stimme.

»Wir müssen nicht dorthin. Ich dachte nur, weil du so gerne Flohmärkte magst, wäre dieser Basar vielleicht eine große Attraktion für dich. Immerhin ist Kairo das Zentrum Ägyptens.«

»Ja, das stimmt schon«, erwiderte Karen, »Kairo ist das heutige Zentrum des Landes, aber damals war es Luxor beziehungsweise Weset. Ich möchte so schnell wie möglich dorthin. Und ins Tal der Könige zum Grab des unbekannten Pharaos.«

Mansfield hatte auf einmal das merkwürdige Gefühl, ihr Schmerzen zu bereiten, wenn er sie zu einem weiteren Tag in Kairo zwingen würde.

»Es zieht dich nach Luxor, gut, dann lass uns dort hinfahren.«

Sofort verschwand der graue Schimmer aus ihren Augen, und sie funkelten wieder smaragdgrün.

»Danke, Michael.« Karen lächelte zufrieden und ließ sich wie von einer schweren Last befreit in die Kissen zurücksinken. »Fliegen wir, oder nehmen wir den Zug?«

»Ich fahre nicht gern mit dem Zug«, erwiderte Michael, während er einen kurzen Schmerz in der Magengrube spürte. »Lass uns lieber fliegen.«

»Gut, aber das geht erst morgen. Wir müssen uns zuerst noch Hamzas Unterschrift besorgen. Er wird wohl inzwischen wieder in Kairo sein.«

Das große Gebäude der Ägyptischen Altertümerverwaltung war mit seinen vielen Büros und Angestellten wie ein Bienenschwarm. Erst nach der fünften Auskunft hatten Karen und Mansfield Hamzas Büro gefunden, aber der quirlige Ägypter hatte keine Zeit für sie. Er hatte gerade fünf Journalisten abgehängt und versuchte in seinem Büro die wichtigsten Dinge des Tages zu erledigen, als einer seiner Angestellten ihm Karens Schreiben und den Brief des Rektors der Sorbonne vorlegte. Hamza öffnete ihn sofort und las die wenigen Zeilen. Dann murrte er etwas, nahm Karens Papiere in die Hand und unterschrieb sie, nachdem er sie schnell überflogen hatte. Im selben Moment klingelte wieder das Telefon, und der Angestellte verließ eilig das Büro.

Zwar hätte Karen den berühmten Mann gern kennen gelernt, aber sie war froh, als sie wieder draußen im grüngoldenen Dämmerlicht der kleinen Gassen war und die Formalitäten hinter sich hatte.

Der Weg nach Luxor war frei.

35

Luxor

Benjamin Dawson war ein hochgewachsener Mann Ende vierzig mit schütterem Haar, der bereits seit fünfzehn Jahren für die American University of Cairo arbeitete. Er war Karen als Verbindungsperson zu George Kennard, dem Chefarchäologen von KV78, genannt worden und bot seinen Gästen mit einem freundlichen, aber reservierten Lächeln zwei Holzstühle in seinem Büro an. Seine Freundlichkeit war ein wenig aufgesetzt, denn es irritierte ihn, dass Escard diesen beiden Menschen die geheimen Informationen über das neue Grab gegeben hatte. Er musste sehr viel Vertrauen zu ihnen haben. Dawson hoffte, dass die beiden dieses Vertrauen auch verdienten.

Er lehnte sich auf seinem Stuhl zurück. »Sie wissen also von dem Grab und der königlichen Familie? Und Sie sollen einige der Amulette und Uschebtis nach Paris überführen, wenn ich Mr Escard richtig verstanden habe? Gut. Was hat er Ihnen sonst noch erzählt?«

Karen versuchte sich an das Gespräch zu erinnern. »Er zeigte mir einen Brief von Mr Kennard, in dem dieser Monsieur Artois, dem Rektor der Sorbonne mitteilte, dass man im Tal der Könige eine Cachette mit zwölf Mumien gefunden habe.«

»Erzählte er Ihnen noch mehr über die Mumien?«

»Nur, dass es sich anscheinend um eine ganze Königsfamilie handle, was sehr ungewöhnlich sei. So etwas hat es seit dem Grabfund von Amenophis II. nicht mehr gegeben, oder?«

Dawson stutzte. »Sie haben sich über die Pharaonengräber informiert?«

»Ich habe vier Semester Archäologie in Heidelberg studiert. Außerdem interessiere ich mich auch privat für das alte Ägypten.«

Er nickte und war zumindest beruhigt, dass seine Besucher über einige Kenntnisse zu verfügen schienen.

»Gut. Dann sehen Sie sich diese Fotos an.« Er nahm eine Mappe mit schwarzem Schutzumschlag zur Hand, aus der am unteren Rand viele Papiere hervorschauten, blätterte darin und griff zielstrebig nach einigen Fotos, die er vor Karen und Mansfield auf dem Tisch ausbreitete.

Sie nahmen die Bilder in die Hand und betrachteten sie sehr genau.

»Nun, was halten Sie davon?« Seine Stimme konnte eine gewisse Spannung nicht unterdrücken. Er hatte diese Aufnahmen noch nicht vielen Menschen gezeigt und freute sich, mit jemandem über das Thema sprechen zu können.

Mansfield betrachtete ein dunkles Schwarzweißfoto mit dem mumifizierten Oberkörper eines Mannes. Es zeigte kaum noch Haare. Die Wangen waren eingefallen, und die Knochen zeichneten sich stark gegen die pergamentartige Haut ab.

»Die Mumie sieht ziemlich normal aus, finde ich. Was soll daran besonders sein?« Er reichte das Foto an Karen weiter.

Dawson lächelte. Er war über die Aussage nicht überrascht. »Wie alt schätzen Sie sie?«

»Keine Ahnung, zweitausend Jahre, dreitausend Jahre.«

»Nein, das meine ich nicht. Wie alt schätzen Sie das Alter des Menschen, als er starb?«

Mansfield schaute noch mal genau hin. »Das kann man schlecht sagen. Das Einbalsamieren macht alle Menschen irgendwie gleich.«

Dawson legte unwillkürlich die Fingerspitzen aneinander, während er seine Gäste ansah. »Nun, nach unseren neuesten Erkenntnissen war dieser Mann hundertvierzig Jahre alt, als er einbalsamiert wurde.«

»Hundertvierzig Jahre?«, fragte Mansfield ungläubig. »Meinen Sie nicht, dass Ihre Geräte Ihnen einen Streich spielen?«

Dawson schüttelte den Kopf. »Das wurde natürlich mehrmals überprüft, aber wir kommen immer wieder zum selben Ergebnis. Auch unsere Kollegen aus der Schweiz und Amerika melden ein Alter der Mumie zwischen hundertfünfunddreißig und hundertzweiundvierzig Jahren. Ein Fehler ist bei so vielen unabhängigen Tests ausgeschlossen.«

»Nicht schlecht für die damalige Zeit«, sagte Mansfield anerkennend. »Aber soweit ich weiß, wurde Ramses II. auch über neunzig Jahre alt, oder?«

»Die Angaben schwanken zwischen neunzig und sechsundneunzig Jahren. Aber auch Pepi II. und der Amunpriester Nebnetjeru wurden über neunzig Jahre alt.« Dawson beugte sich nach vorn. »Doch bisher hatten wir noch keine Mumie, die über hundert Jahre alt war – und jetzt haben wir zwölf Stück auf einen Schlag.«

Karen bekam eine Gänsehaut, obwohl es im Zimmer heiß war. Sie sprach kein Wort, während die beiden weiterredeten.

»Sie sollen alle derselben Familie entstammen. Vielleicht haben sie ziemlich gesunde Gene gehabt«, meinte Mansfield und sah von einem Foto zum anderen.

»Das kann schon sein. Aber es hat wohl nicht nur an den Genen gelegen. Hier, schauen Sie sich das mal an.« Dawson warf fünf weitere Fotos auf den Tisch.

Michaels Augen überflogen die Details der Bilder. Es handelte sich um Katzenmumien. Dann sah er auf.

»Wurden die etwa auch hundertvierzig Jahre alt?«

»Nein, nur achtzig Jahre.«

»Alle fünf?«

»Alle fünf.«

Mansfield lehnte sich verblüfft zurück. »Wie haben die das gemacht?«

»Wir wissen es nicht genau. Es finden zurzeit diverse Untersuchungen statt, um eine Antwort darauf zu bekommen, aber es ist zu bezweifeln, dass die Mumien schon nach den ersten Tests ihre Geheimnisse preisgeben. Ich persönlich bezweifle es zumindest.«

»Warum?«

»Es gibt einfach zu viele Fragen, die wir gern geklärt haben wollen. Erinnern Sie sich an den mumifizierten Mann in den Ötztaler Alpen? Es hat Jahre gedauert, bis man aus den Forschungsergebnissen ein zusammenhängendes Bild bekam. Und selbst dann gab es später an dieser Mumie noch neue Entdeckungen.« Dawson zeigte auf seine rechte Schulter. »Im Körper der Mumie steckte eine steinerne Pfeilspitze, die man zehn Jahre lang übersehen hatte.« Er legte die Hände wie zum Gebet zusammen. »Haben Sie sich das Foto mit dem mumifizierten Kopf der einen Katze genauer angeschaut? Sie ist achtzig Jahre alt und hat trotzdem noch alle Zähne. Kein Zahnstein, keine Karies.«

»Das sieht nach einer ziemlich gesunden Ernährung aus, würde ich sagen.«

»Das scheint mir auch so. Und doch lag es an der Ernährung, dass sie gestorben sind. Sie wurden anscheinend vergiftet.«

»Die Katzen?«

»Die Katzen und die königliche Familie.«

Karen erwachte aus ihrer Starre. Sie war schockiert. »Wer hätte so etwas gewagt? Der Pharao galt als göttlicher Stellvertreter des Osiris. Selbst die mächtigen Hohepriester hätten es niemals gewagt, einen noch so verhassten Pharao zu töten, aus Angst, er könnte sie aus dem Jenseits mit seinen übernatürlichen Kräften verfolgen.«

Dawson nickte. »Wir glauben auch nicht, dass diese königliche Familie von den Wissenden der unsichtbaren Kräfte getötet wurde, sondern von einem unwissenden, machtgierigen Militärgeneral. Die Priester und Ramses I. haben jedenfalls alles getan, um dem Pharao und seiner Familie die ihnen zustehenden Gräber zu geben, wie uns mehrere Hieroglyphentexte auf der Leinenumwicklung der Mumien beweisen. Doch leider sind die Gräber im Altertum wie so viele andere geschändet worden, manchmal von der armen Landbevölkerung und manchmal auch im Auftrag des Pharaos selbst. In der Spätzeit hat so mancher Pharao die Schätze in den Gräbern als stille Reserve für seine Staatskosten missbraucht.«

»Ein Pharao als Grabräuber?«

»So ist es. Die Königsmumien in der Cachette von Deir-el-Bahari sind ›restauriert‹ worden, das heißt, sie wurden in neues Leinen eingewickelt, nachdem man die alten Mumienbandagen zerschnitten und die wertvollen Amulette, Dolche und Pektorale entfernt hatte. Immerhin haben die

Priester die Mumien dann in ein sicheres Versteck gebracht, wo sie die letzten dreitausend Jahre heil überstanden. Ein Papyrus, den wir im Sarkophag einer unserer Prinzessinnen in KV78 gefunden haben, zeigt, dass sie zunächst in zwei anderen Gräbern zwischengelagert wurde, ehe sie im Grab ihres Vaters ihre vorläufig letzte Ruhe fand. Sie wissen, was KV78 bedeutet, Mrs Alexander?«

»Es ist das Grab mit der Nummer achtundsiebzig aus dem King Valley«, antwortete Karen, ohne viel zu überlegen. Sie war über den Gedanken einer staatlich angeordneten Grabschändung immer noch empört. »Das ist abscheulich.«

»Ja, aber sogar beinahe verständlich. Ägypten war zu diesem Zeitpunkt nicht mehr die vorherrschende Großmacht des östlichen Mittelmeerraums. Tributzahlungen und Kriegsbeute blieben aus.«

»Es bleibt trotzdem abscheulich.«

Dawson nickte. »Dadurch ging vieles für uns verloren, aber immerhin blieben die Gräber in ihrer Schönheit erhalten. Zwar leer, doch mit ihrer schönen Pracht der Malerei und Reliefdarstellung. KV78 ähnelt übrigens in seiner Ausführung sehr dem Grab Sethos' I., einem der schönsten Gräber im Tal.«

»Eins verstehe ich immer noch nicht«, sagte Karen und zeigte auf die Fotos. »Sie scheinen diese Katzenmumien vor Ramses I. ins Neue Reich einzuordnen, während Katzenmumien erst ein typisches Merkmal der Spätzeit waren, die fünfhundert Jahre später einsetzte.«

Dawson freute sich über ihre Sachkenntnis. »Das stimmt. Wir glauben auch nicht, dass es sich bei den hier gefundenen Mumien um heilige Katzen handelt, die im Tempel gehalten und verehrt wurden. Wir vermuten eher, dass es Haustiere der königlichen Familie waren, die man ihnen ins Jenseits mitgeben wollte. Solch eine Grabbeigabe hat man auch im Grab der Mer-en-ka-re gefunden, wo die einbalsamierte Mumie eines Pavians neben der Königin lag.«

Mansfield betrachtete noch mal die Fotos. »Und gestorben sind sie alle an einem Gift?«

»Einer Kombination aus Schlangen- und Pflanzengift. In geringer Dosierung ein schleichender Tod.«

»Sie wären sonst noch älter geworden?«

»Genau. In Fachkreisen bezeichnen wir sie inzwischen als ›die Unsterblichen!‹«

Karen lief ein Schauer über den Rücken. Doch plötzlich kam ihr ein neuer Gedanke.

»Warum hat man nie etwas von diesem Pharao gehört? Warum steht er nicht in den Königslisten von Abydos, im Turiner Papyrus oder in den Annalen bei Manetho?«

»Das kann viele Gründe haben.« Dawson lehnte sich zurück. »Es liegt wohl daran, dass die Königslisten den Geburtsnamen der Pharaonen beinhalten. Wobei hier auch noch zwischen unter- und oberägyptischem Namen unterschieden werden muss, während die Tempel und Obelisken fast ausschließlich den Horusnamen des Pharaos nennen. Außerdem liegt uns Manethos Werk nicht mehr im Original vor, sondern nur noch in Abschriften von Flavius Josephus, Julius Africanus und von einer armenischen Übersetzung aus dem 5. Jahrhundert nach Christus, deren Genauigkeit angezweifelt wird. Dann gibt es noch Königslisten auf Stelen und Tempelwänden, die aber nicht unbedingt vollständig sein müssen, da der Pharao ungeliebte Vorfahren einfach nicht erwähnte. Es handelt sich hierbei um willkürliche Listen, so wie die von

Abydos, wo Sie unter den sechsundsiebzig genannten oberägyptischen Herrschernamen die Ketzerkönige vergebens suchen werden und ebenso den Namen der Pharaonin Hatschepsut, deren Regierungsjahre sehr oft ihrem Stiefsohn und Ehemann Thutmosis III. zugerechnet wurden, als hätte sie nie existiert. Dieses Vorgehen haben wir wie gesagt sehr oft vorgefunden. Wir gehen inzwischen davon aus, dass es von ›den Unsterblichen‹ genauso viele Gegenstände und Skulpturen gegeben hat wie von den anderen Königen. Aber so wie es aussieht, sind ihre Namen sehr erfolgreich von ihren Nachfolgern zerstört oder übermalt worden. Und die Grabbeigaben wurden anscheinend wieder verwendet.«

Karen fand Dawsons Darlegung äußerst unbefriedigend. »Das kann ich nicht glauben. Thutmosis III. hat auch versucht das Andenken von Hatschepsut zu zerstören, aber er hat es nicht völlig geschafft.«

»Natürlich nicht. Die alten Ägypter waren davon überzeugt, dass alles, was geschrieben steht, wahr ist. Wenn man also einen Namen aus den Tempeln und von den Inschriften entfernt und ihn aus der Erinnerung der Menschen tilgt, zerstört man dessen Macht und Existenz. Es ist, als ob er oder sie nie gelebt hätte. Ein Unbekannter bleibt für immer und ewig ein Unbekannter. Man wollte damit seine Existenz vernichten – sowohl im Diesseits als auch im Jenseits. Und die Vorstellung der Nicht-Existenz war für einen Menschen aus dem alten Ägypten das Schlimmste und Unerträglichste, was ihm je passieren konnte. Davor hatte er sehr große Angst.«

»Sie strebten also nach Unsterblichkeit?«

Dawson wiegte den Kopf leicht hin und her. »Ja und nein. Einerseits war ihnen sehr bewusst, dass das, was wir heute Seele nennen und was die alten Ägypter in Ka, Ba und Akh aufteilten, nicht zusammen mit der Beendigung des irdischen Lebens stirbt. Aber die Totenbuchtexte zeigen andererseits eindeutig, dass sie Angst vor Ungeheuern der Unterwelt hatten und mit magischen Sprüchen Durchlass durch die Pforten erbaten. Erst wenn sie die Unterwelt gefahrlos durchquert hatten und ihr *reines* Herz beim Wiegen vor dem Totengericht gegen die Feder der Maat bestanden hatte, nahm Osiris sie in sein Totenreich auf. Nach dem Tod gab es also für einen Menschen viele Prüfungen zu bestehen, und im schlimmsten Fall konnte das Ka nicht mehr in die Mumie oder die Statuen zurückkehren und sich nicht mehr mit dem Ba vereinigen. Wer diese Umwandlung des *umgestalteten Geistes* nicht erreichte, war zu ewigem Tod verdammt. Das Leben nach dem Tod war für einen Ägypter also sehr gefährlich.« Dawson versuchte ein Grinsen zu unterdrücken. »Und so ließen die Pharaonen und die hohen Beamten die Totenbuchtexte und Unterweltsbücher vorsichtshalber in ihre Gräber meißeln, damit das geschriebene Wort zur Wahrheit wurde und die Götter besänftigte. Zusätzlich trugen sie als Zeichen der Reinheit ausschließlich feine weiße Leinengewänder.« Dawson sammelte die Fotos mit den Mumien wieder ein und legte sie in die schwarze Mappe zurück.

»Wann können wir das neue Grab besuchen?«

»Mr Kennard hat heute Nachmittag um sechzehn Uhr vorgeschlagen, wenn es Ihnen passt?«

»Dann könnten wir uns vorher noch ein wenig Luxor anschauen«, schlug Mansfield Karen vor, die dazu nickte.

»Was meinen Sie, Mr Dawson, lohnt sich auch ein Besuch des Souk?«

Dawson seufzte. »Schrecklich viel billiges Zeug dort, wenn Sie mich fragen. Echte Altertümer und antike Stücke werden Sie nicht finden. Höchstens gut gemachte Repliken, die als Erinnerungsstücke ihren eigenen Wert haben. Übrigens tragen Sie da eine sehr interessante Kette, Mrs Alexander. Es ist Maat, nicht wahr, die Göttin mit der Straußenfeder auf dem Kopf. Eine ausgezeichnet gearbeitete Replik, wenn Sie mich fragen …«

Karen wurde rot und ärgerte sich über das T-Shirt mit dem weiten V-Ausschnitt, das sie heute angezogen hatte, sodass der seltene Anhänger von jedem zu sehen war. Hoffentlich wollte Dawson ihn nicht genauer betrachten.

»Es ist nur ein Geschenk meines Patenonkels in Deutschland«, entgegnete sie und hoffte damit sein Interesse im Keim erstickt zu haben. Tatsächlich wandte er sich an Mansfield und erklärte ihm die wichtigsten Attraktionen des Tempels von Luxor.

»Sie müssen sich unbedingt den großen Säulenhof mit der Papyrussäulen-Kolonnade ansehen. Und die Darstellungen des Opet-Festes. Schauen Sie sie sich an, solange es sie noch gibt«, sagte er mit einem resignierenden Unterton.

»Warum? Was ist mit den Tempeln?«

Dawson spielte mit einem Bleistift, den er auf dem Tisch wie einen Kreisel um die eigenen Achse drehte.

»Der Staudamm macht den Tempeln und Gräbern sehr zu schaffen. Wir gehen davon aus, dass alle ägyptischen Tempel in zweihundert Jahren nicht mehr vorhanden sein werden.«

»Sie meinen den Staudamm südlich von Assuan? Aber warum? Der ist doch so weit entfernt. Was hat er mit den Tempeln zu tun?«, fragte Mansfield.

»Er hat leider sehr viel mit ihnen zu tun. Durch den Bau des Staudamms hat sich das Klima verändert, und der Grundwasserspiegel ist gestiegen, und zwar in ganz Ägypten. Dadurch ist die Feuchtigkeit nach oben in die Steinwände der Tempel und Felsschichten der Gräber gedrungen, wo sie Salzkristalle bildet und die Malereien der Gräber zerstört. Die Salzkristalle bilden sich unterhalb der Stuckschicht und wachsen dort Millimeter für Millimeter, bis sie den Stuck von der Wand sprengen und damit die Grabmalereien ruinieren. Im Grab der Nefertari, der Lieblingsfrau Ramses' II., haben wir versucht die Zerstörung aufzuhalten und haben das Grab restauriert. Aber die Feuchtigkeit ist in den Felsen, und sie wird immer wieder neue Kristalle bilden. Immerhin haben wir die ägyptischen Behörden dazu überreden können, nur noch eine begrenzte Anzahl von Touristen ins Grab zu lassen. Wussten Sie, dass ein Mensch zwei Tassen Feuchtigkeit durch seine Atemluft und seinen Schweiß in einem Grab hinterlässt? Und wenn man bedenkt, dass jeden Tag zehntausend Touristen das Tal der Könige besuchen … Sie können sich sicherlich vorstellen, was für einen Schaden diese Feuchtigkeit zusätzlich in den Gräbern anrichtet. Zum Glück sind inzwischen einige Gräber vorübergehend geschlossen worden, aber gegen den steigenden Grundwasserspiegel sind wir leider machtlos. Der Staudamm bringt dem modernen Ägypten zweifellos viele wirtschaftliche Vorteile und Elektrizität, aber er zerstört auf Dauer Ägyptens zweiten Wirtschaftsfaktor, den Tourismus. Unsere Urenkel werden nicht mehr dasselbe zu sehen bekommen wie wir, da bin ich mir ganz sicher.«

»Das ist deprimierend!«, sage Karen und musste an die vielen Tempel in Luxor, Abydos und Dendera denken, die dreitausend Jahre überdauert hatten, nur um jetzt durch den modernen Menschen zerstört zu werden.

»Ja, das ist es«, erwiderte Dawson. »Aber was sollen die Ägypter tun? Der Staudamm ist ihre Fahrkarte in die moderne Welt. Ohne ihn wäre das Land noch ärmer, als es ohnehin schon ist. Sie müssen Getreide einführen, weil die Ackerflächen am Fluss nicht genug einbringen, um die gesamte Bevölkerung zu ernähren. Durch den Staudamm wird der Wasserstand des Nils jetzt genau kontrolliert. Er wird immer gleich gehalten. Die regelmäßige Nilüberschwemmung, wie es sie im alten Ägypten gegeben hat, gibt es seit 1970 nicht mehr. Statt drei Ernten können die Fellachen nun sechs Ernten einfahren. Aber die Nilüberschwemmungen haben früher auch neue Erde auf den Feldern hinterlassen. Das geschieht nun nicht mehr. Die Felder sind ausgemergelt und müssen mit Kunstdünger und Mineralien versorgt werden, und das kostet wieder Geld.« Dawson zuckte hilflos mit den Schultern. »Der Staudamm hat viel Unheil gebracht, nicht nur für uns Ägyptologen. Die Nachteile werden kommen, da bin ich mir ganz sicher. Doch lassen Sie uns wieder über erfreulichere Dinge reden. Mit dem Fund des neuen Grabes haben wir wirklich einen guten Fang gemacht. Die Mumien sind eine Sensation. Aber wir bitten Sie, mit niemandem darüber zu reden. Wir brauchen noch ein, zwei Monate Ruhe, ehe wir mit den neuen Informationen an die Öffentlichkeit gehen. Bitte haben Sie dafür Verständnis.«

»Natürlich«, erwiderte Karen. »Wir werden mit niemandem darüber sprechen, nicht wahr, Michael?«

»Nein, sicher nicht.«

Sie verabschiedeten sich von Dawson und gingen beide in Gedanken die schmalen Straßen zum Souk entlang, als sich eine Horde bettelnder Kinder und Touristen-Schlepper auf sie stürzten. »Missi parlez français? English? Ah, almâni!« Über eine halbe Stunde wurden sie von den Kindern in ihren zerschlissenen braunen Galabiyas bedrängt, ehe Mansfield sie mit einigen Bonbons abwimmeln konnte und der Schwarm sich auf die nächsten Touristen stürzte.

Dawson hatte Recht, am Anfang des Souk waren einige kleine Touristenläden deren Besitzer ihnen Silberteller, Holzarbeiten, bunte Papyri, Götterstatuen aus Speckstein, Schmuck, Parfüm und bunte Teppiche anboten. Tatsächlich kaufte Karen nach zähem Feilschen einen kleinen Skarabäus, der dreitausend Jahre alt sein sollte, aber wahrscheinlich nicht einmal dreißig Tage alt war. Und in einem anderen Laden kaufte sie einen Papyrus mit der Maat, der hervorragend über der Wohnzimmertür ihrer Wohnung in Hamburg aussehen würde.

»Wenn wir uns noch Karnak anschauen wollen, müssen wir uns beeilen. Wir sollten eine Kalesche nehmen«, schlug Mansfield vor, als sie wieder auf der Straße waren und sich langsam dem Ende des Souks näherten. Die Läden wurden immer dunkler und schmuddliger und endeten schließlich in Lebensmittelständen, die für sie nicht mehr interessant waren.

Mansfield wollte gerade einem Kutscher zuwinken, als Karen ihn am Arm festhielt. »Nein, nicht Karnak.«

Michael sah sie irritiert an. »Nicht? Aber es ist der größte Tempelkomplex in ganz Ägypten.«

»Ich weiß, aber ich möchte dort nicht hin. Bitte lass uns hier bleiben und am Luxor-Tempel entlang zum Fluss zurückgehen.«

»Ich kann dich wirklich nicht zu einer romantischen

Kutschfahrt auf der Corniche entlang Oleanderbüschen und Palmen überreden?«

»Nein.«

Mansfield hätte zwar gern noch den größten Tempel des Landes besucht, aber sie hatten wirklich nicht mehr viel Zeit. Kennard erwartete sie in einer halben Stunde am Westufer. »Mit einem Taxi über die Nilbrücke kämen wir schneller über den Fluss«, schlug er vor, aber Karen schüttelte den Kopf.

»Nein, lass uns eine Fähre nehmen. Ich möchte den Nil *spüren* und nicht nur sehen oder ihn auf einer Brücke überqueren.«

»Okay, kein Problem.«

Sie gingen an den hohen Steinmauern des Luxor-Tempels entlang zur alten Prozessionsstraße zwischen Karnak und Luxor, wo Karen sich neben eine der alten Widder-Sphinxen setzte. Gedankenverloren schaute sie auf die Ruinen des Tempels.

Mansfield warf ihr einen prüfenden Blick zu. »Was ist mit dir, Karen?«

»Siehst du das Tor?«, fragte sie.

Er folgte ihrem Blick und sah auf die Statuen des großen Ramses vor dem Tempel, den mächtigen Pylon mit der Darstellung der Schlacht bei Kadesch und den rosafarbenen Granit-Obelisken, der dem wolkenlosen Himmel seine Spitze entgegenreckte.

»Dreitausend Jahre«, seufzte Karen.

»Wie bitte?«

»Dreitausend Jahre hat der Obelisk vor dem Tempel gestanden.«

Mansfield schaute auf das leere Podest rechts neben dem Obelisken – sein Pendant fehlte. »Wenn ich mich recht erinnere, war es aber nicht Napoleon Bonaparte, der das gute Stück geklaut hat.«

»Nein, hat er nicht. Der Statthalter von Ägypten hat beide Obelisken Napoleon III. geschenkt. Aber die Franzosen haben nur einen genommen, weil dieser hier einen Riss hat.« Sie schüttelte den Kopf. »Wie konnte Mohammed Ali das nur tun? Wie konnte er die Obelisken trennen?«

»Aber andererseits hat er dadurch doch eine einzigartige Verbindung zwischen dem alten Luxor und dem heutigen Paris geschaffen, findest du nicht?«

»Ja, das ist wahr. Aber er hat die Einheit des Luxor-Tempels zerstört. Die alte Macht ist gebrochen. Der Tempel war ein Gesamtwerk und hatte eine bestimmte Aufgabe zu erfüllen. Ich meine, niemand würde auf die Idee kommen, einen Picasso zu zerstören, ihn in vier Teile zu zerschneiden und jedes Einzelstück in verschiedenen Museen ausstellen.«

Mansfield musste bei dem Gedanken grinsen. »Wohl kaum.« Er sah sie an. »Es tut dir weh, nicht wahr?«

Sie nickte. »Aber es ist eben nicht zu ändern. Willst du hineingehen und dir den Tempel anschauen?«

»Würdest du denn mitkommen?«

»Nein, ich werde den Ort nicht betreten. Ich bleibe lieber hier bei den Wächtern des Tempels.« Sie streichelte den Hals einer der steinernen Statuen und genoss die Berührung des alten verwitterten Sandsteins. »Ich bleibe bei den Sphinxen.«

Mansfield sah auf die Sphinx, dann auf den Weg zum Tempel, dann wieder auf die Sphinx, die ihn anzulächeln schien. Er setzte sich neben Karen auf den Sockel der jahrtausende alten Statue.

»Ich werde nicht gehen.«

Karen schaute ihn verwundert an. »Nicht?«

»Nein.« Er tätschelte die Sphinx neben ihr und richtete seinen Blick westwärts über den Nil zu den roten Sandfelsen und dem Tal der Könige.

»Nein.«

36

Die Fahrt über den Nil kostete nur 1 LE, aber Karen hätte auch mehr dafür bezahlt. Es war ein wunderbares Gefühl, während der hohen Nachmittagssonne über den alten heiligen Fluss zu fahren. Unter ihr floss der dunkelblaue Strom nordwärts, und ein sanfter Wind spielte in ihren Haaren. An den Ufern lagen viele Feluken und große Flussdampfer, doch die Fähre hatte einen eigenen Landungssteg, an den der Rais vorsichtig heranfuhr und seine Helfer gekonnt die Haltetaue auswarfen.

Wenige Minuten später standen Karen und Mansfield auf dem Westufer, wo sie von einem dicklichen Mann mit Khakischlapphut, kurzem Hemd und langen Hosen empfangen wurden. George Kennard, der Chefarchäologe von KV78, hatte es sich tatsächlich nicht nehmen lassen, seine Gäste abzuholen und sie persönlich ins Tal der Könige zu fahren. Allerdings durfte er mit dem Wagen nicht bis zum Grab durchfahren, sodass er am Anfang des Tals am großen Parkplatz vor dem Souvenirladen anhielt.

Sie wurden bereits von einem Einheimischen erwartet, der in eine strahlend weiße Galabiya aus feinem Stoff gekleidet war und eine teuer aussehende Rolex am linken Handgelenk trug.

Kennard warf ihm einen freundlichen Blick zu.

»Mrs Alexander, Mr Mansfield, darf ich Ihnen Mr El Bahay, die gute Seele unserer Ausgrabungskampagne, vorstellen? Er wird uns zum Grab begleiten.«

Ibrahim El Bahay lächelte bescheiden und reichte ihnen

die Hand. »Es ist mir eine Freude, Sie kennen zu lernen, Mrs Alexander. Mr Mansfield.«

»Ganz meinerseits«, erwiderte Mansfield trocken, obwohl er ganz andere Worte auf den Lippen hatte.

El Bahays Gesicht war vollkommene Unschuld.

»Ich hoffe, Sie hatten eine angenehme Reise?« Seine dunklen Augen leuchteten vor Vergnügen, während er Kennard und seine Gäste die steinige Sandstraße entlang der vielen Grabeingänge des berühmten Tals nach Süden führte.

Mansfield fuhr sich über die trockenen Lippen. »Die Reise war nahezu perfekt. Ich habe mir nur einen starken Sonnenbrand geholt«, antwortete er mit leichtem Spott.

»Ja, die Sonne brennt hier sehr stark«, erwiderte El Bahay ungerührt.

»Haben Sie heute schon die Zeitung gelesen, Ibrahim? Stellen Sie sich vor, unsere Freunde sind vor einer Woche von Oasenbewohnern entführt worden und galten fünf Tage lang als vermisst!«

»Nein!«

»Doch, wirklich. Aber sie konnten ihren Kidnappern entfliehen.«

El Bahay drehte sich kurz zu Mansfield um. »Ach, Sie konnten fliehen? Wie abenteuerlich. Und wie sind Sie der Wüstensonne entronnen?«

Mansfield wollte etwas erwidern, aber Karen kam ihm zuvor.

»Wir sind nicht geflohen, Mister El Bahay, das wäre Selbstmord gewesen.«

»Das stimmt.«

»Aber wir hatten das Glück, auf einen sehr verständnisvollen Menschen zu treffen, der für uns ein gutes Wort bei den Entführern einlegte, sodass sie uns nach ein paar Tagen wieder freiließen.« Sie griff unbewusst nach ihrer Maat-Kette. »Wir verdanken ihm viel.«

El Bahay musste lächeln. »Das glaube ich gern«, sagte er, während sie ihm in eine kleine Seitenschlucht folgten, die unscheinbar in den hohen Felsen hineinragte. Er führte sie zu zwei weißen Zelten, die vor dem Eingang zu KV78 aufgestellt waren, in denen Archäologen und Helfer kleine Fundstücke und Tonscherben säuberten und katalogisierten, ehe sie zur weiteren Prüfung nach Luxor und Kairo gebracht wurden. Rechts vor dem Zelt durchsiebten drei Mitarbeiter auf der Suche nach Perlen, Scherben, Holzsplittern oder Pflanzensamen das Sandgemisch, das in regelmäßigen Abständen aus dem Grab gebracht wurde.

»Jede Kleinigkeit ist wichtig«, erklärte Kennard und deutete auf die Männer, die ständig hinter einer braunen Staubwolke verschwanden. Karen nickte und wollte ihm und El Bahay ins Grab folgen, als jemand nach dem Chefarchäologen verlangte. »Bitte entschuldigen Sie mich einen Moment, aber einer unserer Studenten hat anscheinend etwas Interessantes auf einem Ostrakon entziffern können. Mr El Bahay kann Sie auch allein nach unten führen. Er kennt das Grab genauso gut wie ich, wenn nicht sogar noch besser.«

Dieser lächelte verschmitzt und machte eine einladende Handbewegung in das vom künstlichen Licht erhellte Grab. »Bitte, Mrs Alexander.«

Karen zögerte an der Schwelle. Wie in Trance hob sie die rechte Hand und strich sanft über den rauen Felsen am Grabeingang. Eine leichte Melancholie erfasste sie, als sie den Kalkstein berührte und die Treppenstufen hinabschaute, die tief in das Grab des Pharaos führten. Mansfield legte seine Hand auf ihre, und sie spürte, wie seine Wärme ihre Hand durchströmte und vom Felsen aufgesogen zu werden schien. Ein Fels, den seit über dreitausend Jahren niemand mehr berührt hatte.

Angekommen.

Mansfield kannte diesen traurigen Blick bei ihr schon von Paris her, und auch er konnte sich einer unerklärlichen Niedergeschlagenheit nicht erwehren. Dieses Grab deprimierte ihn. Vielleicht sollten sie doch nicht hineingehen? Aber El Bahay stand neben ihnen und zeigte auf die steinernen Stufen, die steil in den Felsen hinabführten. Das Grab wartete auf sie.

Karen und Mansfield warfen sich einen langen Blick zu, dann löste Karen die Hand vom Felsen, und mit einem entschuldigenden Lächeln in El Bahays Richtung nahm sie die ersten Treppenstufen.

Im ersten Korridor deutete El Bahay auf die millimetergenauen Flachreliefs, die den Pharao mit Re-Harachte, den falkenköpfigen Sonnengott, zeigten und Szenen aus der *Litanei des Re* darstellten.

»Ein weiterer Hinweis darauf, dass dieses Grab in die Zeit zwischen der 18. und 19. Dynastie einzuordnen ist. Nach der nächsten Treppe folgt ein Korridor mit Szenen aus dem *Amduat*«, erklärte er.

»Dem Buch *Von dem, was in der Unterwelt ist*«, fügte Karen hinzu.

El Bahay nickte. »Richtig. Oder auch *Die Schrift der Verborgenen Kammer* genannt.«

Alle drei sahen auf die Darstellungen des Sonnengottes Re-Harachte, der mit menschlichem Körper, Falkenkopf und roter Sonnenscheibe über seinem Haupt die Reise durch die zwölf Nachtstunden antrat, denen in der Unterwelt zwölf Abteilungen entsprachen. Und wie er am Morgen, wenn er die Unterwelt erfolgreich durchquert hatte, im Osten wiederauferstand.

Einige Meter weiter mussten sie am rituellen Brunnenschacht anhalten und zwei Ägypter vorbeilassen, die vorsichtig über die dünnen Holzbalken balancierten, die Kennard und seine Mitarbeiter über den künstlichen Graben geschoben hatten. Dann folgten sie El Bahay weiter in einen 10 x 10 m großen Vier-Pfeiler-Saal, der mit prachtvollen Malereien ausgestattet war.

»*Das Buch der Pforten*«, erklärte El Bahay und zeigte auf die weißgetünchte Wand mit den bunten Malereien, auf denen der tote Pharao im edlen weißen Leinengewand in Begleitung mehrerer widder- und skarabäusköpfiger Götter zu sehen war. Zwar gab es überall feine Risse, und an einigen Stellen war die bemalte Stuckwand abgeplatzt, aber dennoch konnten sich Karen und Mansfield der Faszination der alten Malerei nicht entziehen.

Karen ging einige Schritte voraus, doch dann bemerkte sie, dass Mansfield sich an eine der Säulen lehnte, und sich den Schweiß von der Stirn wischte. Fürsorglich legte sie eine Hand auf seine Schulter. »Was ist mit dir? Du siehst blass aus.«

»Nichts«, sagte er leise. Sein Hals war plötzlich staubtrocken, während er auf das kleine Osiris-Halbrelief starrte, das an der Westseite der Säulenhalle in die Wand eingearbeitet war. »Es ist nichts. Lass uns weitergehen.« Energisch stieß er sich von der Säule ab und folgte El Bahay, der sie betrachtet hatte, in den nächsten Korridor.

Der Ägypter führte sie weiter ins Grab und deutete mit der linken Hand an die Wand. »Das Ritual der Mundöffnung. Damit das Ka in den Körper des Pharaos zurückkehren und er ewig leben kann.« Er zeigte auf eine Hieroglyphenkolumne neben der gezeichneten Mumie mit der Totenmaske und las den jahrtausendealten Text.

ISIS spricht:
»Ich bin gekommen, damit ich dein Schutz sei,
ich habe Atemluft an deine Nase gefächelt,
den Nordwind, der aus ATUM hervorgeht.
Ich habe dir deine Kehle zusammengefügt
Und habe dich ein Gott sein lassen,
deine Feinde unter den Sohlen,
sodass du triumphierst im Himmel bei RE
und machtvoll bist unter den Göttern,
über Menschenaugen verfügst
und deinen Gang gehst,
den Gang des siegreichen HORUS.«

Mansfield schluckte, während er schweigend El Bahays Worten lauschte und die Zeichnung eines Sempriesters betrachtete, der mit kahl geschorenem Kopf und mit Leopardenfell geschmücktem weißem Leinengewand vor der Mumie des toten Pharaos stand und die Mundöffnungszeremonie durchführte. Er blickte zu Karen, die wenige Schritte vor ihm stand. Alles schien in Ordnung. Er fühlte sich merkwürdig. Er konnte es nicht beschreiben, aber da war etwas, das ihm alle Innereien in einem Krampf zusammenzog.

Doch auch Karen wurde immer unruhiger, je tiefer sie in das Grab vordrangen. Die Hitze im Inneren des Felsens wurde allmählich unerträglich, und die Luft war entsetzlich stickig.

El Bahay aber führte sie weiter in einen dritten Korridor, als sie plötzlich ein Geräusch hinter sich hörten und Kennard zu ihnen kam. Er wischte sich mit einem Taschentuch über die schweißnasse Stirn, und ein Glitzern war in seinen Augen, als er sie vor der nächsten großen Kammer erreicht hatte.

»Nun, was sagen Sie, Mrs Alexander? Ist das Grab nicht traumhaft? Es kann mit seinen Malereien und Reliefs durchaus mit dem Grab von Sethos I. mithalten, nicht wahr?«

Karen stimmte ihm nickend zu. Sie war allmählich erschöpft von den Zeichnungen und der physischen Belastung, der sie tief im Felsen ausgesetzt war. Wie hatten die Handwerker vor dreitausend Jahren diese Hitze ertragen und dieses Grab bauen können? Sie war froh, dass sie in einem Jahrhundert lebte, in dem eine Dusche und eine Badewanne im Hotel auf sie warteten.

Kennard übernahm nun die Führung und ging mit seinem fülligen Körper an Karen und Mansfield vorbei.

»Diese Cachette wurde wahrscheinlich erst vor vier Monaten von Einheimischen entdeckt, wenn man ihren Aussagen glauben darf, aber sie sind nur bis in die vorderen Kammern eingedrungen, die Sie bis jetzt gesehen haben. Der Schutt in der Sechs-Pfeiler-Halle hat sie zum Glück aufgehalten. Kein Wunder, das Zeug ist hart wie Beton. Wir sind selbst kaum durchgekommen. Allerdings haben wir uns sehr vorsichtig durchgearbeitet, weil man nie weiß, was für ein Schatz vielleicht in dem Schutt verborgen ist. Langsamkeit ist eines der ersten Dinge, die man als Archäologe lernt, das dürfen Sie mir glauben. Hier, sehen Sie? Die unterschiedlichen Schuttschichten zeigen an, dass der mittlere Teil des Grabes von mindestens sieben Geröllstürzen und Wassereinbrüchen heimgesucht wurde. Diese Naturgewalten haben zwar eine Menge der ursprünglichen Wandmalereien zerstört, aber die hinteren beiden Kammern sind erfreulicherweise fast vollständig erhalten geblieben. Leider hat es anscheinend doch jemand vor uns geschafft, dorthin zu gelangen, denn zehn Sarkophage waren aufgebrochen und die Leinen der Mumien zerschnitten. Einige Amulette und Grabbeigaben sind wahrscheinlich unwiederbringlich verloren, aber dafür sind die restlichen zwei Mumien sehr gut erhalten. Wir sind noch dabei, herauszufinden, ob die Mumien in den richtigen Sarkophagen lagen, denn nach dem Fund der Cachette von Deir-el-Bahari mit hundertsechzig Särgen sind wir damit ein wenig vorsichtig geworden. Aber so wie es aussieht, bezeugen die Amulette der Mumien dieselbe Identität wie die Namen auf den Sarkophagen.«

Karen fröstelte trotz der Hitze. »Sind die Sarkophage noch im Grab, oder haben Sie sie schon nach Luxor gebracht?«

»Wir haben sie und die Mumien sofort aus Sicherheitsgründen nach Kairo abtransportiert. Wenn wir sie hier belassen und es sich herumgesprochen hätte, dass hier zwölf beinahe unversehrte Mumien mit ihren Amuletten und edelsteinbesetzten Pektoralen liegen, hätten wir für nichts mehr garantieren können.«

Nach einer kurzen abwärts führenden Treppe gelangten sie in einen größeren quadratischen Raum, der ungefähr drei Meter hoch und bis zu zwei Drittel mit Geröll verschüttet war. Kennard hob die Hand und deutete auf eine weiße Säule, die aus dem Schutt herausragte.

»Sehen Sie? Dies ist die mittlere Säulenkammer mit sechs Säulen, die aber noch nicht alle freigelegt sind. Kommen Sie, hier«, er zeigte auf zwei kleine Nebenkammern des Hauptgangs, der sich hinter der Säulenhalle in den Fels erstreckte. »Die Kammern waren leider leer, und wir wissen nicht, ob dort jemals jemand begraben wurde. Aber wir haben noch nicht den Schutt durchsiebt. Vielleicht finden sich darin einige kleine Scherben, die Hinweise geben. Es bleibt spannend. Kommen Sie.« Sie gingen weiter nach hinten, wo sie am Ende des Gangs an eine Treppe gelangten, deren wenige Stufen sie noch tiefer in den Felsen hinabführten.

»Wie tief ist dieses Grab eigentlich?«, fragte Karen, als sie merkte, dass die Gänge und Korridore kein Ende zu nehmen schienen.

Kennard kratzte sich am Hinterkopf. »Es ist um die hundert Meter lang.«

Karen blieb plötzlich stehen, sodass Mansfield mit ihr zusammenstieß.

»Was ist los?«, fragte er flüsternd, während Karen sich unsicher umsah.

»Ich … ich fühle mich hier nicht wohl«, stammelte sie, »so tief im Felsen.«

Mansfield hob eine Augenbraue. »Also hast du nicht nur Höhenangst, sondern auch Klaustrophobie?«

Sie nickte, und trotz der großen Hitze trat ihr kalter Angstschweiß auf die Stirn.

Mansfield versuchte sie zu beruhigen. »Glaub mir, du brauchst keine Angst zu haben. Das ist stabiler Felsen um uns herum, da kann gar nichts passieren.«

»Und was ist mit dem Riss dort drüben?« Sie deutete mit dem Kopf in Richtung einer Wandmalerei, durch die ein mannshoher gezackter Strich verlief.

»Der ist sicher durch ein Erdbeben entstanden«, sagte Mansfield und bereute seine Worte sofort, als er ihre Augen groß werden sah.

»Erdbeben?«, keuchte sie und legte eine Hand auf die Brust. »Ich muss hier sofort raus!«

Aber genau in dem Augenblick winkte Kennard sie mit einer großen Taschenlampe herbei. »Kommen Sie und sehen Sie sich unsere Zwillingskammern an. Hier haben wir sie gefunden, unsere zwölf Prachtexemplare.«

Er breitete die Arme aus und leuchtete auf die schönen Wandbilder der rechten Kammer.

Mansfield hatte Karen schnell hineingeschoben, bevor sie flüchten konnte, und beide schauten nun völlig fasziniert auf die alten Malereien, auf denen braungebrannte Männer Vögel jagten oder auf den Feldern Korn ernteten, während andere Weintrauben sammelten und sie dem Pharao überbrachten, der mit seiner Familie ihre Gaben erwartete. Von seinen schakal-, ibis- und skarabäusköpfigen Göttern beschützt, saß der Pharao in seiner Pracht auf einem Schemel und überwachte die Arbeit seiner Diener. Die Decke der Kammer war übersät von goldfarbenen fünfzackigen Sternen, die dicht an dicht an einem lapislazuliblauen Firmament glänzten, während die sieben Horus-Söhne über der Tür die Kammer bewachten.

Karen und Mansfield waren völlig verzaubert von den Sternen und Wandbildern, die seit dreitausend Jahren niemand mehr gesehen hatte und die so gut erhalten waren, als wären die Maler gerade eben erst fertig geworden.

»Unglaublich«, flüsterte Mansfield beeindruckt, während seine Blicke von einer Bildszenerie zur nächsten wanderten.

»Wunderschön«, erklärte Karen, deren Angst völlig verschwunden war. »Einfach wunderschön.«

Kennard sah sie freudestrahlend an. »Ich hatte Ihnen doch gesagt, dass es sich lohnen würde. Aber bitte, fassen

Sie nichts an.« Er hatte bemerkt, wie Karen auf die eine Wanddarstellung zugegangen war und Anstalten machte, das Bild zu berühren.

»Das ist Maat, nicht wahr?«, sagte Karen, ließ die Hand sinken und blickte fasziniert auf die zarte Frauengestalt, die ihre Arme mit den federbesetzten Schwingen schützend über den Pharao hielt.

»Ja, eine Darstellung ähnlich wie im Grab der Nefertari im Tal der Königinnen, falls Sie es kennen.«

Karen nickte. »Ich habe Bilder davon gesehen.« Sie berührte ganz sanft mit dem Zeigefinger den Kopf und die Feder der Maat. »Wunderschön …«

»Bitte …« Kennard stand neben Karen und warf ihr einen auffordernden Blick zu, der sie wieder zu sich kommen ließ.

Sie räusperte sich. »Entschuldigen Sie. Ich hätte das nicht tun sollen.« Rasch zog sie die Hand weg und ging zu Mansfield, der am Eingang zur Kammer auf sie wartete. Er sah, wie ihre Hand zitterte, als sie sich für einen kurzen Moment am felsigen Durchgang abstützte, und merkte, dass sie so schnell wie möglich aus diesem Grab herauswollte. Ohne ein Wort machte er ihr Platz.

Hinter ihnen kam El Bahay, der die letzte Viertelstunde abwartend hinter dem seltsamen Paar verbracht hatte und ihnen nun mit einem geheimnisvollen Lächeln ans Tageslicht folgte.

Sie ließen die Unterwelt hinter sich.

Re hatte sie wieder.

Zur selben Zeit las in Kairo ein Mann mit schwarzer Galabiya die Überschrift einer Zeitung, in der von einer Entführung zweier Touristen in der Oasenregion um Bahariya berichtet wurde. Mit grimmigem Lächeln zerrte er das Papier aus dem alten Metallständer und überflog den Artikel. Unwillkürlich griff er nach seinem goldenen Dolch.

Sie war hier. Er hatte sie wieder gefunden.

Kennard wollte seine Gäste zur Nilfähre zurückfahren, als einer seiner engsten Mitarbeiter ihn für mehrere Fragen in Beschlag nahm. Er versuchte das Gespräch so kurz wie möglich zu halten, doch das Problem erwies sich größer als erwartet. Und so bat er Karen und Mansfield um Entschuldigung, aber die Grabungskampagne stelle ihn jeden Tag vor große Herausforderungen. Er sehe sich leider außerstande, sie zur Fähre zurückzubringen, aber Faruk fahre sie. Die Amulette für die Sorbonne könne sie übermorgen in Kairo abholen. Er reichte ihr einen Brief und verabschiedete sich von ihnen.

Faruk brachte Karen und Mansfield mit einem Geländewagen sicher zum Nil zurück. Sie fuhren diesmal nicht an den Tempeln des Westufers vorbei, sondern nahmen die kürzere Strecke parallel zum Fluss. Doch auch von hier aus konnte man alles genau erkennen – rechts die Felsentempel von Hatschepsut und Mentuhotep in Deir-el-Bahari und links die grünen Felder bis zum Nil, dann das dunkle Wasser des heiligen Flusses und auf der anderen Seite die großen Tempel von Karnak und Luxor.

Karen lehnte sich gegen Mansfield, als sie über den Fluss auf die alte Hauptstadt Ägyptens schaute. Sie seufzte schwermütig, was ihn dazu veranlasste, sie zärtlich auf die Stirn zu küssen.

»Der Besuch des Grabes hat dir nicht gut getan«, stellte er fest und streichelte über ihre blasse Wange. »Wir sollten für heute Schluss machen und ins Hotel zurückfahren.

Nach einem guten Essen wird es dir gleich wieder besser gehen.«

Karen nickte nur, als er sie in den Arm nahm und sie müde ihren Kopf an seine Schulter legte.

Hatte Julius sie nicht nach Ägypten geschickt, damit sie sich hier erholen und ausruhen sollte? Davon war sie allerdings weit entfernt.

37

Kurz vor Sonnenuntergang klopfte es im New Winter Palace an der Hotelzimmertür, was Mansfield stutzig machte, denn er hatte keinen Zimmerservice bestellt und erwartete auch keine Gäste.

»Mr Mansfield?«

Er legte die *Egypt Gazette* auf den Couchtisch und starrte auf die Tür, durch deren unterer Rahmen ein sanftes Licht aus dem Flur hereinschien. Karen war im Badezimmer, man hörte das leise Rauschen der Dusche. Anscheinend hatte sie nichts von dem abendlichen Besucher bemerkt. Langsam ging Mansfield zur Tür und sah durch den Spion, dann entriegelte er das Sicherheitsschloss und öffnete die Tür.

»Mr El Bahay, was für eine Überraschung.«

El Bahay warf einen vorsichtigen Blick in die Suite. »Ist Mrs Alexander nicht bei Ihnen?«

»Doch, aber sie nimmt gerade ein Duschbad. Sie wird gleich fertig sein. Wollen Sie nicht hereinkommen?« Er trat zur Seite und machte eine einladende Armbewegung, doch El Bahay schüttelte den Kopf.

»Ich will nicht stören.«

»Aber Sie stören doch nicht. Bitte kommen Sie herein.«

»Nein danke. Ein Freund erwartet mich zum Abendessen. Ich habe wirklich keine Zeit. Entschuldigen Sie bitte. Vielleicht ein anderes Mal.« Doch er wusste, dass es kein anderes Mal geben würde.

»Und was führt Sie hierher, wenn ich fragen darf?«

El Bahay löste die Uhr von seinem linken Handgelenk und reichte sie Mansfield.

Dieser verzog argwöhnisch das Gesicht. »Funktioniert sie nicht mehr?«

»Sie funktioniert einwandfrei.« El Bahay hielt sie Mansfield hin, und dieser sah, wie das Gold und die Diamanten im hellen Schein der Deckenlampen glitzerten. Seine Augenbrauen zogen sich zu einem Strich zusammen.

»Nein, Mr El Bahay, ich nehme die Uhr nicht zurück. Ich habe sie Ihnen geschenkt.«

»Weil Sie ein schlechtes Gewissen hatten.«

»Wer sagt das?«

El Bahay lächelte rätselhaft. »Ich gebe sie Ihnen zurück, weil auch ich ein schlechtes Gewissen habe. Die Uhr gehört Ihnen. Ihr Vater hat sie Ihnen geschenkt.« Mit einer kleinen Bewegung drehte er die Uhr um, wo auf der Unterseite des Uhrwerks eine dünne Gravur mit einer persönlichen Widmung stand.

Mansfield zuckte nicht mit der Wimper. »Ich habe sie Ihnen geschenkt«, wiederholte er mit Nachdruck. »Sie gehört Ihnen. Außerdem haben Sie hundert Pfund dafür bezahlt.«

»Vielen Dank, dass Sie mich an diese Verfehlung erinnern. Nein, ich werde die Uhr nicht mehr tragen. Also entweder nehmen Sie sie zurück, oder ich bringe sie in ein Pfandhaus.«

»Sind Sie verrückt geworden? Die geben Ihnen doch nur einen Bruchteil von dem, was sie wert ist. Auf gar keinen Fall!«

Schnell griff er nach der Uhr und legte sie sich mit alter Gewohnheit ums Handgelenk, während er ins Zimmer zurückging und nach wenigen Sekunden mit einem dünnen Papier wiederkam.

»Hier. Tun Sie mir den Gefallen und nehmen Sie es an.«

El Bahays Gesicht verfinsterte sich. »Ich lasse mich nicht bezahlen, Mr Mansfield!«

»Natürlich nicht«, erwiderte dieser und hielt unbeirrt den Scheck vor dessen Nase. »Aber vielleicht wollen Sie etwas für Ihr Dorf tun.«

El Bahay kniff die Augen zusammen und versuchte in Mansfields Gesicht zu lesen. Wollte der Mann ihn verhöhnen? Die Dorfbewohner hatten ihn entführt und beinahe getötet. Warum sollte er ihnen etwas Gutes tun?

Mansfield bemerkte seine Bedenken. »Sie haben mir das Leben gerettet, Mr El Bahay. Das werde ich Ihnen nie vergessen. Also nehmen Sie endlich diesen verdammten Scheck, damit ich wieder ein gutes Gewissen kriege.«

El Bahay zögerte immer noch.

Da stieg eine Idee in Mansfield auf. Ein Bild, eine Erinnerung aus dem Pharaonen-Grab. »Denken Sie an das Gesetz der Maat, El Bahay. Dieser Scheck kann die Feder der Gerechtigkeit niemals ausgleichen.«

Unvermittelt griff der alte Ägypter an Mansfields ausgestreckten Arm vorbei und legte seine rechte Hand auf dessen Herz – nur für einen kurzen Augenblick. Dann zog er sie wieder zurück und nahm den Scheck.

Mansfield schaute ungläubig auf die Stelle, wo vor wenigen Sekunden noch die Hand lag. Er spürte eine wohlige Wärme in sich aufsteigen, und eine ungewohnt tiefe Ruhe breitete sich in ihm aus.

»Ihr Herz wird die Prüfung bestehen, Mr Mansfield«, sagte El Bahay einfach und sah mit einem wohlgefälligen

Blick auf die Summe des Schecks. »Wann werden Sie abreisen?«

Mansfield war noch immer irritiert. »Ich weiß nicht. Wir fliegen morgen Nachmittag nach Kairo zurück. Dann sehen wir weiter.«

El Bahay nickte nachdenklich. »Sie sollten Ägypten so schnell wie möglich verlassen, Sie und Mrs Alexander.« Er nahm eine goldene Kette von seinem Hals und legte sie Mansfield um.

»Hier, nehmen Sie das. Es wird Sie schützen.« Er hielt den kleinen Anhänger ins Licht. »Kennen Sie dieses Zeichen?«

Mansfield sah auf den stilisierten Falken-Anhänger. »Es ist Horus.«

El Bahay nickte. »Tragen Sie die Kette, und Horus wird Sie überall zu jeder Zeit beschützen. So wie er es seit Ewigkeiten tut.«

Er neigte zum Abschied leicht den Kopf und wollte gehen, als er wie zufällig zwei Holzschachteln auf dem Boden neben der Tür stehen sah.

»Ich hab hier noch etwas für Sie und Mrs Alexander. Zwei Päckchen, die mir der Portier mitgab.«

Er reichte sie Mansfield, drehte sich dann rasch um und ging ohne ein weiteres Wort zum Lift. Mansfield schaute ihm mit einem leichten Kopfschütteln nach und kehrte ins Zimmer zurück. Langsam öffnete er die Holzschachtel, auf der mit einem schwarzen Kohlestift sein Name geschrieben stand, und pfiff durch die Zähne. In einem alten Ledertuch lagen eine SIG-Sauer und fünf Packungen Munition.

»Soso, der Portier hat ihm das Päckchen mitgegeben«, murmelte er und besah sich die schwarze Pistole von allen

Seiten. Die Waffe lag hervorragend in der Hand. »Horus scheint es gut mit mir zu meinen.«

In dem Augenblick öffnete sich die Badezimmertür, und Karen erschien im Frotteemantel mit einem weißen Handtuch um den Kopf.

»Hast du gerade mit jemandem an der Tür geredet?« Sie sah die Waffe. »Um Himmels willen! Wo hast du die denn her?«

Mansfield lehnte sich in seinem Sessel zurück. »Von Ibrahim El Bahay.«

Sie sah ihn erstaunt an und hörte kurz damit auf, ihre Haare zu frottieren. »El Bahay bringt dir eine Waffe? Freiwillig? Einfach so?«

»Ja, komisch, nicht? Außerdem hat er mir noch meine Uhr zurückgegeben.«

»Er hat *was?*«

»Du hast schon richtig gehört.«

»Aber du hast sie doch hoffentlich nicht angenommen, oder?«

»Doch, ich musste, sonst hätte er sie ins Pfandhaus gebracht.«

»Ins Pfandhaus? Ist er völlig verrückt geworden?«

»Das habe ich ihn auch gefragt. Deswegen habe ich ihm einen Scheck mitgegeben.«

Karen frottierte ihre Haare weiter und ging langsam auf Mansfield zu, der die Pistole prüfte und sie mit einem 7er Magazin lud. Ein Blumenstillleben auf dem Wandgemälde gegenüber gab ein gutes Ziel ab, aber Karen bemerkte, wie unruhig seine Hand war. Vor zwei Wochen waren sie sich in Paris an dem Metroausgang begegnet. Das hieß, er hatte seit mindestens zwei Wochen kein Schusstraining mehr gehabt. Auch Mansfield bemerkte missmutig die minimalen Seitenbewegungen seiner Hand. Verdammt! Er war aus der Übung.

»Darf ich?« Karen hielt ihm die rechte Hand entgegen, was ihn irritierte.

»Du interessierst dich für Waffen?«

»Warum denn nicht?«

Mansfield musste grinsen. »Hast du so was schon mal in der Hand gehabt?«

»Ich habe sogar schon mal mit einer 9mm Pistole geschossen, wenn du es genau wissen willst. Ein Freund von mir war im Schützenverein. Ich begleitete ihn auf die Schießanlage und durfte auch einige Schussreihen abfeuern.«

»Und? Hast du wenigstens die richtige Wand getroffen?«

Karens Mundwinkel zuckten, als sie versuchte ernst zu bleiben. »Lästern Sie nicht so rum, Mr Mansfield. Vielleicht kann ich ja besser schießen als Sie. Na ja, vielleicht auch nicht«, gab sie zu. »Aber auf jeden Fall hatte ich nach jeder Schießübung eine höhere Punktezahl auf den Scheiben als mein Freund.«

Mansfield stöhnte auf. »Lass mich raten. Er trennte sich ein halbes Jahr später von dir, weil sein männliches Ego damit nicht zurechtkam.«

Sie zuckte mit den Schultern. »Ein Dreivierteljahr später. Und es war im beiderseitigen Einverständnis.«

Von Mansfield kam ein unterdrücktes Lachen. Dann hielt er ihr die Pistole hin, zog sie aber wieder zurück, als Karen danach greifen wollte.

»Du kriegst sie nur, wenn du mir sagst, was für ein Fabrikat es ist.«

Karen betrachtete die schwarze Waffe. »Irgendwie sehen die alle gleich aus, aber ich würde auf eine SIG-Sauer tippen.«

»Welches Modell?«

»Nun hör aber auf! Ich bin kein Experte.«

Mansfield hielt die Waffe noch zurück. »Keine Ausrede. Du musst wissen, was du in der Hand hast. Es ist eine SIG-Sauer, Kaliber .45 ACP, mit einreihigem Magazin, Double-Action-Abzug und automatischer Schlagbolzensicherung.« Erst jetzt reichte er ihr die Waffe. »Pass bitte auf. Sie ist geladen, aber gesichert.«

Karen nickte, nahm die Pistole in die Hand und legte den Zeigefinger nicht an den Abzug, sondern locker neben den Lauf. »Hm, ich hatte vergessen, wie schwer die Dinger sind.« Sie drehte die Waffe herum und zielte ebenfalls auf das Blumenbild an der Wand. Im Gegensatz zu Mansfield war ihre Hand sehr ruhig.

Sie schüttelte den Kopf. »Nein, die ist nichts für mich. Ich mag lieber eine Walther. Die liegt besser in meiner Hand als diese großen Waffen.«

»Die Pistole ist nicht groß, und auch nicht schwer«, widersprach Mansfield und nahm sie zurück.

Karen stimmte ihm zu. »Sie ist für dich genau richtig. Glaubst du, dass sie nötig sein wird?«

»Bei unserem Trip in die Wüste hätten wir sie gebraucht, oder nicht? El Bahay ist kein Idiot.«

»Nein, sicher nicht.«

»Übrigens hat er dir auch etwas mitgebracht.« Er deutete auf die zweite Schachtel auf dem Tisch neben sich. Sie war mit Karens Nachnamen versehen.

»Ein Geschenk?«

»Ich weiß es nicht. Mach es doch einfach auf.«

Zögernd griff sie nach der Schachtel und öffnete sie.

»Ein weißes Leinentuch«, murmelte sie und nahm es in die Hand. Es war unnatürlich schwer. Vorsichtig schlug sie das sorgsam gefaltete Tuch auf und taumelte einige Schritte zurück. Mansfield konnte ihren Gesichtsausdruck nicht deuten, der zwischen Erstaunen, Angst und Freude hin und her zu schwanken schien.

»Was ist es?«

Als Antwort hielt sie ihm das Tuch entgegen, in dem Mansfield einen vollständig erhaltenen Djed-Pfeiler erkannte.

Auf der Rückseite prangte die stilisierte Feder der Maat.

38

Karen starrte ungläubig auf das Amulett und las dann die kurze Nachricht auf einem Zettel, der ebenfalls in der Holzschachtel lag. Ohne etwas zu sagen, gab sie den Zettel Mansfield, der die wenigen Worte überflog.

»Zeigen Sie es niemandem! Bringen Sie es zu Ihrem Bruder.
IEB«

Mansfield hob die Augenbrauen und reichte Karen den Zettel zurück. »Du hast einen Bruder? Das hast du mir nie erzählt.«

Karen erwachte wie aus einer Trance. »Wie? Ja, er wohnt in Berlin. Sein Name ist Kay«, sagte sie verwirrt. »Aber woher weiß El Bahay von ihm?«

»Du hast nie mit ihm über deinen Bruder geredet?«

»Nein.«

»Das ist allerdings merkwürdig. Zeig mal das Amulett. Glaubst du, dass es noch das Öl enthält?«

Karen wog das Alabastergefäß in der Hand. »Es fühlt sich schwerer an als die anderen«, meinte sie und griff nach dem kleinen Verschluss. Plötzlich zögerte sie. »Archäologisch gesehen ist es ein Fehler, wenn wir das Amulett jetzt öffnen. Wir könnten es mit den Partikelchen, die in der heutigen Luft liegen, kontaminieren.«

Mansfield machte eine ungeduldige Handbewegung. »Ich will jetzt wissen, ob da Öl drin ist oder nicht. Mach schon!«

Zögernd drehte sie den zerbrechlichen Verschluss vom Djed-Pfeiler ab und hielt einen Finger an die kleine Öffnung. Langsam neigte sie das Amulett nach unten. Gebannt starrten beide auf die schmale Öffnung, aber es kamen keine Öltropfen heraus.

»Das Amulett ist leer«, sagte Mansfield und wandte sich wieder seiner SIG-Sauer zu, während Karen geduldig wartete und den Djed-Pfeiler immer mehr nach unten neigte. Schließlich leuchteten ihre Augen triumphierend, als eine zähe bernsteinfarbene Flüssigkeit auf ihren Finger tropfte.

»Ist es nicht!«, jubelte sie. »Das Öl ist noch vorhanden!«

Mansfield sah zu ihr hinüber. »Das ist ein Wunder«, erklärte er und warf dem hellbraunen Tropfen auf Karens Finger einen widerwilligen Blick zu. Die Entdeckung des Öls schien ihn nicht zu freuen. »Was willst du jetzt damit machen? Es zur Sorbonne bringen?«

»Nein, nicht zur Sorbonne.«

»Warum nicht?«

»Weil ich die Leute dort nicht kenne und nicht weiß, ob ich ihnen vertrauen kann.«

»Und deinem Bruder vertraust du?«

»Ja, allerdings. Er wird das Öl untersuchen. Mal sehen, was dabei herauskommt.«

»Du weißt, dass es äußerst selten ist, gut erhaltene Substanzen aus dem alten Ägypten zu finden«, gab Mansfield zu bedenken. »Wie willst du es erklären, wenn dein Bruder etwas Besonderes herausfindet? Oh, Entschuldigung, ich habe das Amulett geschenkt bekommen und mir nichts dabei gedacht, es allen Wissenschaftlern der Welt vorzuenthalten?«

Karen sah ihn missmutig an. »El Bahay meint auch, dass

es so das Beste ist. Er hat es mir gebracht. Ich darf ihn nicht enttäuschen.«

Mansfield zuckte mit den Schultern. »Mach, was du willst. Übrigens handelt es sich ja vielleicht gar nicht um das Originalöl. Vielleicht hat es inzwischen jemand mit einem neuen ersetzt.«

»Möglich«, gab Karen zu. »Aber das wird Kay sicherlich herausfinden.«

39

Kairo

Ein schlanker Araber mit kurzen schwarzen Haaren und Schnauzer schaute immer wieder ungläubig von den Papieren auf, die er in Händen hielt. Ein Amerikaner und eine Deutsche standen in seinem Büro in der Altertümerverwaltung in Kairo und erwarteten offensichtlich, dass er ihnen seltene Amulette und Uschebtis aushändigte. Hätte er nicht erst heute Morgen einen Anruf aus Paris erhalten, hätte er die beiden schon längst wieder vor die Tür gesetzt, aber so wie es aussah, gab es diese Karen Alexander, die ihm angekündigt worden war, tatsächlich.

Mit einer flinken Bewegung faltete er die Briefe wieder zusammen und steckte sie in die Umschläge zurück.

»Die Artefakte sind gestern von einem gewissen Marcus Johnson von der American University of Cairo abgeholt worden. Er wollte sie Ihnen persönlich übergeben.« Der Beamte reichte Karen die Briefe zurück. »Ahmed, mein Kollege, wird Sie morgen früh in Ihrem Hotel abholen und zu Mr Johnson fahren.« Er deutete auf die offene Tür, in der ein junger Ägypter stand, der ihnen kurz zunickte. »Er wird Sie und die Artefakte dann zum Flughafen bringen, damit es bei der Ausfuhr keine Schwierigkeiten gibt.«

Karen warf dem jungen Mann einen Blick zu, der nach westlicher Art in Hose und Hemd gekleidet war und einen sehr freundlichen Eindruck machte.

Mansfield jedoch sah ihn gar nicht freundlich an.

»Warum schon morgen?«, fragte er. »Kann das nicht noch ein paar Tage warten?«

Karen schaute ihn irritiert an, sagte aber nichts.

Der Beamte der Altertümerverwaltung wedelte ungeduldig mit den Armen in der Luft. »Nein. Die Artefakte sind in der AUC nicht sicher, und in Ihrem Hotel schon gar nicht. Sie werden sie bei Mr Johnson abholen und dann Kairo verlassen. Oder wir werden die Stücke noch heute wieder ins Ägyptische Museum zurückbringen.«

In seiner Stimme lag eine solche Entschlossenheit, dass Karen verstohlen nach Mansfields Arm griff und ihn kurz drückte.

Er spürte ihr Zeichen und biss die Zähne zusammen. Eine schnelle Abreise entsprach nicht seinen Plänen.

Abends im Hotelzimmer lehnte sich Mansfield missmutig gegen den Türrahmen zum Badezimmer.

Karen bemerkte seine mürrische Stimmung und erinnerte sich wieder an seine merkwürdige Frage an den Beamten.

»Was ist los mit dir? Du siehst so unzufrieden aus. Warum hast du den Mann eigentlich gefragt, ob wir die Artefakte nicht ein paar Tage später abholen können? Was spricht denn gegen morgen?«

»Dagegen spricht, dass ich schon die ganze Zeit die Siwa-Oase besuchen wollte«, antwortete Mansfield gereizt und sah an Karen vorbei zum Fenster, wo die untergehende Sonne Kairo in eine rötlichblaue Dunkelheit tauchte.

»Siwa?« Karen wurde schwindlig. Er wollte schon wieder in die Wüste fahren? »Das kann nicht dein Ernst sein!

Die Oase liegt mindestens dreihundert Kilometer von hier entfernt. Und sie hat keinen Flugplatz, soweit ich weiß.«

»Ja und?«

»Das bedeutet, dass man sie nur mit dem Auto oder Bus erreichen kann. Das würde uns mindestens zwei Tage kosten.«

»Ja und?«

»Sag nicht immer ja und! Marcus Johnson erwartet uns morgen in der American University of Cairo, damit wir bei ihm die Artefakte für die Sorbonne abholen. Da bleibt keine Zeit für eine Tagesreise in die libysche Wüste.«

Sie konnte es einfach nicht glauben. Wie konnte er nach allem, was sie auf der Reise nach Bahariya erlebt hatten, ausgerechnet jetzt nach Siwa wollen? Die Wüste hätte ihm beinahe das Leben gekostet.

»Karen ...« Seine dunklen Augen sahen sie eindringlich an. »Ich habe dich nie um etwas gebeten. Aber es ist nun mal ein Kindheitstraum von mir, diese Oase zu besuchen, in der Alexander der Große das Amun-Orakel befragte. Ich habe alle Bücher darüber verschlungen. Und jetzt bin ich in Ägypten und bitte dich nur um diese paar Tage!«

»Aber wir haben dafür keine Zeit«, entgegnete sie voller Angst.

Mansfield verschränkte die Arme vor der Brust. »Seit ich dich kenne, geht es immer nur nach *deinen* Wünschen«, sagte er mühsam beherrscht. »Und wenn ich dich jetzt einmal um etwas bitte ...«

»Du hättest mich ja nicht zu begleiten brauchen!«, schnaubte sie ohne zu wissen, wie sehr sie diese Worte später bereuen würde.

Eine kleine Ader an Mansfields rechtem Auge begann nervös zu zucken. »Ach nein? Und wer ist dann an dem

Abend in Paris bei mir angekrochen gekommen, weil er Angst hatte?«

Sie taumelte zurück, als ob er sie geschlagen hätte.

»Ich … ich habe dich nie gezwungen, mir zu helfen!«, rief sie atemlos.

»Nein, aber du hast alles dankbar angenommen – das Kleid, die Schuhe, die Handtasche, das Parfüm, die Abendessen, das Übernachten in der Suite, den Wagen …«

Plötzlich schlug ihre Benommenheit in Wut um und gab ihr neue Kraft. Ihre Augen schossen Blitze auf ihn ab, ehe sie sich wortlos umdrehte, zum großen Wandschrank ging, die breiten Schwingtüren öffnete und gezielt hineingriff.

»Hier sind sie, die Schuhe, die Handtasche, das Parfüm …« Sie warf alle Geschenke in hohem Bogen über ihre Schulter. Dann stopfte sie ihre Sachen in den Koffer und hängte ihren dünnen Leinenmantel über den linken Arm. Kurz vor der Tür blieb sie stehen, griff in die Hosentasche und zog drei große Banknoten hervor. »Und das ist für die Abendessen! Das Kleid bezahle ich dir, wenn ich wieder in Hamburg bin!« Sie warf ihm das Geld vor die Füße und ging ohne ein weiteres Wort aus dem Zimmer. Die Tür fiel mit einem lauten Krachen ins Schloss.

Mansfield stand in der Mitte des Zimmers und starrte auf den Parfüm-Flakon, der neben seinem linken Fuß herumrollte. Mit einem kurzen Tritt schoss er ihn unter das Sideboard am Fenster und verschwand mit einem Faustschlag gegen den Türrahmen ins Badezimmer. Dort wusch er sich das Gesicht und betrachtete sich im Spiegel.

Du hättest sie nicht gehen lassen dürfen, sagte sein schlechtes Gewissen. Es ist Nacht, und sie kennt sich in Kairo nicht aus.

Doch, es war richtig, widersprach ein zweiter böser Gedanke.

Plötzlich spürte Mansfield ein Kribbeln in seiner rechten Hand, dass ihm die Nackenhaare zu Berge standen. Es war dasselbe Kribbeln wie vor einer Woche auf dem Pariser Flohmarkt, als die geheimnisvolle Frau ihn festgehalten und ihm eindringlich etwas zugeflüstert hatte.

Unbewusst strich er über die kribbelnde Hand und sah wieder in den Spiegel. Oberhalb seines linken Auges schälte sich die Haut, dort, wo Karen ihm während seines Fiebers immer ein kühles Tuch auf die heiße Stirn gelegt hatte. Seine Haut hatte sich durch die Salben schnell wieder regeneriert.

Mansfields Blick fiel im Spiegel auf Lescots Tagebuch, das Karen in der Eile auf dem kleinen Nachttisch neben dem Bett vergessen hatte.

Paris.

»Verdammt!« Er griff nach seiner Pistole, einer dünnen Jacke und eilte aus dem Zimmer.

Unten im Foyer war er mit wenigen Schritten beim Portier.

»Mrs Alexander hat soeben das Hotel verlassen. Hat sie Ihnen vielleicht gesagt, wo sie hinwill?« Mansfield hatte während der Fragen seine Jacke angezogen, was der Portier misstrauisch beobachtete. Er hatte genug Erfahrung, um zu wissen, wann er Informationen über eine Dame oder einen Herrn diskret zu behandeln hatte, aber dieses Mal sah er nur echte Besorgnis in den Augen des Hotelgastes.

»Nein, es tut mir Leid, Mr Mansfield, aber Mrs Alexander hat kein Ziel genannt und keine Nachricht für Sie hinterlassen. Sie ist ohne ein Wort zur Tür hinaus.«

»Könnten Sie sich vorstellen, wo sie zu dieser Zeit noch ein Zimmer bekommt?«

Der Portier runzelte die Stirn. »Kennt sich Mrs Alexander in Kairo aus?«

»Nein, ich glaube nicht.«

Der Concierge überlegte schnell und nannte einige bekannte Hotels. Mansfield bedankte sich, legte eine große Dollarnote auf den Tisch und eilte aus dem Haus. Mit einem Taxi fuhr er alle Hotels ab, aber entweder wollte man ihm keine Auskunft geben, oder Karen war wirklich nicht in den Hotels abgestiegen.

»Ist es möglich, dass sie unter einem anderen Namen bei Ihnen eingecheckt hat?«, fragte er den Portier eines Hotels, doch der Mann setzte sofort eine beleidigte Miene auf.

»Sir, wenn Ihre Bekannte nicht mit einem gefälschten Ausweis reist, kann ich Ihnen zu hundert Prozent versichern, dass sie nicht hier ist.«

Mansfield merkte, dass er zu weit gegangen war. »Natürlich, entschuldigen Sie bitte.«

Auch in den beiden nächsten Hotels fand er sie nicht, aber einer der Portiers hatte eine Idee.

»Nun, die Tourist Information Points sind um diese Uhrzeit geschlossen. Wenn die Dame sich also nachts allein in Kairo aufhält und sich eventuell von jemandem verfolgt oder bedroht fühlt«, er sah Mansfield bedeutungsvoll an, »könnte sie sich dann nicht an ihre Botschaft gewendet haben?«

»Sie haben Recht. Eine sehr gute Idee. Bitte geben Sie mir die Adresse der Deutschen Botschaft.«

Der Mann nickte langsam und überlegte, ob er nicht lieber die Polizei rufen sollte. Aber was konnte falsch daran sein, einem Touristen die Adresse der Deutschen Botschaft zu nennen?

»Natürlich, einen Augenblick.« Er griff in ein kleines Fach, und wenige Minuten später war Mansfield auf dem Weg in die Sharia Hassan Sabri Nr. 8. Die Minuten wurden zur Ewigkeit, ehe er endlich vor dem Gebäude der Botschaft ankam und zu einer älteren Dame in dunklem Kostüm mit breitem Gesicht und Hochfrisur geführt wurde. Sie hatte Karen vor etwa einer Stunde eine Adresse für eine Übernachtungsmöglichkeit gegeben. Mansfield atmete tief durch.

»Wären Sie bitte so freundlich mir zu sagen, wo ich sie finde? Es ist wirklich sehr wichtig.«

Die Botschaftsangestellte machte ein säuerliches Gesicht. »Das scheint mir auch so, sonst würden Sie wohl kaum zu dieser Zeit hierher kommen.« Sie sah ihn vorwurfsvoll an. »Normalerweise geben wir solche Auskünfte nicht weiter, aber da Mrs Alexander angedeutet hat, dass heute Nacht noch ein Mann nach ihr fragen könnte, hat sie mir die Erlaubnis gegeben.« Sie schob ihm eine Notiz zu. »Merkwürdig«, murmelte sie.

Mansfield griff nach dem Zettel. »Was ist merkwürdig?«

Sie nahm ihre Brille ab und blinzelte ihn an. »Sie sind nicht der Erste, der ihre Adresse haben wollte. Vor einer halben Stunde hat bereits ein anderer Mann danach gefragt.«

Mansfield wurde bleich. »Hat er direkt nach Mrs Alexander gefragt?«

»Ja.«

»Und Sie haben ihm die Adresse gegeben?«

»Natürlich. Sie hat es mir ja erlaubt.«

Mansfield nahm den Zettel und überflog die wenigen Zeilen. »Wo ist das ungefähr?«

»Es ist nicht weit von hier. Man kann es bequem zu Fuß erreichen.«

Seine Hand schloss sich um den Zettel. Genau das hatte er befürchtet.

40

Mansfield rannte durch die spärlich beleuchteten Straßen, die trotz der späten Stunde nicht menschenleer waren. Die Stadt war zu jeder Tages- und Nachtzeit belebt.

Ohne große Probleme fand er das Hotel, fragte nach dem Zimmer von Mrs Alexander und rannte die Treppe hinauf. Auf dem Weg in den dritten Stock entsicherte er seine Pistole und sah sich um. Außer ihm schien niemand unterwegs zu sein. Eine halbe Minute später erreichte er den dritten Stock und klopfte an Karens Zimmertür.

»Karen?«

Drinnen im Zimmer stand der Mann mit der schwarzen Galabiya neben Karen und hielt ihr einen goldenen Dolch an die Kehle. »Antworte ihm«, zischte er und schob sie zur Tür.

»Wer ist da?«, krächzte Karen.

Mansfield befeuchtete seine trockenen Lippen. »Ich bin's, Michael. Komm schon, Darling, mach auf.« Er war erleichtert, ihre Stimme zu hören, aber er merkte, wie sie zitterte. Karen war nicht allein.

Im Zimmer zog der Fremde Karen rabiat an den Haaren. »Schick ihn weg!«, zischte er ihr ins Ohr.

»Aber ... Michael!«, stotterte Karen und versuchte ihre wirren Gedanken zu ordnen. »Du bist ... viel zu früh«, improvisierte sie. »Ich ... ich brauche noch zehn Minuten.«

Mansfields Hand schloss sich noch fester um die Waffe, als er den Hinweis verstand und schnell nach einer Lösung suchte. »Du kannst dich doch auch zurechtmachen, wenn ich bei dir bin. Du gönnst mir aber auch gar nichts.«

Hinter der Tür drückte der Fremde Karen den Dolch noch fester an den Hals.

»N-nein«, stotterte Karen, »es soll eine Überraschung werden!«

»Also gut, ich warte dann unten an der Bar auf dich. Beeil dich bitte!«, brachte Mansfield mühsam hervor.

Karen schluckte hart. »Ja, versprochen.«

Ihre Knie waren kurz davor, nachzugeben, als sie hörte, wie sich Manfields Schritte entfernten, und instinktiv wollte sie nach Hilfe rufen, aber das wäre ihr sicherer Tod gewesen. Der Fremde lauschte an der Tür, doch es war nichts mehr zu hören. Er schleuderte Karen aufs Bett und drohte ihr mit der goldenen Klinge.

»Wo ist der Djed-Pfeiler? Ich werde kein zweites Mal fragen, also gib ihn mir, oder du stirbst!«

Karen kroch bis ans Kopfende des Bettes. Warum hatte sie sich nicht sofort nach der Entführung ein neues Reizspray gekauft? Warum hatte El Bahay nur Michael eine Pistole geschickt? Dann wäre sie diesem Kerl jetzt nicht so hilflos ausgeliefert gewesen. Verdammt. »Der Djed-Pfeiler ist nicht hier. Ich habe ihn nicht bei mir.«

»Du lügst! Du würdest ihn niemals aus der Hand geben!«

Damit war er der Wahrheit näher, als er ahnte, denn das Amulett war in der Manteltasche genau neben ihm am Garderobenständer. Karen war am Verzweifeln. Lange würde sie den Fremden nicht mehr hinhalten können. Wo blieb Michael? War er wirklich gegangen? Das konnte sie nicht glauben. Wie bei einem eingespielten Team hatte er auf ihre Antworten reagiert. Oder bildete sie sich das nur ein? Das Zimmer verschwamm vor ihren Augen, ihr Kreislauf wollte versagen.

Genau in dem Moment wurde die Tür aufgestoßen, und Mansfield stürzte ins Zimmer. Schüsse gingen in die Richtung des Fremden, trafen aber nur das große Fenster hinter ihm, das splitternd zerfiel. Ehe Mansfield genauer zielen konnte, taumelte der Mann rückwärts und stürzte sich durch das zerschossene Fenster auf einen kleinen Balkon. Mansfield rannte durchs Zimmer und schickte ihm noch einige Kugeln hinterher, doch der Fremde war eins geworden mit der Nacht.

»Das gibt's doch nicht! Hab ich den verdammten Kerl etwa nicht erwischt?« Mansfield wandte sich zu Karen um. »Bist du verletzt?«, fragte er, aber Karen saß nur verstört auf dem Bett und schüttelte wortlos den Kopf.

Er griff nach ihren Armen und zog sie hoch. »Komm, wir müssen hier weg!«

Eine halbe Stunde später sah der Portier die beiden Touristen durch die Eingangstür treten.

»Schön, dass Sie wieder da sind, Mrs Alexander.« Er nickte ihnen freundlich zu, blickte aber in zwei ernste Gesichter, denen man das Erlebte ansah. »Ist alles in Ordnung, Madame?«, fragte er vorsichtig.

Karen zwang sich zu einem Lächeln. Ihre Knie wurden weich, aber sie wollte ihrer Schwäche noch nicht nachgeben.

»Es geht schon, Mr Habib. Ich bin nur etwas müde.«

Mansfield bemerkte ihre zitternde Stimme und schob sie schnell in den nächsten Lift. Wenige Minuten später ließ er oben im Zimmer die Tür ins Schloss fallen und setzte Karens Koffer ab, während sie ohne einen Ton neben ihm zusammensackte. Er hob sie hoch und legte sie auf ein gelbes Sofa. Sollte er einen Arzt rufen? Aber wie sollte man ihm die roten Striemen an ihrem Hals erklären? Sie würden Probleme mit der Polizei bekommen.

Vielleicht würde Karen keinen Arzt brauchen. Er musste daran denken, wie rasch sie in Paris immer wieder oben auf war. Von der Gehirnerschütterung, den Prellungen und dem Giftanschlag hatte sie sich schnell erholt, und auch die Entführung in der Wüste hatte sie gesundheitlich gut überstanden. Mit einem Blick auf ihren verletzten Hals musste er feststellen, dass sie hart im Nehmen war. Auch diesmal hatte sie tapfer durchgehalten, bis sie im Zimmer waren. Aber wie sah es in ihrem Inneren aus? Warum hatte sie sich so vehement gegen die Reise nach Siwa gewehrt? Weil er wieder in eine Wüstenoase wollte? Sicher litt sie immer noch unter den Erinnerungen der ungewissen und qualvollen Tage ihrer Entführung.

»Komm schon, wach auf!«, sagte er eindringlich und überlegte, dass sie im Bett besser aufgehoben wäre. Vorsichtig hob er sie hoch und trug sie ins Schlafzimmer, wo er ihr den Mantel auszog und fürsorglich das Kopfkissen zurechtrückte. Die Beine legte er ein wenig höher, in der Hoffnung, dass ihr Kreislauf wieder in Gang kam.

Und wirklich öffnete sie einige Minuten später die Augen und bemerkte, dass Michael neben ihr lag und ihr gerade eine Haarsträhne aus der Stirn strich. Er strahlte Ruhe und Sicherheit aus, die sie in diesem Augenblick so sehr brauchte. Anscheinend befanden sie sich im Schlafzimmer der Hotelsuite, und es drohte keine unmittelbare Gefahr mehr.

Mansfield lächelte ihr aufmunternd zu, aber in seinem Blick lag auch Besorgnis.

»Ich bin so eine Närrin«, seufzte sie.

»Ja, das bist du«, erwiderte er, aber sein Ton war liebevoll, und er küsste sie auf die Stirn. Sie lächelte gequält.

»Ich hätte nicht gehen dürfen«, murmelte sie und warf ihm einen entschuldigenden Blick zu. »Und ich hätte diese Dinge nicht sagen dürfen.« Karen hob die rechte Hand und berührte seine Lippen mit ihren Fingern. Sie war zu erschöpft, um den Kopf zu einem Kuss zu heben. »Ich wollte nicht noch mal in die Wüste fahren. Bitte entschuldige.«

»Wusstest du, dass dieser Kerl in Ägypten ist?«

»Nein.«

»Wollte er den Djed-Pfeiler?«

Sie nickte.

»Hat er ihn bekommen?«

»Natürlich nicht!«

Mit schlaffer Hand zeigte sie auf ihren Mantel, der neben Mansfield auf dem Bett lag. »Der Djed-Pfeiler ist in der rechten Manteltasche. Gibst du ihn mir bitte?«

Mansfield griff danach und reichte Karen das kleine weiße Tuch, in das er eingewickelt war. Vorsichtig nahm sie ihn aus dem Leinen und blickte versonnen auf den hellen Alabaster mit den roten und blauen Querstreifen. Es war, als ob ein Zauber zwischen ihr und dem Amulett liegen würde.

»Du solltest ihn im Hotelsafe einschließen, bis wir Kairo verlassen«, meinte Mansfield.

»Nein, ich gebe ihn nicht aus der Hand. Bei mir ist er sicherer als in einem Hotelsafe.«

Mit einem leichten Nicken musste Mansfield ihr zustimmen, während er sich an das Treffen mit Lucass erinnerte. Der hatte zugegeben, dass die Pariser Unterwelt den geheimnisvollen Fremden für denjenigen hielt, der für den

Einbruch in die ägyptische Abteilung im Louvre verantwortlich war. Dann würde auch ein Hotelsafe kein Hindernis für ihn sein.

Behutsam wickelte Karen den Djed-Pfeiler wieder in das Leinen ein und steckte ihn in die rechte Hosentasche.

»Ich werde ihn in Zukunft immer bei mir tragen. Das ist sicherer.« Sie lehnte sich mit einem Seufzer in die Kissen zurück. »Wirst du mich das nächste Mal daran hindern, eine Dummheit zu begehen?«

In seine ernsten Augen trat zögernd ein leichtes Lächeln. »Wenn ich schnell genug bin.«

»Ich mache es dir wirklich nicht einfach, nicht wahr?«

»Du bist die Büchse der Pandora«, flüsterte er zärtlich und küsste sie auf die Lippen, »aber ich liebe dich.«

Karen erwiderte seinen Kuss, doch plötzlich hielt sie inne.

»Was ist?«, fragte Mansfield.

»Müssen wir wirklich nach Siwa?«

Ein leichtes Glitzern erschien in seinen Augen. »Nein, Darling«, antwortete er, »das Orakel kann warten.«

41

Am nächsten Vormittag kamen Karen und Mansfield erst um halb zehn zum Frühstück. Die Erlebnisse des vergangenen Abends waren nicht spurlos an ihnen vorübergegangen, und so tranken sie ihren Kaffee, aßen aber nur wenig. Karen hatte sich in die *Le Monde* vertieft, und Mansfield blätterte in der *New York Times*, als er plötzlich bemerkte, dass Karen völlig verkrampft auf ihrem Stuhl saß. Sie schien nicht einmal zu atmen.

»Karen?«

Die Tasse mit dem dampfenden Kaffee zitterte in ihrer Hand, das Gesicht war bleich wie die Wand hinter ihr.

Mansfield legte seine Zeitung zur Seite und beugte sich über den Tisch. »Was ist mit dir?«

Wie aus einem dunklen Traum erwachte sie und stellte zitternd die Tasse auf den Unterteller ab.

»Wir müssen sofort nach Paris zurück«, flüsterte sie und legte die Zeitung langsam auf den Tisch vor sich.

Mansfield wollte gerade fragen, was denn passiert sei, als ein Hotelpage an den Tisch trat und ihr zuflüsterte: »Mrs Alexander? Ein Monsieur Laurent aus Paris verlangt Sie unbedingt am Telefon zu sprechen.«

Karen nickte nur und stand auf.

»Laurent? Aber was …« Mansfield warf Karen einen fragenden Blick zu, doch sie reichte ihm nur wortlos die *Le Monde* und folgte dem Pagen zum Telefon. Mansfield überflog die Schlagzeilen, konnte aber nichts Ungewöhnliches finden. Er wollte wieder auf der ersten Seite beginnen, als er plötzlich links unten einen kleinen Artikel mit der Überschrift: »Hundert Jahre alte Leiche gefunden« bemerkte.

Rasch las er weiter: »*Paris:* Bei dem vor einigen Tagen bei Bauarbeiten in der Rue de Limoges gefundenen menschlichen Skelett scheint es sich doch nicht wie bisher vermutet um ein Mordopfer neueren Datums zu handeln. Wie uns die zuständige Mordkommission mitteilte, konnte dies nach den ersten Untersuchungen bereits ausgeschlossen werden. Die noch erhaltenen Teile der Kleidungsstücke deuten eher darauf hin, dass es sich bei der gefundenen männlichen Leiche um einen Professor der Sorbonne handelt, der vor hundert Jahren spurlos verschwand…«

42

Paris

Das Wetter war an diesem Septembertag genauso verregnet wie in den vergangenen drei Tagen. Paris zeigte sich Karen zum ersten Mal in einem unangenehmen herbstlichen Grau. Es regnete Bindfäden, und der Wetterbericht gab keine Hoffnung auf Besserung.

Der Flug war lang gewesen, aber für Karen nicht lang genug. Laurent hatte sie angerufen, um sie von dem Fund zu informieren und zu fragen, ob sie den Leichnam sehen wolle, ehe man ihn zur Bestattung freigebe.

»Freigeben?«, hatte Karen ihn daraufhin gefragt. »Gibt es noch Angehörige des Toten?«

»Er hatte eine Schwester, aber die hatte nur noch eine Tochter, die kinderlos verstarb. Außerdem haben wir zwei entfernt verwandte Onkel gefunden, aber die hatten kein Interesse an der Leiche und wollten kein Geld für die Überführung ausgeben.«

»Das heißt, Sie lassen ihn in Paris?«

»Nun, Madame, er hat hier gelebt, er ist hier gestorben, und er hat schon sehr lange hier in der Erde geruht. Denken Sie nicht, dass er dann auch hier beerdigt werden sollte?«

»Nein, das denke ich nicht. Wenn man den Notizen seines Assistenten Glauben schenken darf, wollte er später wieder nach Deutschland zurückkehren.«

Laurent räusperte sich. »Das geht nun wohl nicht mehr.

Oder wollen Sie vielleicht die Überführung bezahlen, Madame Alexandre?«

»Nein, natürlich nicht. Ich finde es nur sehr schade, da es offensichtlich nicht seinem Wunsch entsprach.«

»Er wird immerhin einen Gedenkstein bekommen. Die Sorbonne hat sich dazu bereit erklärt.«

»Das ist gut. Das hätte ihm sicherlich gefallen«, hatte sie gesagt und erklärt, dass Mansfield und sie nach Paris zurückfliegen würden.

Normalerweise hatte sie den Menschen ihrer Monographien nie in die Augen sehen können, und sie war sich auch dieses Mal nicht sicher, ob sie es wirklich wollte. Zumal von Augen wahrscheinlich nicht mehr die Rede sein konnte. Karen fröstelte bei dem Gedanken, den sterblichen Überresten dieses Mannes gegenüberzustehen.

»Willst du wirklich hingehen?«, hatte Mansfield gefragt. Sie hatte genickt, denn irgendwie hatte sie das Gefühl, es dem Professor schuldig zu sein, auch wenn sie sich dazu überwinden musste und sich nicht wohl dabei fühlte. »Also gut, dann komme ich mit«, hatte Mansfield nur gesagt, und Karen war ihm dankbar dafür.

Und jetzt standen sie vor der großen Metallwand des Kühlraums in der Pathologie, und Laurent bat den Angestellten mit einem kurzen Nicken, die quadratische Stahltür zu öffnen. Der junge Mann zog die Bahre aus dem Fach und sah kurz in die Runde. Mansfield machte ein sehr ernstes Gesicht, Karen biss sich auf die Lippe.

»Sind Sie bereit, Madame Alexandre?« Laurent warf ihr einen besorgten Blick zu. Sie war seit dem ersten Schritt in dieses Gebäude merklich blasser geworden. »Sind Sie sicher, dass Sie es wirklich wollen?«

Mansfield legte einen Arm um ihre Schulter und drückte

sie an sich. »Du musst es nicht tun, Karen. Es ist für deine Recherche wirklich nicht nötig.«

Doch da hatte er etwas gesagt, das sie aus ihrer Erstarrung riss. Ihre Recherche! Sie hatte hier etwas zu erledigen. Es musste sein. Sie durfte jetzt nicht davonlaufen. Also nickte sie Laurent zu und der Angestellte hob das weiße Laken.

Karen hatte vorher schon Tote gesehen, aber der Anblick einer halb skelettierten menschlichen Leiche war unerträglich. Sie wandte sich ab und vergrub das Gesicht in Mansfields Mantel. Auch in dessen Gesicht zuckte es verdächtig. Er hätte diesem Mann so gern geholfen, aber er konnte ihm nicht einmal den letzten Gefallen tun und seinen Mörder jagen, denn selbst der war wahrscheinlich schon seit einigen Jahrzehnten tot. So gab es nichts anderes zu tun, als Karen im Arm zu halten und beruhigend auf sie einzureden. Er gab Laurent mit einem Blick zu verstehen, dass er jetzt mit ihr rausgehe, woraufhin der Kommissar dem Angestellten ein Zeichen machte, die Kühlkammer wieder zu schließen.

Laurent folgte den beiden, wobei er einige Meter hinter ihnen blieb. Er musste sich eingestehen, dass er sich immer noch wünschte, ihnen nie begegnet zu sein. Irgendwie hatte er das unangenehme Gefühl, dass der Fall des alten Professors noch einige Überraschungen für ihn auf Lager hatte. Und der Grund dieses Gefühls ging zwei Meter vor ihm.

Draußen vor der Pathologie fragte Laurent, ob sie mit ins Präsidium kommen und sich die letzten Habseligkeiten des Professors anschauen wollten, die man bei ihm gefunden hatte. Karen hatte nur wortlos genickt.

»Haben Sie schon herausgefunden, wie der Professor starb?«, wollte Mansfield wissen, als sie sich in dem kleinen Büro auf zwei alte Metallstühle setzten.

Laurent legte einen kleinen Stapel Papiere auf einen Aktenhaufen und warf Mansfield einen kurzen Blick zu.

»Ein Herzinfarkt war es jedenfalls nicht. Wir haben mehrere Stichverletzungen an zwei hinteren Rippen und am rechten Schulterblatt gefunden. Der Mörder scheint ihm bis in die Rue de Limoges gefolgt zu sein und ihn dort mit einem Messer überwältigt zu haben.«

Karen sah auf. »Er ist mit einem Messer getötet worden?«

Laurent nickte. »Wahrscheinlich.«

Ihr lief ein kalter Schauer über den Rücken. Mansfield griff an seine rechte Seite und strich unbewusst über die Narbe unter dem Rippenbogen, während Karen mit dem Zeigefinger unsichtbare Zeichen auf die dunkle Tischplatte malte. »Gibt es sonst noch irgendwelche Anhaltspunkte?«, fragte sie geistesabwesend.

»Madame Alexandre, ich werde wohl kaum unsere polizeilichen Ermittlungen mit Ihnen besprechen.«

Mansfield machte eine ungeduldige Handbewegung. »Ach kommen Sie schon, Monsieur Laurent, was soll es denn da für Dienstgeheimnisse geben? Der Fall ist verjährt, der Mörder wahrscheinlich seit fünfzig Jahren tot, und der Fall wird endlich als abgeschlossen ins Archiv wandern.«

Laurent warf ihm einen verdrießlichen Blick zu und wollte etwas erwidern, aber Karen kam ihm zuvor.

»Ich will sie gar nicht sehen.«

»Wie bitte?«

»Ich will die Details nicht lesen. Und ich will auch nicht die Fotos sehen. Der Anblick vorhin hat mir gereicht.«

»Hast du etwas dagegen, wenn ich mir die Akte ansehe?« Mansfield wollte nach der dünnen Mappe greifen, die vor Laurent lag, als dieser demonstrativ seine Arme darauflegte.

»Warum fragen Sie das eigentlich nicht mich?«, sagte er beleidigt, und seine Augen funkelten gefährlich.

Die beiden Männer sahen sich an, und keiner von ihnen wollte nachgeben.

»Ach verdammt«, murmelte Laurent schließlich und reichte Mansfield den schmalen Ordner.

Er nahm ihn wortlos entgegen und blätterte langsam die hundert Jahre alten Notizen durch, dann die Unterlagen und Ergebnisse der jetzigen Untersuchungen, des wahrscheinlichen Tathergangs und die Fotos der Leiche am Fundort. Es irritierte ihn, dass ihn diese Beschreibungen so sehr interessierten und er jedes Detail unbewusst in sich aufsog. Er hatte schon oft solche Akten gelesen und eigentlich geglaubt, eine gewisse Professionalität zu besitzen. Aber bei dieser Akte war es irgendwie anders. Er wollte alles wissen. Besonders die Vernehmungsakten der unter dem Professor arbeitenden Studenten und von Lescot. Den rekonstruierten Tathergang las er sogar dreimal. Dann schloss er die Akte.

»Danke«, sagte er und reichte sie Laurent zurück.

Dieser nahm sie rasch an sich, ließ sie in eine Schublade seines Schreibtischs verschwinden und wandte sich dann an Karen.

»Was glauben Sie, wie lange Sie noch in Paris bleiben werden, Madame Alexandre?«

Karen zuckte mit den Schultern. »Das ist schwer zu sagen. Wahrscheinlich noch einige Tage.« Escard hatte sie angerufen und ihr mitgeteilt, dass Monsieur Artois sie in zwei Tagen um vierzehn Uhr sprechen wolle. Vielleicht wegen der Papiere, die Escard ihr gestern gegeben hatte, als sie die Artefakte in der Sorbonne abgeliefert hatte.

»Gut.« Laurent stützte sich schwer auf seinen Schreibtisch. »Geben Sie mir Bescheid, wenn Sie Paris verlassen«, sagte er und ging zur Tür, wo sie sich verabschiedeten.

»Warum hast du ihm nichts von dem Djed-Pfeiler erzählt?«, fragte Mansfield, als sie wieder im Auto saßen.

»Weil er ihn mir sonst abgenommen hätte.«

»Du willst also wirklich noch einige Tage in Paris bleiben?«

»Ja, es muss sein.«

»Und dann gehst du zurück nach Hamburg?«

»Ja.«

Eine unangenehme Pause entstand, in der Mansfield den Wagen mit einer harten Handbewegung startete und der Motor aufheulte.

»Was ist, wenn der Fremde dir nach Hamburg folgt? Immerhin war er auch in Kairo.« Er fuhr auf die Straße und streifte dabei einen Begrenzungsstein, was ihn aber nicht zu kümmern schien.

»Ich weiß nicht«, erwiderte sie. »Er wird mich wohl so lange verfolgen, solange ich das Amulett habe.«

Mansfield nickte. »Und was sagt uns das?«

Sie verstand, was er meinte. »Nein, Michael, ich werde das Amulett niemandem anvertrauen und auch nicht mit der Post verschicken, dazu ist es zu wertvoll. Ich werde es meinem Bruder geben, so wie El Bahay es wollte.«

Mansfield zog das Lenkrad herum und brachte den Wagen rabiat auf die Überholspur.

»Vertraust du es auch mir nicht an? Ich würde nach Berlin fahren und es deinem Bruder bringen.«

Karen musste leise lächeln. »Das ist sehr lieb von dir, aber dies ist etwas, was ich selbst tun muss. Ich fühle mich für dieses Amulett verantwortlich. Ich kann diese Aufgabe niemand anderem übergeben.«

»Doch, das könntest du, wenn du nicht so dickköpfig wärst, verdammt noch mal!«

Sie beugte sich zu ihm hinüber und küsste ihn auf die Wange.

»Wie gut du mich doch kennst. Dann weißt du auch, dass ich nicht anders handeln kann. Ich habe dieses Amulett nicht gefunden. Es kam zu mir, nicht zu dir. Es ist *meine* Aufgabe. Ich muss es zu Ende bringen.«

Mansfield runzelte die Stirn. »*Was* zu Ende bringen?«

»Das, was Prof. Bernhardt nicht mehr geschafft hat – die Analyse des Öls.«

Er schlug mit der Faust aufs Lenkrad. »Aber es ist viel zu gefährlich für dich!«

Karen lehnte sich zurück. »Das Risiko muss ich eingehen.«

»Dann ruf wenigstens deinen Patenonkel an. Frag ihn, was er davon halt, dass du noch in Paris bleiben willst.«

Karen musste lächeln, als sie sich Julius bei diesem Telefonat vorstellte. »Ich weiß schon, was er sagen würde.«

»Und?«

»Er würde mir zustimmen.«

»Himmelherrgott«, rief Mansfield. Dann wurde er wieder ruhiger. »Du weißt, dass ich dir das Amulett schon längst hätte abnehmen können.«

Sie nickte bedächtig. »Ja, ich weiß.«

Und ich verstehe selbst nicht, warum ich es nicht getan habe, dachte er und bog auf die Sully-Brücke ein. Eine halbe Stunde später parkte er den Wagen im Marais-

Viertel, wo er ein Appartement für sie beide gemietet hatte. Seiner Erklärung, ein Hotel sei nicht mehr sicher genug, hatte Karen ohne Gegenargument zustimmen müssen, und so waren sie in das Fünf-Zimmer-Appartement mit kleinem Garten und Hinterhof eingezogen. Dass ein gewisser Robert Brennar Mansfield im Marais-Viertel kaum finden und es somit ein sicheres Versteck sein würde, verschwieg er Karen geflissentlich. Ein Gespräch mit Tom hatte ergeben, dass Brennar und seine Leute immer noch in Paris waren und hartnäckig nach ihm suchten. Tom hielt es für einen großen Fehler, zu diesem Zeitpunkt nach Paris zurückzukehren, aber Mansfield ließ sich auf keine Diskussion ein.

»Ich bin schon öfter große Risiken eingegangen, Tom, das weißt du.«

Tom hatte aufgestöhnt. »Aber sonst war ich immer in deiner Nähe und konnte auf dich aufpassen.«

Mansfield hatte leichte Verärgerung in der Stimme seines Freundes herausgehört. »Komm doch nach Paris. Ist eine schöne Stadt«, hatte er ihn geneckt.

»Klar. Und Winslow kommt auch mit. Dann feiern wir eine Party, und alle sind glücklich«, hatte Tom zurückgefrotzelt. »He, Michael, sieh zu, dass du so schnell wie möglich deine Geschäfte erledigst und wieder nach Hause kommst. Glaub mir, die Schlinge zieht sich Tag für Tag fester um deinen Hals. Ich kann dich nicht mehr lange decken.«

Mansfield lächelte bitter, als er an das Telefonat dachte. Tom hatte Recht, die Dinge mussten endlich erledigt werden.

43

Die nächsten zwei Tage vergingen ohne gravierende Zwischenfälle. Mansfield verließ öfter das Haus, um »einzukaufen«, doch Karen bemerkte gar nicht, wie oft und wie lang er weg war. Sie war viel zu sehr in ihre Arbeit vertieft. Umgeben von alten Dokumenten, der blauen Mappe, dem Laptop, einigen Chemie-Fachbüchern aus der Bibliothek der Sorbonne und den neuen Papieren von Escard saß sie auf dem Sofa und ließ ein ums andere Mal entnervt den Kugelschreiber fallen. Es frustrierte sie, dass sie von Lescots notierten chemischen Formeln kein Wort verstand. Mit einer fahrigen Handbewegung strich sie sich die Haare aus der Stirn, während ihr Blick auf die offene Küchentür fiel. Es dauerte einige Sekunden, bis sie die Tür wahrnahm und wieder in die reale Welt zurückkehrte. Das Bild einer weißen Tasse mit duftendem heißem Kaffee stieg in ihr auf. Ja, ein Kaffee wäre jetzt genau das Richtige.

Karen ging in die Küche, wo sie für sich und Mansfield Kaffee kochte. Vielleicht würde er wie gestern Nachmittag zu dieser Zeit zurückkommen und Kuchen mitbringen? Sie hielt die Nase an die Kaffeedose und genoss das Aroma des braunen Pulvers. Sie hatte den Kaffee selbst gemahlen und konnte vom frischen Duft nicht genug kriegen. Er belebte ihre Sinne. Genussvoll lehnte sie sich mit der offenen Dose in der Hand gegen eine der Fensterbänke und schaute gedankenverloren auf die Straße hinaus, als ein lautes Klingeln ertönte. Es war das Telefon, das im Flur auf einem kleinen Tisch stand. Sie stellte die Kaffeedose ab und ging zum Telefon, ohne zu bedenken, dass eigentlich niemand diese Telefonnummer kennen konnte. Sie und Mansfield hatten beide ihre Mobiltelefone.

Ohne Eile ging sie in den Flur und nahm den Hörer ab.

»Oui?«

Es war nur ein lautes Rauschen zu hören. Karen wollte schon wieder auflegen, als plötzlich eine Hand nach ihr griff.

Entsetzt ließ sie den Hörer fallen und schlug wild um sich.

44

Mansfield war mit seinem Tagesverlauf nicht besonders zufrieden. Sein Besuch gestern Abend im Capet und seine Droh- und Erpressungsversuche waren beim Wirt auf keinen fruchtbaren Boden gestoßen. Offensichtlich hatte er vor Lucass mehr Angst als vor der französischen Polizei. Und von einem Fremden würde er sich niemals einschüchtern lassen. Das hatte auch Mansfield erfahren müssen, der kurz davor gewesen war, ihm seine Pistole ans Kinn zu setzen.

Trotzdem hätte er beinahe Lucass' Fährte wieder gefunden, da Vincent unverhofft die Kneipe betrat und bei seinem Anblick sofort flüchtete. Mansfield rannte ihm hinterher, aber Lucass' Leute kannten Paris wie ihre Westentasche, und es dauerte keine fünf Minuten, bis Vincent ihm entkam.

Aber ohne Lucass war er geliefert. Allmählich hatte er sowieso das Gefühl, geliefert zu sein. Nur gut, dass er sich vorgestern eine neue Pistole besorgt hatte, nachdem er El Bahays Waffe wegen der Sicherheitskontrollen am Flughafen in Ägypten zurücklassen musste. Er spürte das kühle Metall an seinem Rücken und fühlte sich damit sicher. Bei dem Gedanken, wie es wohl wäre, wenn Laurent ihn jetzt abtasten würde, musste er grinsen. Der misstrauische Kommissar würde sich diebisch freuen, ihn sofort mitnehmen und mindestens für eine Nacht einbuchten zu können, selbst wenn er ihn am nächsten Tag wieder gehen lassen müsste. Nur so zum Spaß würde er es genießen, ihn für mindestens eine Nacht auf einem harten Quartier in der

Untersuchungszelle zu geben. Dieser Vollidiot! Hoffentlich würde er ihm nie in die Quere kommen.

Mansfield fuhr ins Marais-Viertel zurück und hielt auf einem kleinen Parkplatz direkt an der Straße unter den alten Kastanien, die vor dem Haus standen. Die Luft war mild, es war ein sonniger Spätsommertag. Er öffnete mit dem Schlüssel die Haustür und rief nach Karen. Er bekam keine Antwort, aber das wunderte ihn nicht mehr. Wenn sie in ihre Bücher und Papiere vertieft war, konnte die Welt untergehen, sie hätte es nicht bemerkt. Doch als er im Flur den herunterhängenden Telefonhörer sah, wusste er, dass etwas nicht stimmte.

»Karen!«

Mit einem Griff hatte er seine Pistole in der Hand und stürmte ins Wohnzimmer, wo ein heilloses Chaos herrschte, Vasen zerschlagen und Stühle umgekippt waren, und rief immer wieder Karens Namen. Doch niemand antwortete. Nur eine Amsel trällerte auf dem Hinterhof ein einsames Lied. Mansfields Blick wanderte zur Hintertür, durch deren Fliegengitter er gesplittertes Holz erkennen konnte.

Mit einem mulmigen Gefühl in der Magengegend stürmte er durch die Tür und konnte gerade noch einen schwarzen Schatten am Ende des Gartens über eine Mauer verschwinden sehen. Er schickte dem flüchtenden Mann einige Kugeln hinterher, schien ihn aber nicht getroffen zu haben. Doch das war ihm jetzt auch egal. Vor ihm lag Karen auf den Steinplatten und eine kleine Blutlache bildete sich hinter ihrem rechten Ohr.

Mit einem einzigen Sprung war er neben ihr, zog mit der linken Hand sein T-Shirt aus und legte es vorsichtig unter ihren Kopf. Dann griff er nach seinem Handy.

45

Im Saint-Raphael legte Dr. Viret seinen Kugelschreiber in die Mappe zurück und sah die beiden Männer vor sich an.

»Sie hat Glück gehabt. Die Schädeldecke ist intakt geblieben. Es musste nur eine kleine Platzwunde am rechten Hinterkopf genäht werden. Außerdem hat sie eine leichte Prellung an der Hüfte und starke Würgemale am Hals.« Der Arzt warf Mansfield einen nicht gerade freundlichen Blick zu, und auch Laurent sah ihn vorwurfsvoll an.

Das war zu viel für Mansfield. »Jetzt reicht's! Ich werde diesen Kerl finden, und wenn ich ganz Paris nach ihm absuchen muss.« Er griff nach seiner Jacke und ging. Laurent eilte ihm hinterher, blieb allerdings am oberen Treppengeländer stehen und blickte nach unten, wo er Mansfields Schatten an den Flurwänden vorbeihuschen sah. Eilige Schritte hallten zu ihm herauf. Wollte er fliehen? Das würde ihm nicht gelingen. Unten wartete Durel.

»Monsieur Mansfield!« Laurents Worte dröhnten kalt von den Kachelwänden wider. »Sie wissen, dass Sie Paris nicht nach ihm absuchen müssen!«

Unter Laurent wurden die Schritte immer langsamer, und schließlich verstummten sie ganz. Einige Sekunden vergingen, dann hörte der Kommissar, wie Mansfield wieder zurückkam. Dieser würdigte ihn keines Blickes, als er an ihm vorbeiging. Laurent folgte ihm wortlos, bis sie wieder vor Karens Zimmertür standen.

»Madame Alexandre bekommt keine Nachtwache, richtig?«, fragte Mansfield.

»Richtig.«

»Dann werde ich hier bleiben.« Er warf seine Lederjacke auf eine Besucherbank neben Karens Zimmer und setzte sich, während Laurent ihn abschätzend musterte. Dann hatte er einen Entschluss gefasst und verließ das Krankenhaus.

Es war schon dunkel, als Mansfield, der auf der Bank eingenickt war, plötzlich eine Berührung an seiner Schulter spürte. Im nächsten Augenblick packte er den Arm des Angreifers und wollte ihm ins Gesicht schlagen, doch der Mann hielt abwehrend seine Hände hoch.

»Monsieur Mansfield, ich bin's, René Durel.«

Mansfield zog die Faust zurück. »Was machen Sie denn hier?«

»Ich dachte, ich schau mal bei Ihnen vorbei und übernehme die Nachtschicht, damit Sie zu Hause ein wenig schlafen können.«

Mansfield richtete sich auf und streckte seinen verspannten Körper, während Durels Worte langsam in sein Gehirn eindrangen. »Glauben Sie etwa, dass ich zu Hause schlafen könnte?«

»Sie haben eben ja auch nicht gerade Kreuzworträtsel gelöst, oder?« Durel grinste ihn an.

»Hat Laurent Sie geschickt?«

»Würden Sie mir glauben, wenn ich sagen würde, dass er's nicht getan hat?«

»Nein.«

Durel seufzte. »Sie sind ein unhöflicher Mensch, Mansfield. Ich weiß nicht, was zwischen Ihnen und Laurent ist, aber ich bin jedenfalls hier, um Ihnen und Madame Alexandre zu helfen. Ob Sie die Hilfe annehmen oder nicht, ist

Ihre Entscheidung.« Das war zwar eine Lüge, aber es hörte sich wenigstens gut an.

Mansfield fasste sich an den Kopf und versuchte das leise Brummen in seinem Schädel zu ignorieren. »Haben Sie denn morgen früh keinen Dienst?«

Durel zuckte abwertend mit den Schultern. »Ich muss noch einige Überstunden abfeiern. Laurent wird mich vor dem Mittag nicht vermissen.«

Durels gespielte Leichtigkeit ließ Mansfield auf der Hut sein. »Sie trauen mir immer noch nicht«, knurrte er.

»Wundert Sie das?«, fragte Durel unbekümmert und versperrte ihm den Weg in Karens Zimmer, indem er sich provokativ gegen die Tür lehnte.

Mansfield versuchte sich zu beherrschen. »Wenn ich es auf Karens Leben abgesehen hätte, wäre sie schon längst tot und ich untergetaucht.«

»Oder im Knast«, konterte Durel.

»Richtig. Es sei denn, ich hätte Sie und Laurent gleich mit umgelegt, weil Sie mir im Weg standen.«

»War das eine Drohung?«

»Nennen wir es einen Hinweis. Sie sollten mich lieber in Ruhe lassen, Durel.«

»Das fällt mir schwer, wenn andauernd Mordanschläge in Ihrer Nähe stattfinden, Monsieur. Es wäre vielleicht besser, wenn Sie Paris demnächst verlassen würden. Ebenfalls, nur so als Hinweis.« Durel lächelte, obwohl sein Blick alles andere als freundlich war.

»Ich verlasse Paris, wann es mir passt. Ich bin hier noch lange nicht fertig. Und wenn ich Sie so sehe, könnte der Aufenthalt noch viel länger dauern.«

Seine rechte Hand zuckte vor und wollte Durels Hals packen, doch dieser war schneller und wehrte die Hand mit seinem Unterarm ab. Mit gekreuzten Armen standen sich die beiden Kontrahenten wie in einem Duell gegenüber. In dem Moment öffnete sich eine Zimmertür neben ihnen, und eine Krankenschwester trat mit weißem Tablett und einer leeren Transfusionsflasche in den Flur. Die beiden Männer machten Platz und ließen die Schwester passieren, die sich über die angespannte Atmosphäre wunderte. Außerdem war die Besuchszeit schon lange vorbei. Aber von dem einen Mann wusste sie, dass er zur Polizei gehörte, und den anderen hatte sie auch schon öfter hier gesehen. Also lächelte sie ihnen nur kurz zu und verschwand in einem anderen Krankenzimmer am Ende des Flurs.

Mansfield straffte die Schultern und zog die Lederjacke an.

»Passen Sie gut auf Karen auf. Wenn ihr heute Nacht etwas zustößt, mache ich Sie und Laurent fertig.« Ohne sich umzudrehen ging er den Flur entlang und verschwand durch die Schwingtür ins Treppenhaus.

Durel trat in das kleine Einzelzimmer. Tatsächlich hatte er von Laurent den Auftrag erhalten, Karen Alexander auf keinen Fall aus den Augen zu lassen. Wenn möglich, sollte er bei ihr im Zimmer bleiben und sie, falls sie aufwachte, sofort nach dem Tathergang befragen. Das war zwar nicht die feinfühlige Variante, aber da Mansfield sonst immer in ihrer Nähe war, schien es für Laurent keine andere Möglichkeit zu geben.

Durel setzte sich auf einen der wenigen Besucherstühle und blätterte uninteressiert in einigen Zeitschriften. Allmählich wurden die Geräusche auf dem Flur weniger, und nur die Glocken einer nahen Kirche waren seine Begleiter in dieser Nacht.

Man hatte Karen einige Medikamente gegeben, die sie mehrere Stunden schlafen ließen, und auch Durel wäre beinahe eingenickt. Aber auf einmal bemerkte er, wie Karen tiefer atmete und sich in ihrem Bett bewegte. Er ging zu ihr hin und legte sanft eine Hand auf ihren Arm. Sie seufzte. Er spürte, wie sie langsam aufwachte.

»Madame Alexandre?«, flüsterte er eindringlich.

Karen öffnete leicht die Augen und warf der unscharfen Silhouette neben sich einen Blick zu.

»Wer … sind Sie?«

»Sie kennen mich, Madame Alexandre. Ich bin René Durel, ein Kollege von Kommissar Laurent. Erinnern Sie sich nicht mehr?«

Karen blinzelte. Es war ihr eigentlich egal, wer er war.

»Wo ist Michael?« Die Frage endete in einem kurzen trockenen Hustenanfall, der schrecklich schmerzte. Sie fasste sich an den Hals.

»Er war hier, aber wir haben ihn nach Hause geschickt. Er wollte vor Ihrer Tür Wache halten, ist jedoch immer wieder eingeschlafen.«

Ein kurzes Lächeln huschte über ihr Gesicht, ehe sie die Augen wieder schloss. Sie war so entsetzlich müde.

»Sie können gleich weiterschlafen, Madame, aber würden Sie mir bitte zuerst schildern, was gestern geschehen ist?«

46

Nachdem Nivet aus Laurents Peugeot gestiegen war, um die nächste Wache vor Karen Alexanders Tür zu halten, setzte sich Durel auf den Beifahrersitz. Seine Augenringe und die harte Bewegung, mit der er den Sicherheitsgurt heranzog, ließen Laurent erstaunt aufblicken. Er kannte seinen Kollegen zu gut, um nicht zu wissen, dass die Nacht nicht glatt verlaufen war. »Was ist passiert?«

Mit einem lauten Klack ließ Durel den Gurt einrasten. »Mansfield wollte sich mit mir anlegen.«

Laurent hob eine Augenbraue. »Hat er dich angegriffen?«

»Er hat es versucht, aber ich war schneller. Mitten auf dem Krankenhausflur. Dann kam eine Krankenschwester aus einem der Zimmer.«

»Ich hätte große Lust, ihn wegen Angriffs auf einen Polizeibeamten einzubuchten. Der Eintrag eines Vorfalls in Frankreich fehlt eigentlich noch in seiner Personalakte.«

»Dafür reicht es nicht. Er hat mich nicht verletzt.«

»Ich weiß. So weit geht er nie.«

»Waschlappen!«, zischte Durel verächtlich.

Laurent schüttelte den Kopf. »Nein. Ich halte das eher für klug. Ein Problem mit der französischen Polizei könnte er sich wahrscheinlich im Augenblick nicht leisten. Hast du eigentlich mit Madame Alexandre sprechen können?«

Durel nickte. »Es wird dir nicht gefallen. Sie sagte, dass Mansfield mittags das Haus verlassen habe, um ein paar

Sachen einzukaufen. Am frühen Nachmittag klingelte das Telefon, aber es war niemand dran. Jemand griff sie von hinten an und würgte sie. Er soll schwarze Handschuhe getragen haben, die furchtbar nach uraltem Leder stanken. Sie wehrte sich und schlug um sich, konnte den Mann aber nicht abschütteln. Dann bekam sie eine kleine Statue zu fassen, die neben dem Telefon stand, und schlug damit nach ihrem Angreifer.«

Laurents Kopf fuhr herum. »Hat sie ihn verletzt?«

»Weiß ich nicht. Das habe ich sie nicht gefragt. Auf jeden Fall ließ er von ihr ab, und sie rannte um ihr Leben. Sie lief durch die Zimmer und wollte zur Hintertür, um über den Hof auf die Straße zu kommen. Doch vor der Tür lag etwas im Weg, und sie stolperte.«

»Was geschah dann?« Laurent hupte wütend einem kleinen Renault hinterher, der rasant die Fahrbahnen wechselte.

»Sie taumelte durch die offene Hintertür auf eine Treppe, durchbrach das dünne Holzgeländer, und dann kann sie sich an nichts mehr erinnern.«

Laurent trat plötzlich auf die Bremse, als der Wagen vor ihm einem Radfahrer auswich.

»Sie hat also nach dem Angreifer geschlagen und ihn eventuell verletzt. Sehr gut! Dann ist vielleicht noch etwas Blut an der Statue. Wir werden Mansfields Appartement mal genauer unter die Lupe nehmen.«

»Wir haben keinen Durchsuchungsbefehl«, erinnerte Durel.

»Egal. Wenn Mansfield sich weigert, macht er sich verdächtig. Hat Madame Alexandre dir die Statue beschrieben?«

Durel zuckte mit den Schultern. »Sie war sich nicht

ganz sicher, meinte aber, es könnte eine kleine Kopie der *Venus von Milo* gewesen sein.«

»Mit den Waffen einer Frau«, murmelte Laurent und stoppte den Wagen vor dem Haus mit Mansfields Appartement. Kaum öffnete sich die Tür, blaffte er auch schon los.

»Wo ist die *Venus von Milo*?«

Mansfield schaute ihn irritiert an. »Steht sie nicht mehr im Louvre? Haben Sie sie verloren?«

»Ihr Humor wird Ihnen schon noch vergehen, Monsieur! Ich frage Sie noch mal: Wo ist die Statue?«

»Ich weiß nicht, was Sie meinen, aber vielleicht kommen Sie erst mal herein und sehen sich dann selbst nach irgendwelchen Statuen um.«

Er führte die beiden Beamten ins Wohnzimmer, wo sie sich umsahen, aber es war keine *Venus von Milo* zu entdecken. Stattdessen lagen überall umgeworfene Stühle und zerschlagene Vasen, und ein kleiner Glastisch streckte seine messingfarbenen Metallbeine in die Luft.

»Entschuldigen Sie bitte das Chaos.« Mansfield griff nach einem weißen Seidenkissen und warf es auf ein Sofa. »Ich war gerade beim Beweisevernichten, als Sie an der Tür klingelten und mich störten.«

Durel hörte, wie Laurent tief einatmete.

»Wo steht Ihr Telefon?«, fragte der Kommissar.

»Hier im Flur, aber … ah, jetzt verstehe ich. Sie meinen die kleine Statue neben dem Telefon. Bitte hier entlang, Messieurs.« Sie gingen zusammen in den Flur und blieben vor dem kleinen Mahagonitisch stehen.

»Wo ist die Statue, Monsieur Mansfield? Wo haben Sie sie hingetan?«

»Hingetan? Nirgendwo. Ich habe sie beim Aufräumen nicht gesehen.« Er bemerkte die misstrauischen Gesichter der beiden und verlor ein wenig die Beherrschung. »Ich habe sie nicht in der Hand gehabt, verdammt! Was ist denn überhaupt mit dieser blöden Statue. War sie wertvoll?«

Laurent machte einen Schritt auf ihn zu und kam ihm gefährlich nahe. »Zeigen Sie mir mal Ihren Kopf.«

Mansfield sah ihn argwöhnisch an. »Was haben Sie vor?«

»Madame Alexandre hat mit der Statue nach dem Angreifer geschlagen und ihn wahrscheinlich am Kopf getroffen. Also zeigen Sie schon her.«

Mansfield fixierte einen unbestimmten Punkt an der gegenüberliegenden Schrankwand und versuchte seine aufkommende Wut zu beherrschen.

»Sie haben also immer noch nicht aufgegeben, wie?« Widerwillig neigte er den Kopf und Laurent fuhr ihm durchs Haar. Zunächst fand er nur eine kleine Narbe einer vor kurzem verheilten Wunde oberhalb der Stirn. Aber ... was war das!

Mansfield fühlte einen dumpfen Schmerz, als Laurent an eine bestimmte Stelle fasste, und zog laut fluchend den Kopf zurück.

»Sie haben eine Beule auf der rechten Seite!«, sagte Laurent triumphierend. »Raus mit der Sprache: Woher haben Sie sie? Und wehe Ihnen, wenn Sie keine plausible Erklärung haben.«

Mansfield drehte sich um und schlenderte in die Küche, dicht gefolgt von den beiden, die eine Flucht nicht ausschlossen. Sie befanden sich im Halbparterre. Ein Sprung aus dem Fenster wäre eine Leichtigkeit für ihn gewesen.

»Los, sagen Sie schon«, forderte Laurent ihn nochmals auf, doch Mansfield blieb völlig gelassen.

»Möchten Sie auch einen Kaffee?«, fragte er liebenswürdig und goss sich eine Tasse ein, aber Laurent schüttelte nur den Kopf. »Durel? Sie vielleicht?« Auch er verneinte.

Mansfield beobachtete ihn heimlich über den Rand der Tasse hinweg, während Durel auf seiner Lippe kaute und ihm immer wieder einen misstrauischen Blick zuwarf.

»Immer noch sauer auf mich?«, fragte Mansfield in seine Richtung.

»Sollte ich? Sie haben ja nicht zugeschlagen.«

»Das Krankenhaus schien mir nicht der richtige Ort dazu.«

»Schade«, meinte Durel. »So hätte man Sie wenigstens gleich verarzten können.«

Mansfield musste unwillkürlich grinsen, wandte sich dann aber an Laurent. »Ich muss Sie leider enttäuschen. Auch wenn es Ihnen anders besser gefallen würde, aber die Beule habe ich mir beim Bäcker geholt.«

»Beim Bäcker, natürlich! Das ist ja auch der übliche Ort, wo man sich eine Beule holt. Bei welchem Bäcker?«

»Der Laden ist gleich hier unten an der Straßenecke. Sie können ihn nicht verfehlen. Aber passen Sie auf die Tür auf, Laurent, in Ihrer Kopfhöhe ist dort nämlich die Klinke angebracht.«

»Kann das jemand aus dem Laden bestätigen?«

»Dass die Türklinke in Ihrer Höhe angebracht ist?«

»Nein! Dass Sie gestern gegen die Tür gelaufen sind.«

»Natürlich. Die Dame des Hauses war untröstlich und hat mir noch eine Quiche zusätzlich mitgegeben.«

»Wir werden das überprüfen.«

»Tun Sie das.« Mansfield schlürfte seinen Kaffee. »Ach, übrigens habe ich hier noch etwas für Sie. Aber bitte erschießen Sie mich nicht gleich, wenn ich jetzt in diese Schublade greife …«

Tatsächlich beobachteten die beiden seine langsamen Bewegungen sehr genau. Allerdings waren sie zu verblüfft, um irgendwie zu reagieren. Verwirrt starrten sie auf einen mit bunten Fayencen verzierten goldenen Dolch, den Mansfield in die Höhe hielt. Er reichte ihn dem überraschten Laurent, der den in einer durchsichtigen Kunststofftüte verpackten Dolch in die Hand nahm und ihn eingehend betrachtete. »Haben Sie ihn angefasst?«

Mansfield schüttelte den Kopf. »Nur mit einem Taschentuch. Sie werden sicherlich keine Fingerabdrücke von mir finden.«

Laurent lächelte säuerlich. »Ich habe nicht die geringste Hoffnung, überhaupt Fingerabdrücke darauf zu finden. Wo haben Sie ihn her?«

»Er lag im Garten vor der Mauer, über die der Kerl gestern abgehauen ist. Ihre Leute haben nur die Spuren im Haus gesichert. Die Mühe, meine Aussagen zu überprüfen, machten sie sich ja nicht, sonst hätten sie ihn selbst dort gefunden. Er glitzerte heute Morgen im hohen Gras, als die Sonne draufschien.«

Durel stellte sich neben Laurent und runzelte die Stirn, während er die Waffe betrachtete.

»Merkwürdig. Ich habe das Gefühl, so etwas Ähnliches schon mal gesehen zu haben. Er sieht sehr alt aus.«

»Gut beobachtet, Monsieur Durel«, lobte Mansfield und nahm noch einen Schluck von seinem Kaffee. »Es ist ein altägyptischer Dolch, der Anfang September aus dem Louvre gestohlen wurde.«

»Woher wissen Sie das?«, fragte Laurent misstrauisch.

»Ich habe die Fotos in der Zeitung gesehen. Und der

Kurator des Louvre hat uns auch Fotos von ihm gezeigt. Es ist mit sehr großer Wahrscheinlichkeit derselbe Dolch.«

Plötzlich blieb Laurents Blick an einem bestimmten Bereich an der Unterseite des Dolchs hängen. »Merde!«, rief er und bekam schmale Augen, denn dort waren kleine rote Streifen auf der Klinge.

»Was ist?«

»Da sind Spuren auf der Klinge. Blut! Komm, René, ich will wissen, wem es gehört! Und Sie, Monsieur Mansfield, werden uns ins Präsidium begleiten.«

»Wozu?«

Diesmal antwortete Durel anstelle seines Kollegen. Seine Stimme war schneidend. »Jetzt hören Sie mal – Sie präsentieren uns die Waffe, mit der gestern ein Attentat auf Madame Alexandre verübt wurde, an der Waffe ist Blut, und Sie fragen uns, weshalb wir Sie mitnehmen wollen.«

In Mansfields Augen glitzerte es gefährlich. »Glauben Sie wirklich, ich wäre so blöd, Ihnen diesen Dolch zu geben, wenn ich selber damit rumgefuchtelt hätte?«

Laurents Augen erwiderten seinen Blick eiskalt. »Und glauben Sie, dass Sie durch diesen äußerst durchsichtigen Ehrlichkeitsbeweis entlastet wären? Sie kommen jetzt zur Blutentnahme mit, und dann werden Sie uns auch noch Ihre Fingerabdrücke geben.« Er packte ihn am Arm und wollte ihn mit hinausziehen, doch Mansfield riss sich los, griff mit gespielter Leichtigkeit nach seiner Lederjacke und ließ sich erst dann von den beiden nach draußen führen.

»Haben Sie eine Waffe?« Durel begann ihn danach abzutasten, was Mansfield ohne Gegenwehr über sich ergehen ließ, aber er fand nichts.

»Nein«, log er und hoffte, dass sie nicht das Handschuhfach seines Wagens durchsuchen würden. Doch die beiden hatten es eilig, schoben ihn zu dem alten Peugeot und brachten ihn ins Präsidium.

Die Untersuchungen und das Verhör dauerten einige Stunden, aber Mansfields Aussagen deckten sich größtenteils mit denen von Karen Alexander, sodass Laurent ihn am späten Nachmittag wieder freilassen musste, obwohl man auch Mansfields Blut am Dolch gefunden hatte.

»Natürlich ist mein Blut vielleicht noch dran, schließlich hat der Kerl mich an der Metrostation erwischt«, erklärte Mansfield und deutete mit der Hand auf die Stelle unterhalb seines rechten Rippenbogens, wo ihn eine lang gezogene Narbe immer an dieses Zusammentreffen erinnern würde.

Laurent brummte etwas Unverständliches, während er den Bericht der Untersuchungen weiterlas. Sie saßen in einem kleinen grauen Verhörzimmer. Seine Worte hallten kalt von den Wänden wider. »Wir konnten mehrere Blutspuren zuordnen, darunter auch die meines Seminarleiters Monsieur Tanvier.«

Mansfield stutzte. »Der Mann, der sich das Tagebuch von Lescot aus dem Kriminalmuseum hat kommen lassen?«

Laurent nickte und warf Mansfield einen feindseligen Blick zu. Er machte ihn und Karen Alexander immer noch dafür verantwortlich, dass sein ehemaliger Lehrer sterben musste. Der Dolch bewies nur den Zusammenhang zwischen den beiden »Touristen«, dem Einbruch im Louvre und dem Tod des Seminarleiters. Laurent fragte sich insgeheim, ob es klug sei, Mansfield freizulassen.

»Wo wollen Sie jetzt hin?«, erkundigte er sich.

Mansfield hatte seine Jacke wieder angezogen und stand neben der Tür des Zimmers. »Zu Madame Alexandre, falls Sie nichts dagegen haben.«

Laurent legte den Bericht beiseite und stand auf.

»Ich komme mit.«

»Muss das sein?«

»Ja. Vielleicht ist ihr inzwischen noch etwas eingefallen und sie will ihre Aussage ergänzen.«

Mansfield sah ihn finster an. »Aussage? Sie haben sie bereits verhört? War sie dazu schon fähig?«

Laurent glaubte Bestürzung in Mansfields Stimme herauszuhören und straffte siegessicher die Schultern. »Durel hat mit ihr gesprochen. Heute Nacht.«

»Oh, verstehe. Sie verlieren keine Zeit. Und, hat sie etwas gesehen?«

»Nein, hat sie nicht. Aber es war anscheinend ein Mann. Er trug schwarze Lederhandschuhe, deren ekliger Geruch alles andere überlagerte.«

»Was für ein Pech für Ihre Ermittlungen. Wenn sie mein Aftershave gerochen hätte, würden Sie mich jetzt wohl nicht gehen lassen«, erwiderte er schroff und riss die Tür auf.

»Sehr richtig, Monsieur Mansfield. Aber wer sagt mir, dass Madame Alexandre in Wirklichkeit nicht tatsächlich Ihr Aftershave gerochen hat und es Durel gegenüber nur nicht eingestand?«

Mansfield lehnte sich lässig gegen den Türrahmen. »Warum sollte sie so etwas tun?«

Laurent wiegte den Kopf hin und her. »Das ist doch offensichtlich. Weil sie Sie liebt, und weil sie die Wahrheit nicht sehen will.«

Mansfield wandte sich um und baute sich vor dem einzigen Tisch des Raums auf, der beide Männer voneinander trennte.

»Sie können mich mal«, sagte er mühsam beherrscht, fegte Laurents Papiere vom Tisch und ging zur Tür zurück. »Ich nehme ein Taxi.«

Laurent griff nach seinen Autoschlüsseln und folgte ihm. Er hätte Mansfield zu gern damit konfrontiert, dass er über seine Aktivitäten mit Lucass Bescheid wusste, aber dazu war es noch nicht der richtige Augenblick.

47

Im Krankenhaus bemerkte Laurent, dass Mansfield sehr liebevoll mit Karen umging. Es schien so, als ob sie sich in Ägypten näher gekommen wären. Oder gehörte auch das nur zu einem perfiden Plan?

»Wie fühlst du dich?«, fragte Mansfield leise und strich ihr sanft über die Stirn.

»Müde«, sagte sie, »sehr müde.«

»Kein Wunder. Sie werden dir Schmerz- und Schlafmittel gegeben haben, damit du dich gut erholst.«

»Jetzt habe ich ein Souvenir aus Paris«, sagte sie, hob ihren rechten Arm und tippte mit unsicherer Hand an den Kopfverband.

»Du musst mir nicht immer alles nachmachen«, scherzte Mansfield und deutete auf seine linke Schulter mit den Narben aus New York.

Sie lächelte gequält. »Ich weiß. Dabei mag ich gar keine Souvenirs.«

»Ich auch nicht, aber das kann man sich eben nicht immer aussuchen. Schlaf schön und erhol dich gut. Die Ärzte meinen, wenn du dich morgen besser fühlst, kannst du vielleicht hier raus. Meinst du, dass das klappt?«

Sie sah zu ihm auf. »Wenn ich danach nicht gleich einen Marathon laufen muss?«

Mansfield freute sich über ihren Humor. »Gut, ich komm morgen Nachmittag wieder.« Er küsste sie zärtlich auf den Mund und strich ihr noch mal aufmunternd über die Wange, ehe er Laurent nach draußen folgte. Im Flur stellte er sich dem Kommissar in den Weg, der ihn unverhohlen feindselig anblickte. Mansfield bemühte sich um einen neutralen Tonfall.

»Wie sieht es aus, wird heute Nacht wieder einer Ihrer Männer vor ihrer Tür Überstunden machen?«

Laurent plusterte sich auf. »Unbezahlte Überstunden, Monsieur Mansfield! Nur damit Sie's wissen!«

»Sie brauchen ja nicht. Ich könnte auch ...«

»Vergessen Sie's! Ich hätte keine ruhige Minute dabei! Übrigens«, Laurent hielt plötzlich den kleinen Djed-Pfeiler zwischen den Fingern und wackelte damit vor Mansfields Gesicht hin und her, »kann es sein, dass es jemand auf dieses alte Amulett abgesehen hat?«

Mansfields Augen verengten sich blitzschnell, und für einen Moment sah es so aus, als wollte er Laurent das Amulett aus der Hand reißen.

»Verdammt! Wo haben Sie den her?«

Laurent sah ihn triumphierend an.

»Nichts einfacher als das. Die Krankenschwestern haben Madame Alexandres Hosentaschen geleert und mir die Tüte ausgehändigt, als sie merkten, dass ich von der Polizei bin. Sie können ihr übrigens den Rest des Inhalts geben.« Er drückte ihm eine kleine durchsichtige Plastiktüte in die Hand, in der sich Karens Portemonnaie, ihr Handy und eine Packung Papiertaschentücher befanden.

»Laurent«, zischte Mansfield gefährlich. »Lassen Sie Karen das Amulett.«

»Ich sehe nicht ein, warum ich das tun sollte. Sie kann es sich morgen bei mir abholen. Oder es kommt in den Louvre, wo es wahrscheinlich sowieso hingehört.«

Michael schnappte nach Luft. »Verdammt, dieser Djed-

Pfeiler hat den Louvre nie gesehen. Es war ein anderes Stück, das Anfang September gestohlen wurde.«

»Woher wissen Sie das?«

»Weil … Hören Sie, Monsieur Laurent, dieses Amulett hat man Karen in Ägypten geschenkt. Es gehört *ihr!* Verstehen Sie?«

»Schöne Worte, Monsieur Mansfield. Das kann mir Madame Alexandre sicher selbst sagen, wenn sie wieder gesund ist.«

»Sie machen einen großen Fehler, Laurent.«

»Das mag sein. Und jetzt entschuldigen Sie mich.« Er ging an Mansfield vorbei zum Lift.

Mansfield wusste nicht, was er tun sollte. Irgendetwas sagte ihm, dass er Laurent das Amulett nicht überlassen sollte, aber etwas anderes in seinem Inneren sagte ihm auch, dass er noch nicht eingreifen durfte.

Noch nicht.

48

Es war bereits nach siebzehn Uhr, als Mansfield am nächsten Tag im Saint-Raphael ankam, um nach Karen zu sehen. Tatsächlich fühlte sie sich besser, wenn man von ihrer Hüfte absah, die ihr bei jedem Schritt einen stechenden Schmerz den Rücken hinaufjagte. Dr. Viret war nicht davon begeistert, dass sie aufstehen wollte, aber er wusste, dass er sie nicht einsperren konnte. Er hatte der Krankenschwester noch ein Schmerzmittel genannt, das man Madame Alexandre mitgeben sollte.

Mansfield war kaum zur Zimmertür herein, als Karen ihn um ihre Jeanshose bat, die eine Krankenschwester in den Wandschrank gelegt hatte. Ohne ein Wort ging er zu dem Schrank, nahm die Hose heraus und reichte sie Karen. Sie bemerkte seinen finsteren Blick und fragte, was los sei, doch noch ehe er antworten konnte, griff sie mit einer bösen Vorahnung in die rechte Hosentasche und sah ihn bestürzt an.

»Wo ist das Amulett?« Mit aufkommender Panik packte sie die durchsichtige Kunststofftüte mit ihren Sachen, die Mansfield auf ihr Bett gelegt hatte, doch das weiße Leinentuch war nicht dabei.

»Ich habe es nicht«, antwortete Mansfield wütend. »Die Krankenschwester hat Laurent die Tüte gegeben, damit er sie dir bringt, und dabei hat er das Amulett gesehen und mir Fragen gestellt, die ich nicht beantworten wollte. Er hat es einfach eingesteckt und gesagt, dass du es bei ihm abholen kannst, wenn du wieder gesund bist. Und dass du ihm selbst erzählen sollst, wie es in deinen Besitz gekommen ist.«

»Das Amulett ist bei ihm? Aber wie konntest du das nur zulassen!«

Mansfield zuckte mit den Schultern. »Ich hätte ihn sonst niederschlagen müssen.«

»Warum hast du es nicht getan?«

»Weil er ein Cop ist, verdammt noch mal!«

Hastig schlüpfte sie in die Jeans und griff nach dem weißen T-Shirt, das Michael ihr mitgebracht hatte.

»Also gut, dann fahren wir zu ihm hin und holen es. Sofort!«

»Falsch. Ich werde es wieder holen, und du wirst hier warten. Ich bin in einer Stunde zurück.«

»Bist du verrückt geworden? Ich soll hier bleiben und abwarten?«

»Wirst du wohl müssen.« Mansfield klingelte mit dem Autoschlüssel in der Hand, bevor er die Zimmertür öffnete und verschwand.

»Verdammt noch mal, warte!«, rief sie ihm hinterher, doch er hörte sie nicht mehr.

Ohne viel zu überlegen humpelte Karen zu ihren Schuhen, griff nach ihrer Jacke und eilte ihm nach, doch durch die Flurfenster konnte sie seinen BMW schon vom Parkplatz fahren sehen.

Der Lift schien Stunden für die drei Stockwerke zu brauchen, ehe sich die Tür im Parterre öffnete und Karen durch die Empfangshalle eilte. Draußen rannte sie humpelnd die Straße hinunter. Ihre Hüfte schmerzte, und das laute Pochen in ihrem Kopf steigerte sich von Minute zu Minute. Seit dem Mittag hatte sie keine Tabletten mehr bekommen, und die Wirkung der Medikamente ließ allmählich nach, aber Karen biss die Zähne zusammen und erreichte nach wenigen Minuten eine Metrostation.

Auf dem Weg zur Metro hatte sie mit dem Handy Durel angerufen und gefragt, ob Laurent noch im Präsidium sei, was dieser Beamte verneinte. Laurent sei schon nach Hause gefahren. Warum sie das wissen wolle.

»Ich habe kein gutes Gefühl, Monsieur Durel. Es könnte sein, dass Monsieur Laurent einen großen Fehler begangen hat.«

»Inwiefern?«

»Es besteht die Gefahr, dass der Fremde bei ihm auftaucht.«

Durel traute seinen Ohren nicht. »Der Kerl, der Sie angegriffen hat? Aber was würde er von Jean-Philippe wollen?«

»Das kann ich Ihnen jetzt nicht alles erklären, aber ich bin schon auf dem Weg und werde Laurent warnen! Monsieur Mansfield ist auch zu ihm unterwegs.«

»Mansfield? Das hört sich nicht gut an. Ich komme sofort.« Ohne eine Antwort abzuwarten legte Durel auf und rannte aus dem Büro.

Laurents zerknitterte Visitenkarte führte Karen in die Rue Vinard, wo sie die Hausnummer fünf ohne Probleme fand. Sie hatte anscheinend einige Minuten Vorsprung vor Mansfield und drückte mit rasendem Herzschlag auf den Klingelknopf. Sie hatte Angst, dass Laurent nicht zu Hause sein könnte, doch im nächsten Moment waren schleppende Schritte auf dem Flurparkett zu hören, und sie erkannte seine Stimme.

»Wer ist da?«

»Karen Alexander. Ich muss Sie sofort sprechen!«

Laurent öffnete die Tür und sah an ihr vorbei auf die Straße. »Ist Ihr Freund nicht mitgekommen?«

»Nein«, antwortete sie und trat ein. »Michael kommt gleich nach. Er hatte noch etwas zu erledigen.«

Laurent führte sie in ein geräumiges Wohnzimmer mit großen Fenstern zur Straße und zum Hof, die wegen des lauen Abends weit geöffnet waren.

»Möchten Sie vielleicht etwas trinken, Madame Alexandre? Sie sehen so erhitzt aus. Sind Sie etwa gelaufen?« Laurent schien wirklich besorgt zu sein.

»Ja, allerdings. Sie haben etwas an sich genommen, das mir gehört. Ich muss es so schnell wie möglich zurückhaben.«

»Soso, Sie meinen also, dass es Ihnen gehört?«

Er zeigte auf einen kleinen Tisch, auf dem das Amulett neben einer abgenutzten Fernseh-Fernbedienung lag. Karen stürzte darauf zu, aber Laurent hatte den kürzeren Weg und war schneller.

»Erst werden Sie mir einige Dinge erklären müssen, Madame«, sagte er und fuchtelte mit dem Amulett in der Hand in der Luft herum.

»Um Himmels willen, geben Sie mir das Amulett und lassen Sie mich gehen, ehe dieser fremde Mann hierher kommt«, beschwor Karen ihn.

»Ach ja, der berühmte Unbekannte. Oder auch nicht Unbekannte, je nachdem. Und Sie glauben wirklich, dass er herkommen wird? Na, das ist doch hervorragend. Dann werde ich ihn ja mal kennen lernen, das Phantom der Oper. Ha, dass ich nicht lache!«

»Monsieur Laurent, bitte«, flehte Karen, »ich brauche das Amulett dringend.«

»Na, das glaube ich gern. Es sieht ziemlich wertvoll aus.

Bringt bestimmt gut und gerne einige hundert Euro auf dem Markt.«

»Wenn das mein Ziel gewesen wäre, hätte ich es doch schon längst verkauft.«

Das Argument gab Laurent zu denken. »Was ist es dann? Wissenschaftlicher Ruhm? Ist das Amulett einzigartig?« Er hielt es Karen vors Gesicht und suchte Gier in ihren Augen, aber er las nur Angst und Besorgnis, was ihn irritierte.

Es klingelte an der Tür.

»Ah, das wird Ihr amerikanischer Freund sein«, sagte er und legte das Amulett sehr langsam in Karens rechte Hand. »Ich gebe es Ihnen zurück, aber Sie werden mir gleich alles erklären, versprochen?«

»Versprochen«, murmelte Karen und streichelte glücklich den alten Alabaster, während Laurent in den Flur ging und die Haustür öffnete.

»Wer … was …?«

Karens Kopf schreckte hoch, als sie Laurents verblüffte Worte hörte. Es folgte ein Schuss. Ein schwerer Körper fiel auf das Parkett.

Mit wenigen Schritten war der Fremde im Wohnzimmer und warf einen schnellen Blick durch den Raum, aber es war niemand zu sehen. In der Küche und den anderen Zimmern war auch niemand. Doch dann hörte er die leichten Schritte einer Frau auf dem Hinterhof und lächelte grimmig. Er beugte sich aus dem Fenster und konnte Karens Silhouette um die Ecke verschwinden sehen.

Panterartig schwang er sich aus dem Fenster und folgte Karen.

49

Mansfield hatte ein Problem. Und das Problem fuhr zwei Autos hinter ihm. Er hatte in den letzten Tagen schon öfter Verfolger hinter sich gehabt, und es war müßig zu überlegen, ob es Brennars oder Laurents Leute waren. Wobei ihm die Franzosen eindeutig lieber gewesen wären, da sie ihn nicht umbringen wollten, während Brennar nur darauf wartete, ihn zwischen die Finger zu bekommen. In den Tagen zuvor war es ihm immer wieder gelungen, den Verfolger loszuwerden, und auch diesmal schaffte er es, den Wagen abzuhängen. Es hatte ihn einige Minuten gekostet, aber dafür war die Rue Vinard leicht zu finden.

Mansfields Augen suchten die Häuser nach Laurents Nummer ab, als er bemerkte, dass eine der Häusertüren weit offen stand. Eine dunkle Ahnung stieg in ihm auf, als er neben der offenen Haustür die Fünf auf einem alten Emailschild stehen sah. Mit einem Ruck brachte er den BMW vor dem Haus zum Stehen, griff in sein Handschuhfach und nahm die Smith & Wesson heraus. Dann rannte er über den kurzen Weg zur Tür, lehnte sich an die Außenwand und warf einen schnellen Blick in den Flur. Eine Blutspur war dort zu sehen, die sich in den rechten Raum zog. Mansfield biss die Zähne zusammen und entsicherte seine Automatik.

»Laurent?«

Nichts rührte sich.

Schritt für Schritt glitt er durch den Flur, immer wieder den Namen des Kommissars rufend, und horchte auf verdächtige Geräusche, aber es war nichts zu hören. Er folgte der Blutspur ins Wohnzimmer, wo er Laurent bäuchlings neben dem Telefon auf dem Boden liegen sah. Mit einem lauten Fluch eilte er zu ihm, packte ihn an den Schultern und drehte ihn um. Laurents Kopf fiel kraftlos zur Seite, als Mansfield ihn gegen das Sofa lehnte. Er blutete aus einer tiefen Bauchwunde.

Mansfield rüttelte ihn leicht.

»Laurent! Hören Sie mich? Laurent! Verdammt noch mal! Kommen Sie zu sich!«

Tatsächlich kam ihm ein leichtes Grummeln entgegen. Mansfield lief schnell ins Badezimmer und holte Handtücher, um die blutende Wunde abzudecken. Dann griff er zu seinem Handy.

»Halten Sie durch, Laurent! Sie schaffen das schon«, redete er weiter auf ihn ein und wollte nach einem Arzt rufen, als er sah, wie Laurent mit letzter Kraft seinen Arm hob und zum Fenster deutete.

»Alexandre«, stöhnte er und ließ den Arm sinken, während Mansfield mitten in der Bewegung erstarrte.

»Was haben Sie gesagt?« Er schüttelte Laurent erneut, dass der kraftlose Kopf hin und her schleuderte. »Los, reden Sie schon!«

»Alexandre«, wiederholte Laurent halb besinnungslos, und erst jetzt entdeckte Mansfield einen kleinen abgerissenen Fetzen Jeansstoff, der an der einen Ecke des Fenstersims hing.

»Verdammt!«, rief er und sah auf den bewusstlosen Kommissar hinab. »Laurent! Wann war das? Wann war Karen hier?«

Doch der Kommissar konnte ihm keine Antwort mehr geben.

Von der Haustür kam auf einmal eine aufgeregte Stimme. »Jean-Philippe? Madame Alexandre?«

»Durel!«, schrie Mansfield. »Wir sind hier hinten!«

»Wo sind Sie, Mansfield?«

»Im Wohnzimmer! Der Kerl ist weg, aber es hat Laurent erwischt!« Er sah Durel mit schussbereiter Waffe ins Zimmer stürzen und stand auf. »Hier, kommen Sie und helfen Sie ihm. Ich muss hinter dem Kerl her.« Mansfield griff nach seiner Pistole und war schon auf dem Weg zum Fenster, als Durel seine Waffe auf ihn richtete.

»Runter mit der Pistole, Mansfield! Sofort!«

Mansfield warf ihm einen erstaunten Blick zu und hob langsam die Hände.

»Das kann nicht Ihr Ernst sein, Durel. Ich war es nicht, verdammt noch mal. Ich kam auch erst hier an, als es schon passiert war. Ich wollte Sie gerade anrufen, aber da standen Sie schon in der Tür.«

»Natürlich! Runter mit der Waffe, sage ich.«

Mansfield schüttelte nur langsam den Kopf. »Nein, das werde ich nicht tun. Ich werde jetzt ganz langsam aus diesem Fenster steigen und dieses Schwein, das Laurent das angetan hat, einige Kugeln auf den Leib brennen. Sehen Sie den Jeansstoff dort am Fenster? Der ist von Karen, und dieser Kerl ist gerade hinter ihr her. Also entweder erschießen Sie mich jetzt, oder Sie lassen mich gehen, verdammt noch mal!«

Langsam machte er einige Schritte rückwärts zum Fenster, dann drehte er sich um und wandte Durel den Rücken zu. Der warf einen schnellen Blick auf Laurent und bemerkte die vielen Handtücher, die jemand herbeigebracht hatte, um die Blutung zu stillen. Seine Gedanken flogen. Dann ließ er die Arme sinken, und seine verkrampften Schultern entspannten sich.

»Mansfield?«

»Ja?«

Durel kniete sich neben Laurent.

»Machen Sie den Scheißkerl fertig«, sagte er und presste die Handtücher auf Laurents Bauchwunde.

Mansfield nickte nur und sprang aus dem Fenster in den Hof.

Er hatte wertvolle Zeit verloren.

50

Karen humpelte durch die leeren Straßen. Wohin sollte sie sich wenden? Sie war so schnell wie möglich vom Hof gerannt und hatte anscheinend die falsche Straße gewählt. Es war aussichtslos, sich zu orientieren. Die Sonne war bereits hinter den Häusern verschwunden, und eine rötlichblaue Dämmerung legte sich über die Stadt. Wie lang würde sie dem Mann entkommen? Einmal hatte sie ihn hinter sich gesehen, und ein eiskalter Schauer war ihr über den Rücken gelaufen. Der Fremde würde nicht aufgeben. Niemals.

Laurent – was war aus ihm geworden? Sie hatte nicht gewartet, sondern war nach dem Schuss sofort aus dem Fenster der Parterrewohnung gesprungen.

»Karen!«

Woher kam das?

»Michael!«, schrie sie, während sie in die Richtung eilte, aus der der Ruf kam. Es schien sehr nahe gewesen zu sein. Aber der Fremde hatte es auch gehört und schnitt ihr den Weg ab. Es gab keine andere Möglichkeit, sie musste sich wieder von Michael entfernen.

Doch Mansfield hatte Karens Ruf gehört und rannte in die immer dunkler werdenden Gassen des Quartier Latin. Nach mehreren Minuten vernahm er einige Straßen entfernt ein scharfes Autobremsen und einen Schuss. Er ballte die Fäuste zusammen und rannte die Straße hinunter. Keine hundert Meter entfernt sah er einen schwarzen Schatten in einen Hof verschwinden und folgte ihm.

Überrascht stellte er fest, dass er sich in einer alten Verkaufspassage befand, deren gusseiserne Treppen auf einen oberen Laufsteg führten. Seine Augen suchten zwischen den verfallenen Läden nach menschlichen Gestalten, aber da waren nur gespenstisch tote Fenster. Auf einer verwitterten Hauswand lud eine alte Schrift in die Galerien Venise ein, und gleich darunter hing ein schiefes Verkaufsschild in der geschwungenen Schrift der Belle Époque. Plötzlich krampfte sich Mansfields Magen zusammen, und er musste sich gegen eine der alten Hauswände lehnen. Ihm war schwindlig, aber er stieß sich trotzdem von der Wand ab und taumelte weiter.

Über ihm rollte eine Flasche auf der Galerie hin und her. Mansfield warf den Kopf in den Nacken. Durch den gitterartigen Laufsteg konnte er Karen erkennen, die von einem schwarzen Schatten verfolgt wurde. Er hörte schwere Schritte und einen Ruf. »Halt!«

Über ihm fiel ein Schuss.

Zu spät! Zu spät!

Nein!, widersprach eine andere Stimme in seinem Inneren.

Es durfte nicht sein!

»Ich habe das Amulett nicht bei mir. Wenn Sie mich erschießen, werden Sie es nie bekommen«, schrie Karen dem Verfolger mit bebender Stimme entgegen.

Mansfield atmete tief durch. Sie war am Leben. Seine Augen suchten nach einem Weg auf die obere Galerie, als der Schein einer alten Milchglaslampe in der Mitte der Passage auf eine schwarze Treppe fiel. Mit wenigen Schritten stürmte er die Stufen hinauf, ohne zu merken, dass er seine goldene Horus-Kette dabei verlor. Der schützende Falke fiel lautlos durch die Metallstufen in die Tiefe.

Kurz bevor er den Laufgang erreichte, blieb er stehen und lehnte sich geduckt im Schatten des Treppengangs gegen die Wand, um schnell Luft zu holen. Sein Atem flog, sein Herz pumpte wild und schoss Adrenalin ins Blut. Doch er brauchte eine ruhige Hand. Er würde nicht viele Schüsse abfeuern können. Vielleicht nur einen einzigen.

Sein Griff um die Pistole wurde härter, als er plötzlich ein Geräusch hörte und mit der Waffe im Anschlag auf den schmalen Türausschnitt zielte, der keine zwei Meter von ihm entfernt war. Mansfield atmete flacher und konzentrierte sich auf die halb dunkle Öffnung, schussbereit, falls der Fremde auftauchen würde.

Ein Schatten. Jemand näherte sich der Tür. Aber war es Karen oder der Fremde? Der Schatten bewegte sich gleichmäßig und Mansfield erkannte nun, dass es die Silhouette einer Frau war, die mit leicht erhobenen Händen langsam rückwärts ging. Für eine Sekunde senkte er die Waffe, als Karen an seinem Versteck vorbeiging, doch im nächsten Moment hielt er die Pistole entschlossen mit beiden Händen fest und sprang mit einem einzigen Satz auf die Galerie. Breit baute er sich zwischen Karen und dem Fremden auf, der einen Augenblick lang überrascht war. Der Fremde schoss nicht, sondern zielte mit aufreizender Langsamkeit auf Mansfield, während sich ein gemeines siegessicheres Grinsen auf seinem Gesicht breit machte.

Mansfield wich keinen Millimeter zurück.

Wie zwei Königskobras standen sich die beiden Männer sekundenlang regungslos gegenüber und zielten mit schussbereiten Waffen aufeinander. Aber da war irgendetwas, das beide am Schießen hinderte. Es war wie eine unsichtbare Macht, eine gegenseitige tödliche Faszination, der sie sich nicht entziehen konnten.

Ein Stöhnen hinter seinem Rücken ließ Mansfield aufhorchen.

»Verschwinde, Karen! Sofort!«, schrie er.

Sie wollte ihm widersprechen, aber er schrie erneut: »Hau ab, verdammt noch mal.«

Sie zögerte immer noch. »Bitte ... bitte komm mit mir!«, flehte sie mit bebender Stimme.

Aber Mansfield wusste, dass es keine Chance gab, die Galerie gemeinsam zu verlassen. Schweißperlen traten ihm auf die Stirn.

»Hau endlich ab«, wiederholte er. »Ich weiß, was ich tue.«

In Karens Kopf wirbelte es und um sie herum schien sich alles zu drehen: das schwarze Eisengeländer, die leeren Schaufenster gegenüber und die alte Milchglaslampe unten im Hof. Sie hatte das schreckliche Gefühl, Michael nie wieder zu sehen. Doch da spürte sie das kleine ägyptische Amulett in ihrer Hosentasche, und ein unheimliches rasendes Brennen schoss ihre Wirbelsäule hinauf. Das Kribbeln aktivierte jeden einzelnen Nerv in ihrem Körper, und mit einer geradezu irrsinnigen Klarheit wusste sie auf einmal, was sie zu tun hatte.

Links von ihr bemerkte sie eine zweite Treppe, die sie in den Hof führen würde. Sie musste das Amulett vor dem Fremden schützen.

Um jeden Preis.

Um jeden Preis?

Ein letztes Zögern, ein letzter Blick auf Michael, dann verließ sie die Etage und stolperte die dunkle Treppe hinunter.

Über ihr atmete Mansfield erleichtert auf, als er ihre Schritte auf den Stufen hörte. Seine Hände begannen zu schwitzen. Konnte er diesen Mann aufhalten? Lucass' Gerede kam ihm in den Sinn. Die gesamte Pariser Unterwelt hatte sich von diesem Mann fern gehalten – aus Angst.

Der Fremde beobachtete ihn gelassen mit vorgehaltener Pistole und grinste süffisant, als könnte er Mansfields wirre Gedanken lesen. Er schien die Szene in der alten Galerie zu genießen, als wäre er Herr des Geschehens und Mansfield nur ein Statist, den er bewegen oder beiseite schieben konnte, wann immer er es wollte.

»Da sind Sie ja endlich, Mansfield. Ich dachte schon, Sie kämen wieder zu spät.«

Er zielte mit seiner Waffe genau auf Mansfields Kopf. Sie standen nur fünf Meter voneinander entfernt, jeder hatte den anderen genau im Visier, keiner würde ihn verfehlen. Trotzdem zögerten beide.

»Spüren Sie schon den Tod, Mansfield? Er ist nicht mehr weit. Aber keine Angst, es wird schnell gehen.«

»Halten Sie den Mund!«

»Merken Sie nicht, wie Sie sich immer mehr verkrampfen? Sie sollten mir lieber aus dem Weg gehen.«

»Ich stehe gern im Weg!«

Das Gesicht des Fremden verzog sich plötzlich zu einer wütenden Grimasse, und ein uralter Hass schrie Mansfield entgegen.

»Sie sind ein Narr, Mansfield, ein bedauerlicher Narr. Oder sollte ich lieber sagen – Lescot? Sie verstehen nichts, gar nichts. Schauen Sie sich doch mal um! Kommt Ihnen die Galerie nicht bekannt vor?«

Mansfield stutzte. »Was soll der Blödsinn! Nenn mich nicht Lescot! Ich bin …« Er fasste sich an die Stirn und schwankte plötzlich, als er versuchte die verschwommenen Bilder in seinem Kopf zu fassen, die ihn seit dem ersten Zusammentreffen mit Karen an der Metrostation in seinen Träumen verfolgten. Bilder, die ihm so fremd waren und gleichzeitig so tiefe Empfindungen in ihm auslösten. Bilder, die er bisher nicht verstand und die jetzt in einer langsamen tiefen Erkenntnis aus dem Unterbewusstsein unaufhaltsam nach oben strömten und einen Sinn ergaben.

Bilder, die er nie vergessen würde.

Mansfield schüttelte ungläubig den Kopf. »Nein«, flüsterte er. »Das ist nicht wahr!«

»Ach nein? Dann schau auf das Schild dort unten und sag mir, dass du es heute zum ersten Mal siehst.« Der Fremde nickte zum Laden hinunter, wo ein weißes Reklameschild mit grünen geschwungenen Buchstaben prangte: Roquette.

Mansfield wurde schwindlig. Wie im Traum sah er plötzlich das Schild in strahlendem Weiß über dem Eingang eines Herrenausstatters hängen. Der Laden, das Schaufenster, die Tür – alles war neu.

Er griff nach der messingfarbenen Klinke und trat in den kleinen Laden, wo ihn ein älterer Herr mit kurzen glatten Haaren, Schnauzer und Nickelbrille empfing. Er brachte Mansfield zu einem großen ovalen Ankleidespiegel und deutete an ihm hinunter. Im Spiegel sah Mansfield einen etwa fünfundzwanzigjährigen jungen Mann in silbergrauem Anzug mit Taschenuhrkette, Hut und Schnauzer.

Lescot!

Michael zweifelte an seinem Verstand. War es eine Fehlfunktion in seinem Gehirn? Oder spielte ihm die eigene Fantasie einen Streich? Er hatte sicher zu viel im Tagebuch des Assistenten gelesen. Diese reale Erinnerung musste ein Fantasieprodukt sein.

Aber …

Wenn es ein Produkt seiner eigenen Fantasie war, warum hatte er dann diese Empfindungen, die aus den Tiefen seiner Seele kamen? Warum schnürte sich sein Herz bei der Erinnerung zusammen, wie er und Karen das Labor in der Sorbonne betraten und er damals plötzlich unbändige Wut in sich spürte? Er hatte es nicht mehr neben Karen ausgehalten und war ans Fenster getreten, aber der Blick in den Hof der Universität hatte ihn nicht beruhigen können. Wie auch? Lescot hatte nur bittere Gedanken gegen die Sorbonne gehegt.

Mansfield wurde blass, als er an seine zwiespältigen Gefühle in der alten Nationalbibliothek dachte. Und die Erinnerung an seinen Schwindelanfall im Musée d'Orsay ließ ihm einen Kälteschauer über den Rücken laufen – der Ort, an dem Lescot starb.

Er sah den fremden Mann fassungslos an.

Der Unbekannte weidete sich an Mansfields Anblick. »Ah, ich sehe Erkennen in deinen Augen. Und die Frau? Natürlich ist es kein Zufall, dass du sie gefunden hast. In Wirklichkeit kennst du sie schon ewig. Sie starb in deinen Armen … vor langer Zeit.«

Er grinste fies, während sich Mansfields Magen zusammenkrampfte und vor seinem inneren Auge ein Bild erschien – hellbraune hohe Wände, geschmückt mit bunten Malereien, Gold und Edelsteinen. Er befand sich in einem Palast. Stolze Papyrussäulen trugen die schwere Decke der Halle, durch die er hindurchgeschritten war, ehe er die königlichen Privatgemächer betrat.

Und dort lag er, der Pharao, auf dem goldenen Fußboden, zusammengekrümmt und unter Todesqualen röchelnd. Cha-em-weset nahm ihn in die Arme und redete ihm gut zu, aber sein alter Freund konnte ihm nicht mehr antworten.

Man hatte den Pharao getötet.

Karen?

In Mansfields Augen flackerte Verstehen, als er an das Amulett und das Tal der Könige dachte. Das Grab ... die Mumie ... die Mundöffnungszeremonie ... das Osiris-Halbrelief in der Wand ...

Die Rückblende traf ihn wie ein Hammerschlag.

Schwer taumelte er gegen das Eisengeländer, doch der Fremde ließ seine Schwäche ungenutzt und redete stattdessen weiter.

»Du erinnerst dich also, Cha-em-weset? Das ist gut, denn in Wirklichkeit warst du es, der mich zum Mörder machte. Du hast das Öl erfunden, das euch am Leben hielt. Aber ein alter Pharao ist ein schlechter Pharao für Kemet. Deswegen musste er sterben. Und seine Familie auch. Alle. Du hast als Beschützer und Freund versagt, Cha-em-weset, und du wirst wieder versagen.«

Die Worte des Fremden gingen in ein schrilles Keifen über. Seine Hand zitterte vor Wut.

Mansfield hatte sich allmählich wieder gefangen und spürte einen unbändigen Zorn in sich aufsteigen. Einen Zorn, der schon seit Ewigkeiten in ihm ruhte.

»Du verdammter Bastard!«, schrie er wie von Sinnen und zog den Abzug seiner Pistole mehrmals durch.

Der Fremde taumelte zurück und erwiderte das Feuer fast gleichzeitig.

Michael fühlte, wie ein tiefer Schmerz seinen Körper

durchzuckte. Der Schmerz nahm ihm den Atem und schien ihn zu zerreißen. Von mehreren Schüssen getroffen, taumelte er rückwärts gegen die Wand und sank langsam zu Boden, wo er hart mit dem Kopf auf die alten Steinfliesen aufschlug. Der Schmerz ließ schnell nach. Nur noch verschwommen nahm er ein sanftes Licht wahr, das rechts von ihm die Dunkelheit durchbrach und allmählich weniger wurde.

Die große Dunkelheit kam näher. Eine Erinnerung verblasste. Aber ein Gedanke blieb.

»Lauf, Karen, lauf …«, flüsterte er mit letzter Kraft.

51

Der gusseiserne Torbogen warf gespenstische Schatten in den Hof, als Karen unten ankam. Sie rannte zum Ausgang, als plötzlich mehrere Schüsse durch die Passage hallten. Ängstlich blickte sie hinauf zur Galerie.

»Michael?«

Mit pochendem Herzen hoffte sie, dass er sich über das Geländer beugen und ihr zuwinken würde. Aber stattdessen hörte sie nur schwere Schritte die Treppe herunterpoltern. Ihr lief ein Schauer über den Rücken. Sie warf einen letzten Blick nach oben, aber Michael war nicht zu sehen. Er hatte es nicht geschafft. Sie war allein.

Karen rannte los. Völlig von Sinnen eilte sie durch die dunklen Straßen und rief laut um Hilfe, aber nur wenige Wohnungen waren noch beleuchtet, und von den Bewohnern interessierte sich niemand für das Geschehen auf der Straße. Sie hatten es sich schon lange abgewöhnt, nach Einbruch der Dunkelheit die Tür zu öffnen. Und Hilferufe gab es oft in dieser Gegend. Niemand kümmerte sich darum.

Ihr blieb nichts anderes übrig, als weiterzulaufen und zu hoffen, dass sie in irgendeiner Straße auf eine Polizeistation treffen würde. Atemlos blieb sie an einer Straßenlaterne stehen und wollte rechts um die Hausecke biegen, als sie den Fremden nur einen knappen Häuserblock entfernt sah, der sich suchend umschaute. Sie zuckte zurück und wollte sich hinter einer halbhohen Steinmauer verstecken, doch er hatte sie bereits entdeckt und rannte auf sie zu.

Die Schmerzen in ihrer Hüfte wurden immer stärker. Sie würde ihrem Verfolger nicht mehr lange entkommen können. Vor sich sah sie eine lang gestreckte Straße, die ihr keinen Schutz bot. Der Fremde würde sie in weniger als einer Minute einholen. Also nahm sie die kleine Nebenstraße, die sich rechts von ihr öffnete. Doch das war ein Fehler. Nach der dritten Hausnummer erkannte sie, dass die Straße in einer Sackgasse endete. Karen drehte sich um, aber es war bereits zu spät. Ihr Verfolger war schon in die Straße eingebogen und ging mit langsamen, selbstgefälligen Schritten auf sie zu.

Karen, die nicht mehr wusste, was sie tun sollte, drückte wie wild auf die Klingel des mehrstöckigen Mietshauses, vor dessen Eingang sie stand. Jemand öffnete per Knopfdruck die Tür, und sie stolperte in den weiß gefliesten Flur, humpelte die alte Holztreppe hinauf und schrie laut um Hilfe. Aber es öffnete sich keine Tür.

Oben waren Mansardenwohnungen, die anscheinend schon seit mehreren Jahren unbewohnt waren. Karen schlich in eine von ihnen und verbarrikadierte die Tür mit alten Stühlen und Balken, doch das schien ihr nicht sicher genug, und so öffnete sie eins der Mansardenfenster und kletterte auf das schmale Zinkdach. Es war riskant, denn sie musste um das Mansardenfenster herumklettern, um auf den First des Dachs zu gelangen. Oben angekommen, suchte sie nach einer Feuerleiter, aber in der Dunkelheit der Nacht war kaum etwas zu erkennen. Es war Neumond, und ein leichter Regen rieselte auf die Dächer von Paris.

Doch, dort hinten war etwas. Links von ihr sah sie eine rostige Feuerleiter. Sie humpelte darauf zu und wollte schon an dem metallenen Geländer hinunterklettern, als sie einen Blick nach unten warf und ihr der Atem stockte, – es fehlte das letzte Stück. Die Leiter endete ungefähr zehn Meter über dem Boden.

Hinter sich hörte Karen Geräusche und sah, wie der Fremde aus dem Schatten eines Schornsteins heraustrat. Er schien sie noch nicht bemerkt zu haben und suchte das Dach mit einem raschen Blick ab, doch dann sah er sie am Dachrand entlangstolpern und lächelte siegessicher.

»Bleiben Sie stehen!«, forderte Karen ihn auf. »Wenn Sie näher kommen, springe ich.«

Doch der Fremde zuckte nur mit den Schultern. »Was für eine Drohung«, höhnte er. »Dann hol ich mir das Amulett eben neben deiner zerschmetterten Leiche.« Er ging langsam auf sie zu und richtete seine Waffe auf sie.

Karen wusste nicht, was sie tun sollte. Sie befand sich auf dem Dach eines fünfstöckigen Hauses, hinter ihr eine Häuserschlucht und vor ihr ein fremder Mann, der sie gleich erschießen würde. Wie hatte es nur so weit kommen können? Michael war tot, und sie würde es in wenigen Sekunden auch sein.

Sie hob ihren rechten Arm mit dem Djed-Pfeiler in die Höhe. »Sie wollen das Amulett?«

»Nein«, zischte der Mann durch die Zähne, »das Amulett ist mir egal. Es ist das Öl, das mich interessiert. Es macht unsterblich. Wusstest du das nicht?«

»Unsinn, niemand ist unsterblich.«

»Sehr richtig. Nur die Seele ist unsterblich. Aber mit diesem Öl kann man sehr lange leben und der Unsterblichkeit nahe kommen. Hundert Jahre sind kein Problem, hundertfünfzig Jahre möglich, ja, vielleicht sogar zweihundert. Stell dir das vor, ein Mensch, der zweihundert Jahre alt wird.«

»Ein schrecklicher Gedanke«, entgegnete Karen.

»Das kommt ganz darauf an, ob man zu den wenigen Auserwählten gehört, die es nutzen dürfen, oder nicht.« Alter Neid und Hass lagen in seiner Stimme, als er weitersprach. »Du hast immerhin auch davon genascht.«

»Ich habe das Öl nicht angerührt.«

»O doch, das hast du. Dein Freund Cha-em-weset hatte die Geheimformel entdeckt und wollte damit deine Regentschaft und seine eigene Machtherrschaft im Amuntempel für viele Jahrzehnte stärken. Aber eine lange Regentschaft hätte Ägypten geschwächt. Deswegen mussten wir eingreifen, ich und meine Freunde.« Seine Augen schienen im Dunkeln zu funkeln. »Deine Dynastie musste aussterben. Niemand durfte überleben.«

Karen spürte, wie sich tief in ihrem Inneren etwas schmerzhaft zusammenzog. Sie stöhnte leise auf. »Ich verstehe nicht ...«

Der Fremde lachte hart. »Nein, du verstehst wirklich nicht. Du weißt nicht, warum dich in Paris und Ägypten immer wieder tiefe Melancholie überkam, nicht wahr? Ja, ich habe dich beobachtet und es in deinen Augen gesehen. Die Orte, die deine Seele wieder erkannte, zerrissen dir das Herz. Aber du wolltest es nicht wahrhaben. Eben hast du zur Straße hinuntergeschaut. Kommt sie dir nicht bekannt vor?«

Karen warf noch mal einen schnellen Blick über die Schulter und sah einen verwilderten Garten, eine große Kastanie und einen alten gusseisernen Schmiedezaun mit verwitterten goldenen Spitzen.

Der Zaun ... die Kastanie ... die Häuser ...

Für Sekundenbruchteile erschien ein Bild vor ihrem inneren Auge. Es war wie ein dunkler Traum. Sie ging die Straße entlang. Eine Straße, die sie gut kannte. Sie war sie öfter entlanggegangen. Dann, wenn sie zu …

»Die Rue de Limoges«, antwortete sie benommen.

»Richtig«, sagte der Fremde, dem dieses Wiedersehen offenbar Spaß bereitete. »Es war an einem Montag, dem 16. September 1907. Der Abend war kühl und herbstlich, so wie heute. Neumond. Keine Sterne am Himmel. Du wolltest zu Lescot – aber er war nicht da.« Er wedelte mit seiner Pistole und lächelte, dass Karen die Nackenhaare zu Berge standen. »Tja, der gute Lescot. Auch ihn hast du nicht wieder erkannt. Und dabei hat Mansfield die ganze Zeit versucht seinen Fehler von damals wieder gutzumachen. Er wusste zwar nicht warum, aber er hat dich bei deiner Aufgabe unterstützt, wo er nur konnte. Doch du warst blind und dumm. Die Opéra Garnier … der Trocadéro … Tja, Paris hat sich in den letzten hundert Jahren verändert.«

Karens Knie wurden weich, als sie sich an ihre zwiespältigen Gefühle erinnerte, diesen inneren Kampf, den sie immer wieder mit sich ausfocht, seit sie in Paris war. Ihre ursprüngliche Abneigung gegen diese Stadt. Wie sehr hatte sie sich gegen den Auftrag gewehrt, doch Julius hatte sie schließlich überreden können. Aber sie erinnerte sich auch an die wohligen Gefühle, als sie in der Sorbonne und in der Nationalbibliothek war, und an diese unerklärliche Nähe, die sie Michael gegenüber immer gespürt hatte, dieses tiefe Vertrauen, von Anfang an.

Gedankenfetzen und Bilder schwirrten durch ihren Kopf: der Professor … das Deckengemälde in der Oper … der blaue Nil mit den grünen Ufern … das Tal der Könige … der Pharao … Cha-em-weset … Lescot … Bernhardt …

Ihr wurde schlecht. Sie lehnte sich gegen einen der kleinen Zierpfeiler, die in einigen Abständen über der Dachkante hervorragten, und schaute zu dem Fremden, der wenige Meter von ihr stehen geblieben war. Täuschte sie sich, oder stand der Mann ein wenig schief?

Der Fremde verlegte sein Gewicht auf das linke Bein.

»Du hast das letzte Amulett mit dem alten Öl. Drei Amulette haben die französischen Soldaten geleert; zwei weitere, die du diese Woche aus Ägypten mitgebracht hast, liegen ausgetrocknet in der Sorbonne. Und auch das Amulett aus dem Louvre war leer, das andere zerbrochen und schon seit tausenden von Jahren ausgetrocknet. Die übrigen Amulette, die der Louvre vor hundert Jahren an dich und die anderen Professoren in Europa verschickte, habe ich damals gestohlen.« Aus seiner Manteltasche holte er eine Hand voll Djed-Pfeiler-Amulette heraus und warf sie Karen vor die Füße. »Aber sie waren alle leer, bis auf dieses eine.« Er deutete auf Karens Hand. »Ich hätte wissen müssen, dass El Bahay es besitzt. Verfluchter Bastard! Er hat es dir in Luxor gegeben, nicht wahr?«

»Ja!« Ein letzter Triumph klang in Karens Stimme, die kampfeslustig wurde. »Als Sie mich im Hotelzimmer überfielen, lag es in der Manteltasche direkt an der Garderobe neben Ihnen. Sie hätten nur danach greifen brauchen!«, schrie sie. Vielleicht würde dieser Kerl sie umbringen, aber sie durfte auf keinen Fall zulassen, dass er das Öl bekam. Er durfte nicht gewinnen. Dieses Mal nicht!

Karen konnte nicht sehen, wie der Mann erblasste. »Das ist nicht wahr!«, rief er. Seine Hand zitterte vor Wut.

»Doch, es ist wahr! Sie haben versagt!« Verzweifelt tastete sie sich mit den Füßen an der Dachkante entlang, um ihrem Gegner kein sicheres Ziel zu geben. Der Fremde bemerkte es und wedelte unwirsch mit der Pistole.

»Bleib stehen!«

Genau in dem Augenblick stieß Karens rechter Fuß gegen ein altes Abflussrohr, das neben einem der Zierpfeiler aus dem Dach herausragte. Überrascht sah sie nach unten und erkannte eine schwarze Öffnung im Boden. Es war zwar nur eine Chance, aber außer dieser verzweifelten Tat blieb ihr nichts anderes übrig. Mit einer schnellen Bewegung hielt sie die Faust mit dem Amulett über die Öffnung.

»Noch einen Schritt weiter, und ich lasse den Djed-Pfeiler in die Regenrinne fallen«, drohte sie mit bebender Stimme.

Der Fremde legte den Kopf schief. Dieses Miststück würde das Amulett doch tatsächlich in der Kanalisation verschwinden lassen.

»Das wirst du nicht wagen. Das Öl verleiht Macht. Es ist viele Millionen wert. Ich will leben, lange leben.« Er zielte mit dem Revolver direkt auf ihr Herz.

Karen stockte der Atem. Ihre zitternde Hand war über dem schmalen Loch. Eigentlich müsste der Mann jetzt schießen, doch warum tat er es nicht? Plötzlich wankte er, und Karen bemerkte, wie Blutstropfen auf seine Schuhe fielen. Mit einem gequälten Gesichtsausdruck griff er unter seinen Mantel und zog sie blutverschmiert wieder hervor. Eine von Mansfields Kugeln hatte ihn getroffen!

Der Fremde blickte ungläubig auf seine roten Finger hinab. »Das wirst du büßen«, zischte er in Karens Richtung und schoss.

Gleichzeitig öffnete Karen die Faust und ließ den Gegenstand fallen. Laut rumpelte er das Abflussrohr hinunter, während sie einen mächtigen Schmerz in ihrer linken Schulter spürte, der sie erbarmungslos nach hinten zog. Sie versuchte noch sich an der Dachkante festzuhalten, aber es gelang ihr nicht. Mit einem lauten Schrei fiel sie über die Balustrade.

Der Fremde taumelte zur Regenrinne und leuchtete mit einer kleinen Stabtaschenlampe hinein. Er konnte ein Metallgitter erkennen, das den Abfluss von Blättern und Zweigen sauber halten sollte, aber ein ägyptisches Amulett war nicht zu sehen, nur ein verwitterter Fugenstein in der Größe des Djed-Pfeilers! Mit wildem Blick wandte sich der Fremde um und sah überall auf der Dachkante einzelne Stücke dieser Fugensteine liegen. Karen hatte ihn getäuscht.

»Dieses verdammte Miststück!«, fluchte er und beugte sich mit bleichem Gesicht über die Dachkante, um zu sehen, wo sie aufgeschlagen war. Zu seinem Erstaunen lag sie nur wenige Meter tiefer auf dem schrägen Zinkdach eines Nebengebäudes, wo ein altes Schornsteinrohr sie aufgehalten hatte. Sie rührte sich nicht. Direkt neben ihrer rechten Hand lag das Amulett.

Der Fremde blickte sich um und sah links von sich eine schmale Zwischenfassade, die er schwerfällig hinunterkletterte. Mit schmerzverzerrtem Gesicht schwankte er auf dem schrägen Zinkdach auf Karen zu. Er spürte, wie ihn allmählich die Kraft verließ. Er musste das Amulett haben.

Plötzlich griff Karen nach dem Amulett und schlug gleichzeitig mit ihrem linken Bein gegen sein rechtes Knie und brachte ihn zum Taumeln. Er wedelte mit den Armen in der Luft, verlor das Gleichgewicht, und erst im letzten Augenblick konnte er sich an Karens Beinen festhalten, sodass beide das nasse Dach hinunterrutschten.

Verzweifelt griff Karen nach einem dünnen Schornsteinrohr, aber sie verfehlte es. Im letzten Moment fasste sie nach einer schmalen Steinverzierung und klammerte sich daran fest, während der Fremde verzweifelt versuchte sich an ihren Beinen festzuhalten. Mit Todesangst sah er auf die Steinplatten unter sich. Zentimeter für Zentimeter glitt er unaufhaltsam nach unten. Schließlich spürte Karen ihn nicht mehr.

Ein gellender Schrei ging durch die Rue de Limoges, dann folgte ein schauerliches Geräusch, als sich die goldenen Metallspitzen des alten Zauns in den Körper des Unbekannten bohrten.

Danach herrschte Stille. Eine friedliche Stille. Nur das Rauschen der alten Kastanie klang sanft zu Karen hinauf, als wollte es sie beruhigen, doch sie hörte es nicht. Es war alles vorbei.

Ihre linke Schulter war vom Schuss völlig taub. Nur mit übermenschlicher Kraft hatte sie sich bisher festhalten können. Ihr wurde schwarz vor Augen. Plötzlich hörte sie zwei aufgeregte Männerstimmen. Gleichzeitig griffen kräftige Hände nach ihren Beinen.

»Madame! Mon Dieu, wir ziehen Sie herein. Nur noch einen Augenblick. Halten Sie durch.«

Sie glaubte zu halluzinieren, aber die Hände an ihren Beinen waren sehr real. Im nächsten Moment wurde sie am Gürtel und am Oberschenkel gepackt.

»Lassen Sie jetzt los, wir haben Sie.«

Karen sah auf die steinernen Wegplatten im Garten unter sich. »Sind Sie sicher?«

Vater und Sohn warfen sich in dem kleinen Badezimmer des obersten Stockwerks einen fragenden Blick zu. Sie waren sich keinesfalls sicher, aber hatten sie eine andere

Wahl? Der Vater fuhr sich nervös mit der Zunge über die trockenen Lippen.

»Madame, vertrauen Sie uns. Kommen Sie, ich habe Sie am Gürtel, und mein Sohn hält Sie am Bein fest. Wir ziehen Sie herein.«

»Also gut. Bei drei lasse ich los. Haben Sie verstanden?«

»Oui!«

»Alez: un – deux – trois!«

Karen ließ die Steinverzierung los und schlug hart auf das Fensterbrett auf, doch schon im nächsten Moment wurde sie von kräftigen Händen ins Zimmer gezogen und auf den kalten Kachelfußboden gelegt. Der etwa fünfzehnjährige Sohn warf einen Blick aus dem Fenster, um zu schauen, was aus dem Mann geworden war, der vom Dach gefallen war. Entsetzt sah er, dass die goldenen Spitzen des alten Eisenzauns aus seiner Brust ragten, während die leeren Augen des Toten ungläubig zu ihm hinaufstarrten.

Der Vater packte seinen Sohn energisch am Arm und schüttelte ihn. »Lass ihn, Justin. Dem kann sowieso keiner mehr helfen! Lauf und ruf einen Arzt. Schnell.«

Erst jetzt sah Justin den roten Fleck auf der linken Schulter der Frau und wurde blass. Er nickte seinem Vater zu und rannte in den Flur, während der Mann aus einem kleinen Wandschrank Verbandszeug und Schere holte.

Karen war kurz bewusstlos gewesen und kam jetzt langsam wieder zu sich. Leicht benommen hob sie den Kopf und bemerkte, dass sie sich in einem kleinen Badezimmer befand. Auf einmal gab ihr ein Gedanke neue Energie, und sie griff zitternd nach ihrem Handy in der Manteltasche. Der Mann sah sie misstrauisch an. Vor der Haustür lag ein Toter, vor ihm lag eine Frau mit einer Schussverletzung, und wer weiß, wer noch kommen würde, wenn sie jetzt jemanden anrufen würde. Ängstlich beobachtete er, wie sie das Handy bediente und eine gespeicherte Telefonnummer wählte.

»Wir sollten lieber die Polizei rufen«, sagte der Mann und rieb sich nervös den Hinterkopf, aber Karen ignorierte ihn und hielt mit zitternder Hand das Handy an ihr Ohr.

Wenige Straßen entfernt klingelte ein anderes Handy in einer durchsichtigen Plastiktüte, ein überraschter Mann öffnete die Tüte und nahm es heraus.

»Hallo?«, sagte eine männliche Stimme.

Karen zögerte. »Michael?«

Es entstand eine kurze Pause. »Madame Alexandre? Sind Sie es?«

In Karens Hals bildete sich ein Kloß. Ihr Herz blieb stehen.

»Madame Alexandre! Um Himmels willen, legen Sie nicht wieder auf! Wo sind Sie? Geht es Ihnen gut?« Es war Durels Stimme, der aufgeregt neben seinem Dienstauto stand.

Karen legte den Kopf in den Nacken und holte tief Luft.

»Es geht mir gut, Monsieur Durel«, flüsterte sie. »Bitte schicken Sie einen Krankenwagen in die alten Galerien Venise und einen weiteren in das Haus von Monsieur Laurent. Es ist dringend.«

»Ich weiß«, sagte Durel. »Beides ist bereits geschehen.«

»Sie wissen es?«, fragte sie heiser.

»Ja. Ich war kurz nach Ihnen bei Laurent und habe einen Arzt gerufen. Laurent ist vor einer Stunde ins Krankenhaus gebracht worden.«

»Und warum sind Sie dann nicht bei ihm?«

Es entstand eine Pause, in der sie ihn nur leise atmen

hörte. Tränen stiegen in ihr auf, als ihr die nächste Frage einfiel.

»Warum … warum haben Sie Michaels Handy?«

Durels Stimme klang hart. »Madame Alexandre, bitte sagen Sie mir jetzt, wo Sie sind. Wir werden Sie abholen.«

Karen biss sich auf die Zunge. Tränen liefen ihr übers Gesicht. »Weichen Sie mir nicht aus, verdammt noch mal. Sagen Sie mir, was mit Michael ist.«

»Wir müssen Sie …«

»Durel!«, schrie sie ins Telefon. »Was ist mit ihm?«

»Er lebt, also beruhigen Sie sich!« Er sah auf den Notarztwagen, in den Mansfield gerade hineingeschoben wurde. Drei Männer kümmerten sich um ihn und schlossen schnell die Flügeltüren. Dann fuhr der Wagen mit lautem Sirenengeheul davon. »Er ist von mehreren Kugeln getroffen worden. Der Notarzt konnte ihn wieder beleben, aber er ist in einem äußerst kritischen Zustand.«

»Wird er überleben?«, fragte Karen zitternd und wollte eigentlich keine ehrliche Antwort haben. Jede Lüge war ihr in diesem Augenblick willkommen.

Durel sah in den dunklen Nachthimmel hinauf und holte tief Luft. »Ich bin kein Arzt, Madame, ich weiß es nicht. Aber es wird alles Menschenmögliche für ihn getan, das versichere ich. Was ist mit Ihnen? Wo sind Sie?«

Bei dem Gedanken, wie Michael schwer verletzt in einem Krankenwagen lag, schnürte sich ihr der Hals zu. Sie konnte ihr Schluchzen nicht mehr zurückhalten. Durel hörte es und zögerte einen Moment.

»Bitte sagen Sie mir jetzt, Madame Alexandre, wo Sie sich befinden, damit wir Sie abholen können.«

Sie riss sich zusammen und fragte den Mann neben sich nach der genauen Adresse.

»Wem wollen Sie das sagen?«, fragte er besorgt zurück.

»Einem Beamten der Pariser Polizei.«

Er sah sie zweifelnd an. »Rue de Limoges, Nr. 36.«

»Haben Sie das gehört, Monsieur Durel?«

»Ich bin in fünf Minuten bei Ihnen.«

»Und bitte ... ich glaube, ich brauche auch einen Arzt.«

Seine Stimme wurde besorgt. »Sind Sie verletzt? Ist der Kerl noch in der Nähe?«

»Nein, er ist tot.«

Durel stutzte. »Sie haben den Mistkerl erwischt?«

»Ja. Er ist vom Dach gefallen. Und ich beinahe auch. Aber das erzähle ich Ihnen später.« Schwäche breitete sich in ihrem Körper aus, und das Sprechen fiel ihr schwer.

Durel stieg in seinen Wagen. »Ich komme sofort.«

Sie beendete das Gespräch, und auf einmal verschwamm alles vor ihren Augen. »Die Polizei wird gleich hier sein«, murmelte sie und verlor wieder das Bewusstsein.

Das Sonnenlicht schien durch die gelben Gardinen im Zimmer des Saint-Raphael und verzauberte den kleinen Raum in ein Tal der Ruhe.

Als Karen die Augen öffnete, nahm sie den sanften Gelbton wie einen Schleier wahr, der nur langsam aus ihrem Kopf verschwand. Dann sah sie Durel neben sich auf einem Stuhl sitzen, der merkte, dass sie wach wurde, und sie mit besorgtem Blick musterte.

»Wie geht es Ihnen, Madame Alexandre?«

Karen verzog das Gesicht. »Ich fühle mich schrecklich müde.«

»Haben Sie Schmerzen?« Sein Blick glitt von dem Verband an ihrem Handgelenk zur Transfusionsflasche, die neben ihrem Bett an einem Rollständer hing.

»Nein«, antwortete Karen und sah zur Tür, als würde sie noch mehr Besuch erwarten. »Wo sind Laurent und Michael?«

Durel bemühte sich um einen neutralen Ton. »Sie sind hier im Krankenhaus, aber sie befinden sich noch auf der Intensivstation.«

»Wie geht es Laurent?«

»Er ist inzwischen außer Lebensgefahr. Sie haben ihm bei einer Notoperation einen Teil des Darms entfernt, aber er wird's überleben.«

»Und Michael?«

Durel zögerte. »Monsieur Mansfield wurde auch notoperiert.«

Karen versuchte in seinem Gesicht zu lesen. Eine tiefe Angst umklammerte ihr Herz, während die entscheidende Frage sie nicht losließ. »Wird er es schaffen?«

»Die Ärzte glauben, dass er eine gute Chance hat«, behauptete Durel und versuchte ein aufmunterndes Lächeln. Mansfield hatte einen Streifschuss am rechten Oberschenkel und zwei Kugeln abbekommen. Seine Schulterverletzung war nicht lebensgefährlich, aber der dritte Schuss hatte seinen Magen nur um einen Zentimeter verfehlt. Ein Zentimeter, der ihm das Leben retten konnte. Vielleicht.

Karen schloss für einen Moment die Augen und atmete tief durch. Als sie sie nach einigen Atemzügen wieder öffnete, waren sie grau und stumpf. »Was haben die Ärzte mit mir gemacht?«

Ein Lächeln spielte um Durels Mund. »Nun, Madame, es gibt eine gute und eine schlechte Nachricht. Die gute ist, Sie hatten einen glatten Durchschuss, und die Heilung verläuft sehr gut.«

»Und die schlechte?«

»Sie werden Narben zurückbehalten und vielleicht nie wieder ein schulterfreies Kleid tragen können.«

»Damit werde ich leben können«, murmelte sie, und wieder übermannte sie der Schlaf.

52

Die von den Ärzten verordnete Ruhe fesselte Karen zwei unerträgliche Tage ans Bett, in denen sie Michael nicht besuchen durfte, obwohl sie sich nichts sehnlicher wünschte. Fünfmal hatte sie versucht aufzustehen und hatte auch die paar Schritte bis zur Zimmertür geschafft, aber für einen längeren Gang durchs Krankenhaus reichte die Kraft nicht. Schwindelgefühle und weiche Beine zwangen sie zum Aufgeben. Alleine würde sie es niemals schaffen.

Warum halfen ihr die Krankenschwestern nicht? Sie hätten sie mit Leichtigkeit im Rollstuhl zu Michael fahren können, aber Karen vermutete, dass die Ärzte es verboten hatten. Es war zum Verzweifeln. Sie musste zu Michael, musste ihn unbedingt sehen. Sehen, dass es ihm gut ging. Warum verstand das niemand?

Niedergeschlagen lag sie in ihrem Bett und dachte immer wieder über die letzten drei Wochen nach – wie sie Michael kennen gelernt hatte, wie er ihr bei den Bernhardt-Recherchen half, wie er andauernd versucht hatte, sie in Paris von ihren Rückschlägen abzulenken. Warum nur war ihr nicht schon früher aufgefallen, dass sie immer nur Gebäude und Orte der Belle Époque besucht hatten? Warum nie Notre-Dame, das touristische Ziel Nummer eins in Paris?

Weil Bernhardt und Lescot nie zusammen in Notre-Dame waren, dafür aber die Weltausstellung von 1900 auf dem Marsfeld besucht haben.

Mit einem schmerzlichen Lächeln musste sie an den

diesmaligen Besuch des Marsfelds denken. Und an die Flucht vor dem Fremden.

Ägypten. Auch dort war der Mörder hinter ihr hergewesen, aber Michael hatte sie gerettet. Wie so oft.

Sie und Michael hatten sich in Kairo gestritten – ein alter Bernhardt-Lescot-Fehler? Es schien fast so, denn erst jetzt bemerkte Karen, dass sie bei ihrem ersten Treffen nach dem Überfall am Metroausgang wieder mit einem Streit ihre Beziehung begannen. Michael hatte nicht zu einen Arzt fahren wollen, doch sie hatte darauf bestanden. Es war ein kurzer, harter Kampf gewesen, ehe Michael schließlich nachgab.

Hatten sie wirklich wieder dort angefangen, wo sie vor hundert Jahren aufgehört hatten? Sie konnte es kaum glauben.

Und nun?

Den Überfall in der Wüste hatte Michael überlebt, nur um jetzt in Paris zu sterben? Der Gedanke war für sie unerträglich. Deprimiert starrte sie auf die weiße Zimmerdecke und hörte auf die leise Musik eines Radios, das neben ihr auf dem Abstelltisch stand. Durel hatte es ihr geliehen, aber es spielte nur traurige Lieder. Jedenfalls schien es ihr so.

Doch plötzlich wurden die französischen Chansons durch ein energisches Klopfen an der Tür unterbrochen und ein hochgewachsener schlanker Mann mit schwarzem Vollbart, schwarzer Metallbrille und hellbraunem Trenchcoat trat herein.

Karen traute ihren Augen nicht, als sie ihren Bruder erkannte. »Kay? Was machst du denn hier?«

Ihr blieb vor Überraschung die Luft weg, als er um das Bett herumkam, ihr einen Blumenstrauß entgegenhielt, und mit einem spöttischen Lächeln auf sie hinabsah. »Die Pariser Polizei hat bei Mudder und Vadder angerufen und ihnen mitgeteilt, dass du mit einer Schussverletzung im Krankenhaus liegst.«

»O nein!«

»O doch. Aber immerhin sagten sie auch gleich, dass du nicht in Lebensgefahr seist, und fragten nach deiner Sozialversicherungsnummer.«

»O nein!«

»O doch. Jedenfalls riefen Mudder und Vadder sofort bei mir an und fragten, ob ich nicht mal schnell zu dir fliegen könne, um nachzuschauen, wie es dir geht und ob du Hilfe brauchst.«

Sie sah ihn dankbar an. »Konntest du denn einfach so deine Arbeit in der Uni unterbrechen?«

Zwischen seinen Augen bildete sich eine kleine Falte. »Warum fragst du?«

»Na ja, du bist immer so beschäftigt, dass du … ich habe jedenfalls nicht mit dir gerechnet, wenn ich ehrlich bin.«

Seine grauen Augen blickten sie spöttisch an. »Es war sehr rücksichtsvoll von dir, dich vor dem Wochenende anschießen zu lassen, Schwesterherz. Dadurch verliere ich keinen einzigen Tag.«

Kay kam damit wie immer mit ernsten Dingen nur über Spott klar. Er hatte sich nicht verändert.

»Ich bin froh, dass du da bist«, sagte sie.

Er legte die Blumen beiseite und griff nach ihrer Hand, als er merkte, wie ihr Tränen in die Augen stiegen. »Was ist los, Karen?«

Sie wich seinem Blick aus und starrte durch das Fenster auf die gegenüberliegende Krankenhausfassade. Die Herbstsonne schien mit wunderbarer Kraft ins Zimmer, aber sie konnte Karens trauriges Gemüt nicht erhellen. Für sie hätte es genauso gut regnen können. Es war ihr egal.

»Es sind Menschen gestorben«, flüsterte sie.

Kay spürte, wie sich ihre Hand verkrampfte. »Wie meinst du das?«

»Sie sind meinetwegen gestorben.«

»Was redest du für Zeug? Wer ist gestorben? Und warum sind sie gestorben?«

Wie in Trance berichtete Karen von den Geschehnissen der vergangenen Wochen in Paris und Ägypten, bei deren Schilderung Kay merklich blasser wurde. Er hatte nicht gewusst, dass sie in Ägypten gewesen war, und nahm sich insgeheim vor, Julius einen Besuch abzustatten und ihm klar und deutlich seine Meinung zu sagen. Es war nicht das erste Mal, dass Julius' Buchprojekte seine Schwester in Lebensgefahr brachten. Wie konnte er sie nur immer wieder losschicken?

»Du solltest keine Aufträge mehr von Julius annehmen, Karen. Sie bringen dich jedes Mal in Gefahr.«

Doch seine Schwester schüttelte energisch den Kopf. Sie liebte die freie Mitarbeit in dem kleinen Verlag. Ihr Patenonkel zahlte gut, und sie bekam alle Freiheiten, die sie sich wünschte.

»Es liegt nicht an Julius«, erklärte sie voller Überzeugung, da sie sich nicht vorstellen konnte, dass dieser sie bewusst einer Gefahr aussetzen würde.

Kay war da anderer Meinung, aber er schluckte sie hinunter.

»Und dieser Amerikaner und der Kommissar? Wie geht es den beiden?«

Karen schielte zur Tür und horchte nach Geräuschen

im Flur, aber es schienen keine Schwestern oder Krankenpfleger unterwegs zu sein, die sie aufhalten und wieder ins Zimmer zurückschicken konnten.

»Lass uns zu ihnen hingehen und mal nachschauen«, sagte sie. Sie stemmte sich schwerfällig hoch, doch Kay sah sie skeptisch an.

»Darfst du denn schon aufstehen?«

Mit einem Ruck zog sie die Bettdecke beiseite und setzte sich mit leichten Schwierigkeiten auf die Bettkante. Zum Glück sah ihr Bruder die kleinen Schweißperlen auf der Stirn nicht, als sie nach ihrem Bademantel griff. »Na klar, sonst würde ich es nicht tun.«

Umständlich quälte sie sich mit ihrer Armbinde in den Mantel hinein, den Kay ihr aufhielt.

»Du sagst aber Bescheid, wenn dir schwindlig wird, okay?«

Karen stand langsam auf und stieg in ihre Sandalen. Er wollte sie stützen, aber sie taumelte nicht.

Kay öffnete ihr die Tür. »Zu wem gehen wir zuerst?«

»Zu Michael«, antwortete sie und machte einige vorsichtige Schritte in den Flur. Dies war die Gelegenheit, auf die sie die ganze Zeit gewartet hatte. Nein, sie würde nicht schwach werden. Sie würde es schaffen. Wenigstens bis zu Michael.

Die Sichtfenster der Intensivstation gaben den Blick auf einen abgedunkelten Raum frei, in dem nur Maschinen das einzig Lebendige zu sein schienen.

»Welcher ist es?« Kay sah von einem unglücklichen Patienten zum anderen, aber eigentlich kam nur einer in Frage. Die anderen Männer waren Mitte fünfzig oder älter.

»Der Erste, hier vorne«, antwortete sie leise und betrachtete Michaels entspanntes Gesicht. Es hatte eine unheimliche Sanftheit, die ihr Herz zusammenschnürte.

Kay musterte beunruhigt die vielen Schläuche und Geräte, die Mansfield mit lebenswichtigen Funktionen versorgten, und biss sich auf die Lippe.

Genau in dem Augenblick hob Karen den Kopf, und Kay sah Tränen in ihren Augen. »Er darf nicht sterben, Kay. Bei Gott, er darf nicht sterben«, schluchzte sie und lehnte sich an die Schulter ihres Bruders, der sie vorsichtig in den Arm nahm.

»Ich bin sicher, dass er es schafft«, sagte er, doch seinen Worten fehlte die Überzeugung. Er sah über Karen hinweg auf eine brüchige Holzbank, die einsam und verloren im kalten Flur stand. Wie viele ängstliche Angehörige hatten schon auf dieser Bank gesessen und auf gute Nachrichten gewartet? Kay wollte nicht länger darüber nachdenken, es war zu deprimierend.

»Er muss«, beharrte Karen. »Michael darf nicht so gehen. Das wäre nicht fair.« Kraftlos schlug sie mit der rechten Faust gegen die Brust ihres Bruders.

»Er wird«, sagte Kay und drückte sie an sich. Nach einer Weile wagte er einen kleinen Vorschlag. »Sollen wir beim Kommissar vorbeischauen, oder willst du lieber wieder ins Bett zurück?«

Sie löste sich aus seiner Umarmung und wischte sich die Tränen weg. Dann nickte sie und nannte die Station, auf der Laurent lag.

»Ihm geht es besser. Er ist heute Morgen von der Intensivstation auf die normale Krankenstation verlegt worden«, erklärte sie Kay mit einem letzten Schluchzen und ging langsam zum Lift. Doch als sie bei Laurent ankamen, schlief er. Sie wollten ihn nicht stören und gingen wieder in Karens Zimmer zurück, wo sie ihren Bademantel auszog und sich ins Bett legte.

»Es war doch zu anstrengend für dich«, sagte Kay missbilligend, während er zusah, wie sie sich zudeckte und umständlich das Kopfkissen zurechtrückte. Er wollte ihr gerade helfen, als sie es geschafft hatte und sich zurücklehnte. »Kann ich irgendetwas für dich tun? Ich fliege erst heute Abend wieder zurück und könnte noch Besorgungen für dich erledigen.«

Karen freute sich, dass er sich so um sie kümmerte. Das war sie nicht von ihm gewohnt. Sie hatten sich das letzte Mal vor einem Jahr zu Johannas Geburtstag gesehen, wo sie sich über irgendeine Kleinigkeit gestritten hatten. Und nun brauchte sie ihn tatsächlich dringend. Es gab da etwas, das ihr auf der Seele brannte.

»Meine Sachen hat Laurents Kollege mir bereits gebracht, aber du könntest etwas anderes für mich tun, was mir sehr wichtig ist.« Mit der rechten Hand griff sie unter ihr Kopfkissen und holte den in ein Leinentuch gewickelten Djed-Pfeiler hervor. Sie hielt ihn ihrem verblüfften Bruder entgegen, der den alten Alabaster zögernd in die Hand nahm und ihn betrachtete.

»Ein Amulett. Und was soll ich damit machen? Soll ich es irgendwo hinbringen?«

»Es ist nicht nur ein Amulett. Wie du siehst, hat es einen Verschluss.«

Kays Kopf schoss in die Höhe. Sein Forschergeist war sofort hellwach. »Da ist etwas drin? Rückstände einer Salbe oder so, und du willst, dass ich es analysiere? Aber Karen, ich forsche nicht für die Vergangenheit, sondern für die Zukunft. Eine jahrtausendealte Schminke mag ja für

Archäologen eine Sensation sein, aber ich bin Chemiker. Ich kann die Ressourcen meiner Uni nicht für private Altertumsforschungen missbrauchen.«

»Das weiß ich. Und du sollst sie auch nicht missbrauchen. Allerdings gehst du von falschen Prämissen aus. Es handelt sich hier nicht um Schminke, sondern um ein altes Medikament. Es ist ein Öl.«

»Gegen Sonnenbrand?«

»Kay, dieses Amulett wurde einem Pharao ins Grab mitgegeben, der über hundertvierzig Jahre alt wurde. Was glaubst du wohl, wie er das geschafft hat?«

»Völliger Blödsinn. Niemand wird hundertvierzig Jahre alt. Unsere Telomere sind so gepolt, dass sie sich irgendwann nicht mehr erneuern, und dann stirbt die Körperzelle ab. Diesen Prozess nennt man *Altern*. Niemand kann das aufhalten.«

»So war es bisher«, entgegnete Karen.

»So ist es seit vier Milliarden Jahren. Außerdem gibt es keinen Pharao, der ...« Er kniff die Augen zusammen, als er Karen genauer ansah. »Dieser hundertvierzigjährige Pharao ...«

»... existiert wirklich. Allerdings möchte ich dich um Diskretion bitten. Die Ägyptologen haben die Entdeckung noch nicht öffentlich gemacht. Sie wollen in Ruhe ausgraben, ehe die Journalisten auf sie einstürzen.«

Kay betrachtete den kleinen Djed-Pfeiler in seiner Hand. Er konnte nicht glauben, was seine Schwester erzählte. »Du meinst das wirklich ernst?«

»Absolut. Es ist kein Scherz. Wegen dieses Amuletts wollte man mich umbringen. Es gab zwölf Stück davon, aber dies ist das letzte, das intakt ist. Ich bitte dich, Kay. Wegen dieses Amuletts liegt Michael auf der Intensivstation. Bitte tu mir den Gefallen. Es darf nicht alles umsonst gewesen sein.«

Kay Alexander war hin und her gerissen zwischen Unglauben und aufkommender Neugier. Was für eine abenteuerliche Geschichte. Es juckte ihn in den Fingern. Sein Forscherdrang und seine Neugier waren geweckt. Es würde sicherlich nicht schaden, einige unverbindliche Versuche und Analysen mit diesem Öl zu machen. Er legte das Amulett in das Leinentuch zurück und steckte es in seine Jackentasche. Karen warf ihm einen ängstlichen Blick zu.

»Bitte sei vorsichtig damit. Es ist mir wirklich sehr wichtig, dass du es untersuchst.«

»Okay«, sagte Kay und tätschelte liebevoll die Jackentasche. »Wird gemacht. Hast du sonst noch irgendwelche alten Mumien auf Lager, die ich in meinem Labor zerbröseln und analysieren soll?«

Karen stellten sich die Nackenhaare hoch. »Nein.«

»Brauchst du Zeitschriften? Bücher? Irgendwas?«

Sie schüttelte den Kopf. »Das ist wirklich nett von dir, aber ich werde hier gut versorgt. Es wäre mir lieber, wenn du wieder nach Berlin fliegen würdest.«

»Du willst mich so schnell wie möglich los sein, wie? Auch gut. Es scheint dir schon wieder besser zu gehen. Aber du solltest zu Hause mal anrufen, damit Mudder und Vadder sich keine Sorgen mehr machen.«

Sie nickte. »Mach ich heute Abend.«

Kay ging zur Tür und legte seine linke Hand auf die Klinke. Mit der rechten klopfte er auf seine Jackentasche, in der neben dem Amulett sein Handy lag. »Falls du noch etwas von mir willst, ruf mich an. Ich bin noch bis zwanzig Uhr in der Stadt.«

»Vielen Dank, Kay. Es war wirklich lieb von dir, dass du hergeflogen bist.«

Kay grinste. »Keine Ursache, Schwesterherz. Sieh zu, dass du wieder gesund wirst und nach Hause kommst. Au revoir.« Er öffnete die Tür und winkte ihr kurz zu, ehe er verschwand.

Karen lehnte sich in die Kissen zurück und starrte auf die weißgetünchte Decke über ihrem Bett. Die Erleichterung, dass sich das Amulett in den richtigen Händen befand, wollte sich nicht einstellen. Im Gegenteil, sie hatte immer noch das Gefühl, dass eine zentnerschwere Last auf ihren Schultern lag.

Tränen traten ihr in die Augen, als die Erinnerungen wieder hochkamen, Bilder, die sie nie vergessen würde – Michaels breiter Rücken, der sie vor dem Fremden schützte; seine Stimme, die ihr energisch befahl zu fliehen, sie zögerte und ging dann doch. Sie ließ ihn allein. Dann die Schüsse ...

Karen vergrub ihren Kopf im Kissen und hörte nicht mehr auf zu weinen.

53

In den nächsten drei Tagen ging Karen immer wieder zur Intensivstation und fragte die behandelnden Ärzte nach Michaels Gesundheitszustand, aber sie durften oder wollten ihr nichts sagen.

Am vierten Tag blieb sie abrupt vor dem großen Sichtfenster stehen und starrte wie versteinert auf Michaels leeres Bett. Ihr Herz setzte für eine Ewigkeit aus, ehe sie sich einer Krankenschwester in den Weg stellte und sie nach Michael fragte.

Die Krankenschwester, die die Panik in ihren Augen sah, beruhigte sie sofort.

»Es gibt gute Nachrichten, Madame. Monsieur Mansfield ist nicht mehr im akut kritischen Zustand. Wir konnten ihn heute Morgen auf Station fünf verlegen.«

»Welche Zimmernummer?«.

»455.«

Karen eilte davon.

Vorsichtig öffnete sie wenig später die Tür von Michaels Zimmer und zögerte plötzlich, als sie einen älteren Mann neben seinem Bett sitzen sah. Er hatte ein ernstes, schmales Gesicht und seine Haare schimmerten grau. Als er hörte, wie die Tür sich öffnete, drehte er sich um.

»Vous êtes qui?«, fragte Karen.

»Ich bin sein Vater.«

Erst jetzt erkannte sie die ähnlichen Gesichtszüge. Entsetzt drehte sie sich um und stürzte aus dem Zimmer.

»Mrs Alexander!«, rief Michael Mansfield senior hinter ihr her, aber sie wollte ihn nicht hören.

Karen taumelte durch die Flure, egal in welche Richtung, nur weg. Nicht sein Vater. Nicht hier in diesem Augenblick. Das konnte sie nicht ertragen. Sie weinte und schluchzte und lief ziellos weiter. Doch schließlich wurde sie von einer Krankenschwester aufgehalten, die sie fragte, ob sie etwas für sie tun könne. Karen verneinte und stand weinend gegen die Wand gelehnt. Die Krankenschwester wollte sie nicht alleine lassen, aber dann sah sie einen älteren Mann, der sich suchend umschaute und der beim Anblick der jungen Frau erleichtert schien. Er nickte der Krankenschwester zu, die freundlich zurücklächelte und dann im nächsten Zimmer verschwand.

Inzwischen hatte Michaels Vater Karen erreicht und stellte sich neben sie. Karen hob langsam den Kopf und sah ihn durch einen grauen Tränenschleier an.

»Nein, bitte nicht, Mr Mansfield. Bitte nicht ...«

Er nahm sie einfach nur in die Arme und drückte sie an sich.

»Was nicht, mein Kind?«

»Ich fühle mich ... so schuldig«, schluchzte sie und verbarg ihr Gesicht an seiner breiten Brust.

Er tätschelte liebevoll ihren Kopf und musste selbst mit den Tränen kämpfen.

»Ich weiß, mein Kind. Aber Sie konnten es nicht verhindern. Ich kenne meinen Jungen schon einige Jahre länger als Sie und muss sagen, er ist ein ausgesprochener Dickkopf. Er hat glücklicherweise viel von seiner Mom, aber das hat er leider von mir geerbt. Das, was geschehen ist, musste geschehen. Mein Junge hat nur das gemacht, was er für richtig hielt.« Mansfield senior sah zum Fenster hinaus. »Und bei Gott, es war richtig, Karen.«

»Woher kennen Sie meinen Namen?«

Michael Mansfield senior musste lächeln, als er sich daran erinnerte, wie warm die Stimme seines Sohnes vor einigen Wochen geklungen hatte, als er am Telefon von Karen sprach.

»Michael hat mir einiges über Sie erzählt. Und er hat sehr gut von Ihnen gesprochen, Karen.« Er nahm ihren Kopf in seine Hände und sah sie eindringlich an. »Michael war schon einmal dem Tode sehr nahe. Es ist noch nicht lange her, keine fünf Jahre, als er bei einer Razzia von mehreren Kugeln getroffen wurde. Er hat es damals überlebt, und verdammt noch mal, er ist mein Sohn, er wird es auch diesmal überleben.«

Karen erkannte, wie dieser Mann versuchte stark zu sein und ihr Halt geben wollte, obwohl er der Vater war, der seinen schwer verletzten Sohn hier besuchte. Seinen einzigen Sohn.

Sie wischte sich die Tränen weg. »Er … er darf nicht sterben, Mr Mansfield. Ich habe noch Schulden bei ihm.«

Mansfield senior sah sie verwirrt an. »Schulden? Bei meinem Sohn?«

»Ja, tausend Euro. Ich muss sie ihm unbedingt zurückzahlen.«

»Sicher, Karen. Michael wird das mit Ihnen klären. Sagen Sie, wo ist eigentlich Ihr Zimmer?« Er nahm ihren Arm und führte sie den Gang entlang.

»Sie sind mir nicht böse?«, fragte sie zögernd.

»Natürlich nicht, mein Kind.«

»Aber wenn ich nicht in Paris gewesen wäre, wäre das alles nicht passiert.«

»Dann aber vielleicht in New York.«

»Wie bitte?«

»Oder sonst wo. Sehen Sie, mein Junge ist Polizist. Anfangs war ich krank vor Angst. Jeder Tag war eine Qual, weil ich dachte, jeder Anruf würde mir eine schlechte Nachricht bringen. Doch dann sah ich, wie glücklich mein Junge in seinem Beruf war. Er konnte anderen Menschen helfen und Verbrechen aufklären. Das wollte er schon immer, schon als kleiner Junge. Verbrecher zu jagen war immer sein Ziel gewesen. Und bei Gott, er hat mit seiner Hartnäckigkeit so manchen zur Strecke gebracht. Eines Tages war es dann vorbei mit meiner Angst, denn ich wusste, dass er das tat, was ihm am wichtigsten war. Ich wollte aus ihm einen Geschäftsmann machen, damit er einmal meinen Platz einnimmt. Aber Michael ist kein Kaufmann. Ich wollte es nicht wahrhaben und ihn zwingen, doch ich hätte es besser wissen müssen. Er ließ sich nicht zwingen.«

Karen sah zu ihm auf. »Er ist aus demselben Holz wie Sie.«

Mansfield senior lächelte und nickte zustimmend.

»Wissen Sie, er hat das Herz auf dem rechten Fleck, aber es dauerte lange, bis ich das erkannte. Wir bekämpften uns viele Jahre, doch ganz gleich, was ich auch tat, er tat immer nur das, was er für richtig hielt. Er wurde Polizist, und irgendwann akzeptierte ich seine Wahl. Das Erbe seines Vaters und Großvaters … unsere Familiengeschichte interessierte ihn nicht. Das war sehr schwer für mich, aber er war tatsächlich bereit, alles aufzugeben. Und ich wollte ihn nicht verlieren.« Mansfield senior schluckte. »Aber dann kamen in letzter Zeit diese Anschuldigungen gegen ihn auf, und ich befürchtete, seine Abenteuerlust hätte ihn blind gemacht.« Er fasste sich an die Stirn. »Dabei war ich es, der blind war. Ich strich ihm seine monatlichen Gelder und hoffte ihn zur Vernunft zu bringen. Dabei tat ich ihm schreckliches Unrecht. Und seine Kollegen fingen an über ihn zu reden, da er trotzdem noch viel Geld hatte, doch sie wussten nicht, dass er über das Erbe seiner Mutter verfügte, die ihm mehrere Millionen hinterließ. Sie starb, als er zehn Jahre alt war.« Er wischte sich ein paar Tränen weg. »Wissen Sie, Karen, Michael ist glücklich als Polizist, und wenn ich Sie so betrachte, bin ich froh, dass er sich meinem Willen widersetzt hat.«

Karen sah ihn unglücklich an. Ihre Stimme bebte. »Mr Mansfield, ohne Michael wäre ich tot.«

»Vielleicht. Vielleicht aber auch nicht. So wie ich hörte, haben Sie sich selber wehren können.«

Sie nickte kraftlos, als sie sich an den Augenblick auf dem Dach erinnerte.

»Ich wäre aber auch beinahe abgestürzt«, murmelte sie und sah mit glasigen Augen zum Fenster hinaus. »Es fehlte nicht mehr viel.«

Ihr Blick gefiel Mansfield senior nicht. Er merkte, dass sie in gefährliche Erinnerungen zurückfiel, und führte sie langsam in ihr Zimmer.

54

Nach drei weiteren Tagen verließ Mansfield senior Paris, ohne mit seinem Sohn gesprochen zu haben. Erst am Mittwoch Vormittag berichtete eine Krankenschwester Karen, dass Mansfield aufgewacht sei und sie ihn am Nachmittag besuchen könne.

Karen dankte Gott und fieberte dem Nachmittag entgegen, und doch fühlte sie sich hin und her gerissen. Wie sollte es mit Michael und ihr weitergehen? Wusste er, was sie wusste? Wenn nicht, sollte sie es ihm sagen? Und dann? Was würde er tun? Würde er sie auslachen? Nein, sie durfte es ihm nicht sagen.

Zögernd trat sie am späten Nachmittag in Michaels Zimmer, blieb neben der Tür stehen und sah ihn an. Er bemerkte ihre Unsicherheit und hob mühsam zur Begrüßung seinen rechten Arm.

»Hi, Darling«, krächzte er und bekam einen Hustenanfall, weil seine Luftröhre von den Beatmungsgeräten völlig ausgetrocknet war. Seine Mundwinkel verzogen sich zu einem Lächeln.

Langsam ging sie zu ihm und hauchte ein »Hi«, ehe sie ihm einen Kuss gab. Mansfield erwiderte den Kuss wie ein Ertrinkender.

Karen zog sich umständlich einen Stuhl heran und setzte sich, während Mansfields Blick auf ihre blaue Armbinde fiel.

»Du bist verletzt?«, fragte er.

»Ein glatter Durchschuss. Es ist nicht schlimm.«

Mansfield schluckte, als er sich an die letzten Sekunden in der Galerie erinnerte. Die Schießerei, der Fremde, was war geschehen? Wie lange war er bewusstlos gewesen? Karen lebte, das war das Wichtigste.

Aber was war mit dem Öl? Hatte er wieder versagt? So wie damals als Cha-em-weset und Lescot? Er versuchte in Karens Gesicht zu lesen. All seine Gedanken waren so neu – und doch so alt. Wusste sie Bescheid über das, was damals geschehen war? Der Pharao war in seinen Armen gestorben, und auch Bernhardts Tod hatte Lescot nicht verhindern können. Wusste sie es? Hatte der Fremde es ihr erzählt?

Nein, es war zu verrückt. Und selbst wenn der Mann es getan hatte, Karen würde ihm nicht glauben.

Mansfield warf ihr einen sehnsüchtigen Blick zu und griff nach ihrer Hand. Es tat so gut, sie zu spüren, sie zu berühren. Aber da war noch etwas, das ihm auf der Seele brannte. »Sag mir die Wahrheit, Karen, ist der Kerl entkommen?«

»Nein, er ist tot. Du hast ihn mit einem deiner Schüsse erwischt.« Den Rest des Geschehens behielt sie vorerst für sich. Es wäre für ihn zu anstrengend gewesen, die ganze Geschichte zu hören.

Erleichtert ließ er den Kopf ins Kissen sinken und schloss für einen kurzen Moment die Augen. Er gönnte sich einige Sekunden, ehe er einen neuen Gedanken hatte. »Was ist mit dem Öl? Hast du es noch?«

»Nein.«

Seine Augen weiteten sich ungläubig. Die Sinuskurve des EKGs machte riesige Sprünge.

»Wie bitte?«

Mit einem Lächeln legte sie ihren Kopf vorsichtig auf seine rechte Brustseite und spürte sein rhythmisches Ein- und Ausatmen. Es war ein so wunderbares Gefühl nach all den Tagen der Angst.

»Beruhige dich, Michael. Das Öl ist in Sicherheit. Es ist bei Kay.«

Die Sinuskurve wurde wieder gleichmäßiger.

»Gut. Und was ist mit Laurent?«

»Er lebt. Es geht ihm sogar viel besser als dir.«

»Gott sei Dank. Und Durel?«

»Ihm ist nichts passiert.« Sie griff in ihre Bademanteltasche, zog die goldene Kette mit dem Horus-Anhänger heraus und legte sie Michael in die rechte Hand.

Er fuhr mit dem Daumen über den stilisierten Falken und sah sie fragend an.

»Ein Clochard hat sie in der alten Galerie gefunden. Er und sein Hund suchten einen trockenen Platz für die Nacht, als er deine goldene Kette auf den Treppenstufen fand. Er folgte seinem Hund die Treppe hinauf, wo sie dich auf dem Laufgang der Galerie liegen sahen. Der Clochard rief sofort mit deinem Handy den Notarzt und die Polizei an.«

»Ein guter Mann«, murmelte Mansfield. »Jemand anders hätte die Situation ausgenutzt, meine Brieftasche, die Uhr und das Handy geklaut und wäre abgehauen.«

Karen nickte. Sie wollte nicht daran denken, was ohne den Clochard geschehen wäre. Der alte Mann hatte Michael lebenswichtige Minuten geschenkt.

»Und wieso war mein Horus jetzt bei dir? Hat der Clochard ihn dir geschenkt?« Das Denken und Kombinieren fiel ihm immer noch schwer.

»Nein«, antwortete Karen und betrachtete den goldenen Falken in Michaels Hand. »Der Clochard hat von deinem Vater eine Belohnung bekommen und als Dank den Anhänger zurückgegeben. Er wollte ihn nicht haben, da er ihm nicht gehöre. Dein Vater gab ihm dann noch seine Visitenkarte und meinte, er könne ihn jederzeit anrufen, wenn er irgendetwas brauche.«

Mansfield betrachtete nachdenklich den ägyptischen Falkengott in seiner Hand. El Bahay hatte Recht behalten, der Falke hatte ihn beschützt. Bis zuletzt.

»Mein Dad war also hier? Kaum zu glauben. Wo ist er jetzt?«

Sie hörte den harten Unterton in seiner Stimme und hatte das Gefühl, Mansfield senior vor seinem eigenen Sohn beschützen zu müssen.

»Er war die ganze Woche hier und hat dich jeden Tag besucht. Es sah nicht gut aus. Die Ärzte wussten nicht, ob du es schaffst.«

Ein schmerzliches Lächeln spielte um seinen Mund. »So leicht wird man mich nicht los. Ich bin New Yorker. Wir stehen immer wieder auf.«

»Das hat dein Dad auch gesagt. Ohne seine tröstenden Worte hätte ich die Woche nicht überstanden.«

»War es so schlimm, Darling?« Er streichelte mit der gesunden Hand ihre Wange.

»Es war die Hölle. Es war schon schlimm genug, dass ich in Ägypten dachte, du lägst tot in der Wüste. Und jetzt noch mal. Mach das nie wieder, hörst du?«

Mansfield strich ihr sanft einige Haare aus der Stirn. »Ich musste etwas unternehmen. Ich hätte es nicht ertragen, wenn dir etwas passiert wäre«, flüsterte er liebevoll. Wenn dir wieder etwas passiert wäre, ergänzte er in Gedanken. »Dort oben auf der Galerie ging es nicht um mein

Leben. Es ging um dich und um das Öl. Der Fremde durfte es nicht bekommen. Um keinen Preis.«

»Um keinen Preis«, murmelte Karen, während Mansfield den Kopf mit einem leichten Stöhnen ins Kissen zurücksinken ließ. Er schloss die Augen.

Karen merkte es und lehnte sich auf ihrem Stuhl zurück. »Du bist müde. Entschuldige bitte, dass ich dich so angestrengt habe.«

Mansfield öffnete die Augen halb. »Du bist *immer* anstrengend«, flachste er.

»Werd nicht frech«, entgegnete sie, doch Mansfield lachte. »Ich komm heute Abend noch mal wieder, okay?« Sie beugte sich über ihn und gab ihm einen leichten Kuss.

»Ich liebe dich«, flüsterte er.

Sie blickte ihn zärtlich an. »Ich liebe dich auch. Erhol dich gut.«

55

Karen wusste nicht, wie lange Michael im Krankenhaus bleiben würde, aber sie wollte ihn auf keinen Fall allein lassen.

Als sie wieder gesund war, hatte sie sich ein Zimmer im Vernet genommen, ganz zum Missfallen von Mansfield senior, der sie im Ritz einquartieren wollte, dort, wo er selbst immer logierte, wenn er in Paris war. Karen hatte mit einem Lächeln abgelehnt und musste an Michaels Antwort denken, als sie ihn mal fragte, warum er im beschaulichen Vernet wohne anstatt im Ritz. »Nicht mein Stil«, hatte er gesagt, und erst jetzt verstand sie, dass es mehr als nur eine Stilfrage war. Mansfield junior wollte sich von seinem Vater abgrenzen – durch seinen Beruf, durch andere Hotels, durch einen anderen Lebensstil.

Karen hatte also ein Zimmer im Vernet genommen, wo sie vormittags an ihrem Buch arbeitete, während sie nachmittags Michael im Krankenhaus besuchte.

Nach einer Woche schickte Escard einen Boten, der ihr ein kleines Paket überreichte. Mit zitternden Händen schnürte sie es auf und blickte wenig später mit unglaublicher Freude auf originale Schriftstücke des Professors. Im Brief von Monsieur Artois stand, dass die Polizei sie in der Wohnung des Unbekannten gefunden und sie an die Sorbonne zurückgegeben habe.

Karen fuhr mit den Fingern über die verblichene Handschrift und konnte kaum glauben, dass sie diese Briefe wieder in Händen hielt. Briefe und Notizen, die sie vor hundert Jahren geschrieben hatte. In einer anderen Zeit. In einem anderen Leben.

Julius hatte Recht gehabt, niemand anderes hätte die Monographie so schreiben können wie sie.

Julius.

Plötzlich hatte sie wieder sein ernstes Gesicht vor Augen, als er sie an dem Montag im August beschworen hatte, den Auftrag anzunehmen.

Hatte er es gewusst? Hatte er es etwa gewagt, sie auf die delphische Suche nach sich selbst zu schicken?

Sie griff nach ihrem Handy und wollte gerade Julius' Nummer eintippen, als ihr ein anderer Gedanke kam. Nein, sie würde ihn nicht am Telefon zur Rede stellen. Sie wollte ihm in die Augen sehen, wenn sie es ihn fragte.

Einige Tage später brachte Durel Karen eine dünne Mappe, in der eine Klarsichthülle lag. In letzter Zeit flogen ihr die Dinge und Lösungen beinahe zu. So sehr sie am Anfang Schwierigkeiten zu überwinden hatte, so leicht wurde es auf einmal für sie, ihren Auftrag zu erfüllen. Alles schien wie von selbst zu geschehen.

Karen hielt die Klarsichthülle in Händen, in der ein alter vergilbter Brief des Professors lag. Das Herz schlug ihr bis zum Hals, als sie das Datum des Briefs las: 16.9.1907. Es war Bernhardts letzter Brief. Und er war an Lescot gerichtet.

Tränen liefen ihr über die Wangen, als sie den Brief immer und immer wieder las. Bernhardt hatte sich in ihm bei Lescot entschuldigen wollen, aber das Schreiben hatte Lescot nie erreicht. Und jetzt hatte sie es wieder in der Hand. Sollte sie es Michael zeigen? Sollte sie ihm alles sagen? Sagen, was für verrückte Gedanken und Erinnerungen immer wieder aus den Tiefen ihrer Seele aufstiegen und in ihrem Kopf herumschwirrten? Nein, es war zu verrückt. Vielleicht würde sie es tun, wenn er aus dem Krankenhaus entlassen worden war. Vielleicht würde sie es auch niemals tun. Sie wusste es nicht.

Sie wusste nur eins – dass sie Michael von Anfang an vertraut hatte, seit ihrem ersten Zusammentreffen an der Metrostation, ohne Kompromisse, ohne jeden Zweifel.

Es war ein großer Fehler gewesen, dass sie Lescot nicht restlos vertraut hatte. Er war zwar ihr Assistent gewesen und zuverlässiger als die anderen Studenten, aber absolutes Vertrauen hatte sie nur in ihre eigenen Fähigkeiten gehabt. Sie schämte sich für ihre damalige Hybris, aber dafür war es nun zu spät.

Vielleicht waren Michael und sie deswegen wieder in diesem Leben zusammengetroffen, um ihre früheren Fehler zu erkennen und sie nicht zu wiederholen?

Sie hatten beide aus ihren Fehlern gelernt und hatten ihre Querelen überwunden. Oder?

56

Die Sonne stand an diesem Oktobernachmittag tief am Himmel, als ein Hoteldienstmädchen des Vernet an der Zimmertür klopfte und Karens gereinigte Kleidungsstücke brachte. Während Karen die Sachen entgegennahm, lag Mansfield gelangweilt auf der Couch und las die letzten Seiten in seinem Buch über Alexander den Großen. Über einen Monat hatte er im Krankenhaus gelegen, ehe er gestern entlassen worden war und jetzt diesen letzten Tag mit Karen in Paris verbrachte.

Sie legte ihre Sachen auf einen Sessel und holte ihren Koffer aus dem Schrank, als Mansfield plötzlich hinter ihr stand und sie mit seinem gesunden rechten Arm umschlang. Seine Lippen arbeiteten sich zärtlich ihren Hals empor.

»Warum willst du unbedingt nach Hamburg zurück, Darling?« Er knabberte an ihrem Ohr. »Ich versteh das nicht. Das Buch kannst du doch auch in New York schreiben.«

Ihre Stirn wurde langsam Kuss für Kuss erobert. Karen ließ es sich gern gefallen.

»Julius wartet auf mich.«

Was für eine Konkurrenz, dachte Mansfield. »Lass ihn warten.«

»Meine Wohnung. Sie muss …«

»Du hast gesagt, dass eine Freundin sich darum kümmert. Komm schon, lass mich nicht so viel betteln. Flieg mit mir nach New York.« Er legte seine ganze Überzeugungskraft in einen Kuss, der Karens Beine weich werden ließ.

Es dauerte einige Zeit, bis sie wieder was sagen konnte. »Nein, Michael«, entgegnete sie entschlossen. »Ich werde in zwei Wochen nachkommen.«

»Warum nicht in einer Woche?« Er wollte Karen nicht ohne ein Versprechen gehen lassen.

Sie sah in seine haselnussbraunen Augen, die es schwer machten, ein Gegenargument zu finden. Trotzdem wollte sie es ihm nicht so einfach machen.

»Ich muss noch so vieles erledigen …«, begann sie, aber es war sinnlos. Kein Grund der Welt konnte stark genug sein, um seine strahlenden Augen zu besiegen. Sie seufzte. »Also gut, ich komme in einer Woche nach.«

Das Leuchten in seinen Augen verstärkte sich um das Tausendfache.

»Wunderbar! Mein Vater wird dir seinen Privatjet schicken.«

»Das möchte ich nicht.« Sie legte ihre rechte Hand auf seine Brust und wollte sich von ihm wegstoßen, aber sein kräftiger Arm hielt sie fest.

»Willst du meinen Vater beleidigen? Er mag dich. Er tut das nicht für jeden.«

»Du bist auch nicht mit seinem Privatjet nach Paris geflogen«, entgegnete sie.

»Das war etwas anderes. Ich hatte meine Gründe.«

»Die habe ich auch.«

»Das kann man nicht miteinander vergleichen.«

»Ach nein?«

»Nein.«

»Ich brauche keinen Chauffeur«, sagte sie mit einem trotzigen Funkeln in den Augen.

Mansfield seufzte. »Ich muss wohl nachgeben, damit du mir nicht wieder wie in Kairo aus dem Zimmer läufst, wie?

Diesmal hätte ich nämlich echte Schwierigkeiten, dir zu folgen.« Er deutete mit dem Kopf zur Couch, gegen die eine Gehhilfe lehnte. Karen musste unwillkürlich lachen.

»Nein, mein Held, ich renne dir nicht weg. Sag deinem Vater, dass ich sein Angebot annehme.«

»Das wird ihn sehr freuen.«

»Und seinen Sohn erst«, fügte Karen hinzu.

»Den erst recht«, stimmte Mansfield zu und schob sie sanft zu einer Récamiere, wo Karen geschickt das Gleichgewicht verlor und rückwärts auf das weich gepolsterte Möbelstück sank. Mit einem missmutigen Blick musterte Mansfield die weiße Armbinde, die über ihrer linken Schulter hing. »Die stört doch nur, findest du nicht?«, sagte er und begann die Schnalle an ihrem Handgelenk zu öffnen, während Karen bewunderte, wie schnell er mit derlei Dingen kurzen Prozess machte.

»Sie stört ungemein«, säuselte sie und griff nach seinem Baumwollpullover, um ihn ihm über den Kopf zu ziehen. Dabei kam sie an seine Wunde an der linken Seite, und er stöhnte kurz auf.

»Vorsicht, Darling, nicht so schnell. Dein Held ist noch nicht wieder ganz fit.«

»Noch ein Grund mehr, erst später nach New York zu fliegen«, flüsterte sie, während Mansfield sie mit einem Lächeln vom Gegenteil zu überzeugen begann.

57

Am nächsten Morgen legte Karen ihre T-Shirts, Hosen, die Aktenmappen und Bernhardts Buch in den Koffer und griff nach ihrem lädierten Rucksack, in den sie ihren zerstochenen Baedeker, die Ramses-Zeitschrift und ihr Traumtagebuch packte. Als sie das Buch des Professors und das Traumtagebuch in der Hand hielt, hatte sie wieder das Bedürfnis, Michael von ihren merkwürdigen Empfindungen zu erzählen, aber sie traute sich immer noch nicht. Er würde sie wegen solcher Verrücktheiten nur auslachen und fragen, ob sie auch an den Weihnachtsmann glaube. Mit einer resignierten Handbewegung steckte sie die Bücher in den Rucksack und machte ihn zu.

Mansfield stand einige Meter hinter ihr und schaute ihr beim Packen zu. Der Anblick schmerzte, aber es war ja nur für eine Woche. Er hoffte, dass das Schicksal diesmal gnädiger zu ihnen sein würde und sie sich gesund und munter in New York wieder sehen würden.

Ja, so würde es sein. So Gott will.

Mansfields Blick fiel auf ein kleines schwarzes Buch, das neben ihm auf dem Tisch lag. Er griff danach und besah es sich von allen Seiten, so wie er es gemacht hatte, als er das Buch zum ersten Mal in Händen hielt. Lescots Tagebuch. Das Moleskin fühlte sich gut an, aber gleichzeitig weckte es in ihm einen alten Schmerz. Mansfield fällte einen schweren Entschluss. Er konnte Karen nicht so gehen lassen. Sie mussten darüber sprechen, bevor sie nach Hamburg zurückflog. Er durfte nicht länger zögern.

»Du hast noch mein Tagebuch vergessen, Karen«, sagte er.

Sie fuhr herum und sah Mansfield mit Lescots Notizbuch in der Hand, das er ihr mit einem schmerzlichen Lächeln entgegenhielt.

Karen schluckte, während ihr unsicherer Blick seinen traf. Jeder las im Gesicht des anderen. Hatte sie sich verhört? Hatte er wirklich »mein Tagebuch« gesagt? Sie konnte es nicht glauben.

»Michael?«

»Ja?«

»Du … du weißt es?«

»Ja«, antwortete Mansfield.

»Woher? Von dem Fremden?«

»Und von meiner Seele.«

Stunden schienen zu vergehen, aber in Wirklichkeit waren es nur Sekunden. Dann löste sich Karens Erstarrung, und sie fiel Mansfield mit einem lauten Schluchzen in die Arme. Auch er hatte Tränen in den Augen, als er sie auffing und sie mit seinem gesunden rechten Arm an sich drückte.

»Mein kleiner Professor«, murmelte er zärtlich und küsste ihr Haar.

»Michael, ich …«

»Sscht, ist schon gut. Alles ist gut«, flüsterte er und schob sie zur Couch, auf die sie sich fallen ließen und sich festhielten, als ob sie sich nie wieder trennen wollten. Nach einigen Minuten blickte sie zu ihm auf und sah in sein lächelndes Gesicht. Er griff nach ihrer Maat-Kette und küsste die kleine ägyptische Göttin. Dann hob er ein wenig den Kopf und küsste Karen, die ihm mehr bedeutete, als er sagen konnte.

Nach all der Zeit hatten ihre Seelen sich wiedergefunden.

Karen sah ihn glückselig an. »Seit wann hast du es gewusst?«

»Gespürt habe ich es das erste Mal, als du mir mein Tagebuch gegeben hast.«

»Ja, da war etwas ... ich habe es auch gespürt. Du warst mir auf einmal so ...«

»Vertraut.«

Sie nickte und spielte mit seiner Horus-Kette.

»Und dann in Ägypten am Eingang des Grabes, als du mit deiner Hand den Felsen berührt hast und ich meine Hand darauf gelegt habe. In dem Augenblick spürte ich eine wohlige Art von Unendlichkeit in mir ...«

»Unsterblichkeit.«

»Ja, Unsterblichkeit, die mich tief berührte.«

Karen nickte erneut. Auch sie hatte so empfunden. Es kam tief aus ihrem Inneren, aus der Tiefe ihrer Seele. »Es ging mir genauso. Aber Paris ...« Ihr traten Tränen in die Augen, die sie schnell mit dem Handrücken wegwischte.

»Du hattest überall Erinnerungen, nicht wahr?« Mansfield blickte in ihre wunderschönen Augen, die smaragdgrün schimmerten.

»Nein, nicht Erinnerungen. Es waren Empfindungen, die ich nicht verstand. Erst als ich mit dem Fremden auf dem Dach war, hatte ich diese Rückblende. Vielleicht lag es an der Todesangst. Die Straße, Lescot, Bernhardt ... Für einige Sekunden sah ich auf einmal diese Szene von damals vor mir.«

Sie schüttelte sich und drückte sich noch fester an Mansfield, der merkte, wie sehr sie unter Bernhardts Schicksal litt. Auch ihm fiel es nicht leicht, an Lescot zu denken. Es war schmerzlich, denn der Professor und er waren im Streit auseinander gegangen.

Plötzlich stieß sich Karen von ihm ab und stand auf. Sie ging zu ihrem Rucksack und holte eine durchsichtige Kunststoffhülle heraus, in der ein braunes Stück Papier lag. Sie reichte es Mansfield, dessen Blick schnell auf den Schreiber und auf den, an den der Brief gerichtet war, fiel. Es war der Brief von Prof. Bernhardt an Lescot.

Mansfield hatte Schwierigkeiten, die verblichene braune Tinte zu lesen. Außerdem hatte das Papier überall Löcher, und die Ränder waren zerfressen. Manche Wörter fehlten, aber er konnte trotzdem verstehen, was Bernhardt geschrieben hatte. Er sah Karen ungläubig an. »Woher hast du ihn?«

»Durel hat ihn mir gebracht. Der Brief war …«, es fiel ihr schwer, es auszusprechen, »… bei der Leiche des Professors. Er … ich … er hatte ihn in seiner Brieftasche.«

Mansfield betrachtete das vergilbte Papier. Über hundert Jahre hatte es in der Erde gelegen … es war für ihn bestimmt gewesen … jetzt hatte er es in Händen.

Er hob eine Augenbraue. »Bernhardt wollte Lescot rehabilitieren?«

Karen nickte. Es war merkwürdig, aber sie spürte Schuldgefühle für etwas, das sie vor hundert Jahren begangen hatte.

Mansfield schaute einige Sekunden auf das Blatt, dann warf er Karen einen finsteren Blick zu. »Findest du nicht, dass deine Entschuldigung ein bisschen zu spät kommt?«, sagte er, doch schon im nächsten Moment verzogen sich seine Mundwinkel zu einem verräterischen Grinsen, und in seinen Augen sprühten goldene Funken. Er zog Karen zu sich und küsste sie so sehnsüchtig, wie er es noch nie zuvor getan hatte.

58

Sie waren etwas zu früh am Flughafen und hatten noch Zeit für einen Kaffee im Restaurant. Mansfield hielt Karens linke Hand, als er auf einmal stutzte.

»Was ist denn das?« Er hatte eine Narbe unterhalb des Daumens entdeckt. »Noch ein Souvenir? Sag schon, Stockholm oder London?«

»Weder noch. Es ist beim Brötchenaufschneiden passiert.«

Er lächelte. »Ich glaube, du solltest nicht so viel verreisen.«

»Warum?«, fragte sie. »Mein Arzt freut sich immer, wenn er eine Postkarte von mir bekommt.«

»Sicher. Und hält dann gleich einen Termin für dich frei, um deine *Souvenirs* zu behandeln.« Er küsste ihre Narbe. »Sie ist gut verheilt.«

Karen nickte und warf einen Blick auf seine Armbinde.

»Wie geht es deiner Schulter?«

Tatsächlich schmerzte sie bei jeder Bewegung, aber das wollte er nicht zugeben.

»Es wird jeden Tag besser«, log er und versuchte dann schnell das Thema zu wechseln, indem er ein Päckchen aus einer Tüte holte.

Karen hatte schon befürchtet, dass er ein Abschiedsgeschenk für sie hatte, als sie die Tüte sah, aber es hätte sie auch gewundert, wenn er sie einfach nur mit einem Kuss verabschiedet hätte.

»Ich habe hier noch etwas für dich, aber du darfst es erst im Flugzeug oder in Hamburg öffnen.«

Er reichte ihr das Geschenk, das knapp ein Kilo schwer war.

»Du liebe Güte«, sagte Karen, als sie es entgegennahm. »Hast du eine Statue aus dem Louvre gestohlen, oder was ist da drin?«

Mansfields Mundwinkel zuckten. »Wird nicht verraten. Es ist auf jeden Fall etwas, das du gebrauchen kannst.«

»Ein Dior-Collier?«

»Vielleicht das nächste Mal.« Er griff nach der Kaffeetasse, während seine Augen sie über den Rand hinweg anstrahlten.

Karen legte das gold-blaue Päckchen für einen Moment auf den kleinen Bistrotisch. »Den Kaffee bezahle auf jeden Fall ich«, bestimmte sie mit gespieltem Ernst.

»Okay, dann bestelle ich mir noch ein Croissant dazu.«

»Nein, zwei«, sagte Karen. »Oder besser drei, falls ich im Flugzeug nichts zu essen bekomme.«

Eine halbe Stunde später verabschiedeten sie sich voneinander mit einer langen Umarmung und einem noch längeren Kuss. Karen sah noch einmal in seine wunderschönen braunen Augen, dann drehte sie sich um und ging.

Er schaute ihr nach und flüsterte: »Bye, my love, 'til we see us again.«

Als sie hinter einem Eckpfeiler verschwunden war, drehte er sich um und schlenderte ganz in Gedanken versunken zum Ausgang. Ein dicklicher Franzose, der sich auf eine Gehhilfe stützte, wartete bereits auf ihn.

Mit leichtem Stirnrunzeln ging Mansfield auf ihn zu.

»Monsieur Laurent, was machen Sie denn hier?«

»Ich hatte noch etwas zu erledigen.«

»Aha, Sie sind schon wieder im Dienst?«

Laurent biss sich auf die Lippe. »Nein, bin ich nicht. Ich habe noch etwas mit Ihnen zu erledigen, bevor Sie nach Amerika zurückfliegen.«

Mansfield warf ihm einen kritischen Blick zu. »Sie wollen mir doch wohl keinen Ärger wegen der unregistrierten Waffe machen, oder?«

»Nein.«

»Hatte ich irgendwelche Strafzettel?«

»Viele, aber die habe ich verbrannt.«

Mansfield verstand allmählich, weshalb der Kommissar hier war.

»Laurent«, begann er schnell, aber dieser unterbrach ihn mit einer kurzen Handbewegung.

»Nein, sagen Sie nichts. Es ist nun mal wichtig für mich, dass ich mich bei Ihnen entschuldige.« Er blickte Mansfield ins Gesicht, aber er sah nur in zwei milde Augen, die ihm schon lange vergeben hatten.

»Wenn Sie so weitermachen, werden Sie mir noch sympathisch. Also sagen Sie mir endlich, was Sie an mir auszusetzen haben.«

Laurent grinste. »Sehr vieles, Monsieur Mansfield, sehr vieles. So viel Zeit habe ich gar nicht, um alles aufzuzählen.«

»Das dachte ich mir.«

Sie gingen durch den Ausgang und dann zum Parkplatz, wo Durel mit seinem Citroën auf sie wartete. »Übrigens haben wir gestern Abend Lucass festgenommen«, sagte Laurent beiläufig.

»Sollte mich das interessieren?«

Laurent zuckte mit den Schultern. »Ach, ich dachte nur, weil Sie Anfang September Vincent Bouvier im Capet getroffen haben und der bekanntermaßen zu Lucass' Leuten gehört.«

Mansfield folgte dem Kommissar mit einem schiefen Lächeln.

»Sie haben es gewusst?«

»Oui. Aber ich wusste nicht, weshalb Sie sich mit ihm getroffen haben. Sie haben mir ja leider nichts davon erzählt.«

»Sie hätten mir nicht geglaubt.«

»Wahrscheinlich nicht.«

»Das habe ich mir gedacht. Wissen Sie, an Lucass heranzukommen war schon schwer genug, und wenn ich Ihnen von meinen Ermittlungen erzählt hätte, hätten Sie mich zuerst ausgelacht und mir dann wahrscheinlich so viele Steine wie möglich in den Weg gelegt.«

Laurent nickte. »Selbstverständlich, schließlich sind wir hier in Paris und nicht in New York.«

»Sehen Sie, deswegen musste ich es alleine versuchen.«

»Das war aber sehr riskant.«

»Ich hatte keine Wahl. Lucass war der Einzige, der meine Unschuld bezeugen konnte. Ich musste ihn finden.«

»Von wegen Urlaub.«

»Tut mir Leid.«

»Ach, Unsinn. Daran habe ich sowieso keine Sekunde geglaubt. Hatten Sie Madame Alexandre von Ihrem wahren Aufenthaltsgrund erzählt?«

»Nein, sie hat nichts gewusst.«

»Nicht sehr fein von Ihnen.«

»Es hätte sie nur beunruhigt.«

»Zu Recht.«

»Weswegen haben Sie Lucass eigentlich gestern festgenommen?«, fragte Mansfield interessiert.

»Es gab eine kleine Schießerei, bei der er einen Amerikaner umgebracht hat. Einen gewissen Robert Brennar. Kennen Sie ihn zufällig?«

»Nein. Aber falls Ihnen eine chromfarbene Smith & Wesson, Modell 4006 bei Lucass in die Hände fallen sollte, bitte ich Sie …«

»… die darauf gefundenen Fingerabdrücke nicht mit Ihren zu vergleichen? Auf die Idee würde ich niemals kommen.«

»Danke.«

»Kein Problem. Übrigens wurde dieser Brennar mit so einer Waffe getötet. Aber es sind hauptsächlich Lucass' Fingerabdrücke drauf. Niemand wird auf die Idee kommen, die anderen mit denen aus Ihrer Akte zu vergleichen.«

»Was für eine Akte?«

»Monsieur Mansfield, die französische Polizei schläft nicht. Ich habe mir von Ihrem Vorgesetzten eine Kopie Ihrer Polizeiakte kommen lassen, die zwar wahrscheinlich unvollständig ist, aber immerhin einige aufschlussreiche Hinweise gegeben hat.«

Mansfield nickte anerkennend. »Ich glaube, ich habe Sie unterschätzt.«

»Schon möglich. Dafür habe ich Ihnen das Leben auch hoffentlich verdammt schwer gemacht. Außerdem habe ich wirklich geglaubt, dass Sie hinter den Anschlägen auf Madame Alexandre steckten. Da war ich wohl ein wenig verbohrt.«

Vor einigen Tagen hatte Durel Mansfield von Laurents Eheproblemen erzählt. Seine Frau hatte ihn vor zehn Jahren wegen eines Amerikaners verlassen und war nach Miami gezogen. Nach zwanzig Jahren Ehe ein harter Schlag. Seitdem war er auf Amerikaner nicht gut zu sprechen.

»In Ihrer Akte stand auch etwas von Bestechung und einem Schweizer Nummernkonto …?«, fragte Laurent, ohne den Satz zu beenden.

Mansfield musste grinsen. »Das hat Ihnen sicher gefallen, nicht wahr? Hätte es mir vielleicht auch, wenn ich davon gewusst hätte. Das Konto war echt, und die Überweisungen auch, aber ich hatte es nicht angelegt. Jemand hat mir Ärger machen wollen, und das Kontenbuch vor der Hausdurchsuchung in mein Penthouse geschmuggelt.«

»Immerhin eine nette Art, einen Polizisten aus dem Weg zu räumen. Man hätte schließlich auch eine Kugel nehmen können.«

»Stimmt. Was ist eigentlich mit Brennars Leuten geschehen?«

Laurents Kopf zuckte hoch. »Gerade haben Sie noch gesagt, dass Sie Brennar nicht kennen?«

Mansfield seufzte. »Okay, Laurent, ich kenne Brennar. Er hatte in New York ein illegales Spielkasino, in dem auch Rauschgift im großen Stil umgesetzt wurde.«

»Aha, deshalb haben Sie sich also mit Lucass getroffen. Sie haben ihn als Eintrittskarte bei Brennar benutzt?«

»Richtig. Allerdings ging der Deal schief, und wir verloren den Koffer mit dem Geld.«

»Ich erinnere mich an den Eintrag in Ihrer Akte. Es ging um eine Million Dollar, n'est-ce pas? Ein hübsches Sümmchen, das Ihnen hoffentlich viel Ärger eingebracht hat.«

»Das kann man wohl sagen. Das verdammte Geld hat

mir fast das Genick gebrochen. Sogar mein Vorgesetzter war sich nicht mehr sicher, ob er mir trauen konnte.« Mansfields Gesicht verfinsterte sich für einen Moment. »Winslow hätte es besser wissen müssen.«

Laurent schüttelte leicht den Kopf. »Seien Sie nicht zu hart mit ihm. Denken Sie an das Schweizer Bankkonto und die Aussage von diesem Hazlewood, die gegen Sie sprachen. Ich hätte Ihnen in dem Fall auch nicht geglaubt.«

Ein spöttisches Lächeln verscheuchte Mansfields dunkle Gedanken. »Darf ich Sie daran erinnern, dass Sie mir grundsätzlich nicht geglaubt hätten?«

Laurent musste grinsen, als er an ihre Auseinandersetzungen dachte, und auf einmal tauchte ein kleines schwarzes Buch vor seinem inneren Auge auf. Er sah Mansfield mit einem reuigen Blick an.

»Ich habe Ihnen und Madame Alexandre wirklich übel mitgespielt. Ich habe Sie mit dem Tagebuch in Gefahr gebracht. Das hätte ich nicht tun dürfen.«

Mansfield schluckte, als er an das alte Tagebuch dachte. Es war, als würde er es in seiner Hand fühlen, als würde er das Gummiband abnehmen, es öffnen und mit seinen Fingern über die rauen Papierseiten streichen und gleich einen neuen Eintrag machen. Es gab viel zu erzählen.

Aber das Buch war in einem Flugzeug nach Hamburg.

Mansfield sah zu einer startenden Air-France-Maschine, die sich schwerfällig in den Himmel erhob und einen Bogen über die flachen Kornfelder zog.

»Nein, es war richtig, dass Sie Karen das Tagebuch gegeben haben. Genau richtig.«

59

Hamburg

Karen war in Hamburg-Niendorf in ihrer Wohnung und packte gerade den Koffer und die Taschen aus, als ihr Lescots Tagebuch aus den Tiefen des Rucksacks entgegenlächelte.

Mit einem leichten Zögern nahm sie es heraus und hielt es in beiden Händen, plötzlich strömte ein unbeschreibbares Prickeln durch ihre Hände hindurch die Arme hinauf bis zu den Schultern, den Nacken entlang in den Kopf und von dort die Wirbelsäule hinunter bis zu den Fußsohlen. Gleichzeitig breitete sich eine wohlige Ruhe in ihrem Körper und ihrer Seele aus.

Angekommen.

Sie sah zum Fenster hinaus, wo die Sonne hell und warm schien.

Die Bäume und die Menschen ächzten unter der Hitze, während sie an die trockenen heißen Tage in Ägypten dachte. Und an die Wüste.

Michael.

Ihre rechte Hand strich sanft über den Einband. Dann fiel ihr Blick auf das Geschenk, das er ihr am Flughafen gegeben hatte, und mit langsamer Akribie begann sie das Päckchen aus dem gold-blauen Geschenkpapier auszuwickeln. Ein kleines rotes und ein größeres braunes Buch kamen zutage, und als Karen sie umdrehte, erschien ein breites Grinsen auf ihrem Gesicht. Es waren ein Paris-

Baedeker von 1907 und ein Buch über die Weltausstellung von 1900.

Karen schien es eine Ewigkeit her zu sein, dass sie diese Bücher auf dem Flohmarkt in Paris gefunden und sie dort gelassen hatte. Und trotzdem lagen sie jetzt in ihrer Hand.

Michael war unglaublich. Hatte er sie an jenem Tag heimlich gekauft oder später, wenn er nachmittags das Hotel verlassen hatte und sie nicht wusste, wohin er ging?

Wie auch immer, überglücklich nahm sie Rilkes Buch über Ägypten noch dazu und stellte die drei Bände auf einen Ehrenplatz in ihrer Bücherwand. Zufrieden betrachtete sie die goldenen Lettern der alten Lederbände, als plötzlich das Handy klingelte. Ein bekannter Name erschien im Display.

»Hallo, Kay. Na, was gibt's?«

Ihr Bruder wusste nicht, dass sie schon wieder in Hamburg war, und fragte zuerst, wie es ihr gesundheitlich gehe, aber als sie ihm sagte, dass sie sich schon wieder besser fühle, kam er ohne Umschweife auf den Grund seines Anrufs zu sprechen.

»Du sagtest doch, dass dein Pharao hundertvierzig Jahre alt wurde, nicht wahr? Allmählich beginne ich das zu glauben.«

»Wieso?«

»Jeder Mensch hat das Prinzip der Unsterblichkeit in seinen Chromosomen. Es gibt in unserem Körper Zellen, die sich immer wieder erneuern. Aber leider ist das ziemlich ungesund. Krebszellen zum Beispiel oder Warzengewebe. Das Altern ist in gewissem Sinne eine Art Schutzmechanismus. Unsere Zellen haben an ihren Enden kleine Kappen, die Telomere, und bei jeder Zellteilung wird ein Teil dieser Kappe verbraucht. Das schützt die Zelle eine gewisse Zeit lang, aber wenn die Telomere alle weg sind, stirbt die Zelle ab.«

»Wir werden also von Zelle zu Zelle älter?«

»Richtig. Deswegen sind wir nicht von heute auf morgen grau und faltig, sondern es dauert, weil einige Zellen eine längere Lebensdauer haben als andere.«

»Und was hat das mit dem Öl zu tun?«

»Ich habe eine gute und eine schlechte Nachricht für dich. Welche willst du zuerst hören?«

»Die schlechte.«

»Okay. Wir konnten bisher nur siebzig Prozent des Öls identifizieren. Wir haben schon alles Mögliche versucht, aber ich glaube nicht, dass wir die restlichen dreißig Prozent herausfinden. Bei einigen wissen wir, dass es sich um pflanzliche Stoffe handeln muss, aber wir können sie nicht genau zuordnen. Ich vermute, dass es sich um Pflanzen handelt, die in den letzten dreitausend Jahren ausgestorben sind.«

In Karen stieg eine traurige Ahnung hoch. »Heißt das, dass du das Öl nicht reproduzieren kannst?«

Kay hörte die Enttäuschung in ihrer Stimme. »Tut mir Leid, Schwesterherz. Der Traum von Unsterblichkeit wird noch ein wenig warten müssen. Aber jetzt kommt die gute Nachricht, wir müssen noch mehrere Versuchsreihen durchführen, doch die bisherigen Ergebnisse haben gezeigt, dass die Zusammensetzung des Öls einen positiven Effekt auf den menschlichen Stoffwechsel hat.«

»Das heißt?«

»Dass wir dein antikes Serum zwar nicht vollständig, aber teilweise reproduzieren können und dass dieses Mittel Menschen mit Stoffwechselkrankheiten ein längeres Leben geben könnte. Vielleicht ist es sogar so gut, dass es diese Krankheiten heilt. Wer weiß? Das müssen wir noch erforschen, und es wird einige Jahre dauern. Auf jeden Fall handelt es sich um einen sehr interessanten und viel versprechenden Ansatz.«

Diese Nachricht zauberte ein Lächeln in Karens Gesicht.

Sie hatte es geschafft.

Ihre Stimme klang ruhig und zufrieden. »Du bereust also nicht, Universitätsressourcen für eine *archäologische Untersuchung* genutzt zu haben?«

»Bist du verrückt? Mit diesem Medikament bekomme ich in zehn Jahren den Nobelpreis«, flachste Kay.

Sie musste lachen. »Na, dann forsch mal schön weiter. Und wenn du Post aus Stockholm bekommst, sag mir bitte Bescheid.«

»Klar. Du bist die Erste, die davon erfährt.«

Sie redeten noch kurz über Marion und Johanna, dann beendeten sie das Gespräch.

Karen griff unbewusst nach ihrer Maat-Kette und war mit ihren Gedanken in Ägypten, in Luxor. Sie saß am Nil mit dem Blick nach Westen und betrachtete das blaue Wasser des Flusses, das grüne Ufer und den rötlichbraunen Steinfelsen im Hintergrund. Sie spürte die trockene Hitze Nordafrikas auf ihrer Haut. Doch dann hörte sie ein lautes Grummeln und Donnern, das ein nahes Gewitter aus Südwesten ankündigte. Das dunkle Donnern brachte sie wieder in die Gegenwart zurück.

Ihre Gegenwart bedeutete Hamburg.

Und demnächst New York.

60

Die Sonne war bereits vor einer Stunde untergegangen, als Julius Reinhold an einem der großen Fenster seines Büros stand und auf das Mondlicht sah, das sich silbern auf dem dunklen Wasser der Außenalster widerspiegelte. Ein leises Klopfen war zu hören, und im nächsten Moment öffnete Karen die schwere Eichentür. Julius begrüßte sein Patenkind mit einem herzlichen Lächeln. Große Erleichterung war in seinem angespannten Gesicht zu erkennen.

»Karen, meine Liebe! Komm herein.«

Er umarmte sie und führte sie zu dem alten Ledersessel vor seinem Schreibtisch. Während er in seinem Lehnstuhl Platz nahm, warf er einen Blick auf ihre linke Schulter.

»Wie geht es dir? Ich hoffe, du hast keine Schmerzen mehr.«

»Nein, die Verletzung ist gut verheilt. Es zieht nur noch ab und zu, wenn ich etwas Schweres trage, aber sonst geht's.«

Julius atmete tief durch. »Das freut mich. Und wie sieht es mit dem Buch aus? Hast du etwas über Gerald Bernhardt herausfinden können?«

Karen stützte die Arme auf den Schreibtisch und warf ihm einen prüfenden Blick zu.

»Was weißt du wirklich über Prof. Bernhardt?«

Julius griff mit aufreizender Gelassenheit nach seinem Skarabäus und strich sanft über den alten Alabaster.

»Ich verstehe nicht genau, was du meinst. Über den

Professor weiß ich nicht viel mehr, als in der Mappe steht, die ich dir mitgegeben habe. Ich hoffe, du konntest inzwischen mehr herausfinden, damit es ein gutes Buch wird.«

»Mehr weißt du nicht über ihn?«

»Nein.«

Karen runzelte die Stirn. Sollte sie ihm das wirklich glauben?

Julius bemerkte ihren inneren Kampf und lächelte zufrieden. »Ich denke, das Buch wird seine Aufgabe erfüllen.«

Zweifellos, dachte Karen und sah in das freundliche, aber unnachgiebige Gesicht ihres Patenonkels. Sie machte einen weiteren Versuch, nahm ihre Halskette ab und legte sie auf den Schreibtisch.

»Woher hast du diesen Maat-Anhänger, Julius?«

»Warum fragst du?«

Sie lehnte sich in ihren Sessel zurück. »Weil er echt ist.«

»Aber das weiß ich doch, meine Liebe. Oder glaubst du, dass ich dir einen unechten Anhänger schenken würde?«

»Das meine ich nicht. Er ist echt antik und ungefähr dreitausend Jahre alt.«

Er nahm die Kette in die Hand. Ein Funkeln erschien in seinen Augen, als er sie durch seine Finger gleiten ließ. »Der Anhänger ist dreitausenddreihundertsiebzehn Jahre alt, wenn du es genau wissen willst. Hat er dir geholfen?«

Karen sah ihn verblüfft an. »Du weißt, wie alt diese Kette ist?«

»Ja.«

»Du willst mir aber nicht sagen, woher du sie hast?«

»Vielleicht ein anderes Mal.« Er reichte sie ihr zurück. »Sie gehört dir.«

Sie nahm die Kette und legte sie sich wieder um den Hals.

»Dasselbe hat auch ein Ägypter gesagt, der Michael und mir geholfen hat.«

Julius musste lächeln. »Du siehst, die Maat verbindet Völker, Kontinente, Gegenwart und Vergangenheit. Wie sieht es mit der Monographie aus?«

»Gut.« Sie tippte auf die blaue Aktenmappe auf dem Tisch, in dem sich auch das kleine Notizbuch des Assistenten befand. »Ich werde demnächst mit dem Manuskript beginnen. Willst du die Unterlagen vorher sichten, oder kann ich sie mitnehmen?«

»Nimm sie ruhig mit. Ich werde dann das fertige Manuskript lesen.«

»So wie immer?«

»So wie immer.«

Sie nahm die Mappe, ging zur Tür, zögerte einen Augenblick und drehte sich noch mal um.

»Warum lässt du mich nicht mal eine Monographie über Rilke schreiben?«

Julius sah sie erstaunt an. »Rainer Maria Rilke? Wie kommst du denn auf den?«

»Ich bin während meiner Recherche auf ihn gestoßen. Der … Professor und der Assistent kannten ihn.«

Julius musste unwillkürlich lächeln. »Und deswegen willst du ein Buch über ihn schreiben? Hast du denn etwas Neues über ihn herausgefunden?«

Karen zuckte mit den Schultern. »Ich glaube nicht. Aber ich mag ihn nun mal, und es würde mir Spaß machen, über ihn zu schreiben.«

»Ich werde es mir überlegen, doch es gibt leider schon viele gute Monographien über ihn.«

»Schade«, sagte sie nur und verließ das Zimmer.

Julius Reinhold lehnte sich genüsslich in seinen Lehnstuhl zurück und verschränkte die Hände hinter dem Kopf, als das Telefon klingelte. Es war Étienne Artois. Zunächst fragte er seinen alten Freund nach seiner Gesundheit und der Familie, dann kam er auf Karen zu sprechen.

»Hat sie es geschafft, Julius?«

»Oui, das Amulett ist endgültig in unserer Hand. Ihr Bruder wird das Öl analysieren und etwas Vernünftiges damit anfangen können.«

»Ist er zuverlässig?«

»Sehr zuverlässig. Seine Forschung wird der gesamten Menschheit zugute kommen. Vertrau mir.«

»Natürlich. Bon. Haben wir es diesmal nicht gut gemacht, mein alter Freund?«

Ein geheimnisvolles Glitzern lag in Julius' hellen Augen, als sich sein Mund zu einem zufriedenen Lächeln verzog.

»Excellent, Étienne, excellent.«

Epilog

Ägypten, Gegenwart

Ein Deckenventilator drehte sich schwerfällig im Laborbereich des Luxor-Hauses, in dem eine Hand voll Ägypter einige Artefakte aus KV78 für den Transport nach Kairo vorbereiteten und sorgfältig verpackten. Nur ein in eine weiße Galabiya gekleideter Mann achtete nicht auf die geschäftige Unruhe um sich herum. Gedankenverloren stand er vor der Totenmaske des Pharaos und blickte in das königliche Gesicht mit den schwarzen Obsidianaugen und dem edlen Lapislazulikopfschmuck.

Ehrfürchtig verbeugte sich El Bahay vor dem goldenen Antlitz des Pharaos und murmelte ewige Worte.

»Ich bin THOT, der Wissende,
der das Morgen verkündet und die Zukunft ausspäht,
ohne sich irren zu können;
der Himmel, Erde und Unterwelt leitet
und die Himmelsbewohner leben lässt.
Ich gebe Atem dem, der im Geheimen ist,
durch die Zaubersprüche, die in meinem Mund sind,
damit OSIRIS über seine Feinde triumphiert.«

Die Totenmaske schien die Huld wohlwollend entgegenzunehmen, während die goldenen Lippen sich zu einem geheimnisvollen Lächeln verzogen.

Das Gesetz der Maat war wiederhergestellt.

Frédéric Neuwald

Götterschwert

Mysterythriller

Der Archäologe Morgan ist jung, dynamisch und begeisterungsfähig – und langweilt sich tödlich in seinem trockenen Museumsjob im Louvre. Als er im Nachlass eines bekannten Wissenschaftlers auf ein mysteriöses Schwert stößt, ist sein Interesse sofort geweckt: Stammt dieses Schwert aus dem Grab Alexanders des Großen? Aber wieso besteht es dann aus einem Material, das zu jener Zeit noch völlig unbekannt war? Morgan gelingt es, die Mittel für eine kostspielige Expedition aufzutreiben – und muss bald entdecken, dass er nicht der Einzige ist, der hinter dem Geheimnis her ist. Die Expedition wird zu einem Wettlauf gegen die Zeit, und Morgan erkennt, dass er größeren Dingen auf der Spur ist als dem Grab eines toten Heerführers.

Knaur Taschenbuch Verlag